普通高等学校公共艺术课程系列教材

大学戏曲鉴赏 第二版

顾　问	廖　奔	俞为民	
主　编	王　宁		
副主编	任孝温	苏　涵	
编　委	顾聆森	王安庭	王丽梅
	王　平	杨惠玲	杨再红

微课版

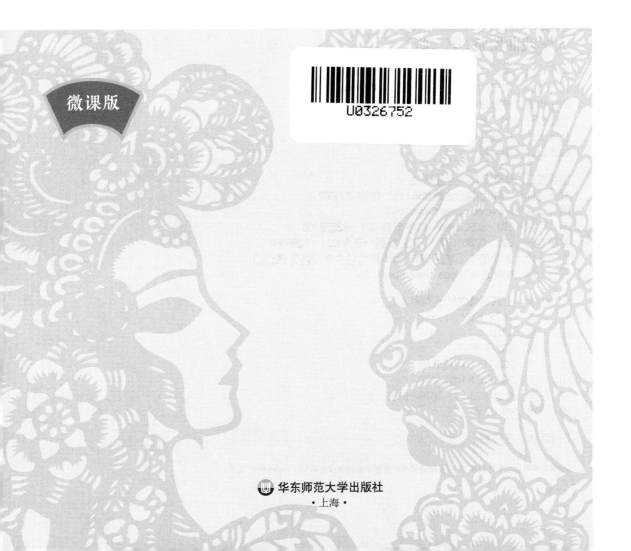

华东师范大学出版社
·上海·

图书在版编目(CIP)数据

大学戏曲鉴赏/王宁主编. —2版. —上海:华东师范大学出版社,2020
 ISBN 978-7-5675-9959-8

Ⅰ.①大… Ⅱ.①王… Ⅲ.①古代戏曲-鉴赏-中国-高等学校-教材 Ⅳ.①I207.37

中国版本图书馆 CIP 数据核字(2020)第 029367 号

普通高等学校公共艺术课程系列教材

大学戏曲鉴赏(第二版)

主　　编　王　宁
特约策划　朱志荣
责任编辑　蒋梦婷
责任校对　胡　静
封面设计　卢晓红
版式设计　俞　越

出版发行　华东师范大学出版社
社　　址　上海市中山北路3663号 邮编200062
网　　址　www.ecnupress.com.cn
电　　话　021-60821666　行政传真 021-62572105
客服电话　021-62865537　门市(邮购)电话 021-62869887
地　　址　上海市中山北路3663号华东师范大学校内先锋路口
网　　店　http://hdsdcbs.tmall.com

印 刷 者　上海昌鑫龙印务有限公司
开　　本　787×1092　16开
印　　张　17.5
字　　数　302千字
版　　次　2020年8月第2版
印　　次　2023年8月第4次
书　　号　ISBN 978-7-5675-9959-8
定　　价　49.00元

出 版 人　王　焰

(如发现本版图书有印订质量问题,请寄回本社客服中心调换或电话 021-62865537 联系)

修订出版说明 | XIUDINGCHUBANSHUOMING

2019年4月,教育部发布了《关于切实加强新时代高等学校美育工作的意见》(以下简称《意见》),明确了高校美育要以艺术教育的改革发展为重点,紧紧围绕高校普及艺术教育、专业艺术教育和艺术师范教育三个重点领域,大力加强和改进美育教育教学。《意见》明确了高校美育的重要性,也为高校美育工作指明了方向。

针对高校普及艺术教育,《意见》中提到,各高校要明确普及艺术教育管理机构,把公共艺术课程与艺术实践纳入高校人才培养方案和学校教学计划,实行学分制管理。每位学生须修满学校规定的公共艺术课程学分方能毕业等。

为配合公共艺术课程的教学,进一步落实《意见》的精神,我社在原有的"普通高等学校公共艺术课程系列教材"的基础上,结合时代特点,进行修订再版,最终形成了这套全新的教材,包括《艺术导论》(第二版)、《大学音乐鉴赏》(第二版)、《大学影视鉴赏》(第二版)、《大学戏剧鉴赏》(第二版)、《大学美术鉴赏》(第二版)、《大学书法鉴赏》(第三版)、《大学戏曲鉴赏》(第二版)、《大学舞蹈鉴赏》(第二版),共八本,希望能为新时代高校美育工作尽一份绵薄之力。

华东师范大学出版社
2020年07月

出版说明 | CHUBANSHUOMING

进入新世纪后，中国的教育正由应试教育向素质教育转变，其目的是要培养德、智、体、美全面发展的一代新人。为大力推进素质教育，加强普通高等学校公共艺术课程建设，促进普通高等学校艺术教育工作健康发展，根据《中共中央国务院关于深化教育改革，全面推进素质教育的决定》和教育部关于《学校艺术教育工作规程》的要求，全国高等学校从2006年秋季起普遍设置公共艺术课程，作为限定性选修课程。公共艺术课程与其他公共课程一样，是高等教育课程体系的重要组成部分，是高等学校实施美育的主要途径。它对提高大学生的审美素养，培养创新精神和实践能力，塑造健全的人格具有不可替代的作用。

为配合公共艺术课程的教学，进一步落实教育部办公厅关于《全国高等学校公共艺术课程指导方案》，我社编辑出版了这套"普通高等学校公共艺术课程系列教材"，包括《艺术导论》《大学音乐鉴赏》《大学影视鉴赏》《大学戏剧鉴赏》《大学美术鉴赏》《大学书法鉴赏》《大学戏曲鉴赏》《大学舞蹈鉴赏》，共八本。

该套教材在编写原则上，一是适当考虑各艺术门类知识的完整性，也就是说，在教材整体框架的设计上，将各艺术门类的基本知识、经典作品按其内在的逻辑架构反映出来，做到整体结构科学合理，各艺术门类知识完整；二是充分考虑非艺术门类专业学生的接受能力，也就是说，教材的编写切忌过于专业化，力求做到专业知识通俗化；三是教材以讲座的形式呈现，做到深入浅出，有一定的可读性，使学生喜闻乐见。这样，我们以期广大学生通过公共艺术课程的学习和实践，树立正确的审美观念，培养高雅的审美品位，提高人文素养；了解和吸纳中外优秀艺术成果，理解并尊重多元文化；发展形象思维，提高感受美、表现美、创造美的能力，促进德智体美全面和谐发展。

华东师范大学出版社
2007年5月10日

目录

美丽的戏曲：戏曲与戏曲欣赏概说 / 1

宋元南戏篇 / 11

▶ 第一讲

琵琶声中说离合：《琵琶记》与悲情婚变 / 15

元代杂剧篇 / 31

第二讲

"阻隔"的意味：墙与《西厢记》/ 35

第三讲

雁鸣中的"国殇"：也说《汉宫秋》/ 52

第四讲

从渔父到钓叟：隐士故事与《七里滩》杂剧 / 66

第五讲

六月飞雪话窦娥：关汉卿与《窦娥冤》/ 79

第六讲

悲壮足可称千古：《赵氏孤儿》赏读 / 92

第七讲

戏谑中的端肃：《救风尘》简说 / 106

明清传奇篇 / 117

第八讲
穷途英雄的慷慨悲歌：《宝剑记》简说 / 124

第九讲
一个关于美人和江山的故事：《浣纱记》概说 / 135

▶ 第十讲
以"真性情"写"大文章"：《牡丹亭》杂说 / 147

▶ 第十一讲
"天堂"里的情爱旧事：《西楼记》杂谈 / 161

▶ 第十二讲
且将佛场做情场：《玉簪记》趣说 / 171

▶ 第十三讲
岂独伤心是小青：《疗妒羹》赏析 / 183

第十四讲
事俱按实　言亦雅驯：时事剧《清忠谱》/ 195

第十五讲
因巧成文　以俗见趣：草根戏剧《十五贯》/ 204

第十六讲
借零香断粉　悲华屋山丘：《桃花扇》与《却奁》/ 219

▶ 第十七讲
另类"黍离"　别样"长恨"：《长生殿》浅说 / 234

▶ 第十八讲
一个成长在民间的神话：《雷峰塔》简说 / 245

明清杂剧篇 / 257

▶ 第十九讲
使气为戏　聚骂成篇：《渔阳三弄》赏析 / 260

后记 / 272

说明：加 ▶ 者，配备有"示范视频"。——出版者注

美丽的戏曲：戏曲与戏曲欣赏概说

一

党的二十大报告中明确指出："坚持和发展马克思主义，必须同中华优秀传统文化相结合"。中华优秀传统文化源远流长、博大精深，是中华文明的智慧结晶。我们必须坚定历史自信、文化自信，坚持古为今用、推陈出新，把马克思主义思想精髓同中华优秀传统文化精华贯通起来、同人民群众日用而不觉的共同价值观念融通起来，不断赋予科学理论鲜明的中国特色，不断夯实马克思主义中国化时代化的历史基础和群众基础，让马克思主义在中国牢牢扎根。戏曲是我国具有民族特色的艺术形式，起源于上古时期的巫觋在祭祀中的装扮和表演。战国时期的俳优、汉代百戏以及古代歌舞等伎艺都曾对戏曲形成有着重要影响。经过长期融合和吸收，在宋金时期我国出现了初步形态的戏剧——宋金杂剧。南北宋之交，东南沿海一带出现了成熟的戏曲样式——南戏。稍后在北方出现了另外一种成熟的戏曲样式——金元杂剧。所以，准确地说，我国戏曲的成熟可以上溯到南北宋之交的12世纪前期，大约公元1120年左右。

从南宋（1127—1279）到明代嘉靖（1522—1566）年间，我国主要有两种戏曲形式，分别在南北盛行。一种是南戏，即南曲戏文，主要在南方流行；一种是杂剧，先在北方兴盛，然后逐步传播到江南。南戏是南曲戏文的简称，它大约滥觞于北宋末年，最早在东南沿海一带的温州等地流行，到明代初年，逐渐形成了昆山、余姚、海盐和弋阳"四大声腔"。在魏良辅改革昆山腔之前，南戏一直是南方最重要的戏曲样式。杂剧的形成则略晚于南戏。它首先在北方的北京、河北、山西一带流行，后来逐渐传布南方。由于有较多文人参与创作，杂剧在文学方面取得突出成就，产生了包括"元曲四大家"在内的许多优秀作家和诸如《西厢记》之类大量的优秀作品。

明代嘉靖年间，随着魏良辅改革昆山腔和梁辰鱼《浣纱记》的出现，昆曲逐渐替代其他戏剧样式而占据主流，并由此开启了戏曲史上崭新的传奇时代。到万历年间，出现了第一个创作高峰，汤显祖的《牡丹亭》就出现在这一时期。"吴江派"的出现则在音律方面促进了古典戏曲的成熟，并通过"汤沈之争"给此后的传奇创作带来积极影响。这期间的昆曲演出也与创作一起进入全盛阶段,班社活动活跃,民间曲会勃兴,私人家班也大量涌现。这一势头一直保持到清代中叶,"苏州派"和"南洪北孔"以他们的创作实绩延展了昆曲的繁盛。清代中叶之后,随着地方戏的勃兴,昆曲逐渐趋于衰微。在各种地方戏融合和交汇的背景下,京剧应运而生,并逐渐占据了戏曲的主流地位。与此同时,与各地的音乐和语言相联系,我国不同地域产生了大量的地方戏剧种。至今,我国还存在三百多种不同的戏曲样式。

古典戏曲尽管种类很多,但概括其声腔和音乐特点,主要可以分为两种基本类型:一种是"曲牌联套体";一种是"板腔体"。所谓曲牌联套体,是一种以单个"曲牌"为基本构成单位,并按照一定规则连接成套的唱腔体制。"曲牌"与固定的曲调相对应,一个曲牌对应某一个固定曲调,如【念奴娇】、【醉扶归】等,曲牌类似于曲名。剧作家在写剧本时,就是将适宜的文词填写到固定曲调之中,与填词十分类似。曲牌连接的方式叫"联套方式",也叫"套式"。我国较古老的声腔剧种如昆曲等,大多采用这种方式。所谓板腔体,是通过音乐的板式变化组织曲子的音乐结构形式,它随着皮黄梆子腔的兴盛而形成。其基本"内核"是一对具有对仗关系的上、下乐句。通过乐句的不断反复,推进情节进展。从音乐角度讲,上、下乐句的板式可以灵活变化:或是将四分之二的原板放慢成四分之四的慢板;或是将它紧缩一半而变成四分之一的流水板;还可以借"散化"处理,变为不同形式的"散板"。这样,每对乐句就可以有四种不同板式,即慢、原、二六、散,其唱腔因而也更加丰富。

总体来看,我国的古典戏曲还与地方语言和地方音乐有密切联系,这也是地方戏产生和发展的内在因由。我国古代有所谓"歌永言"的说法,用现在的话说,即歌声是本地语言的放大。豫剧《花木兰》中的典型唱词"刘大哥讲话理太偏",就与该句用河南方言说出来的声调十分相似。因此,欣赏不同的戏曲种类,必须以地方语言乃至地方文化作为参照,注意到戏曲在音乐声腔以及道白等方面的地域性色彩。

二

古典戏曲是具有民族特点的艺术形式,它有着许多独特的艺术特点。要想完成戏曲审美,欣赏古典戏曲,必须首先了解这些特点,然后才能理解其特有的表现方式和艺术气质。

综合性是古典戏曲第一个显著的特征。戏曲是综合艺术,有学者将它称为"第七种艺术",因为它综合了属于空间艺术的绘画、雕塑、建筑以及时间艺术的诗歌、音乐、舞蹈等多种艺术形式。相对于西方戏剧而言,我们的民族戏剧称得上是"诗剧",是以诗歌化的文词作为唱词或念白的。反映到舞台表演方面,戏曲的综合性表现为演员表演手段的多样性和综合性。因此,作为综合艺术的戏曲的欣赏,首先就必须明白应该从哪些方面具体考察演员的演出。在舞台演出的层面,除了固定的道具等舞台元素外,演员的表演可分为唱、念、做、打四个层面。

"唱"是戏曲人物抒发感情或叙述剧情的主要方式,它在抒情方面的作用尤其突出,往往是"每到动情处,总有一展喉",是戏曲抒情的重要手段。根据剧情的不同,唱可以运用不同风格的音乐曲调进行表现,或慷慨激昂,或悲伤沉郁,并通过音乐的丰富多变充分展示人物情感的多样和变化。我国的戏曲既然称为"戏曲",显然"曲"和"唱"在各种表现手段中占据着重要地位。可以说"唱"是我国戏曲十分重要的表现手段,因此列"四功"之首。

"念"是人物间的对白或者人物的独白,是诗歌化、音乐化的戏剧语言。不同剧种所用念白,与其流布地域的语言有密切联系。以昆曲为例,生旦等主要角色往往采用的是韵白,插科打诨类的角色则往往用苏白,是接近苏州方言的念白。

"做"是演员的身段、表情、气派、风度等表演的总称,它也是戏曲表演的重要组成部分。戏曲的"做"多体现为程式化的动作,是对生活动作的提炼和概括。

"打"也叫"开打",是戏曲中战斗场面的表现手段,有时表现为两人的对打,有时则是集体的战争场面。戏曲的开打具有极强的舞蹈性和程式性,也多写意而非写实。

古典戏曲的第二个特点是程式性。程式是生活动作的艺术化和舞蹈化,是生活动作的提炼和概括。具体而言,它是指戏曲表现不同角色的行为和感情时采用的一种规范性的动作格式。生活中的各种不同动作,诸如行走、骑马、划船、登山、关门、开窗、饮酒、跌跤等,在舞台上均有不同的程式予以表现。不了解它,也就等于不了解戏曲使用的语言和符号,也就无法看懂戏曲的舞台表现。戏曲程式很多,主要有以下种类:

起霸,名称出自昆曲《千金记·起霸》一出,表现西楚霸王项羽与敌人对阵之前整理盔甲的动作。由于它很好地表现了武将出征前的特征性动作,之后就频繁被艺人仿效,并逐渐演变为一套程式化的系列动作,专门表现将士出征前的动作系列。根据不同分类标准,起霸可以分为男霸、女霸、整霸、半霸、单人起霸、双人起霸等多种类型。

趟马,又名"马趟子",是表现骑马奔驰的动作程式。它由演员手持马鞭模拟人物在马上急驰时的动作和情景,与古代"踏竹马"有渊源关系,由圆场、转身、挥鞭、勒马、打马、高低亮相等动作组合而成。女角色还可以增加鹞子翻身、卧鱼、掏翎子等动作,有单人趟马、双人趟马、多人趟马等多种类型。

走边,出自山西梆子《白虎鞭·走边》一折,一般用来表现武将或者武士轻装潜行的情节,常用于侦察、巡行、夜行、暗袭或赶路等特定场面,具体表现为成套的、连续性的舞蹈动作。单人独行为"单走边",二人同行叫"双走边",多人完成则叫做"集体走边",边走边唱称"响边",只走不唱为"哑边"。走边在不同剧种中名称不一,动作组合也各有特点。

对子,是戏曲武打程式之一,顾名思义,应该表现二人对打的场面,包括徒手和各种兵器对打等不同类型,均各有一定章法和格范。徒手称"对拳";双方持同样兵器的有"对刀""对枪"等;持不同兵器的有"单刀枪""大刀双刀"等。

档子,是另一种武打程式。如果交战双方的人数在三人以上,或彼此人数相当,在舞台上表现对打的场面,就称为档子。档子根据人数不同其名称各异,如交战双方为三人的称"三股档"、四人的称为"四股档"等,其舞台调度、演员步位均有一定的格式。

除上述基本程式之外,常用的戏曲程式还有耍下场(用来表现战斗获胜后的得意情绪)、抬轿(表现轿夫抬轿前行的动作)、跑圆场(表现行走或空间过渡)等。这些程式在戏曲舞台上均已格式化和通用化,业已成为演员和观众都可以接受的语言和符号。因此,只有熟悉其含义,才能明了剧情,欣赏戏曲。

对程式的欣赏,还必须注意演员的程式化表演和戏剧情节、人物感情的一致和统一。程式虽然是一种法式,但需要灵活运用,否则就会千人一面,陷入死板和教条。高明的演员能够根据不同需要,有选择、有个性地运用程式和技巧,从而达到"有法"和"无法"的统一。如京剧《贵妃醉酒》中,梅兰芳为了表现醉酒后贵妃的率意和任性,采用了旦行的"下腰"和"卧鱼"动作。这两个程式本来仅仅是旦行的技巧单位,但梅兰芳却结合剧情,用来表现杨贵妃的撒娇和放浪、女性的娇媚和人物特定的心态,赋予程式以个性和精神。再如水袖功夫,也本有固定程式,经过历代艺人的总结积累,形成了勾、挑、撑、冲、拨、扬、掸、甩、打、抖、抛、抢、抓、绕、翻、搭、旋等多种技法。这些繁复的动作程式,还仅仅是简单的技术单元,在表演时必须结合具体的情节和感情灵活运用。

为了恰当表现程式,必须首先掌握程式技巧。所以,对于戏曲演员而言,就有许多围绕程式展开的基本功。根据具体对象的不同,这些基本功可以分为腰腿功、毯子功、把子功、手绢功、髯口功、帽翅功、甩发功、水袖功、翎子功等。这些基本功分属不同的角色行当,在具体运用时,可以根据不同的剧情内容灵活运用,合理安排。舞台观赏时,欣赏者不仅需要关注演员的各种基本技巧,而且必须注意到具体程式的运用和安排。

写意和虚拟是古典戏曲的第三个重要特点,写意是相对于写实而言的,它是指戏曲在处理诸如动作、道具乃至服装和面具等具体舞台元素时,不求形似和外在形式的准确,而力求传神和内在意蕴的表达,并在此基础上安排处理舞台元素的表现方式。写意是一种艺术追求。写意的好处在于"达意",因为演出无非是一种传达,"达意"是其目的。中国的古典戏曲选择了这样的呈现方式,就避免了形迹和皮相角度的"形似"追求,从而使其艺术呈现更加简约和便捷。以擦拭眼泪为例,戏曲演员在表演擦拭眼泪时,往往以手扬袖,但在袖子尚未接触到眼睛时,就做出了擦拭的动作,这时演员的袖子是擦拭不到眼睛的,但观众却已经明白演员是在擦拭眼泪,这就是写意。再以昆曲《渔家乐·藏舟》为例,该出表演剧中人物在船上的一系列动作:清河王刘蒜被奸人追杀,藏于渔家女邬飞霞舟中,得飞霞之助渡江。这时舞台上并没有船,而仅靠二人的身段动作,逼真地模拟出了驾船渡江的情景。邬飞霞手执船橹,做出推和扳的动作,其身形也随之前后俯仰。刘蒜坐于船头,也随着飞霞的节奏晃动摇摆。二人身形的俯仰摇摆生动再现了舟行江上的韵律和场景。虽然只有一橹的存在,却使得观众可以想象到船身的行走和运动。

虚拟与写意有关,但角度不同。虚拟往往是写意的手段,写意常常是虚拟的目的。所谓虚拟可以简单理解为以虚拟实,即通过一定的舞台元素使观众无中生有、虚中生实,借助想象获得与生活场景中相似的生活体验和生活感受。古典戏曲的虚拟大致有下列几类:

一是时空转换的虚拟,即通过舞台手段来表现时空的转换和变更,具体通过演员的唱词、道白以及动作来完成。就时间而言,戏曲舞台上的时间与生活中是不同的,往往根据需要延长或者缩短,如为了表现武将战胜敌人后的喜悦心情,戏曲往往会安排武将"耍枪花"或者"耍刀花"的表演,有时又会在二人的对话之中插入演唱,以抒发特定的人物感情。这些场景在现实生活之中显然是不可想象的。就空间而论,舞台上空间转移也采用虚拟的手法来完成,如演员从一个地方到另外一个地方,几千里的路途在舞台上仅需一个"圆场"就可以完成。

二是对周边环境和动作对象的虚拟。舞台由于空间有限,不可能也不必要将涉及的场景均搬上舞台。这时,演员就会通过不同的说白唱词和舞台动作等元素来营造相关的戏曲场景,使观众产生身临其境的感觉。以昆曲《宝剑记·夜奔》中林冲的表演为例,火烧草料场之后,林冲夜投梁山,有【沽美酒带太平令】唱词:"怀揣着雪刃刀,行一步哭号啕,急走羊肠去路遥……"这里的戏曲情节就是通过唱词和动作的组合得以展现的:唱"怀揣着雪刃刀"时,演员配合的是"云手"的动作,以提示刀的存在。"行一步哭号啕"的唱词伴有拭泪的动作,以形容哭的情状。唱"急走羊肠去路遥"时,演员同时有走"迂回步"的动作,摹拟小路行走的场景。唱词和动作的密切配合,准确而细致地展示了林冲夜奔山路的场面。夜色、小路等不同环境均通过演员表演得以再现。而这一切均是在假定其存在的基础上,通过演员的相关言行呈现出来的。除此之外,演员还可以通过对具体动作对象的虚拟,以还原某些生活场景。

如人物开门,是假定门的存在,然后做出拉门闩、开门的虚拟动作。表演上楼梯时,也是认定楼梯的存在而仅做出提衣、抬腿等上楼动作。表演骑马场面时,也是虚拟化的处理,以马鞭做出驱马的动作,马匹实际上是不存在的。水上行船的场面中,也往往仅有桨或橹的动作,而使观众产生船行水上的感觉。

三

如果从大的角度划分,我们又可以发现戏曲有两种显著属性:一是从剧本层面看,它的文本往往呈现为戏曲文学的形式,构成了文学史的重要分支;二是从舞台层面看,戏曲又是一种立体和综合的艺术,具有场上艺术的"即时性"和"现场性"。前者我们名之为"案头",指其文学属性。后者称为"场上",与其综合特点相对应。因此,在观赏和研究戏曲时,我们可以从这两个不同而又互相联系的方面加以观照。前者又可以称"以文学论",后者不妨叫"作艺术观"。

我们还可以从戏曲文学的角度欣赏古典戏曲的文学成就,也就是我们所说的"以文学论"。"以文学论"是将戏曲作为戏曲文学来欣赏观照的,它同传统的诗文研究十分类似,大体涉及以下问题:

第一,通过作品背景和作家心态来考察作品特定的时代内涵。用术语来说,就是对作家创作动机和作品主旨的研究和观察。尽管有些作品我们未必能从"主题思想"的角度挤压出所谓的"思想意义"来,但对于多数戏曲作品而言,对创作动机和作品主旨的研究仍然是必要和有意义的。需要指出的是,在戏曲文学的主题研究方面,现在仍存在一个"褪色"和"洗涤"的工作,即用客观和公正的态度检讨以前的戏曲研究由于受到"思想斗争"的干扰而涂抹在作品身上的与之本来颜色极不和谐的油彩。如将《西厢记》的主题简单而极端地推置于"反封建"的层面,将汤显祖的作品简单归属于揭露和批判类的"武器式"的作品等。这些作品的主旨均有待我们细致而耐心地还原和检视。

对作家生平和思想的考察,尤其是对作者创作心态的分析,是作品赏析的重要内容。以元杂剧《王粲登楼》为例,剧中本属典型文人的"建安七子"之一的王粲,被渴望登上仕途却郁郁不得其志的作家郑光祖处理成"天下兵马大元帅"的身份。这种看似荒谬的设置其实折射了在武夫横行、文人落拓的元代,身处社会底层的文人,对功名和权柄、对自我人生价值的渴盼和企慕。同时,元代杂剧之中频频出现的"寒儒""穷""酸""饿""醋"等对书生不无讥讽意味的称谓,倘若离开了元代"七匠、八娼、九儒、十丐"的历史背景,很难准确理解。因此,赏析戏曲作品的必要前提是将它重新放置在"历史的镜框里",这样才能明了作者是"以什么样的语气和神情"讲述这个故事的。

第二,注意欣赏故事的陈述方式和结构技巧。戏曲多抒情,但这样的抒情必须安置在叙说的框架之中。因此,叙说技巧构成赏析和理解的一个重要角度。高明的故事陈述者总是可以将故事按照自己想要的方式呈现出来,就像木匠在做活时处理木器构件的榫口和缝隙一样。高超的技艺可以做到吻合自然,组接妥帖,达到"文笋斗缝,巧轴转关,石破天来,峰穷境出"的境界(明·王思任《春灯谜序》)。

涉及叙述和情节安排,戏曲有一个专有名词——关目,大致与关键情节对等。关目安排很能显示作者的匠心和组织之功,在这一点上,我们可以运用欣赏小说的眼光来观照戏曲。就叙述技巧而言,戏曲在故事节奏的舒缓和紧凑、不同场景和事件的伏应、故事的断与续、线索的安排和选择等方面都显示出与小说近似的地方。表现在文本的层面,我们不妨从结构角度予以考察。以南戏《琵琶记》为例,其结构艺术就堪称典范。剧本描述书生蔡伯喈和妻子赵五娘悲欢离合的故事。陈留书生蔡伯喈新婚不久,因为父亲严命而进京赴试,一举得中状元。为官之后又被迫入赘相府为婿,在富贵和志忐中度日。蔡妻赵五娘在丈夫走后,独力承担生活重担,孝敬公婆,艰难度日。由于连年旱灾,生活十分困苦。后公婆先后病故,五娘遂在埋葬二老之后,身背琵琶进京,千里寻夫,并在历经曲折后得以与夫婿团圆。

作者在安排这一故事时,采用了"双线并进"的结构形式:进京后的蔡伯喈登第入赘,享受着富贵和荣华;守家的赵五娘度日如年,备受生活的艰辛。戏剧情节以两人不同的遭遇交错展开,一喜一悲,一生一旦,分头并进,并最终合而为一。戏曲时而呈现出上层社会优裕闲适的生活场景;时而聚焦于下层百姓"多艰"乃至悲惨的民生状态。既在典型的对比中映照出不同人物的性格特征,同时也折射出丰富深广的社会生活。人物的离与合、戏剧气氛的悲与欢、故事的断与续,均随着时间转移与空间转换合理措置,巧妙安排,显示出高超的结构技巧。同时,这样的故事结构也与舞台演出时不同角色的劳逸调节、戏剧气氛的张弛安排,乃至舞台布景的色调转换等舞台元素相适应,在文学和舞台方面均取得了很好效果。缘乎此,《琵琶记》的生旦故事"双线并进"的结构到后来几乎成了传奇创作的结构典范,许多传奇作家对此均照搬套用,乐此不疲。

第三,理解把握戏剧构造矛盾冲突的技巧和手法。戏剧是冲突的艺术,所以,赏析戏剧的一个重要方面就是了解戏剧制造和消解冲突的技巧。从文字学角度看,繁体的"戏"字写作"戲",有时又会用"豕"代替"虎字头"下面的"豆"。这样的字型本身就寓含着斗争的意味,右边的"戈"也象征着争斗和冲突。现在的"剧烈"一词,很可能也与戏剧的斗争和冲突属性有关。我国早期的简单戏剧也是关于冲突和斗争的,如汉代的"东海黄公"本属角抵戏,表演的就是人虎争斗的场面。唐代流行的"钵头",也有人虎争斗的场面。从某种意义上说,戏剧就是冲突的艺术。一部戏剧的进展过程,就是戏剧矛盾和冲突的产生、激化、发展、高潮并最终得以解决的过程。

这样,赏析一部戏剧,应关注其处理矛盾和冲突的技巧和方法。高明的剧本作者总可以通过矛盾和冲突的设置,吸引读者和观众的视线,并通过矛盾和冲突的具体过程,来构造生动有趣、跌宕起伏的戏剧情节,引逗起读者和观众的阅读和观赏兴趣。以《西厢记》为例,作者非常注意戏剧冲突的设置安排,并通过主与次、缓与急等不同的矛盾设置,使戏剧情节峰回路转、跌宕有致。整部《西厢记》之中,"小字辈"和老夫人之间针对崔、张婚姻的矛盾构成了冲突主体,也是读者和观众最为关注的基本矛盾。剧本随着矛盾的展开而进展,并随着主体矛盾的解决而结束。在设置主体冲突的同时,作者又注意通过多种冲突的交织来调节戏剧气氛,设置了红娘和莺莺的矛盾、莺莺内心的自我矛盾、红娘和张生的小冲突等多种冲突。这些性质不同、程度各异的矛盾冲突,使得故事情节时而紧张、时而轻松,人物感情时而欢快、时而悲伤,甚至孙飞虎围寺的情节也起到了促进剧情发展、调节戏剧气氛的作用。最后老夫人允婚后,本来雨过天晴,但剧本又别生枝节,设置了老夫人"逼试"的情节。原本已经轻松的情节又略显紧张,欢会的崔、张无奈长亭离别。这样,多重的矛盾冲突层见叠出,使得《西厢记》的故事显得生动有趣、耐人寻味。

第四,了解戏曲塑造人物形象的艺术。戏曲要叙事,因此离不开塑造人物。许多经典剧目正是由于成功塑造了人物,才在读者和观众记忆中留下了持续绵久的印象。优秀的戏曲家总能通过人物心理的描绘,抒发人物情感,并通过人物语言、动作乃至场景的描绘,塑造出丰满生动的人物形象。由此,了解不同人物形象的内涵,把握作者塑造人物的性格以及人物的塑造技巧,是古典戏曲欣赏的重要一面。

生动的戏曲人物可以给人十分真切的感受,给人"其形若立,其气若临"的感觉。换言之,生动的戏曲人物仿佛站立在我们面前,甚至可以嗅到他们身上的不同气息。古典戏曲是"代言体"艺术,它不像多数小说那样以叙述者的口吻来讲述故事,而是"代剧中人物立言",用剧中人的口吻来陈述的。因此,高明的作者总可以设身处地,从具体的故事情景出发,赋予戏剧人物不同的言语动作。以《西厢记》中的莺莺为例,"兰闺久寂寞"的莺莺邂逅张生,虽有结好之心,但由于种种限制,所以在二人交往的前期总是徘徊犹疑。剧作者通过人物的语言、动作以及曲词等系列元素,充分展示了莺莺欲言又止、欲罢不能的矛盾心态。据多情张生的记忆,莺莺初遇张生,临别有着"临去秋波那一转"的动作。这一动作虽然细微,却深深印在张生的脑海之中,更重要的是它漏泄了莺莺心中的无限春光,莺莺"无计度芳春"的落寞无聊得以初现。

"隔墙酬韵"一节,心怀叵测的张生投石问路,隔墙吟诗,莺莺由于有着墙壁的遮蔽,略减羞怯,加之意欲结交,故和诗酬答。这一情景之中的动作和语言均与人物身份十分应合。在未确定红娘的倾向之前,莺莺对红娘也不无防范,所以,有"打下你的下半截"的玩笑话。"笺约"之后,兴冲冲的张生逾墙欲会莺莺,不料莺莺却劈头盖脸,一顿责问令张生瞠目结舌、不知所对。莺莺的"赖皮"一方面显示了由于张生的猝然而至带给她的心理上的猝不及防;另一方面也展示了她作为大家闺秀的迟疑和犹豫。所有这些,剧本均是通过具体的语言、动作以及曲词等手段展示出来,将交往初期一个犹疑不决、羞怯持重的闺秀形象活生生凸现出来。

第五,注意体会戏曲特有的语言美。戏曲是语言的艺术,因此,从语言角度去审美和赏析也是欣赏的重要一面。戏曲的语言由于体式的限定和要求,有着独特的艺术魅力,简言之,可以归于三点:一是声律之美。戏曲是诗剧,所以它的曲词就是诗句,服从可歌的需要,曲词在音律方面有限定和要求,诸如押韵、平仄等。这样构成的曲词就呈现出一种声律之美,不论是歌之场上,还是诵之案头,均声律铿锵,音调谐美。如清初李玉《千钟禄》第十一出"惨睹"中的【倾杯玉芙蓉】曲:"收拾起大地山河一担装,四大皆空相。历尽了渺渺程途,漠漠平林,叠叠高山,滚滚长江。但见那寒云惨雾和愁织,受不尽苦风凄雨带怨长。雄城壮,看江山无恙,谁识我一瓢一笠到襄阳!"这段曲词采以江阳韵,与作品悲怆凄凉的气氛十分契合。叠字的运用增强了寥廓和凄切的感觉,字声步节也顿挫有致。即使读之诵之,也有声调铿锵的感觉,更不要说歌之唱之了。另外一个例证是《汉宫秋》中汉元帝在昭君去后的一段唱词。连用的三字短句,加上顶真和回环手法的运用,应合了此时汉元帝缭绕、深浓的愁绪,营造出一种凄清、悲苦的戏剧气氛。

二是意境之美。戏曲意境可以有两种表现形式:一种表现于舞台;一种表现于文本。从文学的角度我们主要是欣赏其文本方面的意境艺术。戏曲由于是诗剧,故其曲词每每可以视作诗歌,因而在意境营造方面与诗词也颇可相通。优秀的戏曲作家往往通过曲词的写作,结合故事情节,营造出优美动人的意境,通过具体的景物描绘寄托人物的特定情感。

以"雨"这一意象为例,《梧桐雨》第四折中的唐明皇在返回皇宫后,思念杨妃。昏睡之中,被大雁叫声惊破残梦,听到窗外潇潇秋雨打落在梧桐叶子之上。作品在这里就通过意境的设置,营造出了悲伤凄凉的戏剧气氛,以烘托唐明皇伤感落寞的情感,"雨"在诗词之中的意象含义几乎是被移植到了戏曲之中,其持续、绵密的特点以及个体生命面对它时的无奈的心态均恰当描摹了剧本人物的特定情怀和具体感受。

三是本色美。本色是戏曲理论十分重要的语汇,它主要是就戏曲语言而言,指符合戏曲体式要求的语言风格,具体有三方面含义:即可读、易解、能演。除了要求戏曲语言"可歌"之外,又可简单归结为"通俗"和"符合人物身份"两方面。所以,欣赏古典戏曲就不能与诗文等体裁等量齐观,而是要注意其通俗和"切合声口"的特点,看其是否符合舞台演出的需要并符合人物的不同身份。

戏曲语言是要歌之场上的,观众不可能带着典故词典和汉语大字典进入剧场。所以,理想的戏曲语言必须做到"闻而可解",在听到的同时能够不假思索地明了其含义。故而高明的戏曲作家总是运用通俗易懂的语言来完成剧本创作。但浅显易懂并不等于粗俗肤浅,而是要俗中见雅,体现出化俗为雅的特点,是"以其深而出之于浅,非借浅以文其深也"(李渔《笠翁曲话·贵显浅》)。具体而言,戏曲不是不能引用典故古语,而是要"虽出《诗》、《书》,实与街谈巷议无别矣"(李渔《笠翁曲话·忌填塞》)。因此,考察戏曲语言,就要留意其雅中有俗、俗中有雅的鲜明特点。由于古典戏曲也属于诗的范围,这就很容易使它汲取古典诗词的营养,直接为其所用。反映到语言的层面,就是融汇诗词等不同文体和诗体的语汇和修辞,博采兼收。这样,在欣赏戏曲语言时,我们就应该注意到"曲备众体"的特点。

其实,不论是通俗也罢,切合声口也罢,都是鉴于戏曲特定的舞台属性,从舞台演出需要出发对戏曲语言提出的要求。换言之,就是要注意其舞台性和剧场性。戏曲虽然也呈现为文本,但这种文本必须考虑到舞台和演出,符合舞台和剧场的需要。"本色"一词本意为"本来的颜色",对于戏曲而言,只有符合舞台要求的语言才是本色的,才是戏曲语言"本来应该具有的颜色"。

(王 宁)

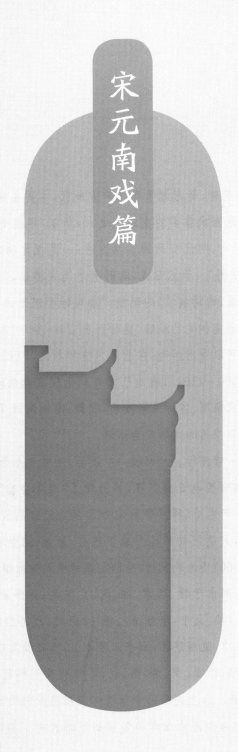

宋元南戏篇

DAXUE XIQU JIANSHANG

南戏是"南曲戏文"的简称,是起源于我国南方地区,主要在南方流播的戏曲类型,又称"戏文"。温州(古称永嘉)是南戏重要的发源地之一,所以,早期南戏又称"温州杂剧"或"永嘉杂剧"。关于它的形成时间,明代有两种不同说法:一是祝允明《猥谈》:"南戏始于宣和之后,南渡之际,谓之'温州杂剧'。予见旧牒,其时有赵闳夫榜禁,颇述名目。如《赵贞女蔡二郎》等,亦不甚多。"二是徐渭《南词叙录》的记载:"南戏始于宋光宗朝,永嘉人所作《赵贞女》、《王魁》二种实首之……或云宣和间已滥觞,盛行则自南渡,号曰'永嘉杂剧'。"两种说法虽略有差异,但结合二者,从中可以得出结论:在北宋末宣和年间(1119—1125),南戏可能就已经产生了。到南宋光宗朝(1190—1194),南戏已发展到比较成熟的阶段,产生了成形的剧本。南戏在形成过程中吸收了宋杂剧、各种民间伎艺、歌舞、诸宫调以及宋词等艺术成分,逐渐形成了以唱为主,唱、念、做、舞并用的成熟戏曲体制。

南戏最早在东南沿海一带流行。元朝统一中国后,随着北杂剧流布江南,南戏得以吸收北杂剧的音乐成分,音乐和唱腔也日趋完善,并出现了"南北合套"的新形式。元末明初,南戏出现了空前繁荣的局面,产生了《拜月亭》《刘知远白兔记》《荆钗记》《杀狗记》《琵琶记》等一些优秀剧作。声腔方面,到明代初年已形成了昆山、余姚、海盐和弋阳"四大声腔"。这四种声腔到嘉靖间(1522—1566)还比较流行,生活在嘉靖年间的徐渭在《南词叙录》中记:

今唱家称弋阳腔,则出于赣,两京、湘、闽、广用之;称余姚腔者,出于会稽,常、润(按:今镇江)、池、太(按:太平,今当涂)、扬、徐用之;称海盐腔者,嘉、湖、温、台用之;惟昆山腔止行于吴中,流丽悠远,出乎三腔之上,听之最足荡人。

南戏曲调采用五声音阶,即宫、商、角、徵、羽,不像北曲那样还有变宫和变徵,用现在的术语讲即没有4、7两个半音。加上南曲的音乐旋律多采用级进的方式,而北曲则多有四度以上的大跳,这样就形成了北曲和南曲雄浑和婉丽的风格区别。总体来看,南曲婉约流丽,北曲则雄浑慷慨。

与杂剧比较,南戏在格律方面比较宽松,它的音乐受到民间曲调的影响,"里巷歌谣"是其曲调的重要来源之一,因此,其曲子组合方式也比较自由。南戏曲牌根据属性不同分为三大类：第一是引子类，适合用在一组曲子的前面，类似序曲；第二类为过曲，是在引子之后和尾声之前的曲子，有的学者提出因为属于过渡性的曲子，所以叫过曲；第三类是尾声，用在一组曲子的最后。这三类曲子都有属于自己的音乐特点，因此分别与不同的戏曲情景相适应。与杂剧比较，早期南戏没有比较严格的套式，相对于元杂剧的"联套"，有的学者认为南戏仅可以称作"联曲"体。

南戏的角色有一个逐步发展的过程，早期为七种：生、旦、净、末、丑、外、贴。"生""旦"分别为剧中的男女主角，均为正剧角色。"外"一般扮演年老而有气度的男女，"净""丑"则是一对喜剧角色。"贴"是"旦之外贴一旦也"，即贴旦，是较为次要的旦角。"末"多扮演社会地位低下的次要人物，常带有喜剧色彩。另外，南戏的"开场"都是由"末"来完成的。大约在万历前，南戏角色又加入了小生和老旦两种，变为了九种。到万历王骥德《曲律》（成书于万历三十八年，公元 1610 年）之中，又增加为十一种，即：正生、贴生（或小生）、正旦、贴旦、老旦、小旦、外、末、净、丑、小丑。

在昆山新腔流行之前，南戏一直是江南最重要的戏曲样式。早期南戏的作者多为下层文人，当时他们结成自己的行业组织——书会，经常参与创作南戏和说唱类文本，如温州有"九山书会"和"永嘉书会"，杭州有"古杭书会"，苏州有"敬先书会"等。早期南戏《张协状元》就署名为"九山书会"创作。文人参与南戏的整理和创作在元代并不普遍，这一情况进入明代后才有所改变，且形成潮流。南戏题材十分广泛，有的取自历史故事，有的则来自说唱，还有的和杂剧的题材相同，有些还取自当时的社会生活。其中，反映书生登第后负心，抛弃糟糠之妻，另结高门的故事十分普遍，形成了南戏著名的"负心剧"系列。著名南戏《琵琶记》的前身《赵贞女蔡二郎》就描写蔡伯喈负心抛妻，马踏赵五娘，结果被雷击而死的故事，高明很可能是在此基础上改编写成了《琵琶记》。此外，《张协状元》也是著名的"负心剧"。

由于南戏特定的生存背景，决定了南戏在情感倾向上更能切近普通民众的心理和愿望，如反映时事的《祖杰戏文》就代表了当时民众的呼声和要求，流行的"负心剧"也很大程度上反映了底层民众的呼吁。进入明代以后，许多文人逐渐加入戏文改编和创作中，从而使得南戏的语言逐渐雅致，体制也渐趋规范，为之后的明清传奇揭开了序幕。作者身份的不同也使得南戏剧本的语言比较通俗浅显，许多民间语言得以存留和采用。除了少数像《琵琶记》那样经文人整理的剧本外，早期南戏的语言均平易浅近，非常适合普通百姓观赏和理解。

南戏剧本流传下来的并不多。据学者研究，迄今可知的南戏剧目约有二百种，其中全本流传的仅二十种左右。且只有像《琵琶记》和《张协状元》等少数几种较多保留了原来面貌，多数剧本经明代文人改编，已经不是本真面目了。

南戏的篇幅较为灵活,其长短依据故事内容的不同而不同,有的可长达四五十出,如《琵琶记》和《张协状元》,有的仅二十多出,如《小孙屠》,还有的仅仅十几出,如《宦门子弟错立身》。在演唱方面,南戏与北杂剧也有区别,北剧例由一人主唱,或旦或末,一般情况下,不允许有轮唱等形式出现。而南戏则普遍采用轮唱乃至合唱等形式。"出"是南戏的演出单元,类似于"场"。宋元南戏的剧本是不分出的,分出而且标识每出的题目,是明代以后的事情。剧本开始为"题目",如《琵琶记》的题目为"极富极贵牛丞相,施仁施义张广才,有贞有烈赵真女,全忠全孝蔡伯喈"。题目的末一句往往把"剧名"包含在内。南戏的开场一般为"家门问答",即由末(南戏角色之一)上场,念诵一两首诗词以说明演出宗旨与剧情梗概。剧中人物下场时,往往要念诵下场诗。

(王 宁)

第一讲
琵琶声中说离合:《琵琶记》与悲情婚变

【剧本选读】

《琵琶记》第二十出

元·高明[1]

示范音频

（旦上唱）

【山坡羊】乱荒荒不丰稔[2]的年岁，远迢迢不回来的夫婿。急煎煎不耐烦[3]的二亲，软怯怯不济事的孤身己[4]。衣尽典，寸丝不挂体。几番要卖了奴身己，争奈没主公婆教谁看取？（合）思之，虚飘飘命怎期？难捱，实丕丕[5]灾共危。

【前腔】滴溜溜难穷尽的珠泪，乱纷纷难宽解的愁绪。骨崖崖[6]难扶持的病体，战钦钦[7]难捱过的时和岁。这糠呵，我待不吃你，教奴怎忍饥？我待吃呵，怎吃得？（介）苦！思量起来不如奴先死，图得不知他亲死时。（合前）

（白）奴家早上安排些饭与公婆，非不欲买些鲑菜[8]，争奈无钱可买。不想婆婆抵死埋冤，只道奴家背地吃了甚么。不知奴家吃的却是细米皮糠，吃时不敢教他知道，只得回避。便埋怨杀了，也不敢分说。苦！真实这糠怎的吃得。（吃介）（唱）

【孝顺歌】呕得我肝肠痛，珠泪垂，喉咙尚兀自牢嗄[9]住。糠！遭砻被舂杵[10]，筛你簸扬你，吃尽控持[11]。悄似[12]奴家身狼狈，千辛万苦皆经历。苦人吃着苦味，两苦相逢，可知道欲吞不去。（吃吐介）（唱）

【前腔】糠和米，本是两倚依，谁人簸扬你作两处飞？一贱与一贵，好似奴家共夫婿，终无见期。丈夫，你便是米么，米在他方没寻处。奴便是糠么，怎的把糠救得人饥馁？好似儿夫出去，怎的教奴，供给得公婆甘旨[13]？（不吃放碗介）（唱）

【前腔】思量我生无益，死又值甚的！不如忍饥为怨鬼。公婆年纪老，靠着奴家相依倚，只得苟活片时。片时苟活虽容易，到底日久也难相聚。谩把糠来相比，这糠尚兀自有人吃，奴家骨头，知他埋在何处？

（外净上探白）媳妇，你在这里说甚么？（旦遮糠介）（净搜出打旦介）（白）公公，你看么？真个背后自逼逻[14]东西吃，这贱人好打！（外白）你把他吃了，看是什么物事？（净荒吃介）（吐介）（外白）媳妇，你逼逻的是甚么东西？（旦介）（唱）

【前腔】这是谷中膜，米上皮，将来逼逻堪疗饥。（外净白）这是糠，你却怎的吃得？（旦唱)尝闻古贤书,狗彘食人食[15],公公,婆婆,须强如草根树皮。(外净白)这的不嗄杀了你。(旦唱)嚼雪餐毡苏卿[16]犹健,餐松食柏[17]到做得神仙侣,纵然吃些何虑?(白)公公,婆婆,别人吃不得,奴家须是吃得。(外净白)胡说!偏你如何吃得?(旦唱)爹妈休疑,奴须是你孩儿的糟糠妻室[18]!

(外净哭介白)原来错埋冤了人,兀的不痛杀了我!(倒介)(旦叫介唱)

【雁过沙】他沉沉向迷途,空教我耳边呼。公公,婆婆,我不能尽心相奉事,番教你为我归黄土。公公,婆婆,人道你死缘何故?公公,婆婆,你怎生割舍抛弃了奴?(白)公公,婆婆。(外醒介唱)

【前腔】媳妇,你耽饥[19]事公姑。媳妇,你耽饥怎生度?错埋冤你也不肯辞[20],我如今始信有糟糠妇。媳妇,我料应不久归阴府。媳妇,你休便为我死的把生的受苦。(旦叫婆婆介唱)

【前腔】婆婆,你还死教奴家怎支吾[21]?你若死教我怎生度?我千辛万苦回护[22]丈夫,如今到此难回护。我只愁母死难留父,况衣衫尽解,囊箧[23]又无。(外叫净介唱)

【前腔】婆婆,我当初不寻思,教孩儿往皇都。把媳妇闪得苦又孤,把婆婆送入黄泉路,只怨是我相耽误。我骨头未知埋在何处所?

(旦白)婆婆都不省人事了,且扶入里面去。正是:青龙共白虎同行[24],吉凶事全然未保。(并下)(末上白)福无双至犹难信,祸不单行却是真。自家为甚说这两句?为邻家蔡伯喈妻房,名唤作赵氏五娘子,嫁得伯喈秀才,方才两月,丈夫便出去赴选。自去之后,连年饥荒,家里只有公婆两口,年纪八十之上,甘旨之奉,亏杀这赵五娘子,把些衣服首饰之类尽皆典卖,籴些粮米做饭与公婆吃,他却背地里把些细米皮糠逼逻充饥。唧唧[25],这般荒年饥岁,少什么有三五个孩儿的人家,供膳不得爹娘。这个小娘子,真个今人中少有,古人中难得。那公婆不知道,颠倒把他埋冤;今来[26]听得他公婆知道,却又痛心都害了病。俺如今去他家里探取消息则个。(看介)这个来的却是蔡小娘子,怎生恁地走得慌?(旦慌走上介白)天有不测风云,人有旦夕祸福。(见末介)公公,我的婆婆死了。(末)我却要来。(旦白)公公,我衣衫首饰尽行典卖,今日婆婆又死,教我如何区处[27]?公公可怜见,相济则个。(末白)不妨,婆婆衣衾棺椁之费皆出于我,你但尽心承值[28]公公便了。(旦哭介唱)

【玉包肚】千般生受[29],教奴家如何措手?终不然[30]把他骸骨,没棺椁送在荒丘?(合)相看到此,不由人不泪珠流,正是不是冤家不聚头。(末唱)

【前腔】不须多忧,送婆婆是我身上有。你但小心承直公公,莫教又成不救。(合前)(旦白)如此,谢得公公!只为无钱送老娘。(末白)娘子放心,须知此事有商量。(合前)正是:归

第一讲
琵琶声中说离合:《琵琶记》与悲情婚变

《琵琶记》

《琵琶记》

家不敢高声哭,只恐人闻也断肠。(并下)

【作品解题】

《琵琶记》是著名的南戏作品,有学者把它和"荆(钗记)、刘(知远白兔记)、拜(月亭)、杀(狗记)"四大南戏合称"五大南戏"。全剧共四十二出,现存多种版本。其故事渊源颇久,南宋诗人陆游《小舟游近村舍舟步归》诗曾叙及此事。之后的戏曲作品中,该故事又被频频引用,徐渭《南词叙录》"宋元旧篇"有《赵贞女蔡二郎》剧目。宋杂剧《冲撞引首》和《金院本名目》也均有"蔡伯喈"一目,足见宋金时期这一故事业已被引入戏剧。现在所看到的南曲戏文是生活在元末的高明根据民间说唱、民间传说和旧本戏文改编的。剧述汉代陈留郡书生蔡伯喈娶妻赵五娘,逢朝廷开科取士,伯喈谨遵父命上京应试,一举得中状元。当朝牛丞相钦慕伯喈才学,强行招其为婿。伯喈入赘相府滞留京城,与家中音信阻隔。其妻赵五娘在家中恪守妇道,竭尽孝心。适逢连年旱灾,五娘虽典卖衣衫钗环,但仍难以维持生计,蔡父母终因饥病而死。五娘在公婆去世后,罗裙包土,祝发葬亲,亲手描绘公婆遗容,身背琵琶沿途以弹唱乞食,进京寻夫。历尽万般辛苦终至京城,夫妻团聚。《琵琶记》历来有"南戏之祖"的美誉,它是第一部文人写就的南戏剧本,把南戏创作提高到了一个新阶段,并为后来的南戏创作提供了范式。这里选取的是其中的"吃糠"一出,"吃糠"情节在元本《琵琶记》和《全元戏曲》中均为第二十出,元本题作"五娘吃糠"。《六十种曲》为第二十一出,题作"糟糠自厌"。

【注　释】

[1] 高明(约1306—1359),字则诚,号菜根道人,浙江瑞安人,人称"东嘉先生"。至正五年(1345)进士,历任处州录事、江南行台掾等职。晚年隐居浙江,以词曲自娱,所作戏曲有《琵琶记》《闵子骞单衣记》。诗文有《柔克斋集》,已佚。

[2] 稔:指庄稼成熟。不丰稔,指灾荒年。

[3] 不耐烦:没有耐心,难以忍受。

[4] 身己:即"身体"。

[5] 实丕丕:实实在在的意思。

[6] 骨崖崖:瘦骨嶙峋的样子。

[7] 战钦钦:非常小心、战战兢兢的样子。

[8] 鲜菜:泛指鱼和菜。

[9] 嘎:卡住的意思。牢嘎:紧紧地卡住。

［10］砻：本为去掉稻壳的农具，形状略像磨，多以木料制成，在这里作动词用。舂杵：本为舂米的木棒，在这里作动词用。

［11］吃尽控持：受尽折磨。

［12］悄似：浑似，直似。

［13］甘旨：甜美的食物。

［14］逼逻：也作"辟逻"，安排、张罗之意。

［15］狗彘食人食：出自《孟子·梁惠王》："狗彘食人食而不知检。"意思是说：国王养狗彘，使它吃人吃的粮食，这样浪费而国王不知检敛。这里的意思是说猪狗吃的东西人吃。

［16］苏卿：指汉代的苏武，字子卿，杜陵人。据《汉书·苏武传》记载，苏武在汉武帝时出使匈奴被扣留，匈奴逼其投降，置于大窖中，不给饮食。苏武嚼雪餐毡，终不死，十九年后全节而归。

［17］餐松食柏：相传神仙不食人间烟火，以松柏之实为粮。

［18］糟糠妻室：指贫贱时患难与共的结发妻子，语出《后汉书·宋弘传》。

［19］耽饥：受饥，忍饥。

［20］不肯辞：不肯辩解。

［21］支吾：应付，对付。

［22］回护：袒护、庇护之意。

［23］囊箧：口袋与箱子，此处指财物。

［24］"青龙共白虎同行"二句：元时俗语，古代星命家以青龙为吉星，白虎为凶星。

［25］唧唧：即啧啧，赞叹的声音。

［26］今来：现今，即今。

［27］区处：处理。

［28］承值：照顾、侍奉之意。

［29］生受：有劳，难为。感谢的话语。

［30］终不然：难道，反问的语气词。

（曲文据钱南扬《元本琵琶记校注》迻录，注释：王宁）

【作品导读】

可以想见，在一个绝对的男权社会中，"婚变"对于柔弱的女性意味着什么。《琵琶记》的剧名正出自戏中一个富有悲剧意味的情节：赵五娘在丈夫进京赴试、公婆因贫病而死后，一人身背琵琶，沿途唱着"琵琶词"上京，寻找当年赶考的夫婿。如果说《西厢记》是以趣味和含蕴见长的话，那《琵琶记》正是以其悲情和真切取胜，它所蕴含的悲情意味至今读来仍是那样的新鲜和生动，难怪有学者将它列为"古典十大悲剧"之一。《琵琶记》的出现与早期南戏的

"婚变戏"有关,在它之前已经出现过一些类似作品。剧中主要人物蔡伯喈并非虚构,本名邕,是东汉文学家、书法家,汉灵帝时官至右中郎将,后死于狱中。但历史上的蔡伯喈本是有名的孝子,并无弃亲背妇的恶行。《后汉书》记载:"邕性笃孝,母常滞病三年,邕自非寒暑节变,未尝解襟带,不寝寐者七旬。母卒,庐于冢侧,动静以礼。有菟驯扰其室傍,又木生连理,远近奇之,多往观焉。与叔父从弟同居,三世不分财,乡党高其义。少博学,师事太傅胡广。好辞章、数术、天文,妙操音律。"可见除了至孝之外,蔡伯喈还是位弹琴的高手。另史书还记载他不受朝廷征召之事:"桓帝时,中常侍徐璜、左悺等五侯擅恣,闻邕善鼓琴,遂白天子,敕陈留太守督促发遣。邕不得已,行到偃师,称疾而归。闲居玩古,不交当世。"看来后来戏曲中的"辞官不从"也有一点历史的影子。从现存记载看,蔡邕似乎不太善于处理官场复杂的人际关系,对有些权豪曾有过失礼和傲慢行为,因此也招致了一些嫉恨。这可能与他后来被当作负心故事的主人公也不无关系。

不知从什么时候开始,蔡邕被写进说唱故事在民间传唱。南宋著名诗人陆游有诗云:"斜阳古柳赵家庄,负鼓盲翁正做场。死后是非谁管得,满村听说蔡中郎。"(《小舟游近村舍舟步归》之四)诗中的蔡中郎就是蔡伯喈,因他曾担任过中郎将的官职而有此称。"负鼓盲翁"一句说的是当时流行的说唱形式"陶真"的演出情况,多数情况下是由盲女担任,所以又有"盲女陶真"的说法。此后戏剧中,这一题材也被频频使用。徐渭《南词叙录》"宋元旧篇"中就有《赵贞女蔡二郎》剧目,并注明"即旧伯喈弃亲背妇,为暴雷震死,里俗妄作也"。宋杂剧中的《冲撞引首》和《金院本名目》也均有"蔡伯喈"一目。可见宋金时期,这一故事业已被引入戏剧,而且这时的蔡邕已经是反面人物,是一个背弃亲人和妻子,后来被暴雷震死的小人。

《琵琶记》则是在南戏"书生负心剧"大量出现的基础上诞生的。书生负心剧在南戏中大量涌现,有着特定的现实原因。宋代政府一度进行科举改革:一是改三年一考为每年一考,二是扩大科举的名额。唐代的科举考试一般不超过五十人,有时仅录取一二十人。宋朝的录取名额大大扩大,一般录取二三百人,多则有五六百人,宋真宗时期甚至有一次录取了一千八百余人。此外,录取者的地位和待遇也得以提高,首先是不经过吏部考试就可以授予官职,及第后授予的官职也相应提高,同时,殿试也成为定制。对于那些屡屡考试不第的考生,还特别予以关照。如开宝三年(970),宋太祖特别赐予连续参加十五次考试而没有录取的一百零六人以本科出身。太平兴国二年(977),宋太宗也下诏书,对连续参加十至十五次考试而未被录取者一百八十人并赐出身。后来还有"特奏名"的制度,即连续参加考试没有录取者可以另立名册报告皇帝,皇帝特许他们参加殿试。所以,总体来看,宋代对于科举的奖励和刺激,均超过唐代。宋真宗还写过一首《劝学诗》:"富家不用买良田,书中自有千钟粟。安房不用架高粱,书中自有黄金屋。娶妻莫恨无良媒,书中有女颜如玉。出门莫恨无随人,书中车马多如簇。男儿欲遂平生志,六经勤向窗前读。"(《绘图解人颐》卷一)从流行的俗语也可以看到许多士子一步登天、平步青云的状况,如当时给学童启蒙的读物中,就把教育孩子读书的诗歌收录进去:

  天子重英豪,文章教尔曹。万般皆下品,惟有读书高。
  少小须勤学,文章可立身。满朝朱紫贵,尽是读书人。
  朝为田舍郎,暮登天子堂。将相本无种,男儿当自强。

加上宋代的士子一旦科举成功,就"不复有身家之虑"(清·赵翼《廿二史札记》),所以,极大刺激了普通士子参加科举的积极性。

  宋代这样的科举背景,就使更多的普通书生可以在较短时间内平步青云,一步登天。而一旦考中进士,许多士人出于仕途的考虑,便纷纷抛弃原来的糟糠之妻,另结高门。由于当时江南一带这一现象比较普遍,便逐渐在民众中产生了一种对负心现象的谴责情绪。南戏作为反映民众愿望的载体,于是出现大量"负心剧"。明代戏曲家沈璟曾集南戏中的"婚变戏"剧名写了《书生负心》散套,其【刷子序】曲云:"书生负心,叔文玩月,谋害兰英。张叶身荣,将贫女顿忘初恩。无情,李勉把韩妻鞭死,王魁负倡女亡身。叹古今,欢喜冤家,继着莺燕争春。"这里提到了六部南戏作品,都是写书生负心的。分别为《陈叔文三负心》《张协状元》《李勉负心》《王魁》《欢喜冤家》《诈妮子》。

  《琵琶记》改编所依据的作品是《赵贞女蔡二郎》,也是当时流行的"负心剧"。戏剧中负心汉被雷震而死,反映了民众对于负心行为的谴责。《琵琶记》是生活在元末的高明根据民间说唱、民间传说和旧本戏文改编而成的。高明,字则诚,号菜根道人,浙江温州瑞安人,出身于书香门第,人称东嘉先生。《琵琶记》作于他晚年辞官之后,全剧共四十二出,现存容与堂刻本、《六十种曲》本和上海古籍出版社1980年排印本等多种版本。剧本叙述汉代陈留郡书生蔡伯喈娶妻赵五娘,新婚燕尔,逢朝廷开科取士,伯喈以父母年高不便远出不欲出试,但其父亲蔡公不允,加之邻居张大公在旁劝说,伯喈只得告别家人上京应试,一举得中状元。当朝牛丞相钦慕伯喈才学,且家中适有一女尚未婚配,便欲强行招其为婿。伯喈以家中父母年事已高,自己需回家照顾以尽孝心为由辞婚辞官,遭牛丞相和皇上拒绝,无奈只得入赘相府滞留京城,被迫过着荣华富贵的生活,且与家中音信阻隔。伯喈离家后,其妻赵五娘恪守妇道,侍奉公婆,竭尽孝心。不料陈留连年旱灾,五娘虽典卖衣衫钗环,仍难以维持生计。她把仅有的粮食留给公公婆婆,自己背着公婆以糟糠充饥。婆婆猜疑五娘背着他们偷吃,于是怨谤交加,及至发现五娘吃糠,痛悔不堪而撒手尘寰。蔡公受到打击也相继死去。伯喈入赘相府后,虽身在相府,却心系故乡,对父母娇妻思念不已。他托人捎信家中,书信却不幸被拐子骗取。一日,伯喈于书房弹琴抒发愁思,被其妻牛小姐听见,伯喈于是吐露实情。贤惠的牛小姐把这一情况告诉牛丞相,并说服父亲派人去陈留迎接伯喈父母及妻子进京。而远在陈留的赵五娘在公婆去世后,罗裙包土,祝发葬亲,并亲手描绘公婆遗容,身背琵琶沿途以弹唱乞食,进京寻夫。五娘历尽万般辛苦终至京城,适逢弥陀寺举行法会,五娘便至寺中募化求食,并将公婆画像供奉于佛前。此日伯喈也至寺中烧香祈愿,看到父母真容便拿走悬挂于自己书房。五娘为寻真容追至相府,牛小姐请其府中弹唱。五娘见小姐贤淑,便把自己的身世遭遇和盘托出。牛小姐怕伯喈不愿相认,就让五娘在书房公婆真容上题诗,伯喈回府看到,正欲询问缘由,牛小姐带五娘进入书房,夫妻终得团聚。五娘俱述种种变故,伯喈悲痛不已,即刻上书要求辞官回乡为父母守孝。牛丞相得知后,允伯喈携同五娘和牛小姐同归故里,祭奠父母,并守孝三年。皇帝亦下诏,于是孝子贤妻共获旌表。剧本末尾一出名为"风木余恨",以"树欲静而风不止"指代"子欲养而亲不在"的遗憾,全剧在伯喈的无限悔恨中结束。

《琵琶记》历来有"南戏之祖"的美誉。它是第一部文人写就的南戏剧本,把南戏创作提高到一个新的阶段,并为后来的南戏和传奇创作提供了范式。作品在彰显贤孝的同时,为我们描摹了当时的人情世态,具有一定的社会价值。诸多人物之中,赵五娘形象的塑造尤为成功。结构上的双线并进、悲喜交加的安排,十分适合舞台的调度和调配。在语言方面,曲与白都较有个性,比较符合人物各自的身份。整体上看,剧本语言比较文雅,具有较强的文学色彩。与南戏中的其他负心剧比较,《琵琶记》是以全新的面目出现的。这种"新异"是通过作品中的一系列变化来体现的。由于此前南戏多为民间艺人或粗通文墨的下层文人所为,故在作品主旨、题材选择、语言风格等方面均显出民间的特色。身为"上层"文人的高明的介入,在许多方面改变了南戏的面貌,使它朝着典雅和整饬的方向发展。所以,可以说,南戏经过高明的《琵琶记》得到了提升和发展。

首先,作品的改变体现在创作意图和作品主旨方面:由原来的"谴责负心"变为了"颂扬贤孝",把本来反映民众情绪和民众感情的作品纳入到"颂扬贤惠和孝道"的"主旋律"之中。《琵琶记》虽然有蔡伯喈入赘的"婚变"内容,却改掉了原来的书生负心情节,从而成了"婚变"但不"负心"的新作品。有的学者把这种情况诙谐地称作"'包二奶'可以,但不能抛弃糟糠之妻"(俞为民《南戏的产生及其市民性》)。这样的情节处理与作者的改编宗旨有直接关系。身为正统文人的高明,虽然也有较坎坷的官场经历,但他的思想仍被框格在正统伦理范围之内。所以,在改编这部南戏作品时,高明仍是立足于宣扬贞节忠孝等传统伦理道德的。剧本开篇借"副末开场"表明了作者改编这部作品的初衷。词云:

> 秋灯明翠幕,夜案览芸编。古往今来,其间故事几多般,少甚佳人才子,也有神仙幽怪,琐碎不堪观。正是不关风化体,纵好也徒然。论传奇,乐人易,动人难,知音君子,这般另作眼儿看。休论插科打诨,也不寻宫数调。只看子孝共妻贤。正是骅骝方独步,万马敢争先。

显然,作者的意图是要有补于世道"风化",它所宣扬的也是封建的伦理道德,即为儿子和臣子之"忠孝"(主要体现在蔡伯喈身上)、为人妻者之"贤惠"(主要体现在赵五娘和牛氏身上)、为人邻者之义气(主要体现在张广才身上)。高明以为这些正是医治乱世的良方。历来评论家对《琵琶记》的推崇也多涉及其"教化"作用。如明代的王骥德认为它是"有关世教文字"(见《曲律》),明太祖则用了一个比喻来说明《琵琶记》的重要,他说:"五经四书,布帛菽粟也,家家皆有;高明《琵琶记》,如山珍海错,富贵家不可无。"而且还"日令优人进演"。朱元璋是提倡高台教化的皇帝,希望把封建的伦理道德贯注到戏曲之中去,他对《琵琶记》的极力推崇,显然是看中《琵琶记》在宣扬封建伦理道德方面的价值。

作品把蔡伯喈塑造成一个"全忠全孝"的典型,通过"三不从"来体现蔡伯喈的"孝"。一是辞试不从。蔡伯喈在新婚不久,父亲就逼迫他离开家乡,到京城赶考,伯喈本无功名之想,但在"子不听父言是为不孝"的训斥下,含泪告别新婚妻子,赶去京城赴试。二是辞官不从。在蔡伯喈高中状元后,他在金殿上再三请求辞官回家,侍奉父母以尽孝道,皇帝不准,强令他留在京城做官。他本不想答应,但在"臣不遵君命是为不忠"的压力下,还是留在京城做官。以上的"两不从",其实分别图解的是蔡伯喈的"孝"和"忠"。三是辞婚不从,即蔡伯喈中状元之后,牛丞相想招他为女婿,他以家有婚配为由再三推辞,但仍是推脱不过,无可奈何,招赘入牛府。作者为了避免把蔡伯喈陷入像张协那样"不义"的地步,还特别描写了他入赘牛府后,心中时刻挂念父母妻子,不仅没有写休书,而且还想法传递书信,并最终得以夫妻团聚,一门旌表。

通过这"三不从",完成了对蔡伯喈责任的开脱。其实,从事实角度,蔡伯喈无疑是个不孝之子,对父母"生不能养,死不能葬,葬不能祭"。儒家规定孝子必须完成的任务,他无一完成。同时,他也没有对新婚的妻子负起应有的责任,使其独力侍亲、艰难异常。但通过以上的情节设置,就为他开脱了所有这些罪名,使他摇身变成了全忠全孝的道德楷模。高明本人本来就是一个典型的封建文人,他不仅做过官,而且是当时比较有名的大儒。所以,他对封建的伦理道德不仅身体力行,而且形诸笔墨。从这样的意义上说,《琵琶记》通过高明的改编,完成了故事主题从"谴责负心文人"向"弘扬忠孝伦理"的转变,把原来反映下层民众心理的戏曲改编成弘扬当时"主旋律"的作品。

其次,如上所言,作品在围绕"主旋律"的前提下,对于故事中的人物性格和情节内容加以改变和增益,如蔡伯喈形象就发生了很大变化,戏剧中的负心背亲等情节也发生了变化。

再次,语言方面的变化更加明显。《琵琶记》主体上采用了较为典雅的语言,从而改变了此前南戏作品质朴通俗的语言特点。这一点,我们可以通过比较看出。在另一部负心剧《张协状元》中,往往出现一些类似民间口语的唱词和说白,如剧中有净和末(李大公和李大婆)的一段表演:

(净唱)
【麻婆子】二月春光好,秧阵细细抽,有时移步出田头,蛇蚪儿无数水中游。婆婆傍前捞一碗,急忙去买油。
(末白)买油作什么用?
(净白)买三十钱麻油,把蛇蚪煎了,吃大麦饭。
(末白)且是恶心。

还有的唱词更是明白如话,如第二十八场"卖登科记"的人一出场的一支"花儿",唱词是这样的:"三文卖着状元,五百姓名及州县。两本直你六文钱,要千本交五贯文。"其风格和民歌确实十分相像。至今,在西北地区还将民歌叫做"花儿"。相反,《琵琶记》的语言则雅致了许多,如第七出"才俊登程"表现蔡伯喈旅途思亲的一段唱词:

【八声甘州歌】(生)衷肠闷损,叹路途千里,日日思亲。青梅如豆,难寄陇头音信。高堂已添双鬓雪,客路空瞻一片云。(合)途中味,客里身,争如流水蘸柴门,休回首,欲断魂,数声啼鸟不堪闻。

曲词几个地方都包含典故或者化用前代诗词。如"青梅如豆"一句,就化自"折梅逢驿使,寄与陇头人。江南无所有,聊赠一枝春。"(南朝范晔诗)"客路空瞻一片云"包含唐代狄仁杰"太行白云"的典故,说的是狄仁杰离开家乡时登太行山而行,等他到山上高处,回首望山下,看到白云缭绕,于是对随行的人说:我的父母和家人就在白云的下面。之后怅惘许久,才慢慢离开。后世就用"太行白云"作为"望乡思亲"的典故。"流水蘸柴门"与隋炀帝之"寒鸦数点,流水绕孤村"的意境十分相像。"数声啼鸟不堪闻"又隐含"不如归去"的意义在里面。这样的曲词就写得十分文雅,具有诗词气息。最为华丽典雅的是第二十七出里的几支曲子:

【本序】长空万里，见婵娟可爱，全无一点纤凝。十二栏杆，光满处，凉浸珠箔银屏。偏称，身在瑶台，笑斟玉斝，人生几见此佳景？（合）惟愿取，年年此夜，人月双清。（生唱）

【前腔换头】孤影，南枝乍冷，见乌鹊缥缈惊飞，栖止不定。万点苍山，何处是，修竹吾庐三径？追省，丹桂留扳，嫦娥相爱，故人千里谩同情。（合前）（贴唱）

【前腔换头】光莹，我欲吹断天箫，骖鸾归去，不知风露冷瑶京？环珮湿，似月下归来飞琼。那更，香鬟云鬓，清辉玉臂。广寒仙子也堪并。（合前）（生唱）

这是蔡伯喈和牛氏赏月时所唱的曲子，曲子细致描绘了中秋月色的美丽，差不多可以看作是"中秋月色赋"了。明代著名的戏曲理论家王骥德在《曲律·论家数第十四》中曾赞扬这段文字说："《拜月》质之尤者，《琵琶》兼而用之，如小曲语语本色，大曲引子如'翠减祥鸾罗幌''梦绕春闱'，过曲如'新篁池阁''长空万里'等调，未尝不绮绣满眼，故是正体。"

《琵琶记》对南戏的超越，还表现在戏剧结构方面。它不仅完善了自《张协状元》以来的生旦双线结构，而且以娴熟的结构技巧为明清传奇树立了结构方面的范式。它采用的是典型的"双线并行"的结构方式，这里的双线具有多方面的含义和意味，双线的交织其实构成了戏剧多方面的转移和切换。

首先，双线表现为男女主人公的不同经历和遭遇，也表现为男女二人的离合故事。剧本从蔡伯喈别亲后，就形成了两条不同的故事线索：一是蔡伯喈在京城的经历和遭遇；另外一条是赵五娘在家乡的悲惨生活。这样，就形成了不同人物经历的转移和切换。

其次，从社会层次的角度看，蔡伯喈一线反映的是上层社会的生活面貌，所以，作品中频频出现上流社会的生活场景：杏园宴饮、相府成亲、秋夜赏月等，展示的都是上层社会华贵悠闲的生活场景。而五娘一线则折射了下层民众的民生状态，五娘请官粮被抢、吃糠充饥等反映的是普通民众的生存状态。这样，就使作品的视野甚为开阔，映照出了更为深广的社会生活。

再次，从悲喜气氛的角度，双线交加又形成了"悲喜交加""哀乐相济"的艺术效果。蔡伯喈一线基本属于喜乐的一面。进京赴试得官、杏园宴会、入赘相府，伯喈过着富贵闲适的贵族生活，处处显示出喜庆和欢快的气氛。赵五娘一线则悲苦凄切，由于蔡伯喈的离开，加上灾害发生，蔡家生活异常艰难。五娘勉强侍奉公婆，请官粮、吃糠、卖头发葬公婆、罗裙包土筑坟堆、身背琵琶乞讨进京，艰难的生活处处充满艰辛，勾起读者和观众的悲伤、哀痛之情。这样的"双线分进"其实就是"悲喜交加"和"苦乐相济"，具有调节戏剧气氛的作用。

复次,"双线分进"虽然与古代叙事文学"花开两朵、各表一枝"的方法类似,却在戏剧舞台方面有着特别的意义。首先在角色的调度方面:分叙的方法可以很好完成戏曲角色的劳逸调节,这里主要是生和旦的角色调节。戏曲结构和故事的叙述要讲求不同角色的劳逸安排,否则会累的累死,闲的闲死。现在舞台上让艺人们头疼的有难度的戏,许多都是"独角戏",即由一个人单独完成的,如《思凡》《夜奔》等。《琵琶记》的"双线并进"反映到演出的层面就是"生、旦轮演"。我们不妨看看《琵琶记》各出的演员安排情况,会发现作品按照两个不同的方向,把戏曲角色根据需要分别串在平行的两条线上。"生"这条线上有蔡伯喈、牛小姐等,"旦"的这条线上有五娘、蔡父、蔡母等。加上其他一些角色的间杂活动,构成了很清晰的两个链条。不同角色次第交替演出,演员也可以得到替换和休息。

此外,与上述悲欢气氛相适应,戏曲在处理舞台美术方面也体现出不同色调之间的轮换和交替。具体讲,在演到上流社会一线时,由于往往出现的是豪华富丽的场景以及饮宴婚庆类的场面,所以,舞台方面常常显示出"暖色调"为主的配置,如婚庆场面就是以红色为主的色调安排。相反,在演到下层社会一线时,因为表现的常常是下层生活场景,故舞台色调又以"冷色调"为主,如"吃糠"(原剧本中的"糟糠自厌")一出表演时,蔡父、蔡母和赵五娘的装束都是灰、蓝、青一类的冷色调。这一分别在剧场观看时的感觉尤其突出,古代有的班社在具体设置布景和道具时,就很注重这方面的安排。据清代乾隆年间《扬州画舫录》记载,当时著名的"老徐班"在演出全本《琵琶记》时,到"请郎花烛"一出,则用"红全堂","风木余恨"一出则用"白全堂"。所谓的"全红",就是全部使用红色的舞台设置,以适应婚庆的气氛和背景。"风木余恨"由于演的是蔡伯喈在坟头拜祭亡父母,故全部使用白色的舞台场景配置。这样强烈的色彩对比显然会在剧场演出时产生巨大的视觉冲击力,给观众留下极为深刻的印象。

尽管在《琵琶记》之前的《张协状元》中就已经出现了"生""旦"分进的结构形式,但《琵琶记》的运用和安排显然更为娴熟、更为合理。由此开始,后继的南戏和传奇在结构方面都学习《琵琶记》,或多或少都印有《琵琶记》的痕迹。南戏多有"婚变","婚变"则必以男女分合为骨干情节。传奇则多情爱,自然也是以男女分合为主线。所以,进入传奇时代后,《琵琶记》的结构方式更是屡屡被作家沿袭。有些作者虽然力图突破模式,在结构方面追求新异和变化,但多数不过仍然是在"生、旦分进"的大框架内寻求小的变化和局部新异,整体上并没有脱开《琵琶记》的窠臼。

"糟糠自厌"为原本第二十一出,后世昆曲叫"吃糠",是全剧极富悲情的一出,现在还存活于昆曲等多种剧种当中。该出演赵五娘在连年灾荒极端困苦的岁月里,无依无靠、忍辱负重,侍奉二老艰难度日。一方面给我们展示了一幕催人泪下的悲凄场面;另一方面也成功塑造了五娘贤惠善良、忍辱负重的人物形象。作者主要通过人物所受困苦来凸现其性格特征,尤其是通过人物在典型环境中的典型感受来表现其内心活动与内心矛盾。这一出的曲词围绕人物的心理活动展开,细腻委婉,真切动人。正如毛声山所说"在性情上着功夫,并不以词调巧倩见长"(毛声山评本《琵琶记·前贤评语》)。如【山坡羊】曲后【前腔】中赵五娘为了让公婆多吃米饭,自己决定吃糠,但糟糠却很难下咽:"这糠呵,我待不吃你,教奴怎忍饥?我待吃呵,怎吃得?"五娘进退两难的心理跃然纸上。【孝顺歌】一曲中,五娘以糟糠自比,自身遭遇之苦与吃糠之苦叠加,更显现出其境况之艰难。第二支"糠和米"一曲尤为著名。五娘以糠和米来比照自己和丈夫:"糠和米,本是两倚依,谁人簸扬你作两处飞?一贱与一贵,好似奴家共夫婿,终无见期。"曲词把赵五娘不堪悲苦、自怨自艾,同时又感慨世事无常的心理活动刻画得淋漓尽致,五娘形象随着剧情的展开也逐渐凸现和丰满,剧中的悲情色彩至此也达到了顶峰。这一曲子历来被誉为"神来之笔",传说高明填词至此,桌上两根蜡烛烛火竟合而为一,被人认为是"文字之祥"。昆剧舞台演出中,五娘由正旦应工,"吃糠"一出,则以唱见长,其表演则讲求悲怆凄恻,身段讲求端庄大方。扮演公公婆婆的外与净的说白穿插其中,使得"吃糠"一出极易取得较好的舞台效果,加之与前后"喜庆"场次的交织对比,其悲戚凄清的气氛更加突出。故长期以来,该出戏一直是昆剧舞台上的经典。

《琵琶记》当然也存在一些缺陷,如其情节安排,就有人提出批评。清代著名戏剧理论家李渔曾说:"若以针线论,元曲之最疏者,莫过于《琵琶记》,无论大关节目,背谬甚多。如子中状元三载,而家人不知,身赘相府,享尽荣华,不能自遣一人,而附家报于路人。赵五娘千里寻夫,只身无伴,未审果能全节与否?其谁证之?"李渔在这里主要指出两个纰漏:一是既然身在相府,为什么不能自己派遣一个使者,反要让路人捎信?赵五娘千里只身寻夫,能够保持贞节吗?这样的提问虽然有苛责的嫌疑,但也确实指出了情节方面的疏忽。但整体看来,《琵琶记》的艺术成就历来一直受到戏曲界的重视,明代有曲论家称其为"南戏之祖"。如王世贞说:"则成所以冠绝诸剧者,不惟其琢句之工,使事之美而已。其体贴人情,委曲必尽,描写物态,仿佛如生,回答之际,了不见扭造,所以佳耳。"这里的"则成"指的就是高明。著名学者王国维也曾评价说:"《琵琶记》自铸伟词,其佳处殆兼南北之胜。"在清代著名折子戏选本《缀白裘》中,收录了《琵琶记》的二十六出,远远超过其他任何一部剧作。从演出角度,这本戏也一直活跃在历代的舞台上,几百年来一直演出不衰,直到今天,它的全本或者片断还在某些剧种中演出。从文本的角度,《琵琶记》的刊刻一直没有停止过,由于传播久远而广泛,所以,在流布过程中,产生了大量的不同版本,据有的学者研究,各种版本已达六十多种。根据《礼节传簿》的记载,在山西省古泽、潞二州的古代赛社演出中,出自《琵琶记》的富有悲情色彩的"五娘官粮"一出,也经常演出。《琵琶记》持续而绵久的影响,由此可略见一斑。

从"婚变戏"的角度,《琵琶记》对后世戏剧也有着显著的影响。首先是在明代以后,曾出现大量类似《琵琶记》的为宋元南戏中的负心文人翻案的"翻案戏"。其次,出现了一种回归到民间的"婚变戏",如《赛琵琶》《秦香莲》等都属于这类作品。回到民间的"婚变戏"由于快意恩仇,反映多数民众的愿望,所以很受大众欢迎。有独到眼光的清代戏曲理论家焦循曾说:"花部有剧名《赛琵琶》,余最喜之。为陈世美弃妻事。"他对该剧的"女审"一出非常喜爱,认为远远超过《西厢记》的"拷红"一出。描述观看时的感觉为"真久病顿苏,奇痒得搔,心融意畅,莫可名言,《琵琶记》无此也"。"女审"演出的是秦香莲在堂上痛斥陈世美的情节,难怪作者感到十分快意,后来的《秦香莲》在很大程度上也受到该剧的影响。与《琵琶记》相比,原来剧中的"悲情"已被复仇后的"快意"所替代,与早期南戏《赵贞女》中"暴雷打死负心贼"的意趣颇为相似。有学者在追述这一过程时说:"从宋代的盲人鼓词,到南戏《赵贞女与蔡二郎》、高则诚《琵琶记》,到地方戏《赛琵琶》,最后演变为《秦香莲》,经历了几百年,才完成了这种从民间到文人、又从文人到民间的流变、发展过程。"(张庚《中国戏曲通论》)换言之,可以说婚变戏是通过从民间到文人、再从文人到民间的环形途径,重新回到了民众手中,而《琵琶记》不过是这个过程中的一环。从婚变题材的演变角度视之,它其实附载着丰富的文化信息,颇值咀嚼和寻味。

【延伸欣赏】

推荐阅读:九山书会《张协状元》(见《永乐大典戏文三种校注》)

推荐观赏:昆剧折子戏《吃糠》

(王　宁)

元代杂剧篇

DAXUE XIQU JIANSHANG

元曲被称为"一代之文学",是与唐诗、宋词鼎足而立的文学经典。这里的"元曲"具体包含两种类型:一种是散曲,另外一种是剧曲。元杂剧的兴起与元代文人的处境和遭遇有关。由于元代多年废止科举,文人失去科举入仕的机会。加上异族入主、吏治腐败等原因,使得元代文人感受到多方面压抑,杂剧也就成为他们抒发牢愁、寄寓苦闷的媒介和工具。而元曲由于文人的参与也得以进入文学殿堂,与唐诗、宋词并称为"一代之文学"。

从现有资料看,杂剧的兴起略晚于南戏,最迟应该在金元之交,所以,学术界又有学者把元杂剧称为"金元杂剧"。金代时段为1115—1234年,元代为1206—1368年,所谓"金元之交"大致可以确定为13世纪初期。元杂剧是在吸收前代各种曲艺基础上逐步形成的,其中,诸宫调对元杂剧影响尤著。

从蒙古灭金开始到元朝被明朝替代,整个元代杂剧的发展可以分为三个时期:从蒙古灭金到蒙古灭南宋(1234—1279),属于杂剧的发轫和勃兴阶段;从南宋灭亡到泰定之前(1279—1324),属于杂剧的兴盛阶段;泰定之后(1324—1368)属于杂剧的衰落阶段。早期杂剧的中心在北方,尤以大都(今北京)、真定(今属河北)、平阳(今属山西)、东平(今属山东)以及河南一带最为繁盛。所以,这一阶段也可以叫做北方繁荣时期。第二时期的杂剧则出现了南北并盛的局面,除了北方之外,江南以杭州为中心也形成了杂剧演出和创作的另一个中心地带,这一时期的许多杂剧作家均为由北入南的作家。第三个时期属于杂剧的逐渐衰落时期,作家数量急剧减少,作品题材也发生了一些变化。进入明朝以后,随着传奇的兴起,杂剧创作和演出相对减少,也就逐渐衰微没落了。

元杂剧主要唱北曲。北曲是在北方传统音乐基础之上,吸收北方少数民族的民间音乐逐渐形成的,它采用七声音节,不像南曲那样采用五声音节。杂剧的曲子根据不同声情特点分属不同宫调,剧作家在编剧时可以根据表现内容的不同来选择不同宫调的曲子。每一个曲子都有一个固定的名称,即曲牌。如【正宫·端正好】,前面的正宫表示它是属于正宫的曲子,后面的【端正好】标识它具体的曲牌名称。元杂剧的曲子在组合时,多数都是由同一宫调的曲子组成一组曲子,叫做一套。它除了要求选择同一宫调的曲子组成套曲之外,各曲子的位置和排列顺序也往往遵循一定的规范,叫做"套式"。同时,杂剧对于曲子的句式、平仄、押韵、衬字(为表达需要而在正常句式中加入的曲词)等都有一些具体格范。一般情况下,元杂剧都由四套曲子组成,所以,元杂剧经常被称为"北曲四大套"。就剧本体制而言,一套在形式上又表现为一折,由于多数元杂剧都由四折和一个楔子组成,故在谈到元杂剧体制时,我们经常概括为"四折一楔子"。"折"在演出上也表现为一场,"楔子"是安插在剧中的一个较小的单元,一般由一支或两支曲子组成,安排在全剧之前的往往交代人物和设置线索,安排在剧中折和折之间的则多属于过场和过渡性质的演出。

"题目"和"正名"是杂剧的另外一个组成部分,一般由两句或者四句话组成,位置不一,有时在剧本之前,有时则放置在全剧的最后。它有时用来标识剧情概况,有时标识关键情节,有时还可以表明立场和观点,但一般都有"剧本名称"的作用。后世多用其中的几个字作为剧本的简称,如马致远《汉宫秋》的题目正名为"沉黑江明妃青冢恨,破幽梦孤雁汉宫秋",简称《汉宫秋》。

元代杂剧采用的是一人演唱的方式,剧中人物可以有很多,但在绝大多数情况下,只有正旦或者正末可以演唱,其他的人物只有宾白。由正旦演唱的剧本叫做"旦本",由正末演唱的叫"末本"。同时,旦本之中的末和末本之中的旦均不演唱。

元杂剧的角色大体可以分为末、旦、净三大类,正末和正旦为剧中的男女主人公,均扮演正面人物。除正旦、正末外,尚有小末、外末、冲末、小旦、外旦、老旦、净等不同角色。由于各剧之中仅有正旦和正末演唱,其余角色只有宾白,所以有学者又把这种状况称为"一正众外"。此外还有一些不同类型的人物名称,如孤(官员)、驾(皇帝)、卜儿(老妇人)、帮老(强盗)、酸(书生)、洁郎(和尚)、禾(村里人)等。

在元杂剧产生发展的一百多年里,产生了许多优秀的作家作品,如被称为"元曲四大家"的关汉卿、白朴、郑光祖、马致远均有优秀作品传世,王实甫也是早期重要作家,其他如孟汉卿、康进之、张国宾、郑廷玉、孔文卿、杨显之、石君宝、纪君祥、宫天挺、李直夫等也都是比较重要的作家。就作品而言,如《窦娥冤》、《单刀会》、《西厢记》、《汉宫秋》、《梧桐雨》、《墙头马上》、《王粲登楼》、《李逵负荆》、《虎头牌》等都是优秀的杂剧作品。

元代杂剧的作者多是文人,由于元代基本废止科举制度,许多文人将精力投入到杂剧创作之中。加上异族入主,吏治腐败,文人心中积压着太多的块垒,所以通过杂剧来抒发情感,寄托情怀。这样也造就了元杂剧几个大的题材系列,如公案剧、神仙道化剧、文人事迹剧等。同时,情爱剧、风情剧和水浒戏等由于其本来的魅力也受到剧作家的青睐。另外,还产生了一些具有胡汉意识、寄寓民族情绪的作品。

由于歌唱在杂剧表演中占据重要地位，所以女性艺人的才能得以充分展示。有关记载显示，妓女成为元杂剧演出的主力，许多妓女不仅扮演女性角色，而且还进行反串，扮演男性角色。元代末年的钟嗣成曾编撰《青楼集》一书，其中记载元代在各地城市参与杂剧演出的妓女演员就有一百余人，所以，从某种意义上讲，元代杂剧的辉煌是由文人和妓女共同铸造的。

（王　宁）

第二讲
"阻隔"的意味：墙与《西厢记》

【剧本选读】

《西厢记》第一本第三折
元·王实甫[1]

（正旦上云）老夫人着红娘问长老去了，这小贱人不来我行回话。（红上云）回夫人话了，去回小姐话去。（旦云）使你问长老：几时做好事？（红云）恰回夫人话也。正待回姐姐话：二月十五日，请夫人姐姐拈香。（红笑云）姐姐，你不知，我对你说一件好笑的勾当。咱前日寺里见的那秀才，今日也在方丈里。他先出门儿外等着红娘，深深唱个喏[2]道："小生姓张，名珙，字君瑞，本贯西洛人也，年方二十三岁，正月十七日子时建生，并不曾娶妻。"姐姐，却是谁问他来？他又问："那壁小娘子莫非莺莺小姐的侍妾乎？小姐常出来么？"被红娘抢白[3]了一顿呵回来了。姐姐，我不知他想甚么哩，世上有这等傻角[4]！（旦笑云）红娘，休对夫人说。天色晚也，安排香案[5]，咱花园内烧香去来。（下）（末上云）搬至寺中，正近西厢居址。我问和尚每[6]来，小姐每夜花园内烧香。这个花园和俺寺中合着。比及[7]小姐出来，我先在太湖石畔墙角儿边等待，饱看一会。两廊僧众都睡着了。夜深人静，月朗风清，是好天气也呵！正是"闲寻方丈高僧语，闷对西厢皓月吟"。

【越调·斗鹌鹑】玉宇[8]无尘，银河泻影；月色横空，花阴满庭；罗袂[9]生寒，芳心自警。侧着耳朵儿听，蹑着脚步儿行，悄悄冥冥，潜潜等等[10]。

【紫花儿序】等待那齐齐整整，袅袅婷婷，姐姐莺莺。一更之后，万籁无声[11]，直至莺庭。若是回廊下没揣的[12]见俺可憎，将他来紧紧的搂定；只问你那会少离多，有影无形[13]。

（旦引红娘上，云）开了角门儿，将香桌出来者。（末唱）

【金蕉叶】猛听得角门呀的一声，风过处衣香细生[14]。踮着脚儿仔细定睛，比我那初见时庞儿越整[15]。

（旦云）红娘，移香桌儿近太湖石畔放者！（末做看科，云）料想春娇厌拘束，等闲飞出广寒宫[16]。看他容分一捻，体露半襟，軃[17]香袖以无言，垂罗裙而不语。似湘陵妃子，斜倚舜庙朱扉；如玉殿嫦娥，微现蟾宫素影[18]。是好女子也呵！

【调笑令】我这里甫能[19]，见娉婷[20]，比着那月殿嫦娥也不恁般撑[21]。遮遮掩掩穿芳径，

《西厢记》

第二讲
"阻隔"的意味：墙与《西厢记》

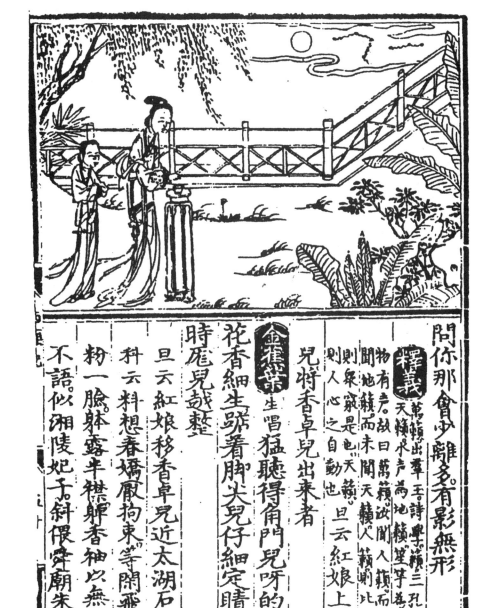

《西厢记》

中正近西廂居址，我問和尚每來小姐每夜花園內燒香，這箇花園和俺寺中合者，比及小姐出來，我先在太湖石畔墻角兒頭等。比及小姐出來飽看一會，兩廊僧眾都睡著了。夜深人靜月朗風清是好天氣也呵。 詩曰 閒尋丈室高僧語 問對西廂皓月吟

【鬥鵪鶉】(生唱)玉宇無塵，銀河瀉影，月色橫空花陰滿庭，羅袂寒，芳心自驚，側著耳朵兒聽，躡著腳步兒行，悄悄冥冥，潛潛等等。

【紫花兒序】(生唱)等待那齊齊整整，嫋嫋婷婷，姐姐鶯鶯。一更之後，萬籟無聲，直至鶯庭，若是回廊下沒揣的見俺，可憎將他來緊緊的摟定，則

《西廂記》

料应来小脚儿难行。可喜娘的脸儿百媚生,兀的[22]不引了人魂灵。

(旦云)取香来!(末云)听小姐祝告甚么?(旦云)此一炷香,愿化去先人,早生天界!此一炷香,愿中堂老母,身安无事!此一炷香,……(做不语科)(红云)姐姐不祝这一炷香,我替姐姐祝告:愿俺姐姐早寻一个姐夫,拖带红娘咱!(旦再拜云)心中无限伤心事,尽在深深两拜中。(长吁科)(末云)小姐倚栏长叹,似有动情之意。

【小桃红】夜深香霭[23]散空庭。帘幕东风静。拜罢也斜将曲栏凭[24],长吁了两三声。剔团圞[25]明月如悬镜。又不见轻云薄雾,都只是香烟人气,两般儿氤氲[26]得不分明。

我虽不及司马相如,我则看小姐颇有文君之意,我且高吟一绝,看他说甚:"月色溶溶[27]夜,花阴寂寂春;如何临皓魄,不见月中人?"(旦云)有人墙角吟诗。(红云)这声音便是那二十三岁不曾娶妻的那傻角。(旦云)好清新之诗,我依韵做一首。(红云)你两个是好做一首。(旦念诗云)"兰闺久寂寞,无事度芳春;料得行吟者,应怜长叹人。"(末云)好应酬得快也呵!

【秃厮儿】早是那脸儿上扑堆着可憎,那堪那心儿里埋没着聪明。他把那新诗和得忒[28]应声,一字字,诉衷情,堪听。

【圣药王】那语句清,音律轻,小名儿不枉了唤做莺莺。他若是共小生、厮觑定[29],隔墙儿酬和到天明。方信道"惺惺的自古惜惺惺"。

我撞出去,看他说甚么。

【麻郎儿】我拽起罗衫欲行,(旦做见科)他陪着笑脸儿相迎。不做美的红娘太浅情,便做道"谨依来命"。

(红云)姐姐,有人,咱家去来,怕夫人嗔责[30]。(莺回顾下)(末唱)

【幺篇】我忽听、一声、猛惊。原来是扑刺刺宿鸟飞腾,颤巍巍花梢弄影,乱纷纷落红满径。

小姐,你去了呵,那里发付[31]小生!

【络丝娘】空撇下碧澄澄苍苔露冷,明皎皎花筛月影。白日凄凉枉耽[32]病,今夜把相思再整。

【东原乐】帘垂下,户已扃[33],却才个[34]悄悄相问,他那里低低应。月朗风清恰二更。厮偶倖[35]:他无缘,小生薄命。

【绵搭絮】恰寻归路,伫立空庭,竹梢风摆,斗柄云横[36]。呀!今夜凄凉有四星[37],他不瞅[38]人待怎生!虽然是眼角儿传情,咱两个口不言心自省[39]。

今夜甚睡到我眼里呵!

【拙鲁速】对着盏碧莹莹短檠[40]灯,倚着扇冷清清旧帏屏[41]。灯儿又不明,梦儿又不成;窗儿外淅零零的风儿透疏棂[42],忒楞楞的纸条儿鸣;枕头儿上孤另[43],被窝儿里寂静。你便是铁石人,铁石人也动情。

【幺篇】怨不能,恨不成,坐不安,睡不宁。有一日柳遮花映,雾帐云屏,夜阑人静,海誓山盟。恁[44]时节风流嘉庆,锦片也似前程,美满恩情,咱两个画堂[45]春自生。

【尾】一天好事从今定,一首诗分明照证[46];再不向青琐闼[47]梦儿中寻,则去那碧桃花树儿[48]下等。(下)

【作品解题】

《西厢记》全名《崔莺莺待月西厢记》,是一部多本杂剧,共五本二十一折,今存多种版本。故事取自唐代元稹传奇小说《莺莺传》。宋元期间,该故事已经十分流行,先后有多种作品涉及,其中尤以金代董解元《西厢记》诸宫调最为著名,对王实甫杂剧也影响最著,《西厢记》杂剧系由诸宫调改编而成。剧本叙述张生和莺莺的爱情故事:唐德宗时,西洛书生张珙赴京应试,途经蒲关,旅居普救寺。适逢已故宰相崔氏之女莺莺,偕母扶父柩归葬,也寄居寺中。张生邂逅莺莺,为其美貌所迷,不能自已。恰逢孙飞虎作乱,大肆抢掠,听说莺莺貌美,于是兵围寺院,欲强娶为妻。莺莺母亲无奈,遂许愿谁可退敌,即以莺莺配之。张生正苦于无法接近莺莺,遂借机写信给故人白马将军杜确,退却贼兵。之后崔母设宴答谢,却以莺莺已许配郑氏为由,欲食言毁约。张生无奈,求助崔婢红娘,令递情诗挑之,并得到回复,约其晚间来会。晚间张生如约来到,莺莺却横加斥责。张生无奈,悻悻而返。后数日,红娘与莺莺来张生住处,崔张遂得偕云雨。崔母知情后大怒,经红娘力争勉允婚事,同时又以功名要挟,促张生赴试,崔张于是长亭相别,后张生中试得官,二人遂结夫妇。《西厢记》是古典戏曲的经典,自产生以来广获美誉,历代戏曲理论家对它多有褒赞,如有学者称其为"北曲压卷之作",《录鬼簿》中也有"《西厢记》天下夺魁"的说法。它对后世戏曲影响巨大,今天许多地方戏中仍保留有相关剧目,"天下夺魁"之誉确非虚美。

【注 释】

[1]王实甫:元杂剧前期重要作家,名德信,生卒年不详。根据有关材料推测,其创作活动大致在元贞、大德年间,应该是一个像关汉卿一样混迹风月的浪子文人。所作杂剧十四种,今存三种,《西厢记》是其代表作。

［2］唱个喏：旧时男子行礼时同时出声致敬，这里指行礼。

［3］抢白：挖苦、训斥。

［4］傻角：傻瓜。

［5］香案：烧香用的桌子。

［6］每：同"们"。

［7］比及：等到。

［8］玉宇：指天空。

［9］罗袂：指衣服。这里的意思是穿着罗衫，感到一些寒意。

［10］等等：走一走，停一停。

［11］万籁无声：四周寂静无声。

［12］没揣的：意外地，没想到。

［13］这句话的意思是说：要问问莺莺为什么见你一面如此之难。

［14］细生：香味清淡。

［15］越整：越显得端庄美丽。

［16］广寒宫：即月宫，这里是把莺莺比作嫦娥。

［17］軃：下垂。

［18］蟾宫素影：传说月中有蟾蜍，故以蟾宫称月宫。素娥，指嫦娥。这里也是将莺莺比作嫦娥。

［19］甫能：方才。

［20］娉婷：原意为美好的样子，这里代指莺莺。

［21］恁般撑：这般，这样。撑，也作"撑达"，元杂剧中的俗语，"美"的意思。这里是说就是嫦娥也不如莺莺美丽。

［22］兀的：这。

［23］香霭：焚香产生的烟雾，这里指雾气。

［24］凭：倚靠。

［25］剔团圞：剔是"很"、"十分"的意思。圞：圆。

［26］氤氲：烟气蒸腾。

［27］溶溶：形容月色如水。

［28］忒：太。

［29］厮觑定：互相看着。厮：互相。

［30］嗔责：责怪。

［31］发付：打发。

［32］耽：受。

［33］扃：上锁。

[34] 却才个:刚才。

[35] 厮俫倖:这里是说莺莺和张生两人都烦恼不安。俫倖:烦恼。

[36] 斗柄云横:斗,指北斗七星,其中的玉衡、开阳、摇光三星为斗柄。"斗柄云横"指斗柄被云遮蔽,与下文的"凄凉有四星"呼应。

[37] 四星:北斗七星之斗柄三星被遮蔽后,只剩下斗身的四星,显得冷落凄凉。与上文"斗柄云横"呼应。这里的"四星"同时可做"双关"理解,古代秤杆一星为"二分五","四星"即"十分",取"非常"之意。

[38] 瞅:理睬。

[39] 省:明白。

[40] 檠:灯架。

[41] 帏屏:遮蔽用的帐子。

[42] 疏棂:稀疏的窗格。

[43] 孤另:孤独、孤单。

[44] 恁:那。

[45] 画堂:本指华丽的房子,这里代指新房。以上这段文字是张生想象与莺莺成婚的情景。

[46] 照证:明证。

[47] 青琐闼:饰有青琐的门。青琐:古代宫门上的一种装饰。闼:门。青琐闼在这里指朝廷。张生的意思是不去科举了。与下文"则去那碧桃花树儿下等"呼应。

[48] 碧桃花树儿下:在元代杂剧中常指男女欢会的地方。《勘头巾》杂剧:"碧桃花下死,做鬼也风流。"张生的意思是为了爱情宁愿放弃功名。

(曲文据王季思等主编《全元戏曲》迻录,注释:王宁)

【作品导读】

在中国古代文学场景中,男女情爱尤其男女私情往往是和"墙"或者"跳墙"联系在一起的。不得其允的青年男女常常通过"跳墙"的方式(当然多数是由男青年完成的)获得与自己心上人相处欢会的机会。早在《诗经》中就已出现了类似作品。《郑风·将仲子》篇云:"将仲子兮,无逾我墙,无折我树桑。岂敢爱之,畏我诸兄。仲可怀也,诸兄之言,亦可畏也。"翻译成现代汉语大致为:那个男孩子啊,不要跳我家的墙了!不要折断我家的桑树了!我不是怜惜桑树。是怕我的父兄啊!你确实值得我爱,但父兄的话我也要听啊!战国宋玉在《登徒子好色赋》里提到一个女子——"东家之子","登墙窥臣三年,至今未许也。"是说该女子喜欢宋玉,常常站在墙头窥视他,但宋玉却一直没有答应。汉语成语中也有一个典型的"跳墙"故事——"偷香窃玉",讲的是晋代美男子韩寿的故事,见于《晋书·贾充传》,也载于刘义庆《世说新语》"惑溺第三十五"。《贾充传》记：

> 韩寿美姿容，贾充辟以为掾（按：古代的属官），充每聚会，贾女于青琐中看，见寿，说之。恒怀存想，发于吟咏。后婢往寿家，具述如此，并言女光丽。寿闻之心动。遂请婢潜修音问。及期往宿。寿矫捷绝人，逾墙而入，家中莫知。自是充觉女盛自拂拭，说畅有异于常。后会诸吏，闻寿有奇香之气，是外国所贡，一着人则历月不歇。充计武帝唯赐己及陈骞，余家无此香，疑寿与女通，而垣墙重密，门阁急峻，何由得尔？乃托言有盗，令人修墙。使反曰："其余无异，唯东北角如有人迹。而墙高，非人所逾。"充乃取女左右婢考问，即以状对。充秘之，以女妻寿。

由于这个故事的存在，后人就把"偷香窃玉"当成了男子通过不合礼法的方式去得到心上女子的代称。唐诗和宋词中也有大量类似描写。如宋词有"墙里秋千墙外道，墙外行人墙里佳人笑"的句子，描写的正是男青年隔墙闻声而心生倾慕的微妙感受。

但"跳墙"行为作为男女恋爱的流行方式，更多出现在戏曲当中。在元明乃至后来的诸多戏曲中，曾频频出现男女主人公"隔墙"相恋、逾墙而从的戏曲情节。而且转相因袭，几成一个模式。如由元曲四大家之一白朴所作的《董秀英花月东墙记》，剧中男主人公马彬就是通过在董秀英家花园墙头窥视而引起秀英注意，之后又通过隔墙奏琴、隔墙联诗、仆人递诗等过程最终定下东墙之约。马彬于是跳墙赴约，与秀英在墙下花丛成就一番欢会，同时也成就了美好姻缘。白朴似乎对涉及墙的题材情有独钟。他的另一部作品《墙头马上》也是通过"跳墙"来完成的爱情故事。剧情源自唐代白居易《井底引银瓶》诗："妾弄青梅凭短墙，君骑白马傍垂杨。墙头马上遥相顾，一见知君即断肠。"原本的意思只是青年男女一个在墙头，一个在马上，遥遥相望而情意绵绵。到戏剧当中却变成了墙头相慕、逾墙欢会的情节。就对墙的突破速度而言，剧中的裴少俊和李千金是速度最快，也是效率最高的。书生裴少俊春游，看到在花园游玩的李千金。剧本第一折是这样写的："（做见旦科，云）一所花园，呀！一个好姐姐！（正旦见末科，云）呀！一个好秀才也！"两人于是双双马上进入角色。裴少俊于是立刻挑逗，写诗一首："只疑身在武陵游，流水桃花隔岸羞。咫尺刘郎肠已断，为谁含笑倚墙头？"而大胆的李千金则立刻约会，约定裴少俊晚上跳墙来会。其诗也写得十分直露："深闺拘束暂闲游，手捻青梅半掩羞。莫负后园今夜约，月移初上柳梢头。"剧中的跳墙则是裴的仆人教的，裴在接到千金的约会情书后，问张千："张千，我打哪里过去？（张千云）跳墙过去。"第二折，裴少俊跳墙与千金相会，也成就了一番姻缘。

还有的剧作家对戏剧题材来源的故事不管不顾，在作品中增加了"跳墙"的情节。如明代孙柚的《琴心记》，该戏剧所演的是卓文君与司马相如的恋爱故事，第八出"私通侍者"写卓文君在家中见到相如，惹动情思。听说相如借住在西斋，于是晚间独自来到西斋附近，以寻找机会与相如相遇。司马相如也是心怀叵测，见到西斋附近鸟飞花动，怀疑是文君来到，于是弹琴以挑之。这就是著名的《凤求凰》："凤兮凤兮归故乡，遨游四海兮求其凰。"文君闻听而叹，这时剧中写道：

　　（生）事有古怪，你听墙外低吟，其声清婉，莫是小姐果在那厢。待我手扳庭树，跳过高墙。正是尽情传绿绮，拼死为红颜。（跳介丑）呀，相公，不要性急，倘是别人，怎生是好？（生）呦！不要管我！……

这时因为有别人来打断了他们的相会，所以相如有"将成好事多魔障，天上人间只隔墙"的唱词。

　　但如果比较一下戏曲情节和历史本事就会发现：这里的跳墙情节，是原来故事中没有而作者增加的。相如和文君的故事在历代戏曲中比较常见，其本事主要根据《史记》卷一一七之"列传第五十七""司马相如传"，大致是这样叙述的：

　　乃饮卓氏，弄琴，文君窃从户窥之，心悦而好之，恐不得当也。既罢，相如乃使人重赐文君侍者通殷勤。文君夜亡奔相如，相如乃驰归成都，家居徒四壁立。卓王孙大怒曰：女至不材，我不忍杀，不分一钱也。

从中可以看出，"琴挑"的情节和"私通侍者"的情节都是事出有本的，而"跳墙"的情节则是作者加上去的。

　　有的戏曲作品虽然不是"跳墙"的类型，但基本情节也和墙壁有着密切联系。如南戏中有一部叫《联芳记》的作品，又名《兰蕙联芳楼》。剧本讲述江南某富商有二女，其屋比水而居，有青年泛舟水上，二女见而悦之。于是互通款曲，及至晚上，二女遂以大筐将书生吊起，进入闺房欢会。最后一男二女，莺莺燕燕，成就一番姻缘。由于二女名字中一含有"兰"字，一含有"蕙"字，且二人得嫁一夫，故名之为《兰蕙联芳楼》或《联芳记》。从故事中我们可以看出，这里的墙其实仍然是墙，不同的是把"跳"变成了"吊"，从"书生"辛苦变为了"小姐"辛苦，但其逾墙而从、逾墙而合的情节仍了无二致，可以看作是"墙阻"和"跳墙"的变种。

　　其实在古典戏曲中，尤其是描写男女情爱和风情的戏曲作品中，"墙"其实已经成为一个十分普遍的舞台形象，而"跳墙"也已经成为了一种流行的情爱剧情节。它与"大团圆"结局一前一后，形成了戏曲情爱剧的两个有趣的"看点"。许多戏曲均以墙为界限，首先把一对相爱的青年男女分割开来，然后通过各种媒介使他们最终得以结合。而这个过程往往就演绎出一段趣味横生、跌宕有致的情爱故事。所以，在一本戏剧之中，就有一位书生公开宣言："钻穴逾墙，正是我等读书人的本等。"所谓的"本等"就是本分和专业的意思，类似今天的专业和必修课程。

然而最为著名、影响最大的，当非《西厢记》莫属。不论是就古代文学而言，还是就戏曲而论，如果说存在一个"跳墙文学"系列或者"《西厢》"系列的话，《西厢记》无疑就是这个系列的最高经典和绝对境界。这不仅仅反映在作者借助戏剧的舞台属性，充分发掘了"跳墙"行为潜在的趣味和滑稽特点，而且还在于作者从戏剧冲突、戏剧主旨和文化含蕴、戏剧气氛等多方面凝聚了"跳墙文学"的优秀成果。所以，这种经典的含义就不仅仅是情节方面的典型性质了，而且具有文化、意象等多方面的含义和内涵。

由于《西厢记》的经典意义，后人曾经给了它一些别称。如有学者称之为"崔氏春秋"，应是因为崔张二人暮春相逢，而在惆怅的西风中别离，他们的故事从春天开始，到秋天分离，所以有这样的名称。但如果就情节的趣味性而言，张生跳墙无疑是十分重要的一个情节。所以，我们不妨把《西厢记》叫做"张生跳墙记"。其实由于"墙"和"墙阻"的存在，使得《西厢记》在许多方面颇具意味，耐人寻味。至今，在西厢故事发生地山西省永济县的普救寺中，仍然把"墙"作为一个吸引游客的噱头，在寺院中"还原"了一个"张生跳墙处"的景点。相信许多读者也会吟诵"拂墙花影动，疑是玉人来"的美丽诗句，而就欣赏和解读而言，"墙"无疑也成为解读《西厢记》最好的钥匙。

《西厢记》的本事出自唐代元稹的传奇小说《莺莺传》，本来是元稹自己的故事。在现存小说中，给作者留下最深刻印象的却不是墙和跳墙的行为，而是寺院里的钟声。唐元和十四年（819）春天，诗人元稹在黄草峡曾写下一首绝句，题为《春晓》："半欲天明半未明，醉闻花气睡闻莺。妩儿撼起钟声动，二十年前晓寺情。"元稹写这首诗的时候是四十一岁，距离贞元十五年（799）初识莺莺时恰恰二十年，"半欲天明半未明"时的钟声与当年在普救寺与莺莺欢会的场景十分类似，于是勾起了作者的美好记忆。从唐贞元年间到元代初年，莺莺和张生故事一直在民间和文人笔下流行传布。宋代有官本杂剧《莺莺六幺》，应该是用六幺的曲调敷演有关莺莺的故事。金代院本有《红娘子》，似乎是以红娘为主要戏剧人物的。南戏《崔莺莺西厢记》是较早关于《西厢记》的戏剧。此外，宋代赵令畤《崔莺莺商调蝶恋花词》则用说唱的方式表现崔张故事。诗人毛滂用另外一种说唱形式"调笑转踏"歌咏其事。到金代，一个姓董的读书人采用当时流行的"诸宫调"写成《西厢记诸宫调》，史称"董西厢"。以上这些作品有的已经不存，有的抒情意味较多，所以，在情节方面的发展是有限的。直到"董西厢"才将崔张题材发展到与后来的戏剧很近似的地步，在各个方面为《西厢记》做了准备工作。"墙阻"

的设计和"跳墙"的情节也得以保留。

作为"跳墙"系列的经典,《西厢记》在多方面均有着突出的成就。首先,作品围绕"墙阻"的设计,充分挖掘了这一情节所具有的滑稽和诙谐属性,使得戏剧时时充满着轻松、欢快的喜剧色彩。

《西厢记》中的"墙阻"和"跳墙"设计来自传奇小说,并经过宋代的诸宫调得以"中转"。小说对张生跳墙做了很细致的描写:"是夕,岁二月旬有四日矣。崔之东有杏花一株,攀援可逾。既望之夕,张因梯其树而逾焉。达于西厢,则户半开矣。……"但由于莺莺不够坚定,张生跳墙后的目的并没有达到,后来只能"自失者久之,复逾而出,于是绝望"。看来当时是跳进又跳出,而且准确说不是跳,是借助杏树攀墙。

同样的情节到了杂剧当中,则变得更有趣味了。《西厢记》正是通过"墙阻"和"跳墙"的设置,增加了戏剧的趣味性,两个相爱的男女由于有了墙的阻隔,于是才生发出一系列诙谐、生动、起伏跌宕的故事来。

第一本第三折"墙角联吟",由于有了"墙"的存在使戏剧情节显得颇为有趣。张生打听到莺莺晚上要来烧香,所以提前埋伏在花园的墙角等待,要饱看一回。等到莺莺焚香祷告,张生看到莺莺心思重重,看到有机可乘,于是吟诗试探:"月色溶溶夜,花阴寂寂春;如何临浩魄,不见月中人?"莺莺本已有心,听到张生试探,马上作出回应,同时也表达了自己的寂寞以及对相知相爱的渴望:"兰闺久寂寞,无事度芳春;料得行吟者,应怜长叹人。"在这个戏剧情节中,墙的作用是十分微妙的。佛殿奇逢后,张生对莺莺充满了爱怜和向往,但是由于遭到了红娘的抢白和奚落,所以心里仍是没有着落。这时隔墙联吟就非常符合人物此时的心态。莺莺由于有了墙的阻隔,也就可以暂时消除深闺小姐的拘谨和羞涩,委婉表露自己的衷肠。一男一女,隔墙而立,彼此心照不宣,此刻虽未见面,但却互相充满着向往和爱怜。而墙的存在,就仿佛一幅遮羞的面纱,使得男女主人公谨慎而执著的心态得以充分表露,同时也使得戏剧舞台的演出场面充满着诙谐和神秘的味道。

第二本《崔莺莺夜听琴》杂剧,张生在红娘的安排下,故意为隔墙的莺莺进行了一场古琴独奏,并歌唱当年司马相如为卓文君所唱的《凤求凰》以表达对莺莺的爱情。像"墙角联吟"一样,这里墙的存在也使得二人的感情显得十分强烈,墙在这里不仅仅是一种道具,也不仅仅是一种阻隔,它的存在恰恰为男女主人公充分展示自己的内心世界提供了可能和机遇。

第三本《张君瑞害相思》杂剧之第三折,也围绕"墙"大做文章,使戏剧充满诙谐气氛和喜剧色彩。莺莺写书简约会张生,张生喜不自胜,张生首先是由于慌乱,错把红娘当作莺莺,搂在怀里。后经红娘说明,急忙道歉说自己搂得慌了些。红娘由于怀疑莺莺书简约会的真实性,所以很不放心地问张生是否属实,张生自诩为猜谜的行家,说保准没有问题。于是兴冲冲跳过墙去,与莺莺相会。没有想到莺莺却给他上了一堂伦理课。剧本注明:

> (末跳墙科)旦怒云:"张生,你是何等之人!我在这里烧香,你无故至此。若夫人闻知,有何理说?"张生这时无话可说,急坏了一旁的红娘,不禁埋怨张生:"张生背地里嘴哪里去了?向前搂住丢番,告到官里,怕羞了你?"

这番诙谐、轻松的情景相信会给所有的读者留下深刻印象。所以,由上可见,《西厢记》首先通过"墙阻"和"跳墙"的情节设置,增强了剧情的喜剧色彩,在某种程度上强化了戏剧冲突,增强了戏剧的趣味性、观赏性,强化了舞台效果。墙的作用在"阻","阻"也就是"间隔"和"分离",正是因为有了间隔和分离,人物的相聚和欢会才更具有动人心弦的力量。戏剧围绕"墙"的设置,巧妙处理了故事叙述的断开与延续,戏曲情节的张与弛,人物的离与合,故事进展的迟与速等,而且还合理安排了人物的情绪悲欢,戏曲气氛的紧张与轻松等一系列的分寸和向度。

其次,我们可以看到,在《西厢记》当中,作者围绕"墙"设置戏剧冲突,很好地处理了主次矛盾。在情爱类的戏剧故事中,"墙"的出现在很大程度上强化了戏剧冲突,为矛盾的形成和深化提供了可能。"墙"的作用在于分隔和间阻,有了分隔和间阻,也就有了悬念和矛盾,这样,戏剧故事也就显得跌宕起伏,摇曳生姿。围绕张生跳墙的事件,作者安置了一系列的冲突和矛盾,这样,"墙"和"跳墙"在《西厢记》中就具有了象征的意味。其实,在《西厢记》所铺展的故事当中,横在崔张二人之间的"间隔"和"阻碍",不仅仅表现为具象化的砖墙,而且还体现为文化、伦理等方面的阻碍。换言之,在《西厢记》当中,不仅存在可见之墙,而且还存在不可见的隐形的墙壁,存在隐形的阻碍和间隔。而这种阻碍和间隔,同样为营造戏剧冲突、设置戏剧矛盾乃至表现戏剧主题提供了便利和条件。《西厢记》的故事简单说就是崔张二人由"分"到"合"的过程,是张生和莺莺"奔向"对方、"奔向"理想爱情的故事。作为男性主人公的张生,在"奔向"莺莺的途中,所面对的不仅仅是高度两米的普救寺之墙,而且还有不可见的由于伦理规范、性格乃至误解等而产生的隐形"墙阻"。在剧中,张生是一个非常挚诚的爱情追求者,他对爱情充满着美好的憧憬和强烈的渴慕。由于这种感情的强烈,他在剧中经常出现一些滑稽可笑的语言和行为。比如在普救寺解围后,老夫人设宴答谢,其实是为了赖婚。而这时的张生还蒙在鼓里,他首先是把自己打扮了一番,"皂角也使过两个也,水也换了两桶也,乌纱帽擦得光挣挣的",着急得直叫唤:"怎么不见红娘来呵?"然后,当红娘来请的时候,他喜不自胜,按捺不住心中的喜悦,一边吩咐红娘先行,自己在后面已经提前进入了角色，剧本写道：

> （末云）红娘去了，小生拽上书房门者。我比及到得夫人那里，夫人道："张生，你来了也！饮数杯酒，去卧房内和莺莺做亲去！"小生到得卧房内，和小姐解带脱衣，颠鸾倒凤，同谐鱼水之欢，共效于飞之愿。觑她云鬟低坠，星眼微朦，被翻翡翠，袜绣鸳鸯，不知性命如何，且听下回分解。

但就是这样一个挚诚的张生，作者在剧本中却安排着一堵又一堵"墙壁"来等着他，这样就增强了戏剧的冲突和矛盾，增强了戏剧的剧场效果。张生在剧中的第一次碰壁不是"西厢"之墙，而是红娘。佛殿奇逢，张生对莺莺一见倾心，当红娘来与方丈商谈为莺莺父亲做法事时，遇到张生，张生劈头盖脸就是一番自我推销："小生姓张，名珙，字君瑞，本贯西洛人也，年方二十三岁，正月十七日子时建生，并不曾娶妻。"但张生的热情遇到的却是红娘的一番谆谆教诲，红娘先是责问："谁问你来？"后来当张生问她小姐是否经常出来时，她又发怒说："嚑！先生是读书君子，孟子曰：'男女授受不亲，礼也。'君知'瓜田不纳履，李下不整冠'。道不得个'非礼勿视，非礼勿听，非礼勿言，非礼勿动'。……"红娘这番话，可以说是急忙忙的张生在奔向莺莺途中遇到了第一堵墙。到后来由于种种原因，这一堵墙得以消解，红娘"反水"变成二人的中介，至今"红娘"还是婚媒的代名词。

张生遇到的第二堵墙是老夫人，具体体现为老夫人的拒婚。普救寺解围，张生兴冲冲去奔赴老夫人的宴请，以为可以与莺莺得效鸾凤。但是当莺莺来到时，老夫人的一句话却顿时在张生和莺莺间树立起一堵高大的墙："（夫人云）小姐近前，拜了哥哥者！"由于原来的婚约被否，所以，对于怀着婚姻梦想的张生和莺莺来说，无疑树立起一堵间隔的高墙来。在《西厢记》的所有的墙阻当中，这一堵墙壁是最最坚固，也是最最高大的。它构成了全剧冲突的中心，剧本的各种矛盾和冲突，都或多或少地与这堵墙壁有关。其他的各种不同的墙阻的存在，都与这堵墙形成了主次和星月式的格局。换言之，也就是主要矛盾和次要矛盾的关系。《西厢记》的故事，本质而言，是张生和莺莺的爱情故事，这是剧本故事展开的主要线索，而老夫人的间隔和阻碍，却是横亘在张生与莺莺结合道路上最最顽固的阻碍力量。最终随着这堵墙壁的瓦解，主体矛盾得以解决，剧本故事也随之终结。

红娘的转变，从对张生的冷嘲热讽和谆谆教诲，到为之谋划为之心焦，这里消解的是张生和红娘之间的墙阻。红娘与莺莺由两相猜疑到互相信任，这里消解的是红娘和莺莺之间的墙阻。莺莺由于大家闺秀的羞涩和传统伦理的深刻影响，从简约（也就是给张生写信约会），然后又赖简，到后来终于突破格禁，"送货上门"，这里消解的是莺莺自己的"心墙"。而

第二讲
"阻隔"的意味：墙与《西厢记》

张生与莺莺通过隔墙酬韵、隔墙听琴，通过红娘的沟通，由最初的一见倾心到后来的跳墙相会、半夜欢会，这里消解的是张生与莺莺间的礼教的墙阻。所以，从某种意义上讲，普救寺的"墙"，由于有了这些不同类型和不同程度的间隔和阻碍，也就具有了象征的意味，颇能引发读者的无限联想。除了这堵用砖石砌成的墙壁之外，在莺莺和张生之间，还存在着心墙、礼教之墙、伦理之墙等不同的墙壁和阻隔。张生最终得以与莺莺结成眷属，他首先突破的是外围的墙壁，红娘就是。其次，张生要接近处在重重包围中的莺莺，又必须逐次突破横亘在他面前的重重墙壁，包括莺莺自己的"心墙"，以及普救寺的土墙，到最后才能面对最为高大、也最为坚固的"老夫人"代表着的"封建礼法"之墙。所以，可以看出，《西厢记》围绕墙的存在设置了一系列的戏剧冲突，把具象之墙和隐形的"墙阻"围绕冲突和矛盾予以合理设置，这样，"墙"和"跳墙"的存在就不仅仅具有情节方面的意义，而且具有强化戏剧矛盾和安排戏剧冲突的作用了。与其他的"跳墙文学"相比也就显得别具匠心、不落俗套了。

再次，《西厢记》围绕着系列的矛盾和"墙阻"的设计，完成了其主旨的表现和传达，这也使得《西厢记》与其他"跳墙"类作品相比更具意味。"墙"这一意象与在古代文化场景中所具有的伦理含义密切关联。墙在古代中国与"封建"有关，它的意义在于阻隔，一旦环形建成，其实完成的是一种占领。墙和私有制有关，环形的墙壁实际上就是一种无声的语言，它在向逼近这一界域的人宣告："这是我的。"同时，墙在古代又是一个伦理色彩十分浓重的具象，它往往含有次序和伦理的意义。《尔雅·释宫室》："东西墙谓之序。"而"序"是什么？晋代郭璞解释说："所以序内外也。"宋代邢丙疏云："此谓室前堂上东厢西厢之墙也，所以次序分别内外亲疏，故谓之序也。"可见，所谓的"东厢"和"西厢"之墙，本身是具有特殊含义的，是秩序和规范的象征。"跳墙"在古代也很早被蒙上一层伦理色彩，成为一种具有贬义的描述词语。《孟子·滕文公下》："丈夫生而愿为之有室，女子生而愿为之有家；父母之心，人皆有之。不待父母之命、媒妁之言，钻穴隙相窥，逾墙相从，父母国人皆贱之。"《孟子·告子下》："紾兄之臂而夺之食，则得食，不紾则不得食，则将紾之乎？逾东家墙而搂其处子，则得妻，不搂则不得妻，则将搂之乎？"元代散曲中也频频出现"墙"的字眼。如兰楚芳散曲《沉醉东风》中有："粉墙高似隔银河。"滕斌《题情》有"数枝红杏，闹出墙围"的句子等，这里的"墙"往往象征着家庭、闺房，或者是道德、伦理和规则。这一用法一直延续到今天，现在我们仍然把婚外恋称为"出墙"或者"红杏出墙"。可见，早在《西厢记》等戏曲作品出现之前，"跳墙"其实已经不仅仅是体育方面的跳高和物理角度的位移，而是具有了文化和伦理方面的意义，大致成为了"突破礼法"、"逾越规范"的代称。所以，"跳墙"的文化和伦理方面的象征含义，其实早在《西厢记》之前，就已经附着其中了。而《西厢记》则借助刻意安排，通过情节、人物性格等多方面的"配合",强化了"墙"和"跳墙"的文化和伦理意义。将"墙阻"和"跳墙"安排在一个涉及"礼法"和"逾越"的故事情景当中,显然赋予了这一行为以更丰富的伦理内涵和文化意味。而作品中呈现的"墙阻"和"跳墙"情节,就无疑成了突破封建礼法、追求自由爱情的超越时代的行为的象征。

《西厢记》第一本第三折又叫"墙角联吟",在《南西厢》为第九出"唱和东墙"。该折描写的其实是张生和莺莺的第一次实质性接触。通过吟诗酬答,张生和莺莺彼此了解了对方的内心,并确定了对于对方的好感。用张生的话说是"咱两个口不言心自省"。所以,张生的吟诗和莺莺的酬答就仿佛是二人的首次对话,只是这种对话方式比较文雅、比较隐讳一些,对红娘来说有点猜谜的味道。从此之后,张生已经确定莺莺有意交往,而莺莺也通过张生的吟诗证实了红娘对于张生痴情的描述。更为重要的是,这次联吟为二人以后的交往奠定了情感基础,也预示了剧情的发展方向。

如果从不同的媒介角度分析,这次崔张的沟通是通过"诗媒"来完成的。在莺莺和张生交往的过程中,存在几种不同形式的媒介:一是"仆媒",即以仆人红娘为媒介;二是"诗媒",即二人的吟诗和酬答;三是"琴媒",即以琴声为媒介互通款曲。在以上不同媒介之中,"诗媒"的地位十分重要。由于青年男女交往,总有一些难以让人传递的话语。所以,即使在红娘成为莺莺的同盟之后,也有许多信息是她难以传递的。而诗歌本身由于其含蓄委婉的特点,恰恰又可以避开红娘而使二人大胆沟通。这样,"诗媒"就在崔张的沟通当中起到了十分重要的"先导"作用,成为其他不同类型的媒介的基础。崔张二人正是通过"诗媒"完成了彼此的"火力侦察"。以后的"简约"等行为,都是建立在这次了解的基础上的。同时,起码在张生方面更加坚定了不顾一切、追求爱情的决心,即张生所说:"再不向青琐闼梦儿中寻,则去那碧桃花树儿下等。"

有趣的是,所有这些情节,作者是将崔张二人分置在同一堵墙的两侧来完成的。而男女主人公由于墙壁的存在,大可以带着微妙的感觉彼此沟通和交流。因为是隔墙而处,所以张生的吟诗也未显唐突。同样的道理,莺莺也因为墙壁的遮蔽而暂弃羞涩,大胆酬和。可以想象,同样的"联吟"情节,如果没有了墙壁的隔离,变成崔张相对而立,相视而吟,该是多么的尴尬和难堪。所以,墙的存在正符合了男女主人公此时此刻的微妙心理和独特感受,为二人的交流提供了一个绝好的屏蔽。

不仅如此,我们甚至可以想象如此的情景如果放置到舞台演出时,其演出场面该是何等的诙谐有趣!所以,这一折就不仅具有文辞优美、情节有趣等特点,而且还具有很强的剧场性。也许正是由于这个原因,在以后的一些续写和改编的"西厢系"戏剧当中,不仅多数保留了"逾墙"的情节,而且同时保留发展了"隔墙联吟"的情节内容。

也许正是由于"墙阻"设计和"跳墙"行为所具有的趣味性质和象征意蕴,《西厢记》出现之后,许多戏曲都对此加以模仿,如《东墙记》《琴心记》等。它的另外一个情节安排——"琴媒"的设置也被另外一部戏曲《玉簪记》吸收,并发展为著名的折子戏《琴挑》。就对后世的影响而言,古典戏曲之中没有任何一部作品可以与《西厢记》比肩,《西厢记》至今所存明代刊本有近六十种,清代刊本近百种。有校刊本、题评本、笺注本多种类型。《西厢记》的传播不仅表现在舞台层面的演出,而且反映在案头角度的阅读,"一时文人,几乎家置一编"。在元代王实甫作品出现之后,还有许多文人对它进行改编和续写。仅《南西厢记》就有无名氏南戏《崔莺莺西厢记》、明初李景云《莺莺西厢记》、明崔时佩《南西厢》传奇、明李日华《南西厢记》、陆采《陆天池西厢记》等五种。也有一些卫道士因为畏怕《西厢记》的巨大影响,从自己需要出发对其进行篡改,如《续西厢》《新西厢》《不了缘》等均属此类作品。所有这些改写和续写的作品总数达到二十多种。其中,值得注意的是由李日华改编的《南西厢记》。由于更多尊重原著且注意到舞台演出的需要,《南西厢记》逐渐替代了王实甫的《西厢记》,成为自明代以来在舞台上最为流行的"西厢戏剧"。现存许多昆曲折子戏如《游殿》、《佳期》均基本上承《南西厢记》而来。从文学角度来看,《西厢记》的文词也颇为历代理论家所赏,尤其是"长亭送别"一段,又堪称古典戏曲文学的经典。其语言被称为"花间美人","铺叙委婉,深得骚人之趣",而且佳句极多,"若玉环之出浴华清,绿珠之采莲洛浦"(朱权《太和正音谱》)。传说王实甫在作《西厢记》过程中,当写到"碧云天,黄花地,西风紧,北雁南飞"时,因构思太苦,竭尽了思虑,倒地而死(清梁廷楠《藤花亭曲话》)。王世贞在《曲藻》之中更是对其推崇备至,认为"北曲当以《西厢》压卷"。《西厢记》的成就其实是多方面的,对它的解读也不妨从多方面展开,以上我们呈现的从"墙阻"和"跳墙"的角度的阐释,无疑仅仅是一个角度而已。毫不夸张地说,正像西方有着"说不尽的莎士比亚"一样,我们完全可以说,我们的《西厢记》也是"说不尽"的,她像一个千年不老的美人,散发着常睹常新、永久持续的独特魅力。(本篇解读吸收苏涵先生部分研究成果,特此说明)

【延伸欣赏】

推荐阅读:白朴《墙头马上》(见《元曲选》),李日华《南西厢记》(见《六十种曲》)

推荐观赏:黄梅戏《西厢记》

(王 宁)

第三讲
雁鸣中的"国殇":也说《汉宫秋》

【剧本选读】

《汉宫秋》第四折
元·马致远[1]

(驾[2]引内官上,云)自家汉元帝,自从明妃和番,寡人一百日不曾设朝。今当此夜景萧索,好生[3]烦恼。且将这美人图挂起,少解闷怀也呵。(唱)

【中吕·粉蝶儿】宝殿凉生,夜迢迢六宫人静,对银台一点寒灯。枕席间、临寝处,越显的吾身薄幸。万里龙廷,知他宿谁家一灵真性。

(云)小黄门[4],你看炉香尽了,再添上些香。(唱)

【醉春风】烧尽御炉香,再添黄串饼[5]。想娘娘似竹林寺[6],不见半分形。则留下这个影、影。未死之时,再生之日,我可也一般恭敬。

(云)一时困倦,我且睡些儿。(唱)

【叫声】高唐梦[7]苦难成,那里也爱卿、爱卿,却怎生无些灵圣?偏不许楚襄王枕上雨云情[8]。

(做睡科)(旦上,云)妾身王嫱,一番到北地,私自逃回。兀的[9]不是我主人!陛下,妾身来了也。(番兵上,云)恰才我打了个盹,王昭君就偷走回去了。我急急赶来,进的汉宫,兀的不是昭君!(做拿旦下)(驾醒科,云)恰才见昭君回来,这些儿[10]如何就不见了?(唱)

【剔银灯】恰才这搭儿[11]单于王使命,呼唤俺那昭君名姓。偏寡人唤娘娘不肯灯前应,却原来是画上的丹青。猛听得仙音院[12]凤管鸣,更说甚《箫韶》九成[13]。

【蔓青菜】白日里无承应,教寡人不曾一觉到天明,做的个团圆梦境。(雁叫科)(唱)却原来雁叫长门[14]两三声,怎知道更有个人孤另[15]。

(雁叫科)(唱)

【白鹤子】多管是春秋高,筋力短,莫不是食水少,骨毛轻?待去后,愁江南网罗宽;待向前,怕塞北雕弓硬。

【幺篇】伤感似替昭君思汉主,哀怨似作《薤露》哭田横[16],凄怆似和半夜楚歌声[17],悲切似唱三叠阳关令[18]。

第三讲
雁鸣中的"国殇"：也说《汉宫秋》

《汉宫秋》

《汉宫秋》

（雁叫科）（云）则被那泼毛团[19]叫的凄楚人也。（唱）

【上小楼】早是我神思不宁，又添个冤家缠定。他叫得慢一会儿，紧一声儿，和尽寒更。不争[20]你打盘旋，这搭里同声相应，可不差讹了四时节令？

【幺篇】你却待寻子陵[21]，觅李陵[22]，对着银台，叫醒咱家，对影生情。则俺那远乡的汉明妃虽然得命[23]，不见你个泼毛团，也耳根清净。

（雁叫科）（云）这雁儿呵。（唱）

【满庭芳】又不是心中爱听，大古[24]似林风瑟瑟，岩溜泠泠[25]。我只见山长水远天如镜，又生怕误了你途程。见被你冷落了潇湘暮景，更打动我边塞离情，还说甚过留声[26]。那堪更瑶阶夜永，嫌杀月儿明。

（黄门云）陛下省烦恼，龙体为重。（驾云）不由我不烦恼也。（唱）

【十二月】休道是咱家[27]动情，你宰相每也生憎[28]。不比那雕梁燕语，不比那锦树莺鸣。汉昭君离乡背井，知他在何处愁听？

（雁叫科）（唱）

【尧民歌】呀呀的飞过蓼花汀，孤雁儿不离了凤凰城[29]。画檐间铁马[30]响丁丁，宝殿中御榻冷清清。寒也波更，萧萧落叶声，烛暗长门静。

【随煞】一声儿绕汉宫，一声儿寄渭城[31]。暗添人白发成衰病，直恁的[32]吾家可也劝不省。

（尚书上，云）今日早朝散后，有番国差使命绑送毛延寿来，说因毛延寿叛国败盟，致此祸衅。今昭君已死，情愿两国讲和。伏候圣旨。（驾云）既如此，便将毛延寿斩首祭献明妃。着光禄寺大排筵席，犒赏来使回去。（诗云）叶落深宫雁叫时，梦回孤枕夜相思。虽然青冢人何在，还为蛾眉斩画师。

题目[33]　沉黑江明妃青冢恨
正名　　破幽梦孤雁汉宫秋

【作品解题】

杂剧正名《破幽梦孤雁汉宫秋》，简名《汉宫秋》，今存《元曲选》等多种版本。本事见《汉书》、《后汉书》等所载昭君故事，同时增入了民间传说和文人笔记情节。剧本描写汉元帝时，毛延寿为元帝选美，昭君因不肯行贿，被延寿丑化，打入冷宫。后偶遇元帝，得到宠幸。毛延寿畏罪逃于匈奴,唆使单于索要昭君,并以出兵相威胁。元帝无奈,遂亲送昭君和番,昭君行至番汉交界投河自杀。百日之后,元帝梦遇昭君,却被雁声惊破残梦,凄凉的秋夜,唯有雁声阵阵,风动檐铃,元帝遂哀思缭绕,不能自已。

【注　释】

[1] 马致远:"元曲四大家"之一,大都(今北京)人,号东篱,约生于公元1250年,卒于公元1321年前后。年轻时曾追求功名,在大都先后生活达二十年。大德(1297—1307)后,曾任浙江行省官吏,晚年可能隐居江南。马致远杂剧创作可以1294年为界分为前后两个时期,共有作品十五种,现存七种,《汉宫秋》是前期作品。马致远同时也是散曲大家,今存散曲作品多种。

[2] 驾:指汉元帝,杂剧中称皇帝为"驾",是当时梨园行的行业语言。

[3] 好生:相当于"多么"。

[4] 小黄门:指宦官,汉代给事内廷设黄门令、中黄门等职,均由宦官担任,故后世常以黄门代指宦官。

[5] 黄串饼:放在香炉内供薰烧的饼形的香,另有黄篆饼、香串饼等名称。

[6] 竹林寺:传说为金熙宗驸马宫,寺中有无影塔。此处借用以比喻事物无迹可寻。

[7][8] 高唐梦、雨六情:战国时辞赋家宋玉曾作《高唐赋》,描写楚襄王游云梦之高阳台,与巫山神女欢会,神女告襄王曰:"妾在巫山之阳,高丘之阴。旦为朝云,暮为行雨。"后世多用"高唐梦"、"云雨"表示男女欢会。

[9] 兀的:这里相当于"这也"。

[10] 这些儿:这一会儿。

[11] 这搭儿:这里。

[12] 仙音院:本为元代中统元年设立的音乐机构,这里是宋典唐用,代指当时的音乐机构。

[13] 《箫韶》九成:《箫韶》是传说中虞舜时创制的乐曲,"九成"相当于"九章"。

[14] 长门:汉宫名,这里泛指宫廷。

[15] 孤另:单独、孤独。

[16] 哀怨似作《薤露》哭田横:田横为秦末齐国人,曾自立齐王,后被刘邦打败,退居海上。刘邦招降,他在应召途中自杀身亡,其部下五百余人,也自杀。后其门人作《薤露》以悼之。《薤露》后来也被用作挽歌。

[17] 半夜楚歌声:刘邦困项羽于垓下,令士卒中善楚歌者歌之,声颇凄恻,项羽士卒多有思归者。

[18] 三叠阳关令:唐代王维作《送元二使安西》诗,中有"劝君更尽一杯酒,西出阳关无故人"句,后人谱以曲子,成送别之曲,名《阳关三叠》。

[19] 泼毛团:对大雁的詈骂之词。

[20] 不争:只为。

[21] 子陵:指苏武,汉时曾出使匈奴,被拘于北地十九年,牧羊餐雪,后终得还汉。

[22] 李陵：汉代名将，曾战败降于匈奴。

[23] 得命：在《古杂剧》本作"薄命"，这里是薄命的意思。

[24] 大古：大概、多半的意思。

[25] 泠泠：形容声音清越，这里用水声比拟大雁的叫声。

[26] 过留声："雁过留声"的省文。

[27] 咱家：自己。

[28] 生憎：厌恶、讨厌的意思。

[29] 凤凰城：即凤城，京城的别称，这里指京城。

[30] 铁马：即檐马，悬挂于屋檐下的铁片，风吹则相击出声。

[31] 渭城：地名，在今陕西咸阳市。唐王维《送元二使安西》诗中有"渭城朝雨浥轻尘"之句，后用作送别之曲，参见注[18]。

[32] 直恁的：竟然如此。直，竟然。恁，如此，这样。

[33] 题目、正名：题目和正名在杂剧中多标识剧本内容，其位置不定，一般为两句或者四句对文，也可合称"题目正名"。

（曲文据《元曲选》迻录，注释：王宁）

【作品导读】

明人论曲，常把马致远的《汉宫秋》列为第一。如朱权的《太和正音谱》"古今群英乐府格势"录元代乐府作家一百八十七人，马氏卓然为首。明代戏剧作家孟称舜曾把前人杂剧按照风格的不同编为《酹江集》、《柳枝集》二集，分别收录"壮阔慷慨"和"婉约妩媚"两类作品，在《酹江集》中，也首列《汉宫秋》。明代末年，著名曲家臧懋循选元人杂剧一百种（有少数元明间的作品），编辑成著名的《元曲选》，也是将《汉宫秋》置于卷首。有如此倾向和喜好者到了清代仍不乏其人，著名文学家焦循在《剧说》中曾说："元明以来，作昭君杂剧者有四家。马东篱《汉宫秋》一剧，可称绝调，臧晋叔《元曲选》取为第一，良非虚美。"

大而论之，《汉宫秋》之美有二：其一是借着昭君故事的躯壳，注入了浓郁深沉的主体情绪。其二则在于以赋诗填词的笔法，营造出了悲凉、凄美的独特意境。仅凭此二者，就已经足以使《汉宫秋》像"神凤飞鸣于九霄"，非一般凡鸟可比拟（明·朱权《太和正音谱》）。

据学者研究，《汉宫秋》写于元世祖至元年间，即公元1264年到1294年间。当时正处在中原板荡、胡马杂沓的时代。宋恭帝德祐二年（1276）正月，元丞相伯颜率领大军攻至南宋都城临安附近，南宋朝野震惊。不久，元军攻入临安，三宫均为所虏。帝后、妃嫔及宫官三千多人被押解北上燕京，当时作为宫廷乐师的汪元量也被裹挟其中。他的《越州歌》描述了元兵南下，南宋半壁河山遭受蹂躏的惨象："东南半壁日昏昏，万骑临轩趣幼君。三十六宫随辇去，不堪回首望吴云。"在这样的背景下，屡屡发生蒙古人在汉地"掠美"的事件。《资治通鉴续编》卷一八二记载，在至元十三年元兵围攻临安时，就曾"索宫女、内侍及诸乐官"，以致发生了"宫女赴水死者以百数"的惨剧。当时，一些忠贞的南宋宫人选择自缢以身殉国。公元1276年5月12日夜，被元兵掳掠至上都的南宋宫人安定夫人陈氏和安康夫人朱氏，和她们的小姬一起，沐浴焚香，整肃衣容后自缢身亡，留下了"世食宋禄，羞为北臣"的遗言（陶宗仪《南村辍耕录》卷三）。而一些被掳掠北上的宫人则"处北而思南"，用诗词寄托了她们对故国江南的无限思念。《全宋词》曾收录金德淑、连妙淑等九位南宋宫人的词作，均出自《宋旧宫人赠汪水云南还词》。作为乐师的汪水云（汪元量）在被元兵掳掠北上、羁留北方十三年后，得以南归。南归之时，昔日南宋九宫人填词赠别。值得注意的是，在选择词牌时，有八人都使用了【望江南】词牌。这些愁思郁郁的词作，无一不浸透着对江南故国的思念和追忆。

可以肯定的是，在13世纪末叶的一段时间里，起码在江南汉人当中，曾弥漫着一种浓郁的"痛失家园"的"沦陷"感受。而由于与江南有着血肉一体的自然联系，加上凝结在心底的牢固的"华夏正统"观念，北方的汉人也极易受到这种情绪的感染，文人无疑是更容易被感染的一个群体。

《汉宫秋》正出现在这样的氛围里。当时，有不止一位戏剧作家都通过昭君题材，寄寓心中的民族情绪。元杂剧除《汉宫秋》外，起码还有关汉卿的《汉元帝哭昭君》、张时起的《昭君出塞》及吴昌龄的《夜月走昭君》，都写昭君故事。尽管它们均已失传，但仅从"哭"和"夜月"等字眼，也可以窥见这些作品的伤感基调。这从另外一个角度佐证了"沦陷"和"痛失家园"的感受，在当时已成为一种普遍的民族情绪，成为纠结在汉人心目之中的持续的伤痛。

基于上述的情感氛围，《汉宫秋》在面对历史题材时，根据"抒发"和"寄寓"的需要，重新构筑了故事情节。正如莱辛在《汉堡剧评》中所说："诗人需要历史并不是因为它是曾经发生过的事，而是因为它是以某种方式发生过的事……"马致远正是出于独特需要，修正了历史故事的"发生方式"，并借助具体情节的重构，在作品中注入了浓烈的民族情绪，挖掘出了昭君题材之中的"胡汉"意识。

昭君和番故事本见正史，《汉书·元帝纪》载：

> 竟宁元年春正月，匈奴呼韩邪单于来朝。诏曰："匈奴郅支单于背叛礼义，既伏其辜，呼韩邪单于不忘恩德，乡慕礼义，复修朝贺之礼，愿保塞传之无穷，边垂长无兵革之事。其改元为竟宁，赐单于待诏掖庭王嫱为阏氏。"

记载中的昭君是被赐予单于为妻的,并没有逼迫的意味。《汉书·匈奴传》的记载与此略同。《后汉书·匈奴传》则记载,昭君和番是因为入宫数年后,未得宠幸,于是自动请行。临行之时,风采照人的昭君使汉帝颇有悔意。到达匈奴之后,昭君还生了两个儿子,后来由于不惯于匈奴"父死子娶其母"的陋俗,曾上书汉帝求归,不得允许,于是从胡俗而行。信史关于昭君的记载大致如此。之后的昭君故事大体沿着两个方向发展:一是在故事情节方面逐渐丰富和具体;二是人物感情尤其是作者情感倾向逐渐变化。就情节而言,首先对昭君不被宠幸的原因做了具体解释,并衍生出《汉宫秋》中至关重要的人物毛延寿。这一情节的补充是由《西京杂记》完成的,该书卷二记:

> 元帝后宫既多,不得常见,及使画工图形,案图召幸之。诸宫人皆赂画工,多者十万,少者亦不减五万,独王嫱不肯,遂不得见。匈奴入朝,求美人为阏氏,于是上案图以昭君行。及去,召见,貌为后宫第一,善应对,举止闲雅,帝悔之。而名籍已定,帝重信于外国,故不复更人。乃穷案其事,画工皆弃市,籍其家,资皆巨万。画工有杜陵毛延寿,为人形,丑好老少,必得其真。安陵陈敞,新丰刘白、龚宽,并工为牛马飞鸟众势,人形好丑,不逮延寿。下杜阳望,亦善画,尤善布色。樊育亦善布色。同日弃市。京师画工,于是差稀。

后世"画工弃市"的典故即出于此,这里已经出现了毛延寿和行贿等内容。《乐府解题·琴操》中又增饰了昭君不接受匈奴"父死子娶母为妻"的陋俗,吞药自尽的情节:

> ……积五六年,昭君心有怨旷,伪不饰形容。元帝每历后宫,疏略不过其处。后单于遣使者朝贺,元帝陈设倡乐,乃令后宫妆出。昭君旷志日久,乃便修饰,善妆盛服,光辉而出,俱列坐。……帝大惊,悔之,良久太息曰:"朕已误矣!"遂以与之。……昭君有子曰世达,单于死,世达继立。凡以胡者,父死妻母。昭君问世达:"汝为汉也,为胡也?"世达曰:"欲为胡耳"。昭君乃吞药自杀。

到唐代的《昭君变文》,昭君故事已颇为丰满。变文述昭君出塞途中,心中已无限悲苦。到北地之后,由于不惯其俗而郁郁不乐。单于对其则珍爱有加,册立她为阏氏。又令部下非时出猎,千兵逐兽,以取悦昭君,缓解其离乡之苦。然昭君仍不展愁眉,时登高望乡,终积思成疾。单于重情重义,频频慰问。昭君久病,日渐羸弱,虽千般求术医治,仍于半夜逝去。单于不胜伤悲,以常人装束为其发丧,并表奏朝廷,汉哀帝派使臣前来祭吊。

总起来看,民间流行的叙事类文艺在昭君故事的丰满和延展方面有着重要作用,这类作品有笔记、民间传说、歌舞曲词以及说唱文艺等,虽也不乏人物情感的变化和主旨方面的变异，但这类作品对昭君故事的贡献仍主要在情节方面。与此相伴的另外一个方向是昭君故事随着情节的变异和发展，人物情感和作品的情感倾向也逐渐变化和积累，这主要是在文人作品中完成的。

早在江淹《恨赋》中，就已经脱开正史中昭君自愿和番的说法，描述了一个凄凉、悲伤的昭君和番场面："明妃去时，仰天太息。紫台稍远，关山无极。望君王兮何期，终芜绝兮异域。"早期一首托名昭君所作的四言诗《昭君怨》也写得非常哀怨："翩翩之燕，远集西羌，高山巍峨，河水泱泱，父兮母兮，道里悠长。呜呼哀哉！忧心恻伤。"此后，从汉魏到宋元，文人诗词中的昭君基本上是以"怨""愁"的面目出现的。尤其是昭君的乡思和乡愁更成了文人津津乐道的话题。同时，这样的情绪也一代代淤积，几乎凝结在了昭君的形象之上。其实，在中国古代文学史乃至于现代文学史上，文人对于昭君话题的热衷一直未曾中辍。据学者统计，单是在《乐府诗集》之中，就有四十多首涉及昭君的诗歌。到了清代，胡凤丹更是搜集历代史料、笔记、诗词四百多篇（首），辑成《青冢志》一书，堪称"历代昭君文学备览"。

早期诗词吟咏昭君，多涉及乡思话题。如："胡地无花木，春来不似春。自然衣带缓，非是为腰身。"（唐·东方虬《王昭君》）苏东坡也有诗云："谁知去乡国，万里为胡鬼。"也有文人从"美貌不被所赏"的角度，寄托美人迟暮、生不逢时的感慨。如白居易《王昭君》诗云："汉使却回凭寄语，黄金何时赎蛾眉？君王若问妾颜色，莫道不如宫里时！"宋代《明妃曲》中的"人生失意无南北"的慨叹，显然也颇有寄寓的意味。这些诗词的基调和倾向，无疑为马致远的杂剧创作提供了基础和准备。除了怨和愁的主题，还有文人通过昭君故事或隐或显地表达了对造成悲剧的责任者的批评和指责。其一是针对毛延寿，如有诗云："薄命由骄虏，无情是画师。"（唐·宋之问《王昭君》）有的则表现了对汉帝的批评，如唐戎昱的《咏史》："汉家青史上，计拙是和亲。社稷依明主，安危托妇人。岂能将玉貌，便拟静胡尘。地下千年骨，谁为辅佐臣？"这些不同的感情基调和主题倾向，也无疑影响到马致远的杂剧创作。不仅如此，昭君故事当中的"雁鸣"意象，也早已出现在前人诗词之中。如宋代《明妃曲》中就有"寄声欲问塞南事，只有年年鸿雁飞"的诗句。

所以，当元代的马致远创作《汉宫秋》时，由于昭君故事流传之普遍和文人采用之频繁，他要做的其实是一个"重翻旧调"的工作。马致远也正是面对着丰富的文学遗产，针对当时的社会背景和民族情绪，对昭君故事根据需要作出取舍和安排，借古人酒杯，浇胸中块垒，在作品中注入了浓浓的民族意识，从而也将昭君故事从个体悲伤、愁苦的层面，提升到了关乎民族伤痛和时代悲哀的高度。同时完成了"雁鸣"意象从"抒伤秋之哀痛"到"鸣汉族之国殇"的意蕴转型。为了凸显作品的"胡汉"意识，马致远主要在情节方面做了三个更动：

一是设计了汉弱敌强、刀兵随时降临的紧张氛围,使昭君和番成了"不得已"的无奈行为。二是将本为宫中画师的毛延寿改作了朝臣身份,并增加了其奸邪的性格特点。三是将昭君自尽的时间改为北上途中,将病亡和不惯其俗的原因改为"不改汉节"。这样就不仅增加了昭君和番的悲剧色彩,而且由于将和番行为放置在"战争与和平"的背景当中,也使得昭君的不幸提升为汉元帝和一个柔弱民族的不幸。经过马致远的《汉宫秋》之后,昭君题材本来具有的"胡汉"意味,就不仅仅属于昭君个人,而成了寄托当时民族情绪的躯壳和容器。昭君的身死固然是她个人的悲哀,但汉帝的悲哀似乎更能显示一个民族的悲哀和伤痛。即使贵为天子,也无法保全自己心爱的美人,这不能不使我们联想到前述的元兵大肆"掠美"的史实。所以,应该说,《汉宫秋》正是通过汉帝的不幸和无奈,抒写了一个失去家园的民族的悲痛和伤感,它所蕴含的,正是元代汉民族的"国之大殇"。

从这个意义上看,《汉宫秋》更像是一首抒情诗,而不是舞台性和剧场性很强的戏剧。全剧四折,昭君和番的故事到第三折就已经结束了,戏剧冲突也基本解决,所以,明代臧懋循在推崇该剧的同时,将其第四折称为"强弩之末"。但这不过是从舞台着眼,而非从文章角度立论。元曲之妙,每每在文章。《汉宫秋》正不当以戏剧观,而可以作文章读。也许只有通过文章角度的解读,我们才能充分体察《汉宫秋》的内在精神。像许多元代文人一样,由于有着太强烈的倾诉欲望,马致远不过是借着昭君故事的躯壳注入自己的精神。因此,剧中的叙事更像是一种背景和铺垫,而淋漓尽致地抒写胸怀,才是作者的最终目的。为着这样的目的,作品安排了特殊的剧本结构,即在简单叙述之后,不惜以全剧四分之一的篇幅,集中抒情,假汉元帝之口,唱出了作者胸中的郁闷和伤痛,并通过秋夜、雁鸣等意象组合,构造出了一个凄恻动人的文学意境。

《汉宫秋》的第四折几乎是没有故事的,它构造的不过是一个场景:昭君死后百日,元帝夜感伤悲,如此而已。所以,与其说它是戏剧,不如说它是抒情诗,是一篇汉元帝悲秋的小赋。

为了营造凄清的气氛,作品选取了寂寞的秋夜作为场景:秋天的夜晚,寂静无声的深宫,失去昭君的汉元帝旧情难了,追思成梦。不料梦境被鸟声惊破,却原来是空中鸣叫的大雁。场景描写有形有色,以声写情,沿循着前人悲秋的路子,将满腹的伤痛尽数倾泻了出来。

众多意象之中,作者选择大雁作为主体,而对大雁的描写,作者又独钟其"声",所以,《汉宫秋》的第四折其实是以"雁"写悲、以"声"写心的。鸿雁本是古代文学场景中频频出现的意象,常常以孤鸿、雁鸣、鸿雁、鱼雁、孤雁等语词出现。宋代鲍当还因一首《孤雁》诗闻名,被赐予"鲍孤雁"的雅号。宋词有【孤雁儿】词牌,元曲也有【塞鸿秋】曲牌,属正宫。究作者用意,不外以下几种:一是以鸿雁写秋景,常常与其他景色交融一体。如元好问有诗云:"疏星浩月鱼龙夜,老木清霜鸿雁秋。"(《横波亭》)更多情况下,这类描写往往与作者凄清的心境相契合。有的文人则以孤鸿寓意自身高洁,苏轼词"谁见幽人独往来,缥缈孤鸿影"即属之。又常常有以"雁去无痕"写人生伤逝之感者,周邦彦词"叹事逐孤鸿尽去,身与塘蒲共晚"即是。还有以孤鸿写乡愁别绪者,如南宋田为【江神子慢】词:"雨初歇,楼外孤鸿声渐远,远山外,行人音信绝。"以情感基调论,大雁在文学作品中几乎是与伤感和哀愁联系在一起的,雁鸣在更多情况下也被涂抹上悲凉凄切的色彩,成为文人笔下频频出现的"秋声"。

大雁被纳入凄凉和悲伤的场景,很大程度上可能因为它是北方秋季极易看到的景象。作为秋天的常见物象,大雁无疑是被放置在悲秋的镜框里的。但雁鸣具有悲哀的意味或许是由于另外一个原因:据说大雁一生一偶,失偶之后会极度悲怆,其鸣叫也会备显凄凉。值得注意的是,大雁作为意象来运用,文人常常将它放置在"胡地"或者"边塞"的背景之中,与北方游牧民族的"霜天晓角"等典型意象联系在一起。如梁公实诗云:"云暗故国听角断,日沉残垒见孤鸿。"加之其遇秋南迁、逢春北上的迁徙特点,很容易激发起"人生失意无南北"和"鸿飞哪复计东西"的失意和伤逝。

就雁鸣而言,早在《诗经》的时代就确定了悲伤的基调,《鸿雁》篇云:"鸿雁于飞,哀鸣嗷嗷。"显然为雁鸣蒙上了哀伤的色彩。唐宋以降,雁鸣仍被赋予哀伤的属性,如李颀诗云:"鸿雁不堪愁里听,云山况是客中过。"元代散曲中,孤雁的叫声也被用作愁苦意象:"孤雁叫教人怎睡?一声声叫得孤凄,向月明中和影一起飞。你云中声嘹亮,我枕上泪双垂,雁儿我你争个甚的?"(无名氏【中吕·红绣鞋】《月夜闻雁》)

马致远对于"雁鸣"的运用,正是在这样的传统积累上完成的。他继承了以声写悲的手法,其含蕴却更加深广,意境也更加开阔。较之其他文人对于鸿雁意象的运用,《汉宫秋》确实高妙了许多,从而也将古代文学中的鸿雁意象提升到了一个新的层次。

《汉宫秋》第四折的意境构造技巧,不妨从以下几个方面考察:一是以雁鸣为主体,通过意象组合,从形、声、影、触等角度营造了一个凄凉悲切的抒情氛围。冷冷的宝殿寒灯一点,御榻如冰。高远的夜空,寂静的宫室,加上雁鸣声声、落叶萧萧,伴随铁马的丁丁响声,在形影相吊的元帝面前,呈现的是一幅凄切悲凉的画面。然而值得注意的,仍是作者以"声"写悲的技巧,几乎可以为我们复原那个寂寞、冷清的夜晚。第四折开始于寂静的深宫,自元帝梦醒,方引入声声的雁鸣,以静夜衬哀鸣,更增凄凉和伤感。之后,剧本通过五次"雁叫科"的设置,在元帝曲词中频频插入雁鸣,给人缭绕不绝的听觉感受。不仅如此,作品还通过位置的转换,写出了雁鸣远近不同的音响层次:长门、蓼花汀、汉宫等位置的转移,使得雁鸣的错落和远近可以想见。结尾则安排了铁马和落叶与雁鸣相和:铁马丁丁、落叶萧萧、雁鸣阵阵,此起彼伏,高下相应,三者闻其一已足以令人悲不自已,更何况三声俱作!此情此景真称得上是"猿鸣第四声"了。

意象的主次关系也处理得妥当贴切,作者集中笔墨,着力于主体意象——"雁鸣"的描摹。与其他文人比较,雁鸣在《汉宫秋》中得到了作者的特别关爱,它不像在其他文人诗词中那样"惊鸿一瞥",而是不断反复地间隔出现。作者充分利用了剧本的篇幅,用重复、互文、博喻、拟人等手法,多角度描摹了雁鸣的凄怆和悲凉。在处理意象组合时,虽然也撷取了次要意象以组成意境,但由于很好地安排了主次和呼应,使得雁鸣与秋夜的景象融为一体,较之其他文人的造境显然高妙了许多。【白鹤子】之【幺篇】用了几个著名的"哀歌"来比拟雁鸣之悲哀:"伤感似替昭君思汉主,哀怨似作《薤露》哭田横,凄怆似和半夜楚歌声,悲切似唱三叠阳关令。"伤感、哀怨、凄怆和悲切,几个富有互文意义的词语重复使用,赋予雁鸣以丰富鲜明的感情色彩。【满庭芳】曲则用比喻写雁鸣之清越,并借助元帝的联想展开了一幅"雁鸣秋景图":"又不是心中爱听,大古似林风瑟瑟,岩溜泠泠。我只见山长水远天如镜,又生怕误了你途程。"林风和岩溜不仅准确描摹了雁声的激越,同时包含着凄清和冷寂,也是声中含情。【尧民歌】一曲,则用近乎白描的写法,呈现出一幅"秋夜听雁图":"呀呀的飞过蓼花汀,孤雁儿不离了凤凰城。画檐间铁马响丁丁,宝殿中御榻冷清清。寒也波更,萧萧落叶声,烛暗长门静。"孤雁鸣于秋夜,其形也孤,其声也悲,其境也凉,其情堪伤。雁鸣在这里不仅构成了富有意蕴的意境,而且形象鲜明,主体突出,富有画面感。

总起来看,《汉宫秋》在以雁鸣造意境的技巧方面较之前代诗词更为圆熟,既单纯简约,又丰厚深远,较之"幽人独往来"和"缥缈孤鸿影"的境界更增加了一份寥廓和苍凉,从而使传统的雁鸣意境开阔了许多,也悠长了许多。

二是借着具体情节的铺垫和烘托,《汉宫秋》极大拓展了悲秋主题和大雁意象的内涵,赋予其更加深远的意蕴。

这也同样得依赖戏剧丰满的篇幅,使作者可以充分开合,率意抒发。如果从抒情角度看,《汉宫秋》无疑可以视作一个厚积薄发的过程:前三折主要是故事的叙述,属厚积。第四折则着眼抒情,是薄发。但这样的薄发是建立在前面铺垫和烘托基础上的,经过充分的积蓄和造势,雁鸣作为作者着意安排的情感喷口,才更具激动人心的冲击力量。

如果没有前三折的故事铺垫,《汉宫秋》第四折无疑也会落入前代文人的旧套。或写乡思,或抒别苦,或寄寓不遇的落拓,或感慨事去无痕、天地南北的伤逝和无常。由于有了昭君故事的铺垫,第四折的雁鸣也就被赋予更为深广的内蕴和超越个体层面的族群意识和时代意味。

汉元帝失去昭君，有着内外两个方面的原因：在内，由于佞臣作祟；在外，由于匈奴势逼。所以，面对雁鸣时的感伤就不是一般文人的悲秋可以比拟了。雁鸣之哀痛，固然在于秋夜秋声之可悲可叹，却更显现出一种尽管贵为人君，却无法佑护红颜、无法左右时局的无奈和凄恻。所以，元帝的伤秋不是悲自然时序之流转，实可视作一个柔弱民族受到欺凌时的哭泣。但这种伤痛和悲凉并不简单浅薄，除却元帝悲伤后面隐藏的难以言说的凄楚，《汉宫秋》中的雁鸣仍可激发读者多方面的联想：哀鸣的鸿雁不妨视作元帝，元帝失昭君，形影相吊正仿佛孤雁独翔。这样，以雁声写帝情，无疑就彼此应和、息息相通。鸿雁的迁徙也极易使人联想到昭君的遭际，天南地北、飘泊何依？其间还含有对乡土的依恋和对故国的不舍。鸿雁的飘逝更易唤起人生失意、事去无痕的伤逝感受，无疑也与元帝的心境十分契合。加之雁鸣于秋、鸿飞于夜其间本有的悲凉意味，就形成了一个富有多重意味的意象。所以，较之诗词而言，《汉宫秋》的雁鸣意象和秋夜意境不仅宏阔了许多，而且隽永厚重了许多。其中最为显著者，在于作者通过雁鸣的描摹，将传统的悲秋主题从个体和生命感受的角度，提升到了关乎民生和家国的层次，较之刘禹锡"我言秋日胜春朝"的简单逆反，显然是一种更为高明的超越。

三是作者通过雁鸣意境的营造，形成了一种丝丝缕缕、缭绕不绝的持续感和悠远感：夜色迢迢是一种延展，秋空寂寥也是一种延展，阵阵哀鸣更是缭绕如烟，与此对应的则是元帝心中绵绵无尽的长恨。这就形成了余味悠长、一唱三叹的艺术效果。相信许多读者在通读剧本之后，其耳际萦回的正是两千年前汉代宫廷秋夜里那阵阵不断的哀鸣。也许正是由于这样的用意，杂剧正名才题作"破幽梦孤雁汉宫秋"。

所以，较之诗词中的雁鸣意象，《汉宫秋》的意境无疑丰富了许多、空阔了许多，同时也隽永厚重了许多。马致远写出的和抒发的，已经不是个体面对秋景时的落寞和惆怅，而是一个民族的伤痛和悲鸣。就文学意象而言，鸿雁意象经过《汉宫秋》的创造和提升，也脱开了其伤别、悲秋的传统藩篱，成为了一个族群不幸的载体和介质。

狐走败砌，兔绕宫墙，中国古代文学历来就不乏感慨黍离的意象。俯视历代文人慨叹改朝换代的作品，尽管形骸各异、意象不同，但往往都贯注着文人的感伤和贤哲的泪水。历史往往呈现出这样的景象：当一个民族遭遇巨大不幸时，许多关注民生的文人都会感时而发、长歌当哭，留下一些浸满血渍和泪痕的作品。而这些作品往往在精神和气息上彼此贯通、交汇合一。若干年后，当我们重新解读这类文本时，又往往可以借助同类作品的参证完成它们之间的互释和互文。《汉宫秋》中的悲凉，也许在曾亲身经历1276年那场灾难的汪元量笔下更加显然。这里不妨引用他北上途中路经彭州（今徐州）所写《彭州》一诗，作为对《汉宫秋》别样的阐释：

我到彭州酒一觞,遗儒相与话凄凉。渡江九庙归尘土,出塞三宫坐雪霜。歧路茫茫空望眼,兴亡滚滚入愁肠。此行历尽艰难处,明日繁华是锦乡。

【延伸欣赏】

推荐阅读:元白朴《唐明皇秋夜梧桐雨》(见《元曲选》),宋王安石《明妃曲二首》(见《全宋诗》卷九)

推荐观赏:京剧《汉明妃》之"昭君出塞"

(王 宁)

第四讲
从渔父到钓叟：隐士故事与《七里滩》杂剧

【剧本选读】

《严子陵垂钓七里滩》第三折
元·宫天挺[1]

（正末上，云）自从与刘文叔酌别之后，今经十年光景。他如今做了中兴帝主，宣命我两三次，我不肯做官。您不知国家兴废。（诗曰）汉家公卿笑子陵，子陵还笑汉公卿。一竿七里滩头竹，钓出千秋万古名。云山苍苍，江水泱泱。贫道之风，山高水长[2]。（使命上）（见末云了）（末云了）（使命下）（末云）主人宣命我两次三回，我不肯去，则做那布衣之交[3]。特作一书来请命我，好一个圣明的皇帝，能绍[4]前业谓之光，克除祸乱为之武。休说君臣相待，则做个朋友相看，也索[5]礼当一贺。（唱）

【正宫·端正好】高祖般性宽洪，文帝般心明圣，可知汉业中兴。为我不从丹诏[6]修书请，更道违宣命。

【滚绣球】严子陵，莫不忒煞迟[7]。我是个道人家动不如静。休，休！我今番索通个人情。便索登，远路程。怎禁他礼节相敬，岂辞劳鞍马前行。不免的手攀明月来天阙[8]，我子索[9]袖挽清风入帝京，怎得消停[10]。

【倘秀才】来了我呵，鸥鹭在滩头失惊，不见我呵，渔父在矶台漫等。来了我呵，钓台上青苔即渐生。这其间柴门静悄悄，茅舍冷清清，料应。

【滚绣球】柴门知他扃也不扃[11]？人却是应也那不应？荒疏了俺那柳阴花径，有宾朋来呵，谁人出户相迎？到初更酒半醒，猛想起故园景，忽然感怀诗兴，对蓬窗斜月似挑灯。香馥馥暗香浮动梅摇影[12]，疏刺刺[13]翠色相交竹弄声。感旧伤情。

【倘秀才】见旗帜上月华日精[14]，唬的些居民似迸风进星[15]，百般的下路潜藏无掩映[16]。不知您，帝王情，是怎生[17]？

【滚绣球】斥銮驾[18]却是应也不应？布衣人却是惊也不惊。更做道一人有庆[19]，汉君王直恁地[20]将銮驾别无处施呈。他出郭迎，俺旧伴等，大刚来我跟前显耀他帝王的权柄，和俺钓鱼人莫不两国相争。齐臻臻戈殳镫棒[21]当头摆，明晃晃武士金瓜[22]夹路行。我怎敢冲撞朝廷！

第四讲
从渔父到钓叟：隐士故事与《七里滩》杂剧

《七里滩》

【倘秀才】他往常穿一领粗布袍被我常扯的扁襟袒领,他如今穿着领柘黄袍[23]我若是轻抹着该多大来罪名!我则似那草店上相逢时那个身命,便和您,叙交情,做咱那伴等。

【滚绣球】投至得帝业兴,家业成,四边[24]平静,经了几千场虎斗龙争。则为我交契情,我广打听,到处里曾问遍庶民百姓,最显的是暮秋黄落严凝。都说你"须知后汉功臣力,不及滹沱一片冰"[25]。端的是鬼怕神惊。

【脱布衫】则为你搬调[26]人两字功名,驱策人半世浮生。一个楚霸王拔山举鼎,乌江岸剑抹了咽颈[27]。

【小梁州】都则为耻向东吴再起兵,那其间也是高祖功成。道贼王莽篡了龙廷,有真命,文叔再中兴。

【幺篇】贫道暗暗心内自思省,建武十三年,八月期程。王新室有百万兵,困你在昆阳阵[28]。(带云)那其间醉魂也半轮明月,觉来时依旧照茅亭。

【耍孩儿】自古兴亡成败皆前定,若是你不患难如何得太平?自从祖公公昔日陷彭城[29],真乃是死里逃生。不龙吟怎得真龙显?不发黑如何得晓日明?虽然你心明圣,若不是云台[30]上英雄并力,你独自个孤掌难鸣。

【四煞】为民的乐业在家内居,为农的欣然在垄上耕。从你为君,社稷安,盗贼息,狼烟静[31]。九层春露都恩到,两鬓秋霜何足星。百姓每家家庆,庆道是民安国泰,法正官清。

【三煞】休将闲事提,莫将席面冷,磁瓯瓦钵[32]似南阳兴。若相逢不饮空归去,我怕听阳关第四声[33]。你把这瓮内酒休交剩。我若不令十分酩酊[34],怎解咱数载离情。

【二煞】你也不是我的君,我也不是你的卿,咱两个一樽酒罢先言定。若你万乘主今夜还归去,我便七里滩途程来日登。又不曾更了名姓,你则是十年前沽酒刘秀,我则是七里滩垂钓的严陵。

【煞尾】您每朝聚九卿,你须当起五更。去得迟呵,着则两班文武在丹墀[35]候等。(带云)俺出家来纳被蒙头,黑甜一枕,直睡到红日三竿,犹兀自[36]唤不的我醒。(下)

【作品解题】

《严子陵垂钓七里滩》为元杂剧著名的"隐逸剧",题目作"刘文叔醉隐三家店",正名为"严子陵垂钓七里滩",作者宫天挺。严子陵即严光,子陵为其字,《后汉书·逸民传》有传。严光本为东汉光武帝刘秀少时同窗好友,刘秀登基以后,曾遣使多次召他入朝辅政,使者多次敦请后子陵入京,刘秀与其同榻而眠,并欲授以谏议大夫之职。子陵却不为恩宠所动,执意离去,避居富春江边的七里滩,垂钓为生。该剧存《元刊杂剧三十种》本。

【注　释】

[1] 宫天挺(1260—1329):字大用,大名路开州(今河南濮阳)人。《录鬼簿》记载他"历学官,除钓台书院山长,为权豪所中,事获辨明,亦不见用","卒于常州"。作杂剧六种,今存《死生交范张鸡黍》、《严子陵垂钓七里滩》两种。

[2] "云山苍苍"四句:出范仲淹《严先生祠堂记》。范仲淹于宋仁宗明道年间出知睦州(今浙江境内),始构严先生祠堂,并作此记。中有"云山苍苍,江水泱泱。先生之风,山高水长"之句。

[3] 布衣之交:布衣,平民。

[4] 绍:继承,继续。

[5] 索:须,应该。

[6] 丹诏:指诏书。

[7] 忒煞:太、过甚。迭:放纵、放任。

[8] 天阙:本指帝王宫阙所在之地,这里指朝廷。

[9] 子:与"则"同,犹"只"也。索:须,应。

[10] 消停:停顿,耽搁。

[11] 扃:关,上锁。

[12] "香馥馥暗香浮动梅摇影"句:化自北宋林逋《山园小梅》诗:"疏影横斜水清浅,暗香浮动月黄昏。"

[13] 疏剌剌:形容风吹竹动的声音。

[14] 月华日精:月华指月光、月色。日精:日之精华。这里形容旗帜上的日月图案。

[15] 速风迸星:形容百姓闪避之迅速。

[16] "百般的下路"句:形容百姓惊慌逃避的样子。

[17] 怎生:怎样。

[18] 銮驾:皇帝的车驾,这里代指皇帝。

[19] 一人有庆:出《尚书·周书·吕刑》第二十九:"一人有庆,兆民赖之,其宁惟永。"后常用作歌颂帝王德政之词。

[20] 直恁地:如此这样。

[21] 戈殳镫棒:指兵器仪仗。

[22] 金瓜:古代卫士的一种铜制兵仗,棒端作金瓜形,故名。

[23] 柘黄袍:用柘木汁染成的袍子,亦称黄袍,古代为皇帝所服。

[24] 四边:四方边境。

[25] "须知"两句:出自唐代胡曾《咏史诗·滹沱河》:"光武经营业未兴,王郎兵革正凭陵。须知后汉功

臣力,不及滹沱一片冰。"据《后汉书》卷二十记载,刘秀起兵时,一次被王郎追至滹沱河边,幸得河水结冰,方得以逃脱。故后人有"须知后汉功臣力,不及滹沱一片冰"的说法。

[26] 搬调:哄骗。

[27] 乌江岸剑抹了咽颈:指楚霸王项羽与刘邦争霸,兵败后在乌江边自刎事。

[28] 困你在昆阳阵:《后汉书》卷一记载,刘秀起兵时,曾与王莽在昆阳交兵,该句所指即此。

[29] 自从祖公公昔日陷彭城:指项羽与刘邦彭城大战,刘邦由于轻敌,被项羽以少胜多,仓惶而逃。

[30] 云台:汉代台名。《后汉书·马武传论》记,永平年间,汉显宗为了感念前世功臣,曾将二十八位将领的画像悬挂在南宫云台之上。

[31] 狼烟静:指没有战事。狼烟:烽火。古代焚烧狼粪以报警,故称。

[32] 磁瓯瓦钵:泛指民间日常使用的陶瓷器具,在元曲中则常与田园生活联系在一起。如薛昂夫【正宫·端正好】《高隐》套数之【倘秀才】曲:"闲时节疏林外磁瓯瓦钵,盛摘下些生桃硬果,晚趁斜阳景物多。听水声流浪远,观山色岭嵯峨,与俺那庄农每会合。"

[33] 阳关第四声:唐王维作《送元二使安西》诗,中有"劝君更尽一杯酒,西出阳关无故人"句,后人谱以曲子,成送别之曲,名《阳关三叠》。

[34] 酩酊:大醉的样子。

[35] 丹墀:古代宫殿前的台阶以红色涂饰,故称。这里代指宫殿。

[36] 兀自:尚,还。

(曲文据《全元戏曲》迻录,注释:王宁)

【作品导读】

《七里滩》的剧名取自剧中主人公隐居垂钓的地名,位于浙江富春山下。因严子陵曾在此垂钓,所以又叫"严滩"。该剧为著名的隐逸剧,描写东汉隐士严子陵隐居不仕、纵情山水的故事。作者宫天挺,字大用,据《录鬼簿》记载,曾做过钓台书院山长,后因得罪权豪,不为朝廷所用。他的作品常常流露出对当时官场的不满和失望。剧中宁愿在富春江垂钓、也不愿在朝为官的严子陵,显然寄托着作者满腹的牢骚和郁闷,所以,该剧同样属于"借古人酒杯,浇心中块垒"的作品,是元代文人特定心态的写照。剧中出现的钓叟形象,是我国古代隐士的典型意象。要想充分理解《七里滩》的主旨和内涵,就必须首先了解其特定的隐逸文化土壤以及隐逸故事在元代文人心目中的特殊意味。

中国古代本有着悠久的隐逸文化,《易》"蹇"之六二云:"王臣蹇蹇,匪躬之故。"说的是身为臣子的不避艰险,竭力事君而不以个人利害为念,它所反映的是臣子的一种入世态度。"蛊"之上九又说:"不事王侯,高尚其事。"《象》曰:"'不事王侯',志可则也。"则指出了与上面一种选择截然不同的做法,即"不事王侯"。翻阅历代正史,几乎都在列传之中设置"隐逸传"或类似条目。本着儒家"有道则显,无道则隐"的古训,许多贤哲在天下无道时均选择啸傲山水、遁迹林泉。有些贤哲出于避祸目的,即使天下有道也隐而不仕,留下了内容丰富、色彩斑斓的隐士故事。对于隐逸,古代也有种种不同说法,如一种很有意味的说法叫做"陆沉"。《庄子·则阳》云:"方且与世违,而心不屑与之俱,是陆沉者也。"郭象注:"人中隐者,譬无水而沉也,谓之陆沉。"中国古代也有许多关于隐逸的典故,如"乘桴""散发""挂冠""解佩""眠云""林下"等均属此列。成语中的"漱流枕石"也出自隐逸者故事。孔子和他弟子"吾与点也"的故事中,曾点的"风雩"之志也多少带着隐逸的味道。

就意象而言,钓叟和耕夫是最早出现的两个隐士意象。这似乎有着地域方面的原因:对北方而言,由于较少川泽,故多以耕夫面目出现;江南则由于本为水乡泽国,故渔翁、渔父和钓叟之类,层见叠出,不一而足。钓叟者,钓鱼之老叟也,与之类似的有渔父、渔翁等多种意象,它的出现,起码可以上溯至屈原。此前西周吕尚虽然垂钓渭水,但他的垂钓显然是钓人不钓鱼,有着"待机而动"的意图,与真正的出世归隐仍不可同日而语。屈原《渔父》中出现的劝诫屈原的渔父差可视作"渔父"意象之滥觞:

> 屈原既放,游于江潭,行吟泽畔,颜色憔悴,形容枯槁。渔父见而问之曰:"子非三闾大夫与!何故至于斯?"屈原曰:"举世皆浊我独清,众人皆醉我独醒,是以见放。"渔父曰:"圣人不凝滞于物,而能与世推移。世人皆浊,何不淈其泥而扬其波?众人皆醉,何不餔其糟而歠其醨?何故深思高举,自令放为?"屈原曰:"吾闻之,新沐者必弹冠,新浴者必振衣;安能以身之察察,受物之汶汶者乎?宁赴湘流,葬于江鱼之腹中。安能以皓皓之白,而蒙世俗之尘埃乎!"渔父莞尔而笑,鼓枻而去,乃歌曰:"沧浪之水清兮,可以濯吾缨;沧浪之水浊兮,可以濯吾足。"遂去,不复与言。

上文的"淈其泥而扬其波"之"淈"是"搅浑"的意思,"餔其糟而歠其醨"中的"餔"即"吃","歠"是"饮"的意思,"醨"是经过过滤的清酒。这里的渔父其实是在劝诫屈原,不必过分执著滞泥,不妨随遇而安。渔父未必真有其人,或许仅是屈原内心矛盾的外化,但这种"因物赋形"的做法与道家的处世态度十分契合,所以有学者就把渔父作为道家的象征,与隐逸文化扯在了一起。

其实,更为典型的倒是巢、由的形象,后世在谈到归隐的前贤时,常常是"巢由"并称。巢、由指的是尧时的隐士巢父与许由。在尧访贤让位时,两位大隐士一起为后世留下了一桩千古佳话:据说尧在考察接班人时,十分注重其威望,听说阳城(今山西洪洞)的巢父、许由是大贤者，便前去拜访。初见巢父，巢父不受。继访许由，许由也不接受禅让，且遁耕于洪洞的九箕山中。尧执意让位，紧追不舍，再次找到许由时，恳求他做九州岛长。许由觉得王位固且不受，岂有再当九州岛长之理，顿感蒙受大辱，遂奔至溪边，清洗听脏了的耳朵。《史记》注引皇甫谧《高士传》，记述了许由洗耳的情景：

  时有巢父牵犊欲饮之，见许由洗耳，问其故。对曰："尧欲召我为九州岛长，恶闻其声，是故洗耳。"巢父曰："子若处高岸深谷，人道不通，谁能见子？子故浮游，盛欲求其名，污吾犊口。"牵犊上流饮之。

  许由自视高洁，然巢父更胜一筹。这里的隐士是以耕夫的面目出现的，但不管躯壳如何，樵夫也罢，渔翁耕夫也罢，其内在包裹着的却是同样的精神和思想。此后，渔翁意象时时出现在文人诗词之中，常与高洁隐逸联系在一起。《新唐书·隐逸传·张志和》载：张志和"居江湖，自称烟波钓徒"。唐代柳宗元在仕途坎坷、心中落寞时写下的"孤舟蓑笠翁，独钓寒江雪"诗句，用渔翁作为主体意象构造了一幅画面，也寄寓着作者的孤傲和飘逸，与苏轼的"幽人独往来"颇有异曲同工之妙。有时作为隐逸的意象，渔父又常常和樵夫并称，简为"渔樵"一词。最为显见的例证即《三国演义》开篇之"白发渔樵江渚上，惯看秋月春风"。而那些穿着其他外衣的隐逸故事更是举不胜举，如"莼羹鲈脍"的典故说的就是晋代的张翰，本来在外地为官，当秋风吹起的时候，他想起了家乡的莼菜和鲈鱼，于是挂冠而去。

  进入元代以后，由于特殊的社会背景，文人的隐逸出世更成为一种时尚。异族入主、科举废止、官场黑暗，种种社会现实构成了对元代文人多方面的挤压，同时，也形成了元代文人的特定心态。元代自史天泽事件后，蒙古统治者对于汉族官吏就一直抱着提防和戒备的心理。尽管文人也可以通过由"吏"入流的途径进入仕途，但已有学者指出，从一个低级的小吏到进入最低级的官位，一般都要十几年的时间。这样，对于许多怀抱着济世抱负的文人而言，面临的无疑是上天无门的境地。加上官场腐败，大批文人便选择出世，高唱隐逸之歌，遁迹江湖。出于这样的原因，元代之前诸多的隐士故事，无疑成为最能投合元代文人心境的故事系列，频频见诸文人的各种著述当中。在号称"一代之文学"的元曲当中，历代的隐士故事形成了一个醒目的题材系列，如卢挚散曲《箕山感怀》云：

  巢由后隐者谁何？试屈指高人，却也无多。渔父严陵，农夫陶令，尽会婆娑。五柳庄瓷瓯瓦钵，七里滩雨笠烟蓑。好处如何？三径秋香，万古苍波。

作者在这里除了提到我们前述的巢父和许由之外，还涉及了严陵、陶渊明等几个隐士。张养浩【南吕·西番经】曰：

> 天上皇华使，来回三四番，便是巢由请下山。取索檀，略别华鹊山。无多惭，此心非为官。屈指归来后，山中八九年，七见征书下日边。私自怜，又为尘事缠。鹤休怨，行当还绰然。累次征书至，教人去往难，岂是无心作大官？君试看，萧萧双鬓斑。休嗟叹，只不如山水间。说着功名事，满怀都是愁，何似青山归去休。休，从今身自由。谁能够，一蓑烟雨秋！

这里又把山水之趣和官场之诱惑相较而论，最后的"一蓑烟雨秋"很自然使我们想起苏轼"一蓑烟雨任平生"的潇洒境界。其实已经有学者指出，在元曲之中，存在着一个显见的"三、五、七"现象，即众多作者都在作品中频频涉及"楚三闾"（三）、"陶五柳"（五）、"七里滩"（七）题材。"楚三闾"即前面提到的"三闾大夫"屈原，因不媚于时，不愿同流合污而宁愿选择抱石自沉汨罗。"陶五柳"即东晋时期的陶渊明，在尽睹官场腐败后，不愿为五斗米折腰，高唱着"归去来兮"归田园而居。"七里滩"则正是本剧涉及的本事。同时，作为意象的钓叟和渔翁也频频见诸文人笔下。白朴【双调·沉醉东风】《渔夫》曲云："黄芦岸白蘋渡口，绿杨堤红蓼滩头。虽无刎颈交，却有忘机友。点秋江白鹭沙鸥，傲杀人间万户侯，不识字烟波钓叟。"曲中将万户侯和钓叟对举，显见一阵隐逸者的情怀。"渔樵"的意象也不乏其例，刘时中《道情》之一谓："醉颜酡，水边林下且婆娑。醉时拍手随腔和，一曲狂歌。除渔樵那两个，无灾祸，此一着谁参破？南柯梦绕，梦绕南柯。"这种类型的意象和题材的大量出现，其实正显示出元代文人尤其是下层文人的特定心态。作为低级官吏的宫天挺，在经历过仕途坎坷后，大可以一种特殊的眼神来重新观照严子陵的历史故事。

就影响力而言，严子陵是很著名的隐士典型，其典型性很大程度上在于他备受礼遇且有在瞬间飞黄腾达的可能。正史记载里面，可以看到他和东汉光武帝刘秀的"哥们儿"关系。《后汉书》卷八十三"逸民列传"第七十三记载：

> 严光字子陵，一名遵，会稽余姚人也。少有高名，与光武同游学。及光武即位，乃变名姓，隐身不见。帝思其贤，乃令以物色访之。后齐国上言："有一男子，披羊裘钓泽中。"帝疑其光，乃备安车玄𫄸，遣使聘之。三反而后至。舍于北军。给床褥，太官朝夕进膳。
>
> 司徒侯霸与光素旧，遣使奉书。使人因谓光曰："公闻先生至，区区欲即诣造。迫于典司，是以不获。愿因日暮，自屈语言。"光不答，乃投札与之，口授曰："君房足下：位至鼎足，甚善。怀仁辅义天下悦，阿谀顺旨要领绝。"霸得书，封奏之。帝笑曰："狂奴故态也。"车驾即日幸其馆。光卧不起，帝即其卧所，抚光腹曰："咄咄子

陵,不可相助为理邪?"光又眠不应,良久,乃张目熟视,曰:"昔唐尧著德,巢父洗耳。士故有志,何至相迫乎!"帝曰:"子陵,我竟不能下汝邪?"于是升舆叹息而去。

复引光入,论道旧故,相对累日。帝从容问光曰:"朕何如昔时?"对曰:"陛下差增于往。"因共偃卧,光以足加帝腹上。明日,太史奏客星犯御坐甚急。帝笑曰:"朕故人严子陵共卧耳。"

除为谏议大夫,不屈,乃耕于富春山,后人名其钓处为严陵濑焉。建武十七年,复特征,不至。年八十,终于家。帝伤惜之,诏下郡县赐钱百万、谷千斛。

另外,《会稽典录》《艺文类聚》《高士传》《会稽名贤录》等都记载了这个故事。严子陵与那些"待价而沽"的假隐士不同,他是从心底厌恶官场。所以,当他的好朋友刘秀即位后,他首先是更名不见,其次在皇帝派遣使者来邀请时,也是经过多次邀请才勉强到皇宫的。他不仅不接受刘秀提供的高官位置,而且还在皇帝和他同眠时把脚丫子放到皇帝肚子上,完全一副狂态。所以,后世许多文人十分喜欢"彻底放倒"的严子陵,许多典故都与他有关。如"羊裘垂钓",说的是他披着羊皮、垂钓河边的事迹。他钓鱼的地方在汉代就被叫做"严光钓水濑",也就是"七里滩",也叫做"严子濑"。"子陵台"成为隐士居所的代称,"羊裘"也成为隐士的别名。

由此可见,元代文人虽然表面沉浸在对古代隐士的仰慕和追忆之中,但对于这一故事之所以津津乐道,首先是由于心境和精神上的高度一致和密切契合。如果说严子陵的故事不过是隔代的旧歌,但当宫天挺重新唱起它的时候,首先是它可以抒发作者此时此刻的特定感受。不仅如此,在这个"旧事重提"的过程中,我们还可以看到出于表现的需要,作者在这个故事中也留下了自己的痕迹。

首先,与元杂剧的许多作品一样,作品采用的仍然是以抒情为主的写法,故严子陵故事依旧只是一个躯壳而已,是作者借以抒情的背景和场景。作者其实是想借严子陵的嘴,说自己的话。因此,作品使用了大量篇幅,让严子陵充分展露了自己高洁、潇洒的胸怀。从现存剧本可以看出,抒情性的曲词占据了剧本很大的篇幅。剧本从王莽篡汉、灭汉代宗室一万五千七百余口、刘秀改名潜逃写起,在简单追述朝代更迭后,就转向对于隐逸畅饮的赞美以及富贵生活的鄙薄。第一、二折两套共用了二十二支曲子写此类感受。其中,作品对酒中沉醉颇为钟情,大肆赞美。首折【那吒令】一曲写出了"醉眼"所见的别样轻松、异常宽阔的世界:

则咱这醉眼觑世界,不悠悠荡荡。则咱这醉眼觑日月,不来来往往。则咱这醉眼觑富贵,不劳劳攘攘。咱醉眼宽似沧海中,咱醉眼竟高似青霄上,咱醉眼不识个宇宙洪荒！

真个是"醉里乾坤大，壶中日月长"。作为钓叟典型行为的垂钓生活，在作者笔下也显得悠闲恬美。第二折【调笑令】一曲为我们勾勒出一幅江南渔翁晚归图：

巴到日暮，看天隅，见隐隐残霞三四缕。钓的这锦鳞来，满向篮中贮。正是收纶罢钓的渔夫，那的是江上晚来堪画处，抖擞着绿蓑归去。

整体来看，作者在第一、二折着重赞美了归隐酣醉生活的安逸和闲适。从第三折开始，作者将时光推置到了十年之后——刘秀即位，屡招严子陵做官，子陵无奈入朝，但仅与刘秀饮酒叙旧情，不愿为官。第四折则写皇宫中摆筵席，子陵看到仙鹤飞来，又想起隐居生活，抒发对隐逸生活的向往和留恋，同时又表现出对富贵荣华的鄙薄和反思。

剧本第三折叙述严子陵入宫的情景，通过当时和昔日场景的对比，以及子陵对汉代历史的追述，表现出子陵对渔樵生活的留恋以及对庙堂生活的不屑，同时，也寄托着作者对朝代兴废的思考。第一支【倘秀才】曲是对隐逸生活的追忆，通过对旧时场景的描述写出了作者对垂钓生活的不舍。此曲中出现了五个具有代表意义的具象，构成了一幅隐逸生活的场景：失惊的鸥鹭、往日一起垂钓的渔父、青苔、柴门、茅舍，由于缺少了子陵的身影，这些追忆中的物象也就显得格外寂寞、冷清。第二支【滚绣球】曲借古人的诗歌意境，抒发了作者的月下故园之思。"柴门知他扃也不扃？人却是应也那不应？荒疏了俺那柳阴花径，有宾朋来呵，谁人出户相迎？"这一段很容易使人联想起"花径不曾缘客扫，蓬门今始为君开"的诗句。作品继而借着对迎客场面的回忆写对旧时生活的追忆："到初更酒半醒，猛想起故园景，忽然感怀诗兴，对蓬窗斜月似挑灯。香馥馥暗香浮动梅摇影，疏剌剌翠色相交竹弄声。感旧伤情。"晚上在宫廷之中，乍然酒醒，月色如水，子陵禁不住回忆起故园情景：蓬窗虽破，却有梅香馨馨、竹声阵阵，声、影交加，引逗起无限乡思。"见旗帜上月华日精"一段描写皇家的威武场面，接下一曲对比描写"昔日"与"现时"的不同境遇，写出子陵"视今如昔"、"帝力于我何有"的超迈情怀。尽管今日的刘秀已贵为天子，其场面宏大，气派非凡，但在子陵的眼里，却只是"旧时"的玩伴而已。朝廷的兴衰更替、友人的一步登天，对于恬淡的子陵，一切仿佛没有发生。接续下来的几支曲子集中在对汉室兴废的追思方面：楚汉争雄、王莽篡汉、文叔中兴、昆阳之困、彭城之陷，种种惊心动魄的事件，作品却用一句曲词将它们轻轻荡开："休将闲事提！"换句话说，这些关涉兴废的种种事件，在隐士子陵的眼里，不过是一些"闲事"，子陵关心的仍只是眼前酒盏、梦里故园。所以，不妨"十分酪酊"，且尽故人久别之欢。在这样的情景中生发出的【二煞】一曲，就可以当作是隐士严子陵对皇帝刘秀的郑重宣言：

>你也不是我的君,我也不是你的卿,咱两个一樽酒罢先言定。若你万乘主今夜还归去,我便七里滩途程来日登。又不曾更了名姓,你则是十年前沽酒刘秀,我则是七里滩垂钓的严陵。

在傲岸的隐士眼里,尊贵的皇帝不过是昔日的旧友。虽然我不妨与你把酒言欢,但在我心目之中却只有往日的酒友,没有今日的至尊。你所汲汲孜孜的在我眼中正类似草芥浮云,请不要用君和卿的链锁栓系你我。该曲所写的豪迈洒脱、傲然荣华的态度跃然纸上。如果说作品是一条龙,这则曲子则不妨视作"龙睛",是作者情绪的集中体现,显示了子陵远离尘俗的决绝。

本折的语言特点也较突出,显示出"雄劲遒丽"的鲜明特色。写景则筋力毕显,苍劲有致。抒情能因景而发,真切浓烈。王国维将其语言比喻为"健鹘摩空",意思是说他的语言像飞翔的雕鹘那样有宏富的气势和高远的境界,称得上是切中肯綮的评论。

其实,在元杂剧之中存在着一系列的隐逸题材,《七里滩》不过是其中的一个代表而已。这个系列由于研究视角的不同而有不同的名称。明代戏曲理论家朱权在《太和正音谱》中开列"杂剧十二科",其中有"隐居乐道"一类,所指正是《七里滩》一类作品。该书又把这类作品概括为"林泉丘壑",可谓是典型的隐逸生活场景的生动描绘。当今学者罗锦堂先生在《元人杂剧本事考》当中,则列出了"仕隐剧"类,其中有"隐居乐道"的细目,下列《七里滩》和《陈抟高卧》两种杂剧。当代其他学者在谈到元代杂剧的题材分类时,一般都提到"神仙道化"剧,也与上述的题材十分接近。"隐逸剧"和"神仙道化剧"分类虽然不同,却在精神上相互贯通,它们有着诸多的共同之处,都是对于尘俗生活的一种逃逸,对于在尘俗之眼中备受关注的功名富贵等的鄙薄和轻视。作品的主人公都显现出高蹈超迈、遁迹林泉的洒脱情怀。不同的是,神仙道化是遁迹于神佛,而隐逸剧则是遁迹于林泉。其逃逸之地虽不同,但逃逸之心态以及对于世俗之鄙薄并无二致。

所以,在元杂剧之中就存在着一种间杂隐逸与神佛的作品,即一方面显现出急切的逃逸心态,具有典型的隐逸色彩;另一方面又以神佛为外衣,用神界和仙境的无欲无求来完成对于多灾多祸的尘俗的超脱,与渔樵类的归隐生活又显现出大同之中的小异。这时,渔樵类的隐士意象也会作为一种寓意和象征,出现在神仙道化戏剧之中。在《吕洞宾三度城南柳》杂剧第三折中,就设置了吕洞宾扮成渔翁,进行度化的情景:

>(正末改扮渔翁上,云)老夫渔翁是也。老夫渔翁是也。驾着一叶扁舟,是俺平生活计。谁似俺渔人快活也呵。(唱)

【南吕·一枝花】蝇头利不贪,蜗角名难恋。行藏全在我,得失总由天。甘老江边,富贵非吾愿,清闲守自然。学子陵遁迹在严滩,似吕望韬光在渭川。

【梁州第七】虽是个不识字烟波钓叟,却做了不思凡风月神仙。尽他世事云千变。实丕丕林泉有分,虚飘飘钟鼎无缘。想着那闹吵吵东华门外,怎敌得静巉巉西塞山前。脚踪儿不上凌烟,梦魂儿则想江堧。觑了那忘生舍死的将军过虎豹关中,耽惊受恐的朝士拥麒麟殿前,争如俺少忧没虑的侬家住鹦鹉洲边。苟延,数年。我其实怕见红尘面,云林深市朝远。遮莫是天子呼来不上船,饮兴陶然。

【隔尾】旋沽村酒家家贱,自钓鲈鱼个个鲜。醉与樵夫讲些经传。春秋有几年,汉唐事几篇?端的谁是谁非,咱两个细敷演。

这一段文字倒像是《七里滩》的注释,快活的渔翁何妨视作垂钓的子陵?对名利的超越和对隐逸生活的留恋又何曾两异?而一渔一樵的组合又构成了典型的隐逸场景,勾起的是人们对于古代高士的缅怀和追忆。所以,从本质上说,所谓的隐逸剧和神仙道化剧并无二致,其内在精神是互相沟通和完全一致的。它所反映的正是元代文人在仕途无望的多难之秋遁迹林泉、啸傲山林的历史事实。元代文人的隐逸原因,多与"接舆歌凤"类似,是不得已而为之的(《高士传·陆通》)。因此,在"遗弃世俗"的假象后面被掩盖的其实是"被世俗遗弃"的真象。虽则表面显现出豁达和洒脱,但对于许多怀济世理想的文士而言,这样的潇洒和超越何曾由衷?所以,无论是神仙道化也罢,隐居乐道也罢,在表面的潇洒后面掩藏着一代文人的不幸和痛苦。

作为隐逸文学的延展,元代杂剧的隐逸剧和神仙道化剧屡屡受到后世文人的推崇。尤其是一些失意文人和退隐林下的志士们往往从古代隐士的身上寻找着自己的影子,在隐士的浩歌中寻求精神和情感上的"和鸣"。缘乎此,对于这类杂剧的评论也往往显示出一种题材方面的偏好和情趣方面的钟爱。而隐逸文学也由于元代隐逸剧的存在得以发展和提高,构成了古代隐逸文化的灿烂一章。与这样的题材相表里,该类作品的语言往往表现出浓郁的文人气息,显得较为优美典雅。王国维在《元刊杂剧三十种叙录》之中将《七里滩》的语言风格概括为"雄劲遒丽",是颇为准确的。

从元杂剧题材系列形成的原因看,其中的隐逸和神仙道化剧的兴起,其实正是由特定社会现实造成的。多方面的挤压首先形成了元代文人特定的创作心态,导致他们在"老调重弹"时加入了自己的心声,在历史的躯壳中注入了现实的意蕴。我们完全可以通过对这类作品的解读来窥视一代文人的政治命运和人生感受,在其"江湖之趣"中看到"庙堂之志"。文学不过是影像,现实的物象经过作家心灵的折射得以展示出纷繁的影像来,而影像的形成又在很大程度上依赖作家的心态。所以,在元代系列的隐逸和神仙道化剧的后面,我们不难读出一代文人看似潇洒、实则无奈的特定心态。这样的解读无疑就有了"以文见史"、"以文知心"的意味,这或许正是隐逸剧给我们的一个有益启迪吧!

【延伸欣赏】

推荐阅读:马致远《陈抟高卧》(见《元曲选》)

推荐观赏:昆剧《邯郸记》之"扫花"

(王 宁)

第五讲
六月飞雪话窦娥：关汉卿与《窦娥冤》

【剧本选读】

《窦娥冤》第三折

元·关汉卿[1]

（外[2]扮监斩官上，云）下官监斩官是也。今日处决犯人，着做公的[3]把住巷口，休放往来人闲走。（净扮公人，鼓三通、锣三下科。刽子磨旗[4]、提刀，押正旦带枷上。刽子云）行动些[5]，行动些，监斩官去法场上多时了。（正旦唱）

【正宫·端正好】没来由犯王法，不提防[6]遭刑宪[7]，叫声屈动地惊天！顷刻间游魂先赴森罗殿[8]，怎不将天地也生埋怨。

【滚绣球】有日月朝暮悬，有鬼神掌着生死权。天地也，只合把清浊分辨，可怎生糊突了盗跖颜渊[9]：为善的受贫穷更命短，造恶的享富贵又寿延。天地也，做得个怕硬欺软，却元来也这般顺水推船。地也，你不分好歹何为地？天也，你错勘[10]贤愚枉做天！哎，只落得两泪涟涟。

（刽子云）快行动些，误了时辰也。（正旦唱）

【倘秀才】则被这枷纽[11]的我左侧右偏，人拥的我前合后偃[12]，我窦娥向哥哥行[13]有句言。（刽子云）你有甚么话说？（正旦唱）前街里去心怀恨，后街里去死无冤，休推辞路远。

（刽子云）你如今到法场上面，有甚么亲眷要见的，可教他过来，见你一面也好。（正旦唱）

【叨叨令】可怜我孤身只影无亲眷，则落的吞声忍气空嗟怨。（刽子云）难道你爷娘家也没的？（正旦云）止有个爹爹，十三年前上朝取应去了，至今杳无音信。（唱）蚤已是十年多不睹爹爹面。（刽子云）你适才[14]要我往后街里去，是甚么主意？（正旦唱）怕则怕前街里被我婆婆见。（刽子云）你的性命也顾不得，怕他见怎的？（正旦云）俺婆婆若见我披枷带锁赴法场餐刀去呵，（唱）枉将他气杀也么哥[15]，枉将他气杀也么哥。告哥哥，临危好与人行方便。

（卜儿哭上科，云）天那，兀的[16]不是我媳妇儿！（刽子云）婆子靠后。（正旦云）既是俺婆婆来了，叫他来，待我嘱付他几句话咱。（刽子云）那婆子，近前来，你媳妇要嘱付你话哩。（卜儿云）孩儿，痛杀我也！（正旦云）婆婆，那张驴儿把毒药放在羊肚儿汤里，实指望药死了你，要霸占我为妻。不想婆婆让与他老子吃，倒把他老子药死了。我怕连累婆婆，屈招了药死公公,今日赴法场典刑。婆婆,此后遇着冬时年节,月一十五,有瀽[17]不了的浆水饭,瀽半碗儿与我吃;烧不了的纸钱,与窦娥烧一陌儿[18]。则是看你死的孩儿面上!(唱)

【快活三】念窦娥葫芦提[19]当罪愆,念窦娥身首不完全,念窦娥从前已往干家缘[20];婆婆也,你只看窦娥少爷无娘面。

【鲍老儿】念窦娥伏侍婆婆这几年,遇时节将碗凉浆奠;你去那受刑法尸骸上烈[21]些纸钱;只当把你亡化的孩儿荐[22]。(卜儿哭科,云)孩儿放心,这个老身都记得。天那,兀的不痛杀我也!(正旦唱)婆婆也,再也不要啼啼哭哭,烦烦恼恼,怨气冲天。这都是我做窦娥的没时没运,不明不暗,负屈衔冤。

(刽子做喝科,云)兀那婆子靠后,时辰到了也。(正旦跪科)(刽子开枷科)(正旦云)窦娥告监斩大人,有一事肯依窦娥,便死而无怨。(监斩官云)你有甚么事?你说。(正旦云)要一领净席,等我窦娥站立;又要丈二白练[23],挂在旗枪[24]上;若是我窦娥委实冤枉,刀过处头落,一腔热血休半点儿沾在地下,都飞在白练上者。(监斩官云)这个就依你,打甚不紧[25]。(刽子做取席站科,又取白练挂旗上科)(正旦唱)

【耍孩儿】不是我窦娥罚下这等无头愿,委实的冤情不浅;若没些儿灵圣与世人传,也不见得湛湛青天。我不要半星热血红尘洒,都只在八尺旗枪素练悬。等他四下里皆瞧见,这就是咱苌弘化碧[26],望帝啼鹃[27]。

(刽子云)你还有甚的说话,此时不对监斩大人说,几时说那?(正旦再跪科,云)大人,如今是三伏天道,若窦娥委实冤枉,身死之后,天降三尺瑞雪,遮掩了窦娥尸首。(监斩官云)这等三伏天道,你便有冲天的怨气,也召不得一片雪来,可不胡说!(正旦唱)

【二煞】你道是暑气暄,不是那下雪天;岂不闻飞霜六月因邹衍[28]?若果有一腔怨气喷如火,定要感的六出冰花[29]滚似绵,免着我尸骸现;要什么素车白马,断送[30]出古陌荒阡[31]!

(正旦再跪科,云)大人,我窦娥死的委实冤枉,从今以后,着这楚州亢旱[32]三年!(监斩官云)打嘴!那有这等说话!(正旦唱)

【一煞】你道是天公不可期,人心不可怜,不知皇天也肯从人愿。做甚么三年不见甘霖降?也只为东海曾经孝妇冤[33]。如今轮到你山阳县。这都是官吏每无心正法,使百姓有口难言。

(刽子做磨旗科,云)怎么这一会儿天色阴了也?

(内做风科,刽子云)好冷风也!(正旦唱)

【煞尾】浮云为我阴,悲风为我旋,三桩儿誓愿明题遍。(做哭科,云)婆婆也,直等待雪飞六月,亢旱三年呵,(唱)那其间才把你个屈死的冤魂这窦娥显。

第五讲
六月飞雪话窦娥：关汉卿与《窦娥冤》

《窦娥冤》

《窦娥冤》

（刽子做开刀，正旦倒科）（监斩官惊云）呀，真个下雪了，有这等异事！（刽子云）我也道平日杀人，满地都是鲜血，这个窦娥的血都飞在那丈二白练上，并无半点落地，委实奇怪。（监斩官云）这死罪必有冤枉。早两桩儿应验了，不知亢旱三年的说话，准也不准？且看后来如何。左右，也不必等待雪晴，便与我抬他尸首，还了那蔡婆婆去罢。（众应科，抬尸下）

【作品解题】

《窦娥冤》是元杂剧中著名的公案剧，全名为《感天动地窦娥冤》，今存《元曲选》等多种版本。故事系杂取西汉刘向《说苑》所记"东海孝妇"蒙冤及邹衍忠事燕惠王而被系入狱，六月而有飞霜诸事而成。剧述楚州寒儒窦天章上京赶考，将幼女卖与蔡婆为童养媳，改名窦娥。不料婚后丈夫病故，婆媳相依为命。赛卢医为了赖账，意欲杀死蔡婆，结果被泼皮张驴父子撞破，救得蔡婆性命。事后张驴父子逼婚蔡婆，欲分别强娶蔡婆和窦娥为妻。窦娥不从，张驴儿拟以毒药毒死蔡婆以要挟窦娥，结果毒药误为其父所服。张驴遂诬告其为窦娥所为，并买通官府，官府严刑拷打，窦娥为救护婆婆，屈打成招，被判斩决。刑场上的窦娥冤怒冲天，指天发下三桩誓愿：如果自己蒙冤，死后要血溅白练，六月飞雪，且楚州要大旱三年。窦娥死后誓愿一一应验。三年后窦天章以廉访使身份来楚州，复审此案，始为窦娥昭雪。此剧在古代屡获赞誉。《酹江记》眉批有云："《窦娥冤》剧词调快爽，神情悲吊，尤关之铮铮者也。"后世戏剧也多有沿用此故事者，如明代有《金锁记》传奇，京剧、秦腔等剧种有《六月雪》《金锁记》，河北梆子、蒲剧有《窦娥冤》等。该剧被翻译成多种外文，有英译、俄译等多种译本。

【注　释】

[1] 关汉卿：元杂剧著名作家，"元曲四大家"之一，号已斋，大都人。关于其籍贯，另有祁州（今河北安国县）、解州（今山西运城）等多种说法。约生于金末或元太宗时（1230 年前后），卒于元成宗（1297—1307）年间。关汉卿是风流放浪的才子型文人，他不仅与妓女有颇多交往；而且还常常"躬践排场"，粉墨登场，参与杂剧演出。元贞、大德年间，曾在大都与杂剧作家白朴等创立"玉京书会"，当时一些著名杂剧作家如杨显之、费君祥等均与之交谊颇深。关汉卿一生创作杂剧六十余种，今存十八种。著名作品有《窦娥冤》《拜月亭》《单刀会》《调风月》《望江亭》等。他的作品多涉及深广的社会内容，曲词本色，成就很高。近代学者王国维在《宋元戏曲考》中赞其"一空依傍，自铸伟词，而其言曲尽人情，字字本色，故当为元人第一"。但自元代中叶之后，曲家又有一种"重马（致远）、郑（光祖）而轻汉卿"的倾向。这主要是从文章的角度立论，不是从戏剧角度做全面考察。

[2] 外：杂剧角色，多扮老年男性。

［3］做公的：这里指衙门里的差役。

［4］磨旗：挥动旗子。

［5］行动些：快点走的意思。

［6］不提防：没有小心防备。

［7］遭刑宪：触犯法律。

［8］森罗殿：即阎罗殿，古人以为人死后魂魄归于阴间，阎罗殿即阴间阎王办公的地方。

［9］糊突了盗跖颜渊：意思是分不清好人坏人。盗跖和颜渊均为春秋时人，前者是农民起义的领袖，封建时代一直被视作大盗。后者为孔子的学生，是著名贤哲。

［10］勘：查实。

［11］纽：同"扭"。

［12］前合后偃：即前合后仰。

［13］哥哥行(háng)：意思是哥哥那里。"行"在杂剧中常放在自称或他称的名词或代词后面，表示辈分或方位。

［14］适才：刚才。

［15］也么哥：语气助词，无实际含义。【叨叨令】曲牌定格，此二句须重迭，且句尾须加"也么哥"。

［16］兀的：相当于"这"。

［17］㳂：泼、倒。

［18］一陌儿：古时一百钱称一陌，这里指一叠。

［19］葫芦提：不明不白，糊里糊涂。

［20］干家缘：料理家务。

［21］烈：烧。

［22］荐：即追荐，这里指祭奠。

［23］白练：白色绸缎。

［24］旗枪：古代旗杆顶端有一枪形饰物，故称旗枪。

［25］打甚么不紧：有什么关系。

［26］苌弘化碧：传说周大夫苌弘因冤屈被杀，蜀人将其血藏起来，三年后血凝为碧玉。

［27］望帝啼鹃：据《华阳国志》记载，古代蜀王杜宇，号望帝，死后变成为鸟，日夜悲啼不已。蜀人称此鸟为杜鹃或杜宇、子规。

［28］飞霜六月因邹衍：战国时齐人邹衍，忠事燕惠王，但燕惠王听信谗言，将其投进牢狱，他望天大哭，竟使六月飞霜。后世以之为"奇冤"之象。

［29］六出冰花：即雪花，雪花多为六瓣，故称。

［30］断送：发送，这里指送葬。

［31］古陌荒阡：意为人迹罕至的荒凉之地。

[32] 亢旱：大旱。

[33] 东海曾经孝妇冤：据《搜神记》等书记载，汉代东海有寡妇周青，对婆婆十分孝顺，婆婆自尽而死，周青被郡守冤杀。临刑发出誓愿，手指车上竹竿说：我如有罪，被杀后血往下流；如无罪，血会沿竹竿而上。结果其誓愿应验，东海郡也三年枯旱不雨。后来于公为她昭雪，天方降雨。

（曲文据《元曲选》迻录，注释：王宁）

【作品导读】

"窦娥"是古典戏曲中很著名的人物，时下在电视剧中时常会有这样的言语，当一个人说自己很冤枉时，会说："我真比窦娥还冤啊！"窦娥确实是够冤屈的，本来是守法良民，平白无故飞来横祸，竟然成了杀人凶手，被推上刑场执行斩刑。刑场上的窦娥怨怒冲天，呼天抢地，发出了震动千古的怒喊。相信许多看过戏曲或电影的观众，会持久地记忆这一悲切的场面，而窦娥的痛哭和怒吼也会久久在我们耳际萦绕。窦娥那双流泪的眼睛，也会久久地刻印在我们的记忆里。关汉卿选择了戏曲的体裁，写出了一个千古奇冤的故事。剧作充满了悲切、凄凉的气氛，即使面对文本时，我们也很容易感受到那扑面而来的"悲愤"和"凄凉"。一字字、一声声，仿佛都饱含着血泪和哭泣。从某种意义上看，元代杂剧整体上充满着悲怨色彩。由于特定的社会背景，许多元杂剧作品其实是饱含着文人的哭泣和感伤的，可以当作眼泪看，当作血渍看。大而言之，元代文人有"五哭"，其中之"第一哭"就是为"民命若草，势要横行"而发。如果仔细体味作品的意蕴，我们会时时在文字之中，读出元代文人特定的感伤和悲凉。其实在《窦娥冤》中"窦娥"的形象后面，我们何尝没有感到一个双目含泪的关汉卿！

正是在这样激愤的情绪的支配下，关汉卿集中了自己所能搜集到的最为怵目惊心、也最具有感人力量的历史事件以及民间传说，构造出窦娥的"奇冤"故事。这样也就把窦娥的冤屈推置到了一个极端。其实，也只有这样，才能寄寓作者的极端激愤和无比愤慨。因此，在本事和故事情节的撷取时，关汉卿就将眼光放置到一个无比宽阔的历史背景中，集中几个历史上的"奇冤"事件，以突出窦娥的"千古奇冤"。

第一件是传说中的汉代东海孝妇故事，见载于《搜神记》等多种书籍。《搜神记》卷十一记曰：

> 汉时，东海孝妇养姑甚谨，姑曰："妇养我勤苦，我已老，何惜余年，久累年少。"遂自缢死。其女告官云："妇杀我母。"官收系之。拷掠毒治，孝妇不堪苦楚，自诬服之。时于公为狱吏，曰："此妇养姑十余年，以孝闻彻，必不杀也。"太守不听。于公争不得理，抱其狱词哭于府而去。自后郡中枯旱，三年不雨。后太守至，于公曰：

"孝妇不当死,前太守枉杀之,咎当在此。"太守实时身祭孝妇冢,因表其墓,天立雨,岁大熟。长老传云:"孝妇名周青,青将死,车载十丈竹竿,以悬五幡,立誓于众曰:'青若有罪,愿杀,血当顺下;青若枉死,血当逆流。'既行刑已,其血青黄缘幡竹而上,极标,又缘幡而下云。"

《汉书·于定国传》所记与之略同,只是点明了为孝妇力争的于公即于定国的父亲。关汉卿从这个故事中,选取了"血溅白练"和"亢旱三年"的情节。"六月飞雪"的情节则出自战国时另外一个传说。《文选》录江淹《诣建平王上书》:"昔者,贱臣叩心,飞霜击于燕地。"李善注引《淮南子》云:"邹衍尽忠于燕惠王,惠王信谮而系之。邹子仰天而哭,正夏而天为之降霜。"这里是飞霜而非飞雪。《太平御览》中引《淮南子》,所言为五月飞雪,可见,六月飞雪的事情也本有来历。需要说明的是,在元代之前,这些冤案故事传袭已久,成为了文人笔下和民间传说中著名的冤狱。上引江淹《诣建平王上书》开篇云:"昔者,贱臣叩心,飞霜击于燕地,庶女告天,振风袭于齐台,下官每读其书,未尝不废卷流涕,何者? 士有一定之论,女有不易之行,信而见疑,贞而为戮,是以壮夫义士,伏死而不顾者以此也。"唐代的张说在《狱箴》中也说:"匹妇含怨,三年亢阳,匹夫结愤,六月飞霜。"前面一句所说显然即东海孝妇事,后面一句所指即邹衍事。看来这些故事在元代之前已经定型为著名的冤狱,所以,才会被张说写进与刑法和案狱有关的《狱箴》之中。

血溅白练、亢旱三年与六月飞雪,三者均属"异象",也就是与素常不同的物象和自然现象。"异象"昭"奇冤"的观念在后世被普遍认可,当与汉代董仲舒的学说有关。他在《春秋繁露》之中首次为儒家学说蒙上了一层神学色彩,提出了上天以"异象"示人君为政之失的说法。换言之,如果人间有不平和不合理的事情发生,上天就会通过反常的天象来昭示和告诫人间,《春秋繁露》"五行五事"第六十四有云:

> 王者与臣无礼,貌不肃敬,则木不曲直,而夏多暴风,……王者言不从,则金不从革,而秋多霹雳,……王者视不明,则火不炎上,而秋多电,……王者听不聪,则水不润下,而春夏多暴雨,……王者心不能容,则稼穑不成,而秋多雷,……

其中还涉及夏日飞霜之事:

> 王者能闻事审谋虑之,则不侵伐,不侵伐且杀,则死者不恨,生者不怨。冬日至之后,大寒降,万物藏于下,于时,暑为贼,故王者辅之以急断之事,以水润下也。冬行春政,则蒸;行夏政,则雷;行秋政,则旱,冬失政,则夏草木不实,霜,五谷疾枯。

以上所述，简单说就是为官从政者如果行为有过失，上天就会显现出与平素不同的异样的物象和天象来惩戒和告诫世人。所以，《窦娥冤》之中以"异象"写"奇冤"的做法，不仅有着故事方面的渊源，而且在观念上也是经过沉积定型的。不同的是，上天对于人世的惩戒，已经不仅仅局限于王者和人君，而是包含了普通的为官从政者在内了。

对关汉卿而言，撷取这些著名的冤狱故事来写窦娥，其实还与元代特别黑暗的社会现实有关。元代是我国历史上比较特殊的时代，它与由满族入主建立的清朝颇为不同。清朝在开国之后迅速完成了政权的文人化和汉族化，而元蒙则不然。元蒙政权是一个典型的武人政权，尽管在局部显示出文人化的特点，但终元一代，掌握权柄的始终是武夫。加上科举制度的废除，使得元代形成了特殊的"吏治"。同时，贪官污吏和权豪势要构成了元代社会的两个强势集团，他们鱼肉百姓、为非作歹，给民众带来了诸多苦难。"衙门从古向南开，就中无个不冤哉"的说法对于元代来说十分恰切。据《元史》卷二十一"成宗纪二十一"记载，大德七年十二月，"七道奉使宣抚所罢赃污官吏凡一万八千四百七十三人，赃四万五千八百六十五锭，审冤狱五千一百七十六事"，社会黑暗由此可见。

元杂剧之中的"公案剧"，正是在这样一种社会背景下产生的。它所触及的是元代比较突出的社会问题，反映的是普通民众的呼声和愿望。

除《窦娥冤》外，权豪势要在其他公案剧中也频频出现，他们横行霸道，构成了元代社会的痼疾。如《鲁斋郎》中的鲁斋郎，他看见银匠李四的妻子貌美，就径去其家劫掠而去。后来又垂涎都孔目张珪妻子，又借机霸占，而且要张自己送到家里。张珪无奈，自己献妻子上门。而剧中的张珪本为官吏，普通百姓的状况就不难想象了。用张珪的话说，鲁斋郎是"嫌官小不为，嫌马瘦不骑，动不动挑人眼、剔人骨、剥人皮。他便要我张珪的头，不怕我不就送去与他；如今只要你做个夫人，也还算是好的"。从张珪对鲁的恐惧可以想见鲁的残暴和蛮横。《蝴蝶梦》里的葛彪是另外一个权豪典型，他自称是"权豪势要之家，打死人不偿命，时常的则是坐牢"。在他马撞王老汉后，反而诬蔑老人撞他，将其当场打死。还宣称："这老子诈死赖我，我也不怕；只当房檐上揭片瓦相似，随你那里告来。"有意思的是，在《十探子》杂剧中也有一个葛彪，而且也是权豪势要的形象。这类权豪势要更多以"衙内"的面目出现，这也形成了元杂剧中一个有趣的"衙内"类形象。如《望江亭》、《金凤钗》、《燕青博鱼》中都有杨衙内，《双献功》之中有白衙内，《生金阁》中有庞衙内，《黄花峪》中有蔡衙内，《陈州粜米》中的刘衙内和他的儿子小衙内等。这些人清一色是骑在百姓头上的权豪势要，无不横行乡里，欺压百姓。甚至在元代杂剧中，他们上场时的自我介绍都很类似。以《生金阁》中的庞衙内为例，杂剧第一折庞衙内上场有云：

（净扮庞衙内领随从上，诗云）花花太岁为第一，浪子丧门世无对。闻着名儿脑也疼，只我有权有势庞衙内。小官姓庞名绩，官封衙内之职。我是权豪势要之家，累代簪缨之子。我嫌官小不做，马瘦不骑，打死人不偿命。若打死一个人，如同捏杀个苍蝇相似。平生一世，我两个眼里，再见不得这穷秀才。我若是在那街市上摆着头踏，倘有秀才冲着我的马头，一顿就打死了。若到人家里？见了那好古玩好器皿，琴棋书画，他家里倒有，我家里倒无，教那伴当每借将来，我则看三日，第四日便还他，我也不坏了他的。但若是他同僚官的好马，他倒有，我倒无，着那伴当借将来，则骑三日，第四日便还他，我也不坏了他的。人家有好宅舍，我见了他家里倒有，我家里倒无，搬进去则住三日，第四日就搬了，我也不曾坏了他的。

再看《金凤钗》中第三折杨衙内上场时的自白：

（杨衙内领祗候上，云）花花太岁为第一，浪子丧门世无对。阶下小民闻吾怕，则我是势力并行的杨衙内。小官姓杨名戬字茂柳，官封衙内之职。我是累代簪缨之子，我嫌官小不做，嫌马瘦不骑。

通过以上类似的"家门"，可以看出这类人物在元杂剧之中已经成为了类型化的人物，故其表演方面也形成了一定的套式和类型。《窦娥冤》所反映的，正是当时元代社会具有典型意义的社会问题，这也决定了它作为"公案戏"的时代特点。

"公案"是历代文学一个很有趣的题材，由于多有着跌宕和曲折的故事情节，往往可以吸引欣赏者的兴趣。尤其是悬念的设置，又常常成为古今中外的"公案文学"吸引欣赏者的一个主要手段。在俗文学圈子之中，"公案"更成为了热点题材。如在宋代《都城纪胜》的"瓦舍众伎"条就记载，在当时的"说话"（一种说唱文艺）之中，就已经出现了专门说公案故事的"说公案"。宋代的"公案文艺"也显示出以情节取长的特点，以《碾玉观音》为例，其情节就跌宕曲折，颇有吸引力。但元代的"公案剧"则整体上显示出很大的不同：一是以"权豪势要"和"普通民众"的对立构成矛盾冲突，显示出很强的斗争色彩；二是就作者倾向而言，基本上都是站在普通民众立场上，立足于控诉权豪势要对普通百姓的残害，《窦娥冤》正是这样的典型。

除了用"异象"写"奇冤"的设置，剧本没有离奇的情节和跌宕的故事：窦娥遭遇冤案，被斩法场，后蒙昭雪。但正是在这故事之中，倾注了作者极大的悲愤，充满了作者对残害窦娥的畸形社会的控诉。所以，从作品主旨看，这首先是一部"为民一哭"的作品，作品的首要目的是为了表现畸形社会和元代的权豪势要对普通百姓的残害和压迫。出于这样的写作目的，作品并没有追求情节之离奇曲折和故事之跌宕起伏，而是基于"诉冤"的目的，刻意安排了法场上窦娥"呼天抢地"的呐喊和控诉。

第三折正是作者借窦娥之口发出了对黑暗社会的控诉和谴责。无辜的窦娥被推上刑场执行斩刑,在失望、悲切、激愤等种种感情的交织之中,窦娥发出了惊天的怒喊:

> 【滚绣球】有日月朝暮悬,有鬼神掌着生死权。天地也,只合把清浊分辨,可怎生糊突了盗跖颜渊:为善的受贫穷更命短,造恶的享富贵又寿延。天地也,做得个怕硬欺软,却元来也这般顺水推船。地也,你不分好歹何为地?天也,你错勘贤愚枉做天!哎,只落得两泪涟涟。

被冤屈的窦娥哀哀无告,只能对着天地痛哭怒吼:清浊不分、是非颠倒、善恶不辨。作品的情绪在这一曲子中达到了高潮,而窦娥的悲愤也由此被推向顶点。在第三折之中的情绪主要有两点:一种是怨愤,哭告无门的窦娥在自己生命的尽头对着不公平的世界充满了怨恨和愤怒,她的心里有着太多的疑惑和太多的激愤。三个誓愿的设置正是窦娥怨愤的集中体现,这里的极端怪异的"三象"即三年亢旱、六月飞雪和血溅白练无异都表现了窦娥对这个世界的极端失望和极端愤慨。由于在人世已经无法昭雪自己的清白,所以窦娥只能寄希望于天地鬼神,通过极端和异样的"天象"和"物象"来昭示自己的清白。联系上述元代权豪势要横行、百姓性命堪忧的社会现实,窦娥的愤怒其实代表着元代普通民众的共同情绪,它代表的是哀哀无告的民众对不平社会的控诉和激愤,是元代民众情绪的集中反映。

值得注意的是,法场一节也是该剧悲剧色彩最为浓郁的一段。在后世许多地方戏之中,都着力打造这一段落,以形成强烈的艺术冲击力。有的剧种还将其从全剧中独立出来,成为《斩娥》之类的折子戏。《窦娥冤》之所以被称为"悲剧",很大程度上和作品在法场一节所营造的悲剧气氛有关。为了加重作品的悲剧气氛,作品也做了多方面的铺垫和努力。在塑造窦娥这一人物时,不仅停留在"无辜"和"清白"的层面上,而且还通过许多细节,表现了窦娥的善良。在窦娥的身上,作品赋予了舍己的美德。为了救婆婆脱离官司,她宁愿自己冤屈,承担了凶手的罪名。在押赴刑场的途中,为了不让婆婆悲伤,她哀求绕道而行。在婆婆得讯、与窦娥诀别时,窦娥最后的嘱托也令人泣下:"遇时节将碗凉浆奠;你去那受刑法尸骸上烈些纸钱;只当把你亡化的孩儿荐。"一个善良如此、对于生活并没有太多奢求的无辜生命就这样含冤结束,怎能不激起我们深切的同情和极度的悲愤。悲剧就是将美好的东西撕破给人看。《窦娥冤》正是首先营造了这种美好,然后又撕破了这种美好。难怪王国维认为,即使把它放置在世界大悲剧之列,也绝不会逊色。

关汉卿是本色派的大师,《窦娥冤》也显示出高超的语言技巧。王国维在《宋元戏曲考》

中称赞"一空依傍,自铸伟词,而其言曲尽人情,字字本色,故当为元人第一"。这里的"一空依傍"是指他很少借用前代诗词类的语词和语汇,而是根据需要,从生活出发,铸造自己的语言世界。在这一点上我们可以看出关汉卿和另外一些著名元杂剧作家如郑光祖、马致远等在语言运用方面的区别。

关汉卿的语言立足于表现人情世态,立足于生活和生活中的人物。所以,其语言的一个首要特色就是不避惯俗,经常采用民间的口语和俗语。第一折中以下两首曲子就是显见的例证:

【油葫芦】莫不是八字儿该载着一世忧?谁似我无尽头!须知道人心不似水长流。我从三岁母亲身亡后,到七岁与父分离久。嫁的个同住人,他可又拔着短筹;撇的俺婆妇每都把空房守,端的个有谁问,有谁瞅?

【天下乐】莫不是前世里烧香不到头,今也波生招祸尤?劝今人早将来世修。我将这婆侍养,我将这服孝守,我言词须应口。

其中"莫不是八字儿该载着一世忧?谁似我无尽头!须知道人心不似水长流"和"莫不是前世里烧香不到头"等句子都是通俗易懂,均出自当时的俗语。

对于人物的语言,作品注意到了不同人物的不同特点,并通过人物语言来塑造人物性格。如第一折赛卢医上场,有上场诗云:"行医有斟酌,下药依《本草》;死的医不活,活的医死了。"短短几句就勾勒出了一个市井庸医的嘴脸。在剧中他本是杀人未遂的凶手,但第四折公堂之上,他却声称"小的是念佛吃斋人,不敢做昧心事"。这类带有反讽意味的人物语言也恰恰起到了刻画人物的作用,凸显了人物的特点和性格。

在关汉卿的其他作品中,除大量使用成语、谚语和口语外,还处处可见俚语、歇后语等俗语。这些语词一方面增强了作品的生活气息,另一方面也使作品语言显得生动活泼。戏曲语言不同于诗词,除了案头阅读之外,它还要"演之场上"。所以,通俗易懂和生动形象正是戏曲语言的本来要求,而这种风格也被称为"本色"。"公案剧"反映的正是普通民众关注的社会问题,因此,它所涉及的生活也主要是下层社会的。这样,本色的语言就不仅是其所表现内容的自然呈现,而且也是特定对象的欣赏需要。

关汉卿是我国戏曲史上卓有影响的戏曲大家,"元曲四大家"的第一位就是关汉卿。他不仅作品众多,而且影响巨大,当时就有"梨园领袖""编修师首""杂剧班头"的美称,占据着"文坛领袖"和"曲界魁首"的位置。人们还用他的名字给当时一些戏曲作家起外号别称,如称当时著名戏曲家高文秀"小汉卿"、沈和甫"蛮子汉卿"等。他的杂剧《拜月亭》在元末还被改编为南戏,成为"四大南戏"之一。

  《窦娥冤》在后世也颇有影响。昆曲兴盛以后,明代曲家叶宪祖和苏州才子袁于令曾将其改编为《金锁记》,搬上昆曲舞台。遗憾的是作品情节被改得面目全非,已经失去了元代公案剧的社会意义。这一剧本后来又改编为京剧《六月雪》,成为著名表演艺术家程砚秋的拿手剧目。解放后不少剧种也对《窦娥冤》加以改编,如蒲剧《窦娥冤》就曾拍成电影,以另外一种面目出现在世人面前。不仅如此,早在1838年,《窦娥冤》就被翻译成英文,在海外流布。1958年,在世界和平大会理事会的倡议下,关汉卿被列为世界文化名人。同年6月28日,为了纪念关汉卿戏剧创作活动七百周年,仅在我国就有一百多个不同剧种的一千五百多个剧团同时上演他的戏剧作品。关汉卿的巨大影响,由此可见一斑。

【延伸欣赏】

  推荐阅读:无名氏《陈州粜米》(见《元曲选》)

  推荐观赏:蒲剧《窦娥冤》

(王　宁)

第六讲
悲壮足可称千古：《赵氏孤儿》赏读

【剧本选读】

《赵氏孤儿》第三折

元·纪君祥[1]

（屠岸贾领卒子上，云）兀的[2]不走了赵氏孤儿也！某已曾张挂榜文，限三日之内，不将孤儿出首，即将晋国内小儿但是半岁以下，一月以上，都拘刷[3]到我师府中，尽行诛戮。令人[4]，门首觑者，若有首告之人，报复某家知道。（程婴上，云）自家程婴是也。昨日将我的孩儿送与公孙杵臼去了，我今日到屠岸贾跟前首告去来。令人，报复去，道有了赵氏孤儿也。（卒子云）你则在这里，等我报复去。（报科，云）报的元帅得知，有人来报赵氏孤儿有了也。（屠岸贾云）在那里？（卒子云）现在门首哩。（屠岸贾云）着他过来。（卒子云）着过来。（做见科，屠岸贾云）兀那厮，你是何人？（程婴云）小人是个草泽医士程婴。（屠岸贾云）赵氏孤儿今在何处？（程婴云）在太平庄上，公孙杵臼家藏着哩。（屠岸贾云）你怎生知道来？（程婴云）小人与公孙杵臼曾有一面之交，我去探望他，谁想卧房中锦绷绣褥上，躺着一个小孩儿。我想公孙杵臼年纪七十，从来没儿没女，这个是那里来的？我说道："这小的莫非是赵氏孤儿么？"只见他登时变色，不能答应。以此知孤儿在公孙杵臼家里。（屠岸贾云）咄！你这匹夫，你怎瞒的过我。你和公孙杵臼往日无仇，近日无冤，你因何告他藏着赵氏孤儿？你敢是知情么！说的是，万事全休；说的不是，令人，磨的剑快，先杀了这个匹夫者。（程婴云）告元帅暂息雷霆之怒，略罢虎狼之威，听小人诉说一遍咱。我小人与公孙杵臼原无仇隙，只因元帅传下榜文，要将普国内小儿拘刷到帅府，尽行杀坏。我一来为救普国内小儿之命；二来小人四旬有五，近生一子，尚未满月。元帅军令，不敢不献出来，可不小人也绝后了？我想有了赵氏孤儿，便不损坏一国生灵，连小人的孩儿也得无事，所以出首。（诗云）告大人暂停嗔怒，这便是首告缘故。虽然救普国生灵，其实怕程家绝户。（屠岸贾笑科，云）哦！是了。公孙杵臼原与赵盾一殿之臣，可知有这事来。令人，则今日点就本部下人马，同程婴到太平庄上，拿公孙杵臼走一遭去。（同下）

（正末公孙杵臼上，云）老夫公孙杵臼是也。想昨日与程婴商议救赵氏孤儿一事，今日他到屠岸贾府中首告去了。这早晚屠岸贾这厮必然来也呵！（唱）

第六讲
悲壮足可称千古：《赵氏孤儿》赏读

《赵氏孤儿》

《赵氏孤儿》

【双调·新水令】我则见荡征尘飞过小溪桥,多管是损忠良贼徒来到。齐臻臻[5]摆着士卒,明晃晃列着枪刀。眼见的我死在今朝,更避甚痛笞掠[6]。

(屠岸贾同程婴领卒子上,云)来到这太平庄上也。令人,与我围了太平庄者。程婴,那里是公孙杵臼宅院?(程婴云)则这个便是。(屠岸贾云)拿过那老匹夫来!公孙杵臼,你知罪么?(正末云)我不知罪。(屠岸贾云)我知你个老匹夫和赵盾是一殿之臣。你怎敢掩藏着赵氏孤儿?(正末云)老元帅,我有熊心豹胆?怎敢掩藏着赵氏孤儿?(屠岸贾云)不打不招。令人,与我拣大棒子着实打者。(卒子做打科)(正末唱)

【驻马听】想着我罢职辞朝,曾与赵盾名为刎颈交[7]。(云)这事是谁见来?(屠岸贾云)现有程婴首告着你哩。(正末唱)是那个埋情出告?原来这程婴舌是斩身刀。(云)你杀了赵家满门良贱三百余口,则剩下这孩儿,你又要伤他性命。(唱)你正是狂风偏纵扑天雕,严霜故打枯根草[8]。不争[9]把孤儿又杀坏了。可着他三百口冤仇甚人来报。

(屠岸贾云)老匹夫,你把孤儿藏在那里?快招出来,免受刑法。(正末云)我有甚么孤儿藏在那里?谁见来?(屠岸贾云)你不招,令人,与我采下去[10],着实打者。(做打科)(屠岸贾云)这老匹夫,赖肉顽皮不肯招承,可恼,可恼!程婴,这原是你出首的,就着你替我行杖者。(程婴云)元帅,小人是个草泽医士,撮药尚然腕弱,怎生行的杖?(屠岸贾云)程婴,你不行杖,敢怕指攀[11]出你么?(程婴云)元帅,小人行杖便了。(做拿杖子科)(屠岸贾云)程婴,我见你把棍子拣了又拣,只拣着那细棍子,敢怕打的他疼了,要指攀下你来。(程婴云)我就拿大棍子打者。(屠岸贾云)住者。你头里只拣着那细棍子打,如今你却拿起大棍子来,三两下打死了呵,你就做的个死无招对。(程婴云)着我拿细棍子又不是,拿大棍子又不是,好着我两下做人难也。(屠岸贾云)程婴,你只拿着那中等棍子打。公孙杵臼老匹夫,你可知道行杖的就是程婴么?(程婴行杖科,云)快招了者!(三科了)(正末云)哎哟!打了这一日,不似这几棍子打的我疼,是谁打我来?(屠岸贾云)是程婴打你来。(正末云)程婴,你划[12]的打我那?(程婴云)元帅,打的这老头儿兀的不胡说哩。(正末唱)

【雁儿落】是那一个实丕丕[13]将着粗棍敲?打的来痛杀杀精皮掉。我和你狠程婴有甚的仇?却教我老公孙受这般虐。

(程婴云)快招了者。(正末云)我招,我招。(唱)

【得胜令】打的我无缝可能逃,有口屈成招。莫不是那孤儿他知道,故意的把咱家指定了。(程婴做慌科)(正末唱)我委实的难熬,尚兀自[14]强着牙根儿闹;暗地更偷瞧,只见他早吓的腿脡[15]儿摇。

(程婴云)你快招吧,省得打杀你。(正末云)有、有、有。(唱)

【水仙子】俺二人商议要救这小儿曹。(屠岸贾云)可知道指攀下来也。你说二人,一个是你了,那一个是谁?你实说将出来,我饶你的性命。(正末云)你要我说那一个,我说,我说。(唱)哎!一句话来到我舌尖上却咽了。(屠岸贾云)程婴,这桩事敢有你么?(程婴云)兀那老头儿,你休妄指平人。(正末云)程婴,你慌怎么?(唱)我怎生把你程婴道,似这般有上梢无下梢。(屠岸贾云)你头里说两个,你怎生这一会儿可说无了?(正末唱)只被你打的来不知一个颠倒。(屠岸贾云)你还不说,我就打死你个老匹夫。(正末唱)遮莫[16]便打的我皮都绽,肉尽销,休想我有半个字儿攀着。

　　(卒子抱俫儿上科,云)元帅爷贺喜,土洞中搜出个赵氏孤儿来了也。(屠岸贾笑科,云)将那小的拿近前来,我亲自下手,剁做三段。兀那老匹夫,你道无有赵氏孤儿,这个是谁?(正末唱)

　　【川拨棹】你当日演神獒,把忠臣来扑咬。逼的他走死荒郊,刎死钢刀,缢死裙腰,将三百口全家老小尽行诛剿。并没那半个儿剩落,还不厌[17]你心苗[18]。

　　(屠岸贾云)我见了这孤儿,就不由我不恼也。(正末唱)

　　【七弟兄】我只见他左瞧、左瞧、怒咆哮,火不腾[19]改变了狰狞貌,按狮蛮[20]拽札起[21]锦征袍,把龙泉[22]扯离出沙鱼鞘。

　　(屠岸贾怒云)我拔出这剑来。一剑,两剑,三剑。(程婴做惊疼科,屠岸贾云)把这一个小业种剁了三剑,兀的不称了我平生所愿也。(正末唱)

　　【梅花酒】呀!见孩儿卧血泊。那一个哭哭号号,这一个怨怨焦焦,连我也战战摇摇。直恁般[23]歹做作[24],只除是没天道。呀!想孩儿离褥草,到今日恰十朝,刀下处怎耽饶[25],空生长,枉劬劳[26],还说甚要防老。

　　【收江南】呀!兀的不是家富小儿骄。(程婴掩泪科)(正末唱)见程婴心似热油浇,泪珠儿不敢对人抛,背地里揾[27]了。没来由割舍的亲生骨肉吃三刀。

　　(云)屠岸贾那贼,你试觑者。上有天哩,怎肯饶过的你,我死打甚么不紧!(唱)

　　【鸳鸯煞】我七旬死后[28]偏何老,这孩儿一岁死后偏何小。俺两个一处身亡,落的个万代名标。我嘱咐你个后死的程婴,休别[29]了横亡的赵朔。常道是光阴过去的疾,冤仇报复的早。将那厮万剐千刀,切莫要轻轻的素放[30]了。

　　(正末撞科,云)我撞阶基,觅个死处。(下)(卒子报科,云)公孙杵臼撞阶基身死了也。(屠岸贾笑科,云)那老匹夫既然撞死,可也罢了。(做笑科,云)程婴,这一桩里多亏了你;若不是你呵,如何杀的赵氏孤儿?(程婴云)元帅,小人原与赵氏无仇,一来救普国内众生;二来小人跟前也有个孩儿,未曾满月。若不搜的那赵氏孤儿出来,我这孩儿也无活的人也。(屠岸贾云）程婴，你是我心腹之人，不如只在我家中做个门客，抬举你那孩儿成人长大。在你跟前习文，送在我根前演武。我也年近五旬，尚无子嗣，就将你的孩儿与我做个义儿。我偌大年纪了，后来我的官位，也等你的孩儿讨个应袭[31]，你意下如何？（程婴云）多谢元帅抬举。（屠岸贾诗云）则为朝纲中独显赵盾，不由我心中生忿；如今削除了这点萌芽，方才是永无后衅。（同下）

【作品解题】

《赵氏孤儿》，全名《赵氏孤儿大报仇》，又名《赵氏孤儿冤报冤》，今存《元刊杂剧三十种》、《元曲选》等多种版本。《元曲选》本之题目、正名为"公孙杵臼耻勘问，赵氏孤儿大报仇"。各版本内容有异，元刊本为四折，仅有曲词而无说白。明代刊本为五折一楔子，科白俱全。题材取自《左传》、《史记》等书，系据历史题材加以增益虚构而成。戏曲描写春秋时晋国上卿赵盾遭奸臣屠岸贾诬陷，全家三百余口惨遭杀害，仅有未出生的赵氏孤儿暂得幸免。赵氏孤儿出生后，赵家门客程婴冒死救出孤儿，并与公孙杵臼定计，以程婴自己的孩儿和公孙杵臼为牺牲，救得孤儿性命。二十年后，程婴抚养赵氏孤儿长大，并告知其身世。孤儿于是擒杀屠岸贾，为全家报仇。元刊本写至孤儿知道身世，决意报仇而止。明代刊本则加上了处决屠岸贾，为赵家昭雪事。此剧在古代颇有影响，明代传奇《八义记》即据此而来，清代的京剧和地方戏也有《八义图》剧目，取名于程婴以图画为孤儿讲说身世一段。著名学者王国维评价该剧"即列之于世界大悲剧中，亦无愧色也"。故后世多将其视作元杂剧中的"著名悲剧"。

【注　释】

[1] 纪君祥：一作纪天祥，元杂剧前期作家。大都（今北京）人，约与杂剧作家李寿卿、郑廷玉同时，生卒年与生平均不详，作（作）有杂剧六种：《驴皮记》、《曹伯明错勘赃》、《李元真松阴记》、《赵氏孤儿》、《韩湘子三度韩退之》、《信安王断复贩茶船》。除《赵氏孤儿》外其余各剧均佚。另《松阴记》留有残曲。明代贾仲明为他补写的挽词云："寿卿、廷玉在同时。三度蓝关韩退之，《松阴梦》里三生事，《驴皮记》情意资。《赵氏孤儿冤报冤》，编成传，写上纸，表表于斯。"由此可见，纪氏杂剧在明代尚有传本。明代朱权《太和正音谱》评价"纪君祥之词如雪里梅花"，与作品参照比较，这应该是一般的赞誉之词，未必准确中肯。

[2] 兀的：本意为"这"，这里与"不"连用，表示反诘。

[3] 拘刷：拘捕。

[4] 令人：本指衙役，这里是下人。

[5] 齐臻臻：形容队伍或行列整齐。

[6] 笞掠：用杖拷打。

[7] 刎颈交：指生死之交。

[8] 狂风偏纵扑天雕，严霜故打枯根草：为宋元时俗语，常用来形容强者得到助益，而弱者受到损害。

[9] 不争：如果，假使。

[10] 采下去：揪下去。

[11] 指攀：供出，这里指供出同谋的人。

[12] 划：怎的，怎么。

[13] 实丕丕：实实在在。

[14] 兀自：尚，还。

[15] 腿胫：即腿肚子。

[16] 遮莫：尽管。

[17] 厌：满足。

[18] 心苗：心意，心思。

[19] 火不腾：立刻，马上。

[20] 狮蛮：即狮蛮带，古代武将腰间所系，因用狮子蛮王形象为图案，故称。

[21] 拽札起：提起。

[22] 龙泉：指剑。

[23] 恁般：如此这般。

[24] 歹做作：胡作非为。

[25] 耽饶：宽恕，饶恕。

[26] 劬劳：辛劳。多用以指父母养育子女的辛劳。

[27] 揾：擦，拭。

[28] 后：语气助词，同"呵"。

[29] 别：背。

[30] 素放：轻易放过。

[31] 应袭：荫袭，即儿子承袭父亲之官爵。

（曲文据《元曲选》迻录，注释：任孝温）

【作品导读】

元杂剧中有许多写历史题材的作品，《赵氏孤儿》当属此列。这部优秀剧作之所以能够历经几百年流传至今，不仅是因为它体现了中国儒家的"忠义"思想，更重要的则在于它浓郁的悲剧色彩——一种崇高美和悲壮美的完美统一。在几百年后的今天，当我们重读这个剧本时,仍然可以立刻感受到充斥在文字之中的悲情和壮烈。

《赵氏孤儿》全名《赵氏孤儿大报仇》,又名《赵氏孤儿冤报冤》,是根据诸多史书记载改编而成的历史剧。剧作取材于春秋时有名的历史事件"下宫之难"。《曲海总目提要》卷二记载:"《赵氏孤儿》,元纪君祥撰,说本《春秋》《左》《国》《史记》,后来《八义记》本此。"其本事可参见《史记》中《赵世家》《韩世家》《晋世家》。汉代刘向的《新序·节士》、《说苑·复思》中对此也有记载,《左传》、《国语》所记则仅只言片语,最为详尽的当属《史记·赵世家》。记载晋灵公即位后,昏庸骄纵,大臣赵盾屡谏不听。灵公衔恨欲杀赵盾,赵盾逃脱。后晋灵公为赵穿所杀,改立晋成公,赵盾继续辅政。晋景公时赵盾去世,其子赵朔嗣位,大夫屠岸贾受到专宠,两人之间产生嫌隙。屠便借惩治弑杀灵公的凶手,擅自于下宫攻打赵氏,将赵家满门诛灭。赵朔妻乃成公之女,因有孕在身,逃入宫殿躲过一劫,然屠岸贾仍不肯罢休。赵朔门客公孙杵臼与朋友程婴,誓死保护孤儿,两人议定"以命抵命",由公孙杵臼抱着一个与赵家同样大小的婴孩(程婴之子)躲入深山。屠岸贾通告全国追查婴儿下落,程婴出首,屠搜得公孙杵臼和婴儿。当着屠的面,公孙杵臼大骂程婴不义。公孙杵臼与婴儿被杀之后,屠岸贾志得意满,但他不知真正的赵氏孤儿——赵武仍存留人世。十五年之后,将军韩厥将赵氏孤儿尚在人间之事告知景公,程婴与赵武被景公召入宫中,屠岸贾被迫承认当年"下宫之难"乃是矫诏所为,于是被杀。赵武成年之后,程婴因心愿已了便以自杀告慰赵朔与公孙杵臼,程婴死后,世代以时奉祀。

戏剧中的故事与史实并不完全相同,作者把《左传》和《史记》中记载晋灵公欲杀赵盾和二十多年后晋景公诛杀赵氏家族两件事情进行了有机的糅合,同时按照《史记》中的主要人物与线索,增添变动了一些情节,塑造了一系列正义的英雄人物形象,从而敷演出一部令人荡气回肠的大悲剧。

剧述春秋时代晋国文臣赵盾与武将屠岸贾不和,屠岸贾便寻机公报私仇,诬陷赵盾谋反。赵家惨遭灭门之灾,全家三百余口尽遭屠戮,仅赵盾妻公主庄姬因有孕在身而得免。后公主产下一子,屠岸贾派大将军韩厥把守宫门,准备等孩子满月时杀死母子。公主不堪凌辱自缢身亡,并将其子托付于经常出入赵府的草泽医生程婴。程婴以大义说服韩厥偷抱孤儿出宫,之后韩厥为保守秘密自刎而死。为了搜得赵氏孤儿以斩草除根,屠岸贾发出命令,如三日之内无人出首,就将国内半岁之下、一月之上的婴孩全部杀死。为了保全赵氏孤儿及全国无辜婴孩的性命,程婴找到原晋国大夫公孙杵臼,两人议定程婴将自己的儿子替换赵氏孤儿,放在公孙杵臼家里,再由程婴向屠岸贾出首告密。一切依计而行,公孙杵臼招认藏孤事实后撞阶身死,狠毒的屠岸贾乱剑砍死孤儿,但他没有想到死于剑下的是程婴之子,真正的孤儿却安然无恙。后屠岸贾收程婴之子（即赵氏孤儿）为继子，并接入府中由程婴教养。二十年之后，孤儿长大成人，文武双全。程婴向孤儿说明其身世，孤儿最终杀死屠岸贾，得报冤仇。

"存孤救孤"是全剧的核心，贯穿这一核心的主线是忠奸两派的矛盾及其激烈对抗。在这场生死存亡的激烈斗争中，作者通过塑造一系列忠臣义士的形象来完成对"忠义"主题的诠释和褒扬。从全剧的角色设置，我们不难看出作者的匠心。元杂剧有其独特的体制，通常仅有一个主要人物即主人公，由"旦"或"末"承当，且主唱，称"旦本"或"末本"。作者在人物设置上却打破了这一常规作法，从剧本正名"赵氏孤儿大报仇"来看，剧作的悲剧主人公似乎是赵氏孤儿，但实际上孤儿从出生到被救一直都没有任何具体活动，只是到了第四折和第五折大报仇时他才有所动作，从舞台表演上看，他的戏份也很轻。而且剧中的正末扮演了不止一个角色，刚开始扮演大将韩厥，后来又扮演大夫公孙杵臼，再到后来又扮演孤儿。作者对角色作这样的设置其实仍是服务于剧作的主题思想，即突出义士群体形象，突出"存孤救孤"是一个集体性的事业。在完成这一事业的过程中，义士群体的伦理信念、理性准则和人格理想的选择都经受着严峻的考验，同时也成为他们行动的主导动力。比如前有钼麑抗命触树而死，提弥明见义勇为，佑护忠良，灵辄忠心救主报恩；后有程婴冒险救孤出宫，韩厥守密自刎身死，程婴舍爱子换孤儿，公孙杵臼独自承当罪名撞阶而死等。他们虽然身份不同，地位有异，但是震撼人心的自我牺牲精神却是一致的。正如《史记》所言："其言必信，其行必果，已诺必成，不爱其躯。"英雄们大义凛然、视死如归的行为给我们昭示了"义"之精神无所不在，其人格力量的伟大亦由此得以显现。

在这些英雄义士形象中，程婴是作者着力刻画的典型人物。因为曾受到驸马赵朔的"十分优待，与常人不同"，本着报恩的思想，他冒着生命危险说服把守宫门的韩厥，把孤儿偷抱出宫。韩厥为程婴的义气所感动，他"愿把头来刎"、"伴钼麑共做忠魂"。死前他慷慨激昂地嘱咐程婴："将孤儿好去深山深处藏，那其间教训成人，演武修文，重掌三军，拿住贼臣。"韩厥为守孤儿之秘密自刎之"义"行再次激励了程婴，他在"救孤存孤"的道路上更是义无反顾地勇往直前，人格与灵魂将再次接受洗礼与考验。对于程婴来说，保全"赵氏孤儿"已不仅仅是赵氏家族的复兴希望，更是"忠义"信念的一种抽象传承。

赵氏孤儿被救出之后，屠岸贾为了不留祸根，下了一道惨绝人寰的命令：杀死全国与孤儿同龄的小儿。面对即将爆发的血腥屠杀，程婴要做的不仅仅是想方设法保全赵氏家族唯一的骨肉，还要阻止这场屠杀，以保护举国小儿的生命。在这样的险恶境况下，程婴的出路是唯一的：寻机出首，舍子换孤。以自己的独子去替孤儿受死，常人是难以理解的，更是难以做到的。剧本对程婴彼时彼刻的心理波澜并没有着力细致的刻画,程婴仅仅是以沉静的口气,求助于老宰辅公孙杵臼:"告首与屠岸贾去,只说程婴藏着孤儿,把俺父子二人,一处身死;老宰辅慢慢的抬举的孤儿成人长大,与他父母报仇。"此时,程婴的思想境界已经升华,由早先的报恩思想升华为保护国内所有无辜小儿的生命。

赵氏孤儿的性命靠着程婴与公孙杵臼的自我牺牲得以保全,紧张的忠奸对峙局面暂时得以缓和,养育孤儿和报仇雪恨又成为了新的看点。程婴因为出首有功被屠岸贾招为门客,从此他过着忍辱偷生的生活:一方面向仇人谄媚取得进一步的信任,争取自己和孤儿的生存空间;一方面含辛茹苦,甚至是"踌躇辗转,昼夜无眠",养育孤儿长大成人,伺机报仇。在这样的艰难境遇中,程婴沉稳、刚毅、远略等性格特征跃然纸上,其自我牺牲精神在"舍生取义"和"杀身成仁"的价值观选择中得以体现。

如前所述,剧作的"忠义"主题是通过一系列英雄义士的行动来阐释和展现的,而在这一阐释和展现的过程中作品被赋予了浓郁的悲剧色彩,从而使之成为元杂剧中一部出色的悲剧。王国维曾在《宋元戏曲史·元剧之文章》中评价说:

> 明以后,传奇无非喜剧,而元则有悲剧在其中。……其最有悲剧之性质者,则如关汉卿之《窦娥冤》,纪君祥之《赵氏孤儿》。剧中虽有恶人交构其间,而其赴汤蹈火者,仍出于其主人翁之意志。即列之于世界大悲剧中,亦无愧色也。

悲剧乃人类精神之极致,作为表现人生的一种艺术形式,它是现实生活中悲剧现象的一种升华和艺术化,它从不局限于东西方地域的差异。正如王季思先生在《中国十大古典悲剧集》前言中指出:"我国古代虽然没有系统的悲剧理论,但从宋元以来舞台演出和戏曲创作来看,说明悲剧是存在的。"《赵氏孤儿》作为元杂剧史上的一部大悲剧,其悲剧色彩是通过以下两个方面来体现的:

首先,作者围绕悲剧的本质特点,把"有价值"的东西毁灭给人看。在某种意义上,《赵氏孤儿》所呈现的是一群"忠臣义士"生命毁灭的过程。"忠义"思想是该剧的主题,同时也是其悲剧审美的关键所在。剧中赵氏孤儿得以保全性命、长大成人,并最终成功复仇,靠的是众多英雄义士的赤胆忠心,是他们前赴后继自我牺牲的正义精神。如前所述,剧作中的英雄义士形象不是单个的人,而是一群人,他们有着为正义而英勇献身的群体悲剧意识。在复杂艰险的斗争环境中,每一个人都是不可或缺的,因为他们每个人的地位和所起的作用都是互不相同的,缺少了其中的某一个人,整个斗争的过程就会出现脱链,斗争能否取得胜利就成为一个未知数。这一正义群体正是以前赴后继的自我牺牲为剧作营造了浓郁的悲壮气氛,从而使读者和观众产生了一种强烈的悲剧审美体验,一种"痛"与"快"的复杂感受。正如明代孟称舜《酹江集》所说:"此是千古最痛最快之事,应有一篇极痛快文发之。读此觉太史公传犹为寂寥,非大作手不易办也。"

其次,作品以深沉的抒情和悲壮动人的唱词发掘人物的深层心理,渲染悲剧环境,从而创造了独特的悲剧氛围。曲词作为剧作的有机组成部分,既可以叙事以展示故事,又可以借助抒情以创造独特的情感氛围,描摹人物特殊的心理感受。如第一折韩厥决计放走程婴和孤儿,他深知这样做会给自己带来杀身之祸,但还是义无反顾:"你(指程婴)又忠我可也又信,你若是肯舍残生,我也愿把头来刎。"自刎前他向程婴表露心迹:"能可在我身上讨明白,怎肯向贼子行挨推问!猛拼着撞阶基图个自尽。便留不得香名万古闻,也好伴钼霓共做忠魂。"朴实而又悲壮动人的曲词勾勒出韩厥的英雄气概,一个伟岸不屈的义士形象立时浮现在我们眼前。宗白华先生在论及悲剧的审美教育作用时曾指出:

> 悲剧文学使我们从平凡安逸的生活形式中重新识察到生活内部的深沉冲突,人生的真实内容是永远的奋斗,是为了超个人生命的价值而挣扎,毁灭了生命以殉这种超生命的价值,觉得是痛快,觉得是超脱解放。(《艺境》,北京大学出版社1987年版,第75页)

除了突出的主题和浓郁的悲剧色彩外,值得一提的还有剧作的结构。该剧的结构安排完整而紧凑,可以说是"一线到底"。"存孤救孤"这一主线贯穿剧作始终,情节的推动发展与人物的活动均围绕这一主线展开。作者紧紧围绕戏剧冲突,以层层深入的手法,逐步推动悲剧情节的发展。全剧共五折一楔子,楔子是悲剧故事之前奏,交待了故事的背景和起因。第一折,对立双方的主要人物上场,故事情节逐步展开,悲剧的矛盾与冲突也渐渐呈现。第二折则是冲突的持续发展,经过前面的积累和铺垫,戏剧至第三折和第四折发展至高潮。第五折孤儿冤仇得报则属于补缀性的交代,使剧作以正义的胜利宣告结束。全剧情节的安排环环相扣,没有丝毫的脱链和枝蔓。这样的结构设置对主题思想的展现和人物形象的刻画都非常有益。

杂剧的第三折乃剧作高潮,是全剧悲剧色彩最为浓郁的一出"戏中戏"。在此折中,程婴以自己儿子替换赵氏孤儿,并将其藏于公孙杵臼家中,自己则向屠岸贾出首。屠带兵至公孙杵臼家搜得"孤儿",并将公孙杵臼严刑拷打。为了考验程婴的忠心,还让程婴参与对公孙的行刑。"孤儿"被屠岸贾当众砍死,公孙杵臼触阶自杀。该折情节的设置与《史记·赵世家》记载基本吻合,只是在史书中,假孤儿是"他人婴儿",作者将其改为程婴之子,而且还衍生了屠岸贾令程婴拷打公孙杵臼的关目，使戏剧的悲情和壮烈色彩更加浓郁。

在这段演出中，对立双方的主要人物全部登场，一出精彩的"戏中戏"展现在观众和读者面前：由于程婴出首，屠岸贾从公孙杵臼家里搜得"孤儿"。但程婴与公孙杵臼心里都很清楚此"孤儿"非真孤儿，要让奸诈狡猾的屠岸贾相信"孤儿"非假，他们必须假戏真做，为屠岸贾上演一出好戏。屠岸贾在搜得"孤儿"之后，对公孙杵臼更是严刑相逼，公孙面对杀气腾腾的屠岸贾，面对"齐臻臻摆着士卒，明晃晃列着枪刀"，依然是毫不畏惧，镇定自若："眼见的我死在今朝，更避甚痛笞掠。"因为他知道这仅仅是他和程婴演"戏"的开始，要使程婴得到屠岸贾的绝对信任，他还需要承受更大的苦与痛，需要把"戏份"做足。面对屠岸贾的酷刑逼问，公孙一边矢口否认自己"藏孤"之事，一边反问屠："是那个埋情出告？"屠回答道："现有程婴首告着你哩。"公孙杵臼立刻大骂："原来这程婴舌是斩身刀。"这一骂是做"戏"给屠岸贾看的，意在打消他对程婴出首的怀疑，掩盖二人合谋"藏孤救孤"的真相。果不出所料，奸猾的屠岸贾对程婴其实一直怀有戒心和疑虑，为了验证程婴对自己是否忠诚，他让程婴也参与对公孙杵臼的行刑，让程婴拣一条不粗不细的棍子拷打公孙。面对如此严峻的考验，程婴无奈举起手中的棍棒向公孙打去。没有任何思想准备的公孙一下子被打懵了："是那一个实丕丕将着粗棍敲？打的来痛杀杀精皮掉。我和你狠程婴有甚的仇？却教我老公孙受这般虐。"此处的一曲【雁儿落】与其后的【得胜令】、【水仙子】两支曲子都是描写公孙杵臼遭遇这个突发事件微妙复杂的心理过程，以及在行动和语言上的反应。

戏曲作为一种代言艺术，其曲词有着极大的随意性与写意性，它可以用来叙事，交待剧情的发展进程，也可以用来抒发剧中人物的情怀，描写人物的心理活动，同样可以用来营造一种氛围，凸现剧作的矛盾与冲突，与话剧中的独白、对白有异曲同工之妙。作者在这里充分发挥戏曲曲词的这一优势，把人物的心理活动完全展现给读者与观众。【雁儿落】描述的是公孙杵臼在不明就里的情况下惊诧甚至对程婴有些怨恨的心情。【得胜令】前四句"打的我无缝可能逃，有口屈成招。莫不是那孤儿他知道，故意的把咱家指定了"，是懵懂之下公孙的自言自语。程婴听见此语，便做"慌科"，戏剧的气氛顿时紧张起来。后面的【水仙子】营造的氛围更加紧张，公孙杵臼在屠岸贾和程婴的拷问之下，说了一句"俺二人商议要救这小儿曹"，狡猾的屠岸贾立即追问"二人"是谁，程婴的心也被提到嗓子眼，直至公孙杵臼"一句话来到我舌尖上却咽了"，大家方才镇定。三支曲子把屠岸贾、程婴与公孙杵臼之间微妙的心理活动刻画得淋漓尽致。

当公孙杵臼明白了程婴的处境时，他知道自己能做的就是全力掩护程婴，把"戏"做真做好做足，为程婴和孤儿争取更大的生存空间。于是他怒骂屠岸贾，以一曲【川拨棹】痛斥其残忍无情。剧情到这里朝着新的方向发展,悲剧的氛围再次紧张起来。屠岸贾看到被搜出的"孤儿",便"怒咆哮,火不腾改变了狰狞貌,按狮蛮拽札起锦征袍,把龙泉扯离出沙鱼鞘",向"孤儿"剁了三剑。此时的程婴眼见亲子被杀,虽"心似热油浇,泪珠儿不敢对人抛",只能做"掩泪科","背地里揾了"。这里的【梅花酒】和【收江南】两支曲子虽出自公孙杵臼之口,但实际上抒发的却是程婴之情:"呀!想孩儿离褥草,到今日恰十朝,刀下处怎耽饶?空生长,枉劬劳,还说甚要防老。"程婴此时此刻的痛苦,只有公孙杵臼能理解和懂得,也只有他能说出程婴心中的所想所念。至此,剧情的发展随着公孙杵臼的撞阶而死进入高潮。公孙杵臼深知自己难逃一死,但他不愿作屠岸贾的刀下之鬼,撞阶之前,他对程婴留下遗言:"我嘱咐你个后死的程婴,休别了横亡的赵朔。常道是光阴过去的疾,冤仇报复的早。将那厮万剐千刀,切莫要轻轻的素放了。"又一位英雄为了"存孤救孤"事业献出了宝贵的生命,剧作再次把这位嫉恶如仇、英勇无畏的悲剧英雄形象推到了观众和读者面前,把"有价值"的生命再一次撕碎在读者和观众面前。

  公孙杵臼和程婴作为该剧褒扬的中心人物,他们的忠义精神一直受到后人的景仰和推崇。北宋时,他们二人就曾受到尊崇——修祠立庙,加封爵号。宋代吴处厚《青箱杂记》(卷九)记载:"神宗朝,皇嗣屡阙,余尝诣阁门上书,乞立程婴、公孙杵臼庙,优加封爵,以旌忠义,庶几鬼不为厉,使国统有继。"当时程婴被封为"信侯",公孙杵臼被封为"忠智侯",并立庙于绛州。不仅如此,程婴的故事还被作为典故化入诗句,南宋著名的抗元将领文天祥就曾经写过这样的诗句:"夜读程婴存赵事,一回惆怅一沾巾。"(《无锡》)"程婴存赵真公志,赖有忠良壮此行。"(《使北》)在这里,宁死不屈的文天祥以程婴为榜样,来昭示一种强悍的贯通古今的复仇精神和复仇意志。

  作为中国戏剧史上的一部悲剧大作,《赵氏孤儿》对于后世戏剧影响很大。明代徐元以此为蓝本作有《八义记》传奇,后来花部中还有《八义图》,其中很多著名的折子戏还在舞台上盛演。不仅如此,该剧还是第一部传入欧洲的中国古典戏曲作品,早在18世纪30年代就有了法文译本,后来还有英译本、德译本、俄译本相继问世,相继出现了四个改编本,在欧洲剧坛上引起很大轰动。著名的启蒙思想家伏尔泰曾赞叹说:

> 《赵氏孤儿》是一篇宝贵的大作,它使人了解中国精神,有甚于人们对这个庞大帝国所曾作和所将作的一切陈述。诚然,这个剧本和我们今天的那些好作品比起来,蛮气十足;然而和我们14世纪的剧本相较,却是一个杰作。(参《中国比较文学》第4期,浙江文艺出版社1987年版)

伏尔泰一直很景仰中国的传统文化。受《赵氏孤儿》的启发，他于1753—1755年把《赵氏孤儿》改编为一部新剧本，名为《中国孤儿》。1755年在巴黎各家剧院上演，盛况空前。随后，英国谐剧作家默非根据伏尔泰及马约瑟的本子，改编了《中国孤儿》，在伦敦上演，引起极大的震动。同样，德国的大文豪歌德亦有意摹仿《赵氏孤儿》的部分情节，写作一部戏剧作品《埃尔泊诺》，可惜这部作品没有写完就搁笔了。

【延伸欣赏】

推荐阅读：《史记·赵世家》

推荐欣赏：京剧《赵氏孤儿》

（任孝温）

第七讲
戏谑中的端肃:《救风尘》简说

【剧本选读】

《救风尘》第三折

元·关汉卿[1]

(周舍同店小二[2]上,诗云)万事分已定,浮生空自忙;无非花共酒,恼乱我心肠。店小二,我着你开着这个客店,我那里稀罕你那房钱养家;不问官妓私科子[3],只等有好的来你客店里,你便来叫我。(小二云)我知道,只是你腿头乱,一时间那里寻你去?(周舍云)你来粉房[4]里寻我。(小二云)粉房里没有呵?(周舍云)赌房里来寻。(小二云)赌房里没有呵?(周舍云)牢房里来寻。(下)(丑扮小闲[5]挑笼上,诗云)钉靴雨伞为活计,偷寒送暖作营生;不是闲人闲不得,及至得了闲时又闲不成。自家张小闲的便是。平生做不的买卖,只是与歌者姐姐每叫些人,两头往来,传消寄息都是我。这里有个大姐赵盼儿,着我收拾两箱子衣服行李,往郑州去。都收拾停当了,请姐姐上马。(正旦上,云)小闲,我这等打扮,可冲动得那厮么?(小闲做倒科)(正旦云)你做甚么哩?(小闲云)休道冲动那厮,这一会儿连小闲也酥倒了。(正旦唱)

【正宫·端正好】则为他满怀愁,心间闷,做的个进退无门。那婆娘家一涌性[6],无思忖,我可也强打入迷魂阵。

【滚绣球】我这里微微的把气喷,输个姓因[7],怎不教那厮背槽抛粪[8]!更做道普天下无他这等郎君。想着容易情,忒献勤,几番家待要不问;第一来我则是可怜见无主娘亲,第二来是我惯曾为旅偏怜客[9],第三来也是我自己贪杯惜醉人。到那里呵,也索费些精神。

(云)说话之间,早来到郑州地方了。小闲,接了马者。且在柳阴下歇一歇咱。(小闲云)我知道。(正旦云)小闲,咱闲口论闲话:这好人家好举止,恶人家恶家法。(小闲云)姐姐,你说我听。(正旦唱)

【倘秀才】县君[10]的则是县君,妓人的则是妓人。怕不扭捏着身子蓦入他门;怎禁他使数的到支分,背地里暗忍[11]。

【滚绣球】那好人家将粉扑儿浅谈,那里像咱干茨腊[12]手抢着粉;好人家将那篦梳儿慢慢地铺鬓,那里像咱解了那攀胸带[13],下颏上勒一道深痕。好人家知个远近,觑个向顺,衡一

第七讲
戏谑中的端肃：《救风尘》简说

《救风尘》

《救风尘》

未良人家风韵;那里像咱们,恰便似空房中锁定个猢狲。有那千般不实乔躯老[14],有万种虚嚣歹议论,断不了风尘。

(小闲云)这里一个客店,姐姐好住下罢。(正旦云)叫店家来。(店小二见科)(正旦云)小二哥,你打扫一间干净房儿,放下行李。你与我请将周舍来,说我在这里久等多时也。(小二云)我知道。(做行叫科,云)小哥在那里?(周舍上,云)店小二,有甚么事?(小二云)店里有个好女子请你哩。(周舍云)咱和你就去来。(做见科,云)是好一个科子也。(正旦云)周舍,你来了也。(唱)

【幺篇】俺那妹子儿有见闻,可有福分,抬举的个丈夫俊上添俊,年纪儿恰正青春。(周舍云)我那里曾见你来?我在客火[15]里,你弹着一架筝,我不与了你个褐色紬段儿。(周舍云)小的,你可看见来?(小闲云)不曾见他有甚么褐色紬段儿。(周舍云)哦,早起杭州客火散了,赶到陕西客火里吃酒,我不与了大姐一分饭来?(正旦云)小的每,你可见来?(小闲云)我不曾见。(正旦唱)你则是忒现新,忒忘昏[16],更做道你眼钝。那唱词话的有两句留文:"咱也曾武陵溪畔曾相识,今日佯推不认人。"[17]我为你断梦劳魂。

(周舍云)我想起来了,你敢是赵盼儿么?(正旦云)然也。(周舍云)你是赵盼儿,好,好!当初破亲也是你来。小二,关了店门,则打这小闲。(小闲云)你休要打我。俺姐姐将着锦绣衣服,一房一卧[18]来嫁你,你倒打我?(正旦云)周舍,你坐下,你听我说。你在南京[19]时,人说你周舍名字,说的我耳满鼻满的,则是不曾见你。后得见你呵,害的我不茶不饭,只是思想着你。听的你娶了宋引章,教我如何不恼?周舍,我待嫁你,你却着我保亲!(唱)

【倘秀才】我当初倚大呵妆儇[20]主婚,怎知我嫉妒呵特故里破亲?你这厮外相儿通疏就里村[21]!你今日结婚姻,咱就肯罢论。

(云)我好意将着车辆鞍马奁房来寻你,你划地[22]将我打骂?小闲,拦回车儿,咱家去来。(周舍云)早知姐姐来嫁我,我怎肯打舅舅?(正旦云)你真个不知道?你既不知,你休出店门,只守着我坐下。(周舍云)休说一两日,就是一两年,您儿也坐的将去。(外旦上,云)周舍两三日不家去,我寻到这店门首,我试看咱。原来是赵盼儿和周舍坐哩。兀那老弟子不识羞,直赶到这里来。周舍,你再不要来家,等你来时,我拿一把刀子,你拿一把刀子,和你一递一刀子戳哩。(下)(周舍取棍科,云)我和你抢生吃[23]哩!不是奶奶在这里,我打杀你。(正旦唱)

【脱布衫】我更是的不待饶人,我为甚不敢明闻;肋底下插柴自忍,怎见你便打他一顿[24]?

【小梁州】可不道一夜夫妻百日恩,你可便息怒停嗔。他村时节背地里使些村,对着我合思忖,那一个双同叔打杀俏红裙?

【幺篇】则见他恶哏哏,摸按着无情棍,便有火性的不似你个郎君。(云)你拿着偌粗的棍棒,倘或打杀他呵,可怎了?(周舍云)丈夫打杀老婆,不该偿命。(正旦云)这等说,谁敢嫁你?(背唱)我假意儿瞒,虚科儿喷[25],着这厮有家难奔。妹子也,你试看咱风月救风尘[26]。

(云)周舍,你好道儿[27]。你这里坐着,点的你媳妇来骂我这一场,小闲,拦回车儿,咱回去来。(周舍云)好奶奶,请坐。我不知道他来;我若知道他来,我就该死。(正旦云)你真个不曾使他来?这妮子不贤惠,打一棒快毬子[28]。你舍的宋引章,我一发嫁你。(周舍云)我到家里就休了他。(背云)且慢着,那个妇人是我平日间打怕的,若与了一纸休书,那妇人就一道烟去了。这婆娘他若是不嫁我呵,可不弄的尖担两头脱?休的造次,把这婆娘摇撼着实着。(向旦云)奶奶,你孩儿肚肠是驴马的见识,我今家去把媳妇休了呵,奶奶,你把肉吊窗儿放下来[29],可不嫁我,做的个尖担两头脱。奶奶,你说下个誓着。(正旦云)周舍,你真个要我赌咒?你若休了媳妇,我不嫁你呵,我着塘子里[30]马踏杀,灯草打折臁儿骨[31]。你逼的我赌这般重咒哩!(周舍云)小二将酒来,(正旦云)休买酒,我车儿上有十瓶酒哩。(周舍云)还要买羊。(正旦云)休买羊,我车上有个熟羊哩。(周舍云)好、好、好,待我买红去。(正旦云)休买红,我箱子里有一对大红罗。周舍,你争[32]甚么那?你的便是我的,我的就是你的。(唱)

【二煞】则这紧的到头终是紧,亲的原来只是亲。凭着我花朵儿身躯,笋条儿年纪,为这锦片儿前程,倒赔了几锭儿花银,拼着个十米九糠[33],问什么两妇三妻!受了些万苦千辛,我着人头上气忍,不枉了一世做郎君。

【黄钟尾】你穷杀呵甘心守分捱贫困,你富呵休笑我饱暖生淫惹议论。您心中觑个意顺,但休了你门内人,不要你钱财使半文,早是我走将来自上门。家业家私待你六亲,肥马轻裘待你一身,倒贴了奁房和你为眷姻。(云)我若还嫁了你,我不比那宋引章,针指油面、刺绣铺房、大裁小剪都不晓得一些儿的。(唱)我将你写了的休书正了本[34]。(同下)

【作品解题】

杂剧正名《赵盼儿风月救风尘》,简名《救风尘》,今存《元曲选》等多种版本。该剧是关汉卿喜剧的代表作。剧本描写元朝初年,汴梁歌妓宋引章被郑州官僚子弟周舍诱骗为妾,受尽蹂躏。其结义姐姐赵盼儿同病相怜,机智地"以其人之道,还治其人之身",从周舍手中骗到休书,将宋引章救出火坑,并使周舍在官府受到惩罚。剧作歌颂被压迫者的见义勇为和患难相助,批判社会恶势力对妇女的摧残和凌辱,同时形象地告诉生活在水深火热中的人们:抵抗厄运的办法是自己人救自己人，英豪也许就在身边。

【注　释】

[1] 关汉卿(1225？—1300？)：字汉卿，号已斋叟；大都(今北京)人，名列"元曲四大家"之首。至元、大德年间，成为名震大都的梨园领袖，一生创作杂剧多达六十七种，今存十八种，《窦娥冤》《救风尘》《单刀会》是其代表作。

[2] 店小二：客店中的伙计，因为不是东家老大，故称小二。

[3] 私科子：即私窠子，指私娼。明代谢肇淛《五杂俎》："今时娼妓布满天下，又有不隶于官，家居而卖奸者，谓之土妓，俗谓之私窠子。"

[4] 粉房：即妓院。

[5] 小闲：宋元时专替富家子弟买酒命妓的帮闲。南宋吴自牧《梦粱录》："更有百姓入酒肆，见富家子弟等入饮酒，近前唱喏，小心供过。使之买酒命妓，谓之闲汉。"

[6] 一涌性：一时性子冲动。

[7] 输个姓因："姓因"与"情"的急读音相似，"输个姓因"即"输情"，给一点春情的意思。

[8] 背槽抛粪：牛马背向食槽下粪，比喻周舍的忘恩负义。

[9] 惯曾为旅偏怜客：与下句"自己贪杯惜醉人"，是当时俗谚，同病相怜的意思。

[10] 县君：唐宋妇女的封号。元代陶宗仪《辍耕录》："国朝品官母妻，四品赠郡君，五品赠县君。"

[11] "怕不扭捏着身子"三句：意为尽管你扭扭捏捏迈进他(指良家)的家门，可是他们家里的奴仆、使唤人早就看到你不是好人家的妇女，背地里暗自忍笑。

[12] 干茨腊：或作干支刺，很干的意思。

[13] 襻胸带：古代妇女梳头时包裹头发用的带子。

[14] 乔躯老：装模作样的身子。乔：矫，假装，引申为坏，恶。躯老：当时勾栏里对身体的称呼。

[15] 客火：即客夥，指客店。

[16] 忒忘昏：特别喜新厌旧。

[17] "武陵溪畔曾相识"二句：是演唱刘、阮故事的词话所遗留下的遗文。传说东汉永平年间，剡县人刘晨、阮肇同入天台山采药，遇二仙女于武陵溪。刘、阮半年后返家时，子孙已历七世。事见《太平御览》卷四十一引刘义庆《幽明录》及《太平广记》卷六十一引《神仙记》。

[18] 一房一卧：一房妆奁，一床铺盖。

[19] 南京：指汴梁，即今河南开封。金主亮改汴都叫南京。

[20] 妆儇：装乖弄巧。

[21] 村：愚蠢的意思。

[22] 划地：元剧常用词，有照样、反而、怎的、平白无故等意。这里作无缘无故讲。

[23]"抢生吃"句:不等东西煮熟就抢来吃,性急的意思。这里是反话,意为我不同你性急,咱慢慢等着瞧吧。

[24]"肋底下插柴自忍"二句:意为肋骨间插木棍,虽然痛苦,但因为穿了衣服,别人看不见,只好自己忍受着。比喻自己做事自己知道,怎么舍得打她一顿呢?

[25]虚科儿喷:虚情假意地说出。

[26]风月救风尘:指用风月的手段,如追欢买笑、打情骂俏去解救堕落风尘中的姐妹的意思。风尘,指妓院。

[27]道儿:圈套、诡计。

[28]打一棒快毬子:当时打毬术语,用来形容宋引章的嘴快。

[29]肉吊窗儿放下来:闭着眼睛不理睬的意思。肉吊窗儿,指眼皮。

[30]塘子里:指洗澡塘。

[31]朦儿骨:肋骨和胯骨之间的部分。

[32]争:差。《玉镜台》第二折:"年纪和温峤不多争。"

[33]十米九糠:意为不管好歹。十米九糠,当时成语,比喻坏的多、好的少。

[34]"正了本"句:此句意为你休了宋引章,我不会叫你亏本的。本,指本钱。正本即够本。

(曲文据《元曲选》迻录,注释:王安庭)

【作品导读】

元代社会黑暗腐败,上至统治阶级,中至官僚子弟,下至流氓无赖,都任意作威作福,无法无天,随心所欲,为了满足兽性的发泄不择手段。如《鲁斋郎》中的官僚鲁斋郎连续强占李银匠之妻与张孔目之妻,害得两个家庭家破人亡;《窦娥冤》中的地痞张驴儿欲霸占窦娥为妻,导致窦娥被官府冤杀。

此外,由于元代的广大农村破产,城市经济畸形发展,娼妓问题尤其严重。据《马可波罗行纪》记载,当时居住在大都城外的妓女就有两万五千多人。这些生活在舞榭歌楼、柳陌花巷的歌妓们,大都是被人口贩子从农村骗取、掠夺和辗转倒卖来的少女,她们都有着苦难经历和悲惨遭遇。多数歌妓还抱着跳出火坑,实现从良的美好愿望,如话本《冯玉梅团圆》中的冯玉梅,《卖油郎独占花魁》中的花魁娘子,都是这类女性。

由于元代科举考试时行时停,儒生失去仕进机会,社会地位十分低下,有所谓"七匠八娼九儒十丐"的说法。较之娼妓,儒生社会地位还要等而下之,故娼妓们虽有从良的愿望,但并不愿意嫁给儒生。只是因为儒生与歌妓既有着共同被压迫的命运,又有着一致的艺术爱好,有时才会结合在一起。

《救风尘》就是在这样的社会文化背景下产生的。剧本所写的正是书生、妓女和纨绔子弟之间的婚恋故事。汴梁歌妓宋引章初与洛阳书生安秀实交好,并答应嫁他为妻。郑州纨绔子弟周舍则花言巧语诱骗宋引章为妾。安秀实请风尘女子赵盼儿劝宋引章回心转意,赵盼儿即保举安秀实是"做丈夫的忒老实",揭露周舍是"做子弟的他影儿里会虚脾"。但宋引章情迷心窍,担心"嫁了安秀才呵,一对儿好打莲花落",而憧憬嫁给周舍后的幸福生活。周舍最后用轿子把宋引章从汴梁抬回了郑州。

宋引章进得周舍门来,就被打了五十杀威棒,此后更是朝打暮骂。宋引章乞求周舍休弃自己,周舍回答:"我手里有打杀的,无有买休卖休的。"宋引章请王货郎给母亲捎去书信,请求赵盼儿来解救自己。赵盼儿见义勇为,计上心来,答应宋母前去郑州拯救宋引章。

赵盼儿打扮得花枝招展,光彩照人,自载羊、酒、红定,快马加鞭赶到郑州客店,约见了周舍。周舍对赵盼儿曾阻挠宋引章嫁与自己尚耿耿于怀,赵盼儿乘机按照预先设计的谋略,言说前番破亲的缘由是嫉妒宋引章嫁与周舍,这次来到郑州的目的是自带彩礼要嫁与周舍。这时宋引章也按照赵盼儿信中的约定来到客店与周舍搅闹。周舍对赵盼儿的甜言蜜语信以为真,又被其美色所迷,决定要休弃宋引章,迎娶赵盼儿。

周舍气急败坏地写了休书,把宋引章赶出门外,再去客店寻找赵盼儿。宋引章与赵盼儿在客店外相会,赵盼儿用掉包计换下宋引章的真休书。周舍发觉上当受骗,追赶上赵盼儿与宋引章,从宋引章手中夺取休书,用嘴嚼烂,逼迫宋引章跟自己回家。赵盼儿说明周舍所嚼是假休书,要带宋引章返回汴梁。周舍将赵、宋二人告上官府,赵盼儿当庭亮出真休书,安秀实也来告发周舍诱骗其妻。郑州太守李公弼判处周舍杖六十,与民一体当差;宋引章仍归安秀才为妻;赵盼儿等宁家住坐。

剧中的赵盼儿是一位洞明世事、见义勇为、机智勇敢、胆大心细、手段老辣的风月女子形象。她阅世深广,察言观色,目光敏锐,见事深远,一见面就看穿了周舍的为人,并提醒宋引章说:"但娶到他家里,多无半载周年相掷弃,早努牙突嘴,拳椎脚踢,打的你哭啼啼。"当宋引章落难后,她感同身受,一接到求援的急信,就马上筹划搭救落难姐妹。面对既顽劣又好色的风月老手周舍,她决定用其好色的弱点去攻克其顽劣的本性:"我将他掐一掐,拈一拈,搂一搂,抱一抱,着那厮通身酥,遍体麻。将他鼻凹上抹上一块砂糖,着那厮舔又舔不着,吃又吃不着。"当周舍狐疑不定时,她进一步见机行事,虚与委蛇,以欲擒故纵、争风吃醋、发誓赌咒、巧妙调包等办法,打消了周舍的戒心,终于赚得周舍的休妻文书,救出了落难的宋引章。

周舍是一个狎客淫棍、市井流氓的典型形象。顽劣、好色、残暴、狡猾、奸诈是他的主要性格。他依仗官居同知的父亲的权势,自小就混迹于酒肉场和春楼楚馆,以吃喝嫖妓为生涯。他自诩是"酒肉场中三十载,花星整照二十年;一生不识柴米价,只少花钱共酒钱"。为了骗取宋引章的芳心,他言说要给宋引章夏天打扇,冬天温床,出门时穿衣服、整钗环。等把宋引章骗到手后,他却进门"便打五十杀威棒,朝打暮骂",凶相毕露,甚至扬言"手里有打杀的,无有买休卖休的",在客店受到赵盼儿的"挑逗"后,他便动了色欲,喜新厌旧的本性暴露无遗。当发现上当受骗后,就大耍流氓无赖的伎俩,又是耍赖,又是告官,直到最后受到惩罚为止。

宋引章则是一个涉世未深的风尘女子形象。她为人单纯,阅历较浅,急切地希望从良,跳出火坑。但又沾染了风尘女子嫌贫爱富、贪图享乐的不良习气。因此一旦遇上花言巧语、善于表演的周舍,就心急火燎地以心相许,听不进亲友的忠告。她婚后的生活凄惨悲苦,后悔不迭,在无可奈何的情况下,只好向风尘姐姐赵盼儿紧急求救,这才跳出火坑。

《救风尘》通过风月女子赵盼儿拯救风尘女子宋引章的故事,揭露了纨绔子弟周舍压迫蹂躏下层妇女的丑态,反映了宋引章渴望从良、祈盼美满婚姻生活的愿望,歌颂赞美了赵盼儿见义勇为、患难相助的精神。同时,在全剧故事的字里行间还蕴含着作者拯救社会的深刻思想。他告诉生活在水深火热中的被压迫者,不能低估自身的力量,不能屈服压迫者的淫威,抵抗厄运的办法就是自己人救自己人,只要敢于斗争,善于斗争,命运可以掌握在自己手中,英豪就在自己人中间。表面看来,作品的格调是很轻松的,具有显见的戏谑色彩;但就在戏谑的背后,蕴含着严肃的主题,很容易激发我们对一些问题进行思考。

《救风尘》是一部杰出的喜剧作品,有较高的艺术成就。首先,剧作构思精妙,以风月救风尘,又以风月治风月。风尘女子宋引章身陷火坑,危在旦夕。如何跳出火坑,作者既没有让她依赖官府,也没有让她求助其他社会力量,反而让地位同样低下的风月女子赵盼儿把她救出,这就是以风月救风尘。周舍娶宋引章为妾,靠的是瞒哄诱骗的风月手段,而赵盼儿制服他使用的也正是瞒哄诱骗,赵盼儿把这种手段美其名曰"卖虚空",这就是以风月治风月。以骗治骗,风趣横生,充溢着喜剧效果。

其次,故事情节线索明晰,有主有次,有首有尾,前后连贯。全剧以宋引章与周舍的矛盾为明线,以宋引章与安秀实的矛盾为暗线,以赵盼儿与周舍的矛盾斗争为主线,三条线索交替向前推进。随着赵盼儿的胜利和周舍的失败,宋、周矛盾,宋、安矛盾都迎刃而解,即所谓"周舍杖六十,与民一体当差;宋引章仍归安秀才为妻;赵盼儿等宁家住坐"。从结构上看,每个人的命运都有了清楚的交代,故事情节有首有尾,前后连贯,喜剧应有的满足感和愉悦感都体现得非常充分。

再次,场景转换自然得当,人物活动合乎情理。如第一折故事发生在宋引章家中,周舍瞒哄欺骗;宋引章得意忘形;赵盼儿推心置腹;安秀实唯唯诺诺。第二折故事发生在周舍家中,周舍凶神恶煞;宋引章呼天抢地。第三折故事发生在周舍客店,周舍颐指气使,不可一世;赵盼儿察言观色,见机行事。第四折故事发生在法庭上,赵盼儿义正词严;周舍破绽百出。场景转换与人物活动,丝丝入扣,相互映衬。在表现人物活动时,又善于运用一系列喜剧手法,使人物性格跃然纸上。如周舍自作聪明,生怕着了道儿,落得尖担两头脱,到头来还是应了他的话,落了个人财两空;他毁了休书,把赵盼儿与宋引章告官,结果自己倒被打了六十杖,这真是搬起石头砸了自己的脚;他骗了一辈子人,最后却栽在一个"骗"字上;如此等等。喜剧色彩极为浓烈。

最后,《救风尘》的曲词极为本色自然,大量使用口语、俚语和俗语,非常富有舞台性。如赵盼儿提醒宋引章说:"你道这子弟情肠甜似蜜,但娶到他家里,多无半载周年相掷弃,早努牙突嘴,拳椎脚踢,打的你哭啼啼。"再如周舍不相信赵盼儿真的会嫁他,赵盼儿发誓说:"我不嫁你呵,我着塘子里马踏杀,灯草打折臁儿骨。"人物声口生动鲜活,生活气息非常浓郁。

整体看来,《救风尘》虽不乏戏谑,但终归端肃,在轻松之中带给我们几分沉重的思考。

【延伸欣赏】

推荐阅读:关汉卿《望江亭》(见《元曲选》)

推荐观赏:越剧《救风尘》

(王安庭)

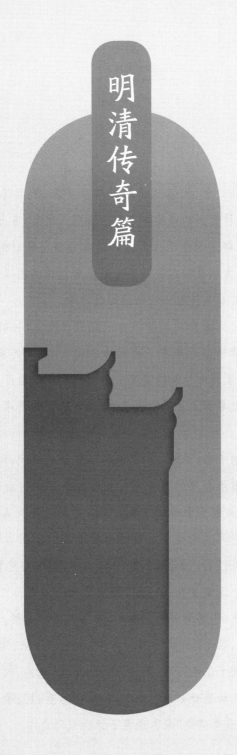

明清传奇篇

DAXUE XIQU JIANSHANG

明代嘉靖(1522—1566)年间,苏州的魏良辅从伴奏、演唱等多方面改革了本地的昆山腔,形成了昆山新腔。这种新兴的声腔本来用于清唱。之后,苏州另外一位作家梁辰鱼量体裁衣,按照新兴昆山腔的格范创作了以西施和范蠡故事为题材的《浣纱记》。这部作品被视作昆腔传奇的开山之作,由此也标志着以昆曲为主要载体的明清传奇时代的开始,中国戏曲也从此进入了一个全新的发展阶段——明清传奇时期。

明清传奇的兴起是以昆山腔的改革作为依托的。所以,一般我们所指的明清传奇即指昆腔传奇。昆腔传奇的音乐由于集中了南北曲的优长,所以更具表现力。它采用曲牌联套的形式,并将这一形式发展到一个新的高度。一出戏之中的曲子不仅有曲调的变化,而且可以有宫调的变化。这样就丰富了音乐的表现力,在表达人物情感和叙述故事、描摹情景方面更加成熟和自由。

为了更好地表现人物情感,昆曲之中还采用了集曲的方式,即组合不同曲调之中的句子以构成新的曲子。这些被组合来的曲子不仅可以选择不同的曲调,而且还可以选取不同宫调的不同曲子。当然,这种组合曲子的方法必须以对曲调音乐属性的娴熟为前提,必须遵循一定的法则和规范。组合而成的曲子也往往由被选择的曲调名称中的字眼组合而成,如李玉的《清忠谱》第二折"魂遇"之中的【倾杯赏芙蓉】就是集【倾杯序】和【玉芙蓉】二曲而成。

昆曲的角色有着一个逐渐变化的过程,其演进大致沿着分工逐渐细密的方向发展。早期昆曲角色承袭南戏传统,从嘉靖到明代末年,其角色逐渐发展。到万历年间已经逐渐发展成了十一种角色,即正生、贴生、正旦、贴旦、老旦、小旦、外、末、净、丑、小丑等。到了明末清初,又演化为所谓的"江湖十二色",即:副末、老生、正生、老外、大面、二面、三面、老旦、正旦、小旦、贴旦、杂等。近代昆曲随着分工的细致,又演化为生、旦、净、末、丑五大行当"二十个家门"。另外有一个扮演群众角色的"杂",通常不计在家门之内。

生,为男子通称,又称小生,一般扮演弱冠且尚未蓄须的男性,以与末行中的老生相区别。按照身份的不同,可以细分为巾生、官生、鞋皮生、雉尾生等细类。

巾生：因头戴方巾，必正巾，故称。又大都手持摺扇，故又称"扇子生"。一般扮演未做官或年轻的风流书生，常作为爱情故事的男主角，如《牡丹亭》中的柳梦梅、《玉簪记》中的潘必正等。巾生在音色上较多运用假声小嗓，表演讲究潇洒儒雅，唱、做、念并重。

官生：也叫"冠生"，顾名思义，就是具有官位的生，又因古代官僚均戴纱帽，故又称"纱帽生"。官生又细分为大官生和小官生。大官生，一般扮演帝王或者高官，如《长生殿》中的唐明皇、《惊鸿记》中的李太白等。其表演或风流豪放，或秉性方正，在唱念音色上多运用假声小嗓和真声本嗓相间、衔接自如的"龙凤音"。小官生，所扮角色大多为具有官位的青年男性，但地位较大官生为低，如《荆钗记》中的王十朋、《金雀记》中的潘岳等。在表演上讲求少壮得志、风流潇洒的神态意趣，唱念也多用"龙凤音"，小嗓运用较大冠生为多。

鞋皮生：又叫"穷生"，专门扮演落拓不遇的穷困书生，因这类人物脚下常拖踏着踢后跟的鞋——江南一带称"拖鞋皮"，所以叫"鞋皮生"，如《彩楼记·拾柴》中的吕蒙正、《绣襦记》中落拓时的郑元和等。表演上，唱和念用假声小嗓，动作神态处处显示"穷酸相"，所以也叫"穷生"。

雉尾生：因头插雉尾，故名。雉尾在江南又称雉鸡毛、翎子，所以又俗称"鸡毛生"、"翎子生"。本属小生一类，多扮演武将，其表演则不同于武小生，不重武功，而重在气质，借助做功和身段显出英武之气，且有"耍翎子"的特技，如《连环记》中的吕布、《白兔记》中的咬脐郎等。

旦，为戏中的女性人物角色，又可以细分为老旦、正旦、五旦、六旦、贴旦、刺杀旦、作旦七门。

老旦：一般扮演老年女性。如《荆钗记》中王十朋之母、《红梨记》中的花婆等。有时老旦也反串男性角色，兼演太监之类丧失男性特征的男子。

正旦：一般扮演已婚女子，多为性格刚烈、举止端庄的正面人物或悲剧人物。其表演或娴静庄重，或悲怆凄恻，唱、念、做并重，尤重唱工，嗓音讲求宽阔、刚劲，多采用本嗓，咬字吐音比较用力，又有"雌大面"之称。

五旦：多扮演年已及笄的淑女，或待字闺阁的千金，故又称"闺门旦"，如《牡丹亭》中的杜丽娘、《西厢记》中的崔莺莺等。有时也扮演流落风尘或暂居佛门的少女，如《玉簪记》中的陈妙常、《绣襦记》中的李亚仙等。其表演要求清丽自然、超尘脱俗。

六旦：又称"活泼旦"，扮演年龄小于五旦、身份又较之为低的青年女性。一般多为活泼开朗的少女类型，故又称"活泼旦"，如《西厢记》中的红娘、《思凡》中的色空等。六旦表演要求活泼灵动、生动有趣。

贴旦：本指主要旦角之外的又一旦角，故名"贴旦"，一般扮演村姑贫女和侍妾丫环类的人物，有时也可扮演夫人小姐类人物，如《牡丹亭》中的春香、《红梨记》中的谢素秋等。后来因贴旦和六旦在表演风格上十分接近，两个行当逐渐合一。

刺杀旦：是指在一些"刺杀戏"中扮演与刺杀有关角色的旦角，杀与被杀都可由刺杀旦来演。要求演员有一定的跌扑功夫，如《渔家乐·刺梁》中的邬飞霞、《一捧雪·刺汤》中的雪艳、《铁冠图·刺虎》中的费贞娥等，这三部戏称为"三刺"。昆剧又有"三杀"，也是刺杀旦的重要剧目，分别为《义侠记·杀嫂》（潘金莲）、《水浒记·杀惜》（阎惜姣）、《翠屏山·杀山》（潘巧云）。

作旦：昆剧之中的作旦虽然属于旦行，却多扮演男性人物，又以扮演小男孩为多，故又称为"娃娃旦"，如《南柯梦》中的花郎、《浣纱记·寄子》中的伍员之子等，偶尔也扮成年男子。其表演讲求天真稚气。

另外，武旦和武生均为昆剧原无的角色，近代随着昆曲武戏的发展，才逐渐分离成为独立的行当。

净，因脸上画脸谱，涂满了颜色，故俗称大花脸，又细分为大面和白面。昆剧中的白面又有"邋遢白面"一支。

大面：多扮演正面人物，其脸谱颜色又多与其性格和身份相对应，如红色一般表示忠义、耿直；黑色表示刚正、勇敢；紫色表示热烈、忠谨；蓝色表示妖邪、盗寇等，其中又以红、黑两色较为多见。昆剧有所谓的"七红、八黑、三和尚"之说。七红是指七个红脸人物，包括《风云会》中的赵匡胤、《刀会》中的关羽、《八义记》中的屠岸贾、《慈悲愿》中的回回、《双红记》中的昆仑奴、《一见钟情》中的弼灵公、《九莲灯》中的火德星君等。八黑是指八个黑脸人物，有《千金记》中的项羽、《三国志》中的张飞、《水浒记》中的李逵、《慈悲愿》中的尉迟恭、《霄光剑》中的铁勒奴、《三国志》中的周仓、《人兽关》中的包公、《天下乐》中的钟馗等。三和尚是指净角的三折重头戏，具体指《祝发记·渡江》中的达摩和尚、《西厢记·寺警》中的惠明和尚、《昊天塔·五台》中的杨五郎等。大面所扮人物地位一般较高，而性格勇武、暴烈。其表演讲求声音洪亮、气势雄浑，有的还有叫、跳等特殊技巧，都属于有鲜明个性的人物类型。

白面：顾名思义，因面部涂白粉得名。一般扮演阴鸷和奸诈类的人物，所以奸臣一类人物多由白面扮演，如《连环记》中的董卓、《精忠记》中的秦桧等。其唱念要求音色洪亮宽阔，表演讲究沉雄威严、气势逼人。

邋遢白面：因脸谱接近白面而较脏，故称，多扮演身份较低，却并不插科打诨的人物，如

《绣襦记·教歌》中的扬州阿二、《白兔记·赛愿》中的庙祝等。一般显现出古道热肠、热心诚实的性格特点。

末,昆剧中专门扮演中年以上、蓄须带髯的男性角色,又可细分为"老生"、"副末"和"外"三个家门。老生也称正生,多扮演中年以上的男性正面人物,如《满床笏》中的郭子仪、《长生殿》中的李龟年等。表演讲究动作造型庄重、端正,用真嗓,念韵白,性格方面突出正直刚毅的特点。与老生相比,副末所扮演的人物地位要比老生低,如《一捧雪》中的莫仁、《浣纱记》中的文种等。其表演讲究唱做并重。外,常戴白髯,多扮演年长的男性,故又称老外。有时扮演次要人物,如老家院之类。有时则扮演较为重要的人物,如《十五贯》中的况钟、《浣纱记》中的伍员等。

昆剧中"末"的重头戏有所谓的"三赋",指的是《西川图·三闯》中的诸葛亮、《琵琶记·辞朝》中的黄门官、《三国志·刀会》中的鲁肃。三人在戏中都各用长篇韵白吟诵一赋,是显示末行说白功夫的三折戏。又有所谓的"三法场",是指《鸣凤记》的《写本·斩杨》(杨继盛)、《邯郸梦》的《云阳·法场》(卢生)、《寻亲记》的《出罪·府场》(周羽),这三折法场戏,是表现老外唱做功力的看家戏。还有所谓"三扁担",是指《烂柯山》中的朱买臣、《千忠戮》中的程济、《水浒记》中的石秀,此三人都曾作樵夫,有用扁担挑柴的动作表演。

丑,属于插科打诨的角色,昆剧丑行又分付丑、小丑两个家门。昆剧重丑角,其扮演的舞台人物多有其特技和绝活。如付丑看家戏《西厢记·游殿》中的法聪,其表演重白口;《活捉》中的张文远重做功;《跃鲤记·芦林》中的姜诗则以唱见长。小丑的"五毒戏"则更富有特色,它形象地摹拟了五种有毒动物的形态,形成了独特的表演传统。具体有《雁翎甲·盗甲》中时迁的壁虎形、《连环记·问探》中探子的蜈蚣形、《孽海记·下山》中小和尚的蛤蟆形、《六月雪·羊肚》中张母的游蛇形、《诱叔》中武大郎的蜘蛛形等。丑角的表演不仅讲究滑稽笑乐,而且还要求在表演中显功力,出人物,出性格。所以,梨园行有一句"无丑不成戏"的谚语。

付丑:是昆剧独有的家门,俗称"二花面"。因其多扮演阴险诡谲、奸诈刁钻的人物,往往是皮笑肉不笑,所以也称"冷二面"。剧中的奸臣、刁吏、恶讼师、帮闲之类人物多由其扮演。与小丑相比,付丑所扮人物身份地位一般都较高,多是笑里藏刀、内心恶毒的角色,如《鸣凤记》中的赵文华、《浣纱记》中的伯嚭等。

小丑:俗称"小花脸",多扮演社会下层的人物。小丑与付丑有着明显区别,付丑多用"静工",小丑多用"滑稽"。相比之下,付丑多演坏人,小丑多演好人。如《精忠记·扫秦》中的疯僧、《盗甲》中的时迁等。有时也可以扮演坏人,如《十五贯》中的娄阿鼠等。

从明代嘉靖到清代康熙末叶,传奇的创作和演出都占据了戏曲的主流,成为了一枝独秀的戏曲样式。其间不仅出现了大量的优秀作家和不同的创作流派,而且诞生了一些堪称经典的优秀作品。明代万历(1573—1619)年间,出现了传奇创作的第一个高潮。当时有学者将这种场面描述为"大江左右,骚雅沸腾",汤显祖和"临川四梦"正是这一时期的代表。除了汤显祖之外,以沈璟为首的"吴江派"提倡严格昆曲格律,在理论和创作两方面都显示出一定的实绩。诸如卜世臣、吕天成、王骥德、汪廷讷、叶宪祖、顾大典、徐复祚、冯梦龙、范文若、袁于令、沈自晋等,都是吴江派的重要作家。他们的传奇多以伦理教化或惩劝世风为主旨,一般严守格律,曲词本色,便于场上演出,构成吴江派传奇的基本特色。处在明末清初的吴炳和阮大铖,在主旨上尚情,追慕汤氏,在艺术上则追求音律与文词的双美,《疗妒羹》《燕子笺》是他们的代表作。入清之后,苏州派的出现和洪昇《长生殿》、孔尚任《桃花扇》的问世,使昆曲在清初得以进一步发展。苏州派作家除了李玉外,重要作家还有朱素臣、朱佐朝、叶时章、毕魏、朱云从、张大复等人。他们的重要作品有《一捧雪》、《人兽关》、《永团圆》、《占花魁》(均为李玉作,时称"一人永占")、《十五贯》、《渔家乐》、《琥珀匙》、《竹叶舟》、《如是观》、《党人碑》等。清康熙中期,洪昇(1645—1703)的《长生殿》和孔尚任(1648—1718)的《桃花扇》两部传奇先后称雄剧坛,时有"南洪北孔"之称。乾嘉之后,昆曲在与花部(地方戏)的竞争中逐渐衰落,昆曲创作也衰落不振,几乎没有什么重要的作家作品了。

传奇采用比较固定的体制,第一出例为"副末开场",也叫"家门大意",由副末上场,用一首或者两首词念诵,阐明作品创作意图和故事梗概。第二、三出一般都是生旦分别登场,进行自我介绍,以下的场次逐步展开故事。所以,最后多以生旦团圆结束,也就是所谓的"大团圆"结局。由于传奇一般都是男女情爱题材,所以,又有"传奇十部九相思"的说法。传奇每一出的末尾,都有下场诗,一般用四句,有时会用八句,多采用"集唐",即摘取唐人诗句组合而成,诗一般由在场人物分别念诵。

自清代中叶以后,各地的地方戏与昆曲竞争并逐步占据了优势,昆曲由此衰落。在乾隆五十五年(1790)乾隆皇帝弘历八十岁生日时,浙江盐务大臣征集安徽的"三庆班"入京祝寿。之后三庆班便在民间的戏园演出,留在北京。在长期的舞台演出实践中,徽、汉逐渐合流,形成了京剧的前身——皮簧戏,由此又开启了我国戏曲发展史上的崭新一页。

总起来看,在清代中叶之前,我国戏曲有着较高的文学成就。清代乾嘉以后,随着折子戏的兴起,戏曲已经偏重于舞台表演,人们观赏戏剧已经仅仅是观赏演员的表演技巧。所以,古典戏曲已经真正成为了"舞台艺术",其文学的色彩显然黯淡了许多。这一时期,可以用"文章之末路,优伶之胜场"来概括。

从文学史的角度考察,元代之前,诗文构成了古代文学史的主体;元代以后,戏曲和小说则成为我国文学的主流。所以,了解古典戏曲的文学成就,也构成了学习古代文学的一项重要内容。

(王　宁)

第八讲
穷途英雄的慷慨悲歌:《宝剑记》简说

【剧本选读】

第三十七出　林冲夜奔[1]

明·李开先[2]

生上(唱):

【点绛唇】[3]数尽更筹[4],听残银漏[5]。逃秦寇[6],好教我有国难投。那搭儿[7]相求救?

生(白):欲送登高千里目,愁云低锁衡阳路[8]。鱼书[9]不至雁无凭,几番欲作悲秋赋[10]。回首西山日又斜,天涯孤客[11]真难度。丈夫有泪不轻弹,只因未到伤心处。念我一时忿怒,杀死奸细,幸得深夜无人知觉,密投柴大官人[12]庄上隐藏。昨闻故人公孙胜使人报知,今遣指挥徐宁领兵沧州地界捉拿,亏承柴大官人,怜我孤穷,写书荐达,径往梁山逃命。日里不敢前行,今夜路经沧州地界,恰才天明月朗,霎时雾暗云迷,况山路崎岖,高低不辨,教我怎生行蓦[13],那前边黑洞洞的,想是村店,只得紧行几步。呀,原来是一座禅林[14]。夜深无人,我向伽蓝殿[15]前,暂息片时。(生作睡介)

净扮神上:

净(白):生前能护国,没世号伽蓝,眼观千万里,日赴九千坛。吾乃本庙护法之神,今有上界武曲星受难,官兵追急,恐伤他性命。兀那[16]林冲,休推睡梦,今有官兵,过了黄河,咫尺赶上,急急起来逃命去罢。吾神去也。凡人心不昧,处处有灵神,但愿人行早,神天不负人。

生醒(白):唬死我也,刚才合眼,忽见神像指着道,林冲急急起来,官兵到了。想是伽蓝神圣指引迷途。我林冲若得一步之地,重修宝殿,再塑金身!撒开脚步去也。(唱)

【新水令】[17]按龙泉[18]血泪洒征袍,恨天涯一身流落。专心投水浒,回首望天朝。急走忙逃,顾不得忠和孝。

【驻马听】良夜迢迢[19],投宿休将门户敲。遥瞻残月,暗度重关[20],急步荒郊。身轻不惮路迢遥,心忙只恐人惊觉,魄散魂消,魄散魂消。红尘误了武陵年少[21]。

【水仙子】一朝谏诤触权豪[22],百战勋名做草茅,半生勤苦无功效,名不将青史标,为家国总是徒劳,再不得倒金樽杯盘欢笑,再不得歌金缕筝琵络索[23],再不得谒金门[24]环珮逍遥。

第八讲
穷途英雄的慷慨悲歌：《宝剑记》简说

《宝剑记》

【折桂令】封侯万里班超[25]，生逼做叛国的红巾[26]，背主的黄巢[27]。恰便似脱扣苍鹰，离笼狡兔，摘网腾蛟[28]。救急难谁诛正卯[29]？掌刑罚难得皋陶[30]？鬓发萧骚[31]，行李萧条[32]，这一去搏得个斗转天回[33]，须教他海沸山摇。

【雁儿落】望家乡去路遥，想妻母将谁靠？我这里吉凶未可知，他那里生死应难料。

【得胜令】呀！唬的我汗浸浸身上似汤浇，急煎煎心内类油调[34]，幼妻室今何在？老尊堂恐丧了。劬劳[35]，父母恩难报。悲嚎，英雄气怎消。

【沽美酒】怀揣着雪刃刀，行一步哭号咷，拽长裾[36]急急蓦羊肠路绕。且喜这灿灿明星下照，忽然间昏惨惨云迷雾罩，疏喇喇风吹叶落，振山林声声虎啸，绕溪涧哀哀猿叫，吓的我魂飘胆消，百忙里走不出山前古庙。

【收江南】呀！又只见乌鸦阵阵起松梢，数声残角断渔樵[37]。忙投村店伴寂寥，想亲帏梦杳[38]，空随风雨度良宵。

故国徒劳梦，思归未得归。此身无所托，空有泪沾衣。

【作品解题】

昆剧问世以后，演出剧目迅速累积，除了按照昆剧的格律要求填词制曲的剧作外，大批南戏的成名剧作也陆续被昆剧移植、搬演，大大充实和丰富了昆剧的剧目库存。昆剧最典型的传奇类式几乎都可以从早期搬演的作品中找到它们的最初样板。如历史传奇：《浣纱记》；时政传奇：《鸣凤记》；爱情传奇：《红拂记》、《玉簪记》；英雄传奇：《宝剑记》等。作为开昆剧"英雄传奇"先河的《宝剑记》，其创作时间并不迟于昆剧处女作《浣纱记》。作者为山东李开先，他创作《宝剑记》之际，昆曲还"止行于吴中"，《宝剑记》是被昆剧舞台引进的最早的南戏传奇之一。其流传版本很少，至今仅见嘉靖二十八年（1549）刻本，《古本戏曲丛刊》（初集）据以影印，1958年古典文学出版社又将其收入了《水浒戏曲集》。本篇即选自《古本戏曲丛刊》（初集）。

《宝剑记》取材于古典小说《水浒传》，大致关涉《水浒传》中林冲"误入白虎堂"、"刺配沧州道"、"风雪山神庙"、"雪夜上梁山"以及宋江接受招安等关目。但也有部分情节为剧作者所创造。剧情以高俅设局，借看宝剑，把林冲骗入白虎堂为契机，展开冲突，至林冲夫妻团圆，宝剑物归原主作结。全剧两卷计五十二出，《夜奔》是第三十七出，林冲被流放沧州牢营看管草料场，之后，高俅使陆谦等火烧草料场企图谋害林冲，反被林冲所杀。剧演林冲被迫趁着大雪之夜投奔梁山。数百年来《夜奔》一直流行于昆剧、京剧舞台,其台本也比较驳杂,乃是昆剧、京剧武老生行当"看家"的经典剧目。

【注　释】

［1］林冲夜奔:昆剧中简名《夜奔》,是著名的独角戏。

［2］李开先:明代传奇家,生平见本讲"作品导读"。

［3］点绛唇:曲牌名。属"仙吕"宫调,一般用在套曲的开头,散板。《夜奔》用的是"双调"套数,是它借用了"仙吕宫"的曲牌作为本出开场。

［4］更筹:古时打更者所用的报时筹码。

［5］银漏:古代计时器,也称"铜壶""滴漏"。

［6］逃秦寇:战国时期,秦国常侵略别国,因此被称为"寇",这里借用了孟尝君逃离秦国的典故。

［7］那搭儿:哪里。

［8］衡阳路:衡阳,县名,因衡山得名。衡山七十二峰,首峰名"回雁峰",相传大雁飞到这里就再也飞不过去,只能回头。此句暗喻林冲因回不了家乡而愁绪满怀。

［9］鱼书:成语"鱼腹藏书"之略,与"雁书"一样指书信。

［10］悲秋赋:战国时期的诗赋家宋玉所作,以悲秋主题著称。

［11］天涯孤客:流落在异乡客地的孤单人。

［12］柴大官人:即"小旋风"柴进,后也投奔梁山。

［13］行蓦:行走。

［14］禅林:寺庙。

［15］伽蓝殿:佛殿。

［16］兀那:同"那"。

［17］新水令:曲牌名,属于北曲"双调",一般作散板唱,常为套数的首牌曲。

［18］龙泉:宝剑名。

［19］良夜迢迢:漫长的晴夜。

［20］暗度重关:偷渡有人严密把守的重重关口。

［21］武陵年少:杜甫诗:"同学少年多不贱,五陵衣马自轻肥。""五陵"是指京城中的王孙公子,林冲以此暗指自己"八十万禁军教头"的身份。

［22］触权豪:触犯权奸。指林冲上奏指斥权奸高俅、童贯之流弃太原、失界河,反把林冲抵御西羌的殊勋窃为己有。

［23］络索:弦索。指用弦线弹拨的乐器。

［24］谒金门:上朝。

[25] 班超：出使西域的东汉大臣，曾因功封为"定远侯"。

[26] 红巾：元末农民起义军用红布裹头，故称为"红巾军"。林冲是宋代人，不可能以此自况，作者用典显然失当；或疑为职业戏班篡改所致。

[27] 黄巢：唐末农民起义军领袖。

[28] 摘网腾蛟：以上三句比喻林冲落草后反而无拘无束。

[29] 正卯：即少正卯，春秋鲁国人，因孔子指出他犯有五十件大罪，遂为后世用作坏人的代称。

[30] 皋陶：虞舜时一位正直公平的狱官。

[31] 鬓发萧骚：头发稀少。杜甫诗："白头搔更短，浑欲不胜簪"，比喻愁苦潦倒。

[32] 萧条：简单。

[33] 斗转天回："斗"指北斗，此句形容回天之力。

[34] 油调：像油烹一样受煎熬。

[35] 劬劳：劳累。

[36] 长裾：长长的衣襟。

[37] "数声残角断渔樵"句：渔人和樵夫还没有出工，表示天色尚早。

[38] 想亲帏梦杳：想念亲人，连梦都做不成。

（曲文据《古本戏曲丛刊》迻录，注释：顾聆森）

【作品导读】

《宝剑记》一名《林冲宝剑记》，明代李开先作。作于明嘉靖二十六年（1547）。其时明王朝正处于开国以来最为黑暗腐败的时期。明王朝开国后，经历了七十多年的休养生息，至宣德末，贵族大地主的土地兼并像洪水猛兽一般对传统的小农经济形成了巨大冲击。失去土地的农民开始大规模流亡，流民数以百万计，四处求生。由土地兼并造成的大流民运动在长达一百多年的时间里，造成了长期而激烈的社会动荡。而宣德王朝以来朝廷的黑暗腐败又日益病入膏肓。宦官与朝臣纷争不息，轮番消长。到了正德年间，暴发了几十次农民起义，两次藩王叛乱，北方游牧民族大规模侵扰事件也层出不穷。1522年明世宗朱厚熜登基，改元嘉靖。嘉靖理政不久，大权即旁落于严（嵩）党，致使朝臣中的"倒严"斗争此起彼伏。其时北方边患加剧，东南沿海倭寇、海盗猖獗，朝廷军饷开支骤增，沉重的苛捐杂税无疑又使本来饥饿的人民雪上加霜，而嘉靖皇帝这时却退居深宫参玄问道，不问朝政。明王朝已经到了末日的前夕。

李开先（1502—1568），字伯华，自称"中麓放客"，出身于山东章丘。一生经历了弘治、正德、嘉靖、隆庆四朝，而主要生活在嘉靖年间。嘉靖七年中举人，次年中进士，先后任职户部、吏部，随后又升任太常寺少卿。嘉靖八年(1529)曾赴上党饷边，十年又饷边于宁夏，十三年派至徐州管理仓务；在吏部文选司郎中任上，曾职掌铨选。因而他对边防国力之衰弱深有体察，军事、经济、文教的黑暗腐败让他痛心疾首，嘉靖二十年(1541)，他奋起抨击内阁的腐败无能。结果，被内阁夏言借"庙灾"事件上疏，将他削职为民。(参李开先：《闲居集·亡妻张宜人散传》)

李开先罢官之际，倭寇变本加厉地攻掠江浙沿海一带，然权奸严嵩排斥异己，残害边将，在内忧外患的危急关头，李开先渴望朝廷能起用自己，但因遭严嵩的排斥，终不能如愿。他曾因此作诗苦叹："万户何时侯李广，百年今已老冯唐。事不得平多感怆，似因病热发颠狂。"他的用世报国的热情已近乎"颠狂"，然又不得不年复一年坐等老之将临，闲居了整整二十八年，直到逝世。在这漫长而痛苦的二十八年中，唯一能安慰他的是戏曲活动。他不仅置办了家庭戏班，还与袁崇冕、雪蓑渔者等人组织了词社，从事研究和创作，著《词谑》，并收藏词曲，有"词山曲海"之誉，并以自己的收藏使人辑出元人杂剧千余种，编刊了《改定元贤传奇》。李开先创作的戏曲作品今存有《宝剑记》《断发记》《登坛记》三种传奇以及杂剧《园林午梦》《打哑禅》等。

《宝剑记》是他的代表作，但并非李开先原创，苏州雪蓑渔者为《宝剑记》作序时说，是记"坦窝始之，兰谷继之，山泉翁正之，中麓子成之"。王世贞《艺苑卮言》也说："伯华所为南剧《宝剑记》、《登坛记》亦是改其乡先生之作。"李开先之所以选择"乡先生"等许多人未能成就的半成品而最终由他"成之"，据《曲海总目提要》认为，"开先特借以诋严嵩父子耳"(黄文旸：《曲海总目提要》上册卷五)。清焦循《剧说》也沿袭其说。严嵩在位期间，把持朝政，卖官鬻爵，营私结党，阻塞贤路，弄权误国，致使李开先奇志难伸，报国无门，最终老死家乡。在他看来，这与林冲被奸佞高俅迫害不得已落草为寇相去不远。如果说，林冲的满腔仇恨集中于高俅，那么，在当世，严嵩即高俅。李开先在对林冲寄予深刻同情的同时，把锐利的笔锋直刺高俅，他在创作的过程中，免不了以林冲自况，让严嵩处处相随着高俅的影子。细考李开先的生平，《曲海总目提要》和《剧说》"借以诋严嵩父子"之说，并不是空穴来风之臆猜。然而，传奇《宝剑记》的真实立意，决不能以"借以诋严嵩父子"而一言蔽之，《宝剑记》的思想内涵具有更高层次的、更深刻的警世意义。

《宝剑记》虽然取材于《水浒传》林冲的故事，但它决不仅仅是在重述《水浒传》的林冲故事，为了充分体现鲜明的题旨，剧作对原著情节作了重要的改动和增删。

一是原著林冲与高俅的冲突起始于高衙内馋涎于林冲爱妻张贞娘之美色，高俅才设局"白虎堂看剑(刀)"陷害林冲，逼迫林冲"夜奔"了梁山。《宝剑记》把它处理为副线，而以林冲与高俅、童贯等权奸的不可调和的矛盾为主线。剧作先叙高俅、童贯之流贪天之功,把林冲与他的结义兄弟鲁智深在抵御西羌侵犯时建下的殊勋窃为己有。林冲上奏在指斥权奸弃太原、失界河的同时,揭露了他们窃功封王的无耻。在战场上"愿溅一腔热血"以救国难的林冲却为此遭到了贬职的下场,"白虎节堂"的一幕,并不只是高俅偶然为了满足衙内贪恋美色,而是权奸们为了陷害忠良的一种必然的忠、奸冲突的发展结果。在这里,林冲的上书和李开先直言内阁腐败以致削职为民事件外呼内应,剧作者在切身的情感体验中,完成了全剧冲突爆发始点的更弦易辙。

二是把原著中"逆来顺受"的教头改写为凛然抗争的英雄,剧作通过林冲上奏,揭露权奸"窃功封王",赋予了林冲与原著不尽相同的性格层面,林冲还敢于再三地忘却个人安危,苦谏皇帝:"亲贤远佞,花石且暂停,休招外攘。"他以"救苍生"、"分国忧"为己任,大大提升了主人公的性格内涵。高俅、童贯必置林冲于死地而后快,一方面,是让矛盾的发展和尖锐超越衙内馋涎林冲妻子张贞娘的美色;另一方面,也是更为重要的,是将戏剧冲突纳入性格冲突的轨道。显然,李开先是在借林冲发泄自己胸中的块垒,因此字里行间洋溢着作者和剧作主人公相同的爱国忧民思想和对权奸的同仇敌忾,由此而使剧作的情节基础由私仇让位于"国恨",从而完成了题旨的升级。

三是强化了林冲忠义报国思想的内层面。林冲的落草,完全为权奸所迫,因而他心中充满了复仇的烈焰:"天如留我残躯在,不斩奸臣誓不休!"但他的内心始终蕴伏着一种驱驰疆场、平房杀敌和为国尽忠的愿望,这和剧作者闲居之际,面对外患重重的危急情势,渴望朝廷再度起用他如出一辙。林冲一方面怀着切齿的仇恨,率领造反之师两赢童贯,三败高俅,大大灭了官军威风,却又同时坚定地站在宋江一边,"专望招安,再报君恩"。

四是把原著中林冲的悲剧结局改为具有喜剧色彩的"大团圆"。在原著中,林冲在接受招安,随宋江征讨方腊时病亡于战场。《宝剑记》则让皇帝在林冲接受招安之际满足了他的复仇要求:手刃高俅父子。当年惹祸的宝剑也物归原主,全剧在林冲与张贞娘"大团圆"的喜庆中落下帷幕。

政治上受到排斥、迫害且又不甘低头而终遭罢官居闲的李开先,对原著中林冲的遭遇寄予了极大的同情,并引以为知遇,因而在他着手创作《宝剑记》时,决不可能以复述《水浒传》林冲的故事而满足,势必织入亲历的当代生活,渲染其个人的意念与思想。林冲的"只反贪官,不反皇帝"并非只是林冲的幼稚,也夹杂着李开先的时代局限。林冲最终得以手刃权奸,报仇雪恨,也非宋皇的开明,而是反映了剧作者本人的一厢情愿。然而剧作借林冲的故事,一面对爱国志士进行了着力推崇,同时又对现实的黑暗进行了激烈的抨击。在现实生活中,政治的昏庸腐败,权奸的暴虐荒淫与剧情相比,更是有过之而无不及。李开先也未必不知道,所谓"手刃高俅父子"这类事件在现实中是永远无法实现的,他所以这样改编,无非以传奇为武器,为着张扬一种"以正克邪"的理想,以实现《宝剑记》的题旨,狠狠地、真实地揭露和抨击"君昏臣奸"的现实,通过"提真托假",寄予了作者唤醒昏君、实现"诛倭旌忠"的内心理想。总领全剧总旨的曲牌【鹧鸪天】予以了清楚的表述:

【鹧鸪天】一曲高歌劝玉觞,闲收风月入吟囊。联金缀玉成新传,换羽移宫按旧腔;诛谗佞,表忠良,提真托假振纲常。古今得失兴亡事,眼底分明梦一场。

明代嘉、隆年间,士大夫知识分子乃至像《宝剑记》的作者李开先,他们都已经感到了明政权的风雨飘摇,预感到了无可救药的"君昏臣奸"已使明政权濒临崩溃的边缘,成为了社会所普遍担心和关心的问题。因而从这个意义上说,《宝剑记》无疑正是李开先所倾力锻铸的直刺社会现实的一把利剑。

魏良辅在16世纪前半叶以缠绵环回之音构建了一座典雅秀丽的昆曲音乐殿堂,"独得其传"的昆山剧作家梁辰鱼遂后即以征战杀伐的历史题材闯入殿堂,借着"笛管笙琶"和"锣鼓之势",执着地重新编织了一部吴越春秋史。梁辰鱼竟以铁和血的刚烈向委婉媚柔的昆曲挑战。在《浣纱记》大获成功后,昆剧舞台接踵引进了同样以铁血粗犷著称的《宝剑记》,"英雄传奇"应时代之约而诞生于昆曲舞台。雪蓑渔者这样记述了《宝剑记》的演出实况:"……尝拉数友款予搬演此戏,坐客无不泣下沾襟。"(雪蓑渔者:《宝剑记·序》)《宝剑记》所以能让观者"无不泣下沾襟",不仅在于林冲人物形象的成功塑造,还在于《宝剑记》题旨的强烈感召。

全剧虽多达五十二出,但层次井然有序。"开场"以降七出戏,通过间隔对比,交代了以林冲为一方与以高俅、童贯为另一方冲突的根本原因,为矛盾发展作了坚实的铺垫。从第八出到四十六出,冲突步步推进,并进入高潮。从第四十七出到五十二出,以接受招安、"手刃权奸"以及林冲夫妻团圆结局。

应该说,《宝剑记》所取得的文学艺术成就在昆剧的剧目库中是较为瞩目的,而其最重要的艺术成就即主人公林冲的性格体现,它成功地塑造了集国仇家恨于一身,一心报国效忠却又不得不落草为寇的穷途英雄的复杂性格。《宝剑记》第三十七出《夜奔》是林冲命运的转折点——即将告别曾是大宋八十万禁军教头的身份而沦为反宋的"匪"和"寇"。一曲【折桂令】,逼真地描绘了林冲在身份逆转关头十分复杂的内心世界:

【折桂令】封侯万里班超,生逼做叛国的红巾,背主的黄巢。恰便似脱扣苍鹰,离笼狡兔,摘网腾蛟。救急难谁诛正卯?掌刑罚难得皋陶,鬓发萧骚,行李萧条,这一去搏得个斗转天回,须教他海沸山摇。

在"夜奔"的林冲身上,除了"须教他海沸山摇"的咄咄逼人的杀气之外,还有那因为无法实现一生"忠"和"孝"的抱负而流露出来的浓烈的终生遗恨。【新水令】对林冲内心的剖析可谓入木三分:"按龙泉血泪洒征袍,恨天涯一身流落。专心投水浒,回首望天朝。急走忙逃。顾不得忠和孝。"尽管他下定决心要去梁山落草,却仍然禁不住"回首望天朝",表现了内心那份依恋不舍的"忠君"情感。《夜奔》用的是北曲双调【新水令】套数(借用仙吕宫曲牌【点绛唇】开场)。唱篇的一个最大特色是刻画人物的内心世界,把蕴藏在末路英雄内心的那种真实的悲愤、惶急甚至对前途的畏惧揭示无遗。【点绛唇】曲一开始就用"数尽更筹,听残银漏"交代特定的行为时间,继用"逃秦寇",以孟尝君逃离秦国的典故比喻自己"有国难投"的处境,唱篇善于交错运用叙事、用典、抒情的手法,刻画林冲虽然走上造反之路,却心存忠孝的矛盾心理。唱篇还善于通过描景来刻画人物,如【沽美酒】中运用许多排比句描摹了危机四伏的夜色:"昏惨惨云迷雾罩,疏喇喇风吹叶落,振山林声声虎啸,绕溪涧哀哀猿叫。"又如【收江南】:"乌鸦阵阵起松梢,数声残角断渔樵。"显然这些都不是单纯地为写景而写景,而是通过写景烘托了主人公林冲的悲凉、激愤、孤独与凄惶的心态。如果把《夜奔》说成是一出典型的心理分析剧,大概也不为过。《夜奔》代表了我国古典戏曲,尤其是古典武戏在刻画人物方面的杰出艺术成就。

如前所述,《宝剑记》创作在昆剧问世前夕,其时昆山腔尚未流传到李开先的家乡山东,它保持了南戏文字的本色风格,显得朴实而豪迈。李开先创作《宝剑记》之际,正值"七子"横行文坛之时,以王世贞为首的"后七子"言必"秦钟汉鼎",一味复古。李开先和王慎中、唐顺之、陈束、熊过、任瀚、吕高、赵树春被称为"嘉靖八子",他们坚决反对复古,且对文坛的倒行逆施提出了尖锐的批评,称其"文浮而虚,味短而浅"(李开先《闲居集》)。李开先强调作品的思想内容,主张"易诘屈聱牙为字顺文从"。《宝剑记·夜奔》的文字流畅、生动、优美而又本色,剧作者在戏剧文学领域中实践了自己的主张。昆剧通过引进《宝剑记》从而为本剧种开创了"英雄传奇"一派。

《夜奔》赋予语汇以丰富的动作,舞台上的《夜奔》几乎每句都可以设计身段动作,通过"图解"唱词来表情达意,从而成了它表演上的一大特色。例如唱【沽美酒】:"怀揣着雪刃刀,行一步哭号咷,拽长裾急急蓦羊肠路绕。"第一句云手,摹似刀状,然后前迈,以右手抹泪,末句斜走,用"迂回步"显示小道之曲折;又如唱"百忙里走不出山前古庙",先圆场,继以手指地,让形体充分衬托脸上悲哀而恐惧的表情。充满了诗意的舞蹈,使观众在观赏过程中获得强烈的共鸣。像《夜奔》这样的戏,李开先选用北曲双调【新水令】套数,音乐也显得十分得体。双调是一种"健捷激袅"之音,与林冲夜奔梁山时那种激愤悲壮的心情非常吻合。当代已故著名昆剧表演艺术家侯永奎演《夜奔》,以整套北曲【新水令】的优美唱腔配合翻身、劈叉、飞脚、旋子、卧鱼等一系列繁难的舞蹈身段,把林冲深夜潜行于荒山古道,听虎啸猿啼,任风吹雨打,以及他思念母亲、妻子,痛恨权奸的那种忧郁、愤慨、惊恐、哀怨等极其复杂的情感变化表达得层次分明、淋漓尽致,从而也使剧中人物形象栩栩如生,被剧坛誉为"活林冲"。《宝剑记》是李开先的传奇的代表作,吕天成称他"熟于北剧"(吕天成《曲品》)。因而在他的传奇中保留了较重的北杂剧旧痕,《夜奔》不仅选用了北曲套数,且受到了北杂剧一色主唱到底的影响。

昆剧引进《宝剑记》,就又为昆曲打开了"北曲南唱"的通道。与此同时,《宝剑记》的引进,还开拓了昆曲的创作题材。这是昆曲的第一部"水浒戏",对后世的《水浒记》、《义侠记》、《翠屏山》、《石秀探庄》等一系列取材"水浒"的传奇产生了较大影响。作为"英雄传奇",它又开发了崭新的武行当,从而为昆剧的武戏系统的形成和发展奠定了基础,因而《宝剑记》在昆曲早期传奇中有着很重要的地位。而折子戏《夜奔》已成为了昆剧不可或缺的经典剧目和教学剧目。《夜奔》在昆曲舞台上所以能流传数百年而常演不衰,成为常演剧目和教学剧目,绝不是偶然的。

李开先本人对《宝剑记》自视甚高,他把它与《琵琶记》相比。李开先在文学主张上虽与"后七子"大相径庭,但与"后七子"领袖太仓王世贞尝有交往。《宝剑记》完成后他曾毛遂自荐,想通过王世贞的介绍把剧作搬上吴中的昆曲舞台,却受到了王世贞的讥讽:

> 北人自王、康后,推山东李伯华。……一日问余:"何如《琵琶记》乎?"余谓:"公辞之美不必言,第令吴中教师十人唱过,随腔字改妥乃可传耳。"(王世贞《曲藻》)

历来曲论家常常以正宗昆曲的尺度衡量《宝剑记》,对《宝剑记》的批评大致可以归纳为三个方面。一是认为《宝剑记》的语言不合昆曲传奇规范,沈德符表达了与王世贞差不多的意见:

> 章邱李中麓太常亦以填词名,与康、王俱友,而不娴度曲,即如所作《宝剑记》,生硬不谐,且不知南曲之有入声,自以中原音韵叶之,以致吴侬见诮。(沈德符《顾曲杂言》)

我们已知李开先原著并非昆曲传奇,声韵与昆曲的要求有距离,确实在所难免,然而《宝剑记》被昆曲成功移植后,它对昆曲的创作和演唱,特别是昆曲的"北曲南唱"反过来对昆曲产生了积极影响。二是论者还批评李开先常常使用生造曲牌。如王骥德就认为《宝剑记》引子"多出己创,皆不足为法";祁彪佳也批评:"《宝剑》中有自撰曲名,曾见一曲采入于谱,但于按古处反多讹错。"昆曲初创之际,人们对自度曲运用于传奇还不习惯。但在昆曲鼎盛之后,随着集曲的流行,曲牌正格之外,变格类多,自度曲的运用非议渐稀。三是《宝剑记》情节拖沓,人物上下场调度不够合理,以致祁彪佳批评作者"不识练局之法"(祁彪佳《远山堂曲品》)。《宝剑记》用的是传奇典型的双线结构,林冲与高俅、童贯等权奸的冲突是主线,林冲妻子张贞娘与高衙内的冲突是副线。张贞娘自杀未遂,被逼削发为尼,以最终与林冲团圆作结。古代传奇观众以情节曲折为观赏追求,造成传奇作家组织题材时的多头绪,故剧本动辄数十出,甚者有主线以外铺设两副线而为之的。因而情节之拖沓、重复,不只是《宝剑记》的缺点,也可以说是昆剧传奇的一种通病。

【延伸欣赏】

  推荐阅读:《水浒传》

  推荐观赏:昆剧折子戏《夜奔》

(顾聆森)

第九讲
一个关于美人和江山的故事:《浣纱记》概说

【剧本选读】

《浣纱记》第二十三出　迎施
明·梁辰鱼

【虞美人】(生扮范蠡[1]同众带女冠服上,生)连年江海空奔走,往事休回首。桃源[2]深处结同心,一别匆匆三载到如今。

自家范蠡,向因闲游苎萝山下,得遇西施,不觉三载有余矣。勤劳王事,奔走江关,再无工夫得谐姻契。近寄信去,知未嫁人。昨因主公要选美女,进上吴王,遍国搜求,并不如意。想国家事体重大,岂宜吝一妇人?敬已荐之主公,特遣山中迎取。但有负淑女,更背旧盟,心甚不安,如何是好?今到这里,恐幽僻山村,车马众多,必致惊动。我且再依向年故事[3],改换衣裳,潜往他家,先见此女。备述我主公访求之意,令其心肯意从,然后将车马奉迎,却不是好。众军士,你们暂住村口,待我呼唤,方可到来。(众应介,同生俱下。)(旦上)

【前腔】秋来春去眉常锁,愁病何年可?灯花昨夜似多情,晨起檐前鹊噪更无凭[4]。

奴家西施[5],自从与范大夫相别,不觉将及三载。闻他一向逗留吴庭,近日归来,有信安慰。他既能以身殉国,我岂可将身许人?如今父又远出,母又患病,只得闭门,做些针指[6],待他消息。正是:身无彩凤双飞翼,心有灵犀一点通[7]。(生道服上)独访山家歇还陟[8],茅屋斜连隔松叶。主人何处未开门,绕篱野菜飞黄蝶。我一路问来,说道西施家里,门临流水,屋靠青山。数竿修竹,在小桥尽头,一座茅堂,向百花深处。迤逦行来,此间想是他门首了。为何闭上门儿?我不好竟叩。且在此少待,看里头有人出来否。

【一江风】问他家,独自穿山径,趁几曲溪流净。未开门一带疏篱,见花竹相遮映。沿门嗽一声:里头有人么?怎么再不闻一些影响[9]?沿门嗽一声,待敲还住停。待我再问一声:里头有人么?(旦)是那个?(生)这个娇滴滴声音想是他了,我且不要应他,看他出来么?急忙里未可便通名姓。

【前腔】(旦)万山深,寂寂村庄静,镇日有谁来问?你是何人?(生)是我!(旦)试把门开,看那个频频应。(做开门介)呀!我道是谁。(做退后介,生)且喜小娘子在家里。(旦)尊官里头请坐便好。只是我父亲不在家里,如何是好?(生)一定要到堂中奉拜,兼有说话。(旦)

《浣纱记》

第九讲
一个关于美人和江山的故事:《浣纱记》概说

《浣纱记》

既然如此,尊官请。(生)小娘子请。他忙将礼数迎,忙将礼数迎,春风满面生。(旦)尊官念蜗居窄狭无恭敬。

尊官万福。(生)小娘子拜揖。范蠡为君父有难,拘留异邦,有背深盟,实切惶愧。(旦)尊官拘系,贱妾尽知。但国家事极大,姻亲事极小,岂为一女之微,有负万姓之望?(生)小娘子,我不知进退[10],有言奉闻。(旦)但说不妨。(生)我与小娘子本图就谐二姓之欢,永期百年之好,岂料家亡国破,君系臣囚。幸用鄙人浅谋,得放主公归国。今吴王荒淫无度,恋酒迷花,主公欲搆求[11]美女,以逞其欲。寻遍国内,再无其人。我想起来,只有小娘子仪容绝世,偶尔称扬,主公遂有访求之心,小娘子尚无见许之意。故敢特造高居[12],奉询可否。小娘子意下何如?(旦)贱妾不过是田姑村妇,裙布钗荆,岂宜到楚馆秦楼,珠歌翠舞?况当时既将身许,三年遂患心疼。尊官为国,伏望别访他求;贱妾为身,恐难移彼易此。(生)小娘子美意,我岂不知?但社稷废兴,全赖此举。若能飘然一往,则国既可存,我身亦可保。后有会期,未可知也。若执而不行,则国遂灭,我身亦旋亡。那时节虽结姻亲,小娘子,我和你必同做沟渠之鬼,又何暇求百年之欢乎?(旦)虽然如此,但悬望三年,今得一见,意谓终身可了,岂料又起风波?好苦楚人也!

【金络索】(旦)三年曾结盟,百岁图欢庆。记得溪边,两下亲折证。闻君滞此身,在吴庭,害得心儿彻夜疼。溪纱一缕曾相订,何事儿郎忒短情?我真薄命。天涯海角未曾经,那时节异国飘零,音信无凭,落在深深井!

【前腔】(生)别来岁月更,两下成孤另。我日夜关心,奈人远天涯近。区区负此盟,愧平生,谁料频年国势倾。无端又害出多娇病,羞杀我一事无成两鬓星[13]。今日特到贵宅呵,奉君王命,江东百姓全是赖卿卿[14]。小娘子,你若肯去呵,二国之兴废存亡,更未可知,我两人之再会重逢,亦未可晓。望伊家及早登程,不必留停,婚姻事皆前定。

(旦)既然如此,勉强应承,待我进去,禀过母亲,方可去也。(生)正是。(旦下,生)众军士那里?快取冠带过来。(众上请旦,诨介。小净、丑、旦同上。小净、丑[15])妹子,你父亲又不在家里,母亲又病在床上,我两个在村中知道,特来相送。(做哭介。生)不要哭,请换了小娘子的衣服。(小净、丑换衣服介。旦悲介。旦)

【三换头】孤身只影,未识侯门行径。况天南地北,路途谁惯经?我未往先战惊。这其间只是我不合来溪边独行,羞杀人儿也。浣纱谁问聘,敬谢君家,恐这样姻亲空作成。

(生)小娘子不要烦恼。(小净、丑)西施妹子,你不像我两个店底货[16]。你去,这桩买卖必定就着手。经过杭州,若想我两个,搽面粉每人买三四担寄来用用。(做哭介。生)你两个不消送了,去罢。(小净、丑下。众)就此起程。

【前腔】（众）鸾车奉迎，笙歌迭进，王都近也。看欢声遍城，此去一生欢庆。这壁厢只得把那壁厢暂时承领，况切君王望，紧行莫住停。奉告娘行，想这段姻亲真作成。

（众）禀老爷，已到宫门首了。（生）闻主公在后殿，不免竟入。

【生查子】（小生）日长深殿中，拂拂南风竞。聊抚五弦琴，为解吾民愠[17]。

（生进相见介）主公，奉迎西施，已在宫外。（小生）范大夫就引进来。（旦进，众喝，旦拜介。小生）美人起来。果然天姿国色，绝世无双。范大夫，皆是尊赐。（生）岂敢。

【东瓯令】（小生）真娇艳，果娉婷，一段风流画不成。美人，念千年家国如悬磬[18]，全赖伊平定。若还枯树得重新，合国拜芳卿。

（旦）只恐性质凡庸，容颜粗丑，不足以副君王之望。（旦）

【前腔】嗟薄命，愧无能，念贱妾今还在幼龄。寒微未脱蓬茅性，金屋[19]难相称。（小生）你晓得歌舞么？（旦）看萧萧裙布与钗荆，歌舞更何曾。

【刘泼帽】（生）娘行[20]聪俊还娇倩，胜江东[21]万马千兵。你立功异域才堪敬。那时海甸清，眼见烽烟净。

（小生）范大夫，传下命令，点选宦官五十名，宫女一百名，宝马香车，旌旄鼓吹，服侍美人到西土城别馆去居住。目下就请娘娘亲去教他歌舞。（众应介。小生、生先下。众引旦行介。众）

【前腔】金门火速传君令，点宫娥尽到西城。尽心昼夜来供应。他日法驾[22]临，万姓看行幸[23]。（下）

【作品解题】

梁辰鱼（1519—1591），字伯龙，号少白，别号仇池外史，江苏昆山人。明代戏曲作家。为人任侠好游，通音律，善度曲。他用昆曲创作的《浣纱记》，使昆曲由清唱变成了舞台艺术，对昆腔的发展和传播起到了重大作用。除《浣纱记》外，其作品还有杂剧《红线女》，散曲《江东白苎》、《二十一史弹词》等。

《浣纱记》，旧名《吴越春秋》，根据《史记·越王勾践世家》《吴越春秋》《越绝书》等记载创作而成。全剧以西施和范蠡悲欢离合的爱情故事为线索，展示了吴越两国兴亡的历史教训。西施与范蠡相识于若耶溪畔，彼此一见倾心，遂以一缕溪纱作为定情信物。吴越争霸，越败亡国，君臣被囚三年。勾践在范蠡的谋划下得以释放回国，又用范蠡之计献西施于夫差，使其贪色误国。范蠡西施分别之时，将定情溪纱分作两半，两人各持一端。其后越国君臣卧薪尝胆,励精图治,终灭吴复越。范蠡亦深知"狡兔死,走狗烹;敌国破,谋臣亡"的历史教训,于是与西施泛舟五湖而去。

梁辰鱼生于明代嘉靖年间,奸臣严嵩的当道弄权,朝政的黑暗腐败,使其在历史的感叹中也寄寓了深沉的现实情思与忧患意识。剧中对忠贞报国的歌颂,对荒淫误国的批判,对兴亡教训的总结均有着借古喻今、针砭现实的积极意义。

全剧四十五出,"以生旦爱情寄兴亡之叹",将男女爱情与家国兴亡紧密联系在一起,深沉表达了作者的历史观念与人生哲理。末出"泛湖"更是通过生旦之口集中抒发了历史兴亡之叹,从而打破了传奇戏文大团圆的俗套。《浣纱记》还是最早将改良后的昆山腔用于戏曲演出的名作,开创了昆剧的新时代。

【注　释】

[1] 范蠡:字少伯,春秋末年楚国人,为越王勾践大将。在吴越争霸中,他是帮助越王勾践复越灭吴的关键人物。传说他功成身退,与西施泛舟五湖而去。

[2] 桃源:典出刘义庆《幽明录》,讲述东汉时刘晨、阮肇到天台山采药,误入桃源仙洞,与两仙女结为夫妇的故事。后世遂以桃源代指仙境。

[3] 向年故事:陈年往事。这里指三年前范蠡便服游春,在若耶溪畔遇见西施之事。

[4] 灯花昨夜似多情两句:中国民俗以灯心结花、喜鹊鸣叫为吉兆。

[5] 西施:又称西子,别名夷光,春秋末年越国美女。吴灭越后,范蠡将西施送给吴王夫差,使其贪色误国,于是灭吴复越。后西施归范,二人泛舟五湖而去。另有一说,吴灭亡后,越国沉西施于江。

[6] 针指:针线活儿。

[7] 身无彩凤双飞翼两句:出自唐代诗人李商隐《无题》诗,比喻男女之间两情相悦,心意相通。

[8] 陟(zhì):登山。

[9] 影响:指声响。

[10] 不知进退:指说话不知深浅。

[11] 搆(gòu)求:谋求之意。

[12] 特造高居:高居,贵居。此处是客套话,意为特地造访贵舍。

[13] 两鬓星:两鬓花白。

[14] 卿卿:对西施的昵称,犹言你。

[15] 小净、丑:小净扮演北威,丑扮演东施,是剧中衬托西施的两个丑女。后有成语"东施效颦"就是从第十七出"效颦"而来。

[16] 店底货:商店中长期压在箱底卖不出去的货物。

[17] 为解吾民愠:为百姓解忧释怀之意。愠:心中郁结。

[18] 悬磬:磬,一种乐器。悬磬,形容空无所有,极度贫穷。

[19] 蓬茅、金屋句:蓬茅,贫贱低微之家。金屋,华美富贵之屋。

[20] 娘行:娘,古时对普通女性的称呼。行,用于自称。这里指西施。

[21] 江东:这里指吴国。

[22] 法驾:指天子的车驾。

[23] 行幸:古时对帝王出行的专称。

(曲文据《六十种曲》迻录,注释:杨再红)

【作品导读】

"以生旦爱情寄兴亡之叹"是《浣纱记》重要的艺术成就,也是该剧历来为人称道之处,它突破了一般才子佳人、英雄美人悲欢离合的爱情俗套,将男女主人公的爱情放置在了广阔的历史环境与政治斗争之中,令西施范蠡的爱情命运与家国兴亡始终紧紧地连在了一起,从而赋予了这个本就颇具传奇色彩的爱情故事以浓郁的政治色彩和深沉的历史兴亡之感。而从今天的视角来看,《浣纱记》的审美张力还不仅限于此,作者让笔下的主人公在江山与美人间痛苦抉择,恐怕更能带给我们强烈的艺术震撼与人生思考。

剧中的西施与范蠡从若耶溪畔的初见定情到泛舟五湖的再度携手,历时十年,这十年中他们经历了所有寻常恋人必经的喜悦、分离、期盼、痛苦与考验。然而,这一切的背后又饱含了远非常人所能承受的沉重与悲凉! 一个是举足轻重的越国大将,一个是倾国倾城的越国美女,偏偏在他们定情之后,越国战败灭亡了。爱情中的男女,哪个不渴望与爱人长相厮守,花前月下,始终拥有一份完整的爱? 然而,西施与范蠡的爱情之梦一开始就被政治的风云碾得粉碎。被囚吴国三年,使他们的婚约迟迟不能兑现,而再次的相逢却更加残酷。在江山与爱情之间,他们不得不放下儿女情长,勇敢地承担起复国的大任,由此上演了充满悲情的一幕:一个满怀复国大志,却要亲手将爱人送入敌人的怀抱;一个抛家别土,怀着对情郎的刻骨相思却只能面对非己所爱夜夜笙歌,强颜欢笑。

在江山与美人、责任与爱情间抉择,本就是古今中外文学艺术中一个备受青睐的话题,汉元帝之于王昭君,唐明皇之于杨贵妃,吴三桂之于陈圆圆,特洛伊王子帕里斯之于海伦……近代同样有清代顺治皇帝之于董鄂妃,还有英国的温莎公爵与温莎夫人。尽管江山美人兼得是古今共同的理想,但现实总是那么不如人意,它总是将身陷其中的人们推入两难的困境,让他们在挣扎徘徊之后做出悲剧性的抉择。那么二者间孰轻孰重,这种关系的处理不仅体现出当事人、作家对历史、国家与个人间关系的认识,更能反映出不同民族文化道德心理的差异。

帕里斯为了海伦不惜引起两国交兵,甚至给整个特洛伊王国带来了灭顶之灾;而阿喀琉斯则因一个女俘愤然从希腊盟军撤兵,使希腊人在战争伊始就溃不成军;温莎公爵更是为了得到美人而永远失掉了江山。在江山与美人之间,西方的英雄帝王们总是选择了后者并传为千古佳话,在他们的抉择中,人们赞美的是爱情的至上和对个人意志和自我情感的尊重。而在中国,类似的选择得到的却是迥异的评判:男的通常被骂作昏君奸臣,女的则被视为红颜祸水,通通留下一个千古骂名,而且无论是在历史的场景还是在文学艺术的世界,均给他们安排了一个亡国丧家、凄凉悲惨的下场。中国是一个伦理的国度,因此在中国的文化中,对国家集体的生存、对社会责任的强调,自古以来就远远高于对个人情感和意志的重视,个人的生存始终要以国家集体的存在为其前提。否则,个人生存的价值意义也将丧失殆尽,所谓"覆巢之下安有完卵"正是二者关系最形象的表述。而西方文化是非常推崇个体的生存意志的,故而,即使在艺术的世界为选择美人的英雄帝王们安排了一个毁灭的悲剧性结局,其目的仍是要突出个体的生存价值与意义,让人们领悟到个体意识的重要性。而梁辰鱼的《浣纱记》让国家大义远高于个人爱情的处理方式无疑最鲜明地体现了中国文化的特点,故而该剧从诞生之日起就在观众心中引起了强烈的共鸣,直到今天仍受到高度的肯定与称赞。

"迎施"可以说是全剧的关键所在,通过男女主人公的抉择,突出了全剧的创作宗旨,也对中国文化关于国家与个人的关系作了最为深刻的阐述:即个人生存始终与家国命运紧密相连,个人爱情始终应服从于国家责任。范蠡的一段话集中表达了这一观念:

> 但社稷废兴,全赖此举。若能飘然一往,则国既可存,我身亦可保。后有会期,未可知也。若执而不行,则国遂灭,我身亦旋亡。那时节虽结姻亲,小娘子,我和你必同做沟渠之鬼,又何暇求百年之欢乎?

这里没有顿足搥胸、哭天抢地,在理智与平静的背后呈现出的是一份崇高悲壮的美!"皮之不存,毛将焉附?"爱情的成败势必为家国存亡所左右,正是这种认识,赋予了个人爱情以深沉的历史责任感。

《浣纱记》开创了明清传奇戏曲"以生旦爱情寄兴亡之叹"的创作手法,其实这一手法在元杂剧《汉宫秋》、《梧桐雨》中就已见端倪。然而,以史写心的创作宗旨以及元杂剧一人独唱的角色体制,使其在突出两位多情帝王的痴情与痛苦的同时,王昭君与杨贵妃的形象也显得单薄而模糊。由此,男女爱情与家国命运之间的关系在单一的戏剧冲突中自然不可能充分展开。《浣纱记》则在继承这一手法的同时,充分利用了传奇结构生旦并举、篇幅长、容量大的优点,使男女爱情与家国兴亡融为一体、相互生发,从而开创了明清传奇历史剧的新篇章,也直接影响到了清代《长生殿》与《桃花扇》等优秀剧作。尤其是剧中对个人与家国、历史间关系的认识在《长生殿》与《桃花扇》中同样得到了很好的承续,《桃花扇》中李香君与侯朝宗二人在南明王朝覆灭后的再次重逢,从个人爱情角度出发本可以处理成团圆结局,而孔尚任却挥剑斩情丝,以二人的双双入道来强调个体的情爱悲欢相对于国家兴亡的微不足道,可以说正是对《浣纱记》这一思想观念的形象延伸。

尽管梁辰鱼通过范蠡西施的选择强调了个人爱情必须服从于家国责任,且在四十五出的长篇巨制中,男女主人公的爱情也只占了十出左右,涉及吴越争霸斗争的却有三十余出,但这并没有使全剧陷入枯燥的说理之中。相反,作者用较为细致的笔触将男女主人公面对痛苦抉择时性格的发展变化、内心情感的波澜起伏在不多的篇幅中真实地刻画展现出来,从而为全剧抹上了一层浓郁的悲剧色彩,使我们在为主人公的大义之举感动的同时,也不能不为其个性情感遭到极度压抑后的痛苦而唏嘘不已。如"迎施"一出,戏的开场就为我们展现了范蠡矛盾内疚的心理,一方面是"想国家事体重大,岂宜吝一妇人"的清醒与理智;一方面又不能不产生"但有负淑女,更背旧盟,心甚不安"的负疚感。而"别来岁月更,两下成孤另。我日夜关心,奈人远天涯近。区区负此盟,愧平生,谁料频年国势倾。无端又害出多娇病,羞杀我一事无成两鬓星"一段唱词,则将范蠡对西施的深情和在国家大义面前不得不将爱人送去敌国的矛盾痛苦淋漓尽致地宣泄出来,从而使这个胸怀大志又睿智多谋的政治家形象显得真实而丰满。在之后的"别施"一出中,范蠡的这一心理特点得到了进一步呈现,"片帆北去,愁杀是扁舟。自料分飞应不久,你苏台高处莫登楼。怕凝眸,望不断满目家山,叠叠离愁。"这一段更显出人物的情意绵绵,意境凄婉,颇为伤感动人。综观全剧,范蠡的性格特点更多呈现的是"理",从"宴臣"中的主动推荐西施到"臣闻为天下者不顾家,况一未娶之女"的表白,再到"迎施"一出中对西施的劝说之辞,可以说表现得相当明显甚至有薄情之嫌。然而,作者并没有忽视人物情真的一面,这在"迎施"、"别施"中已有很好的体现。这样的处理就将人物面对情与理、江山与美人时的两难困境及其痛苦心情较好地传达出来,使人物没有沦为单纯的说教工具,这也正是该剧能够长久打动人心的一个重要原因。

相比之下,西施在全剧中的性格更为丰富真切,江山美人的抉择给个人情感带来的矛盾痛苦在她身上得到了较为充分的展现。在"迎施"中西施的情感可谓经历了大起大落。人物一上场就在诉说无尽的思念与担忧,以致相思成疾,害了心疼之病,从而真实地勾勒出一个痴情、柔弱的农家少女形象。接下来范蠡的出现又令她惊喜交加,"退后介"的动作与"春风满面生"的表情完全暴露出羞涩与矜持背后那份情感的真挚热烈。在"国家事极大,姻亲事极小"的言谈中我们看到了一个深明大义的爱国女性形象。而"郎忒短情?我真薄命"的哀叹又真切流露出一个痴情少女面对爱情梦想即将破碎的痛苦与绝望。其后与家人乡人的依依惜别又呈现出人物未经风雨,对命运前途充满恐惧与迷茫的心理特征。而进宫晋见越王时的对答则表现出西施理智、聪慧与从容的一面,也为后来入吴完成大任埋下了伏笔。在一系列的情感变化之中,有对范蠡的爱,也有对他的怨,有对国家兴亡的责任,更有对个人悲剧命运的无限哀伤与无奈。可以说,西施的抉择并非像范蠡那样完全出于"理",而更多是出于情,出于保全爱人以及未来能再续情缘那极为渺茫的一点希望。当然,西施的性格在入吴后得到了更为充分的展示,如"采莲"一出集中抒发了她的怀国思乡以及对范蠡深沉的眷恋之情,也突出了她身在吴宫心在越的矛盾痛苦心理:

恨逢长茎不得藕,断处丝多刺伤手。何时寻伴归去来,水远山长莫回首。

采莲采莲芙蓉衣。秋风起浪凫雁飞。桂棹兰桡下极浦,罗裙玉腕轻摇橹。叶屿花潭一望平,吴歌越吹相思苦。相思苦,不可攀。江南采莲今已暮,海上征夫犹未还。

空想,藕断难连,珠圆却碎,无端新刺故牵裳。

堪伤,斜日衔山,寒鸦归渡,淹留犹滞水云乡。风露冷,风露冷,怎耐摧颓莲房!

凄凉,共蒂心多,分开丝挂,浣纱溪伴在何方?

一边陪着吴王嬉戏湖上,一边却禁不住无限相思离别之情,在这样的境况中,作者巧妙运用江南吴歌的双关语表达了人物内心复杂隐幽的情怀:藕断难连,分开丝挂,断处丝多刺伤手,可谓情景交融,意境浑圆。加之太湖的如画之景与江南美女的绰约风姿交相辉映,诗情画意的曼妙之景使西施内心的悲凉更添了一分欲罢不能、却又欲诉还休的无奈与感伤。而"思忆"一出则通过西施的抚今追昔与对未来的憧憬,充分展示了人物丰富的内心世界:

追思浣纱溪上游,笑无端邂逅求婚媾。辗转料那人不虚谬,听他亲说与我缘由。

今投,异国仇雠,明知勉强也要亲承受。……浣纱在手,那人何处?

谩回首,这场功终须要收。但促急未能酬,笑迁延羞睹织女牵牛……正是归心一似钱塘水,终到西陵古渡头。

千里家山,万般心事,不堪回首,而对未来,虽归心似箭,面对当下的处境,无限憧憬中却不能不产生一丝渺茫之感。一个细腻多情、深明大义、勇敢承担重任、在命运的拨弄中又忧伤无奈的西施形象呼之欲出,生动地展示了江山美人的抉择使个人生活付出了惨痛代价这一残酷的现实。

剧中范蠡形象的刻画重在谋臣的特点，而西施则以情女来描摹，在各自代表的理与情的冲突与交融中完美体现了情服从于理的创作宗旨。然而，全剧对二人复杂痛苦的心理情感的刻画，尤其是对西施形象丰富细腻的塑造，又恰恰体现出作家的独到之处，那就是他在强调责任之理的同时，并没有忽视情，相反，对人物内心的情感予以了深切的关注与同情。西方文化对个性意志的肯定与追求，使海伦的爱情、阿喀琉斯的愤怒成为文艺歌颂的对象，而中国文化对集体意志的强调，则使我们的文艺作品也往往忽略甚至抹杀了个人的情感意志要求，人物常沦为一种伦理观念的代表，无挣扎无痛苦地奉行着道德的法则。梁辰鱼的深刻处恰在于他关注到了个体的情感意志，因此，在人物痛苦的情感刻画中展示了个体与国家、历史之间既依附又冲突的关系，同时也对这种关系给个体带来的悲剧性命运予以了深沉的思索。因其如此，剧中深浓的悲剧色彩就不仅仅出于对历史的兴亡之叹，更有对在历史的漩涡中个人命运的无助与悲哀的叹惋，而这也恰是《浣纱记》在同类题材中能够超越前代，并对之后的《长生殿》《桃花扇》产生重要影响的独到之处。

正是基于对个体命运的思考与关注，梁辰鱼给人物安排了一个令人快慰的结局，让他们得以再续前缘，泛舟而去。关于西施的最终归宿，在历史上与传说中一般有三种：一是回到故乡，不慎落江溺亡，见唐代宋之问的《浣纱篇赠陆上人》一诗。二是沉江而死，《吴越春秋》有"吴亡，西子被杀"一句，《墨子·亲士》也有"西施之沉，其美也"之语。三是随范蠡泛五湖而去。《越绝书》有"西施亡吴国后，复归范蠡，同泛五湖而去"的说法。据此，在元明清三代的戏曲中，剧作家也给西施安排了两种结局，一种视她为美丽的女子，让她与范蠡泛湖，给她一个美好的归宿；一种则视她为亡国败家的妖孽，给她安排一个沉湖的悲惨结局，如《范蠡沉西施》《倒浣纱》《浮西施》等。而梁辰鱼笔下的西施既是一个美丽、痴情、可爱的情女，同时也是一个深明大义、舍身为国的巾帼英雄，其传奇命运令人慨叹，又令人同情。他让西施担负起复越重任，突出一个女子在历史中的作用，可以说一方面是承续了传统中红颜祸水的观念，另一方面又超越了这一观念，更加看重了西施勇于牺牲、忠贞为国的特点。故而，他为西施安排了一个美满的归宿，让她在痛苦的付出后最终得到了一种情感上的补偿。这样的安排放在程朱理学盛行、女性的贞洁被强调至极端的明代，不能不说是一种莫大的进步与人性色彩的体现。

其实，任何一部历史都是一种当代史。在西施的时代，人们对女性贞洁的要求或许并不如宋代程朱理学兴起之后那么严酷，但梁辰鱼的时代恰是程朱之学占据绝对统治地位的时代，那么他对贞洁的理解自然不能完全脱开时代的影响。因此，剧中才会有西施"摧残风雨，已破豆蔻之梢"的担忧与羞惭。虽然范蠡用夙缘、尘劫这样的宿命论来牵强地解释二人的团圆,但在作者的这种处理中,我们完全可以窥见另一股时代思潮的身影,那就是明代中后期兴起的个性解放思潮对人的个性的追求,对人的情感欲望的肯定,对女性才能与情感的尊重。《浣纱记》的意图在于突出对国家责任之理的服从,但时代的思潮不可能不影响到身处其中的作家,尽管这种影响在全剧中并不十分明显,但梁辰鱼对西施范蠡个人不幸命运的同情、对人物内心情感的关注、对西施才能的肯定以及对女性贞洁问题的宽容态度不能不说是个性解放思潮、近代人性观念在剧中的一种折射。而这,恐怕也正是在江山与美人间痛苦抉择这一千古话题在梁辰鱼的笔下既继承传统,又有所创新,并被赋予了更多人生命运之思的重要原因。

《浣纱记》中人物形象众多,均给人留下了较为深刻的印象,如勾践的坚韧顽强,夫差的骄奢淫逸,文种的舍身尽忠,伯嚭的贪婪卖国,尤其是伍子胥的刚勇死忠更为全剧再添了一抹浓郁的悲剧色彩,最具代表性的是"谈义"与"寄子"两出,将人物尽忠无门,一步步走向"死忠"的悲剧性格及心理呈现无遗,而在其与伯嚭的对比中也进一步突出了全剧褒忠斥奸的现实批判意义。从舞台表演来看,"寄子"也是剧中极富感染力的一出,是昆剧舞台上常演不衰的折子戏,曲词不多,注重演员的"做工",表演性极强。

《浣纱记》的曲词优美、典雅,丽句与俗语并存,如西施与东施、北威的用语风格迥异,前者偏雅,后者偏俗,这既是从人物出发,又有利于剧场的演出效果。同时,叹兴亡的主题赋予了全剧曲词浓郁的悲壮苍凉色彩,"泛湖"一出在【北梅花酒】、【南锦衣香】、【北收江南】、【南浆水令】等一连串的曲子中将历史兴亡的慨叹推向了高潮,与"迎施"一出遥相呼应,使"以生旦爱情寄兴亡之叹"的主题得到了完美的烘托。

元明清戏曲中以西施故事为题材的,多已失传,现能见到的有明代传奇《倒浣纱》、清代杂剧《浮西施》,均对《浣纱记》结局做出反拨,将西施视为妖孽沉入太湖。以道学毁情趣,焚琴煮鹤,殊可胜叹。

【延伸欣赏】

推荐阅读:《吴越春秋》(见文渊阁《四库全书》)

推荐观赏:昆剧《浣纱记·寄子》

(杨再红)

第十讲
以"真性情"写"大文章":《牡丹亭》杂说

【剧本选读】

《牡丹亭》第二十出　闹殇

明·汤显祖

示范音频

【金珑璁】(贴上)连宵风雨重,多娇多病愁中。仙少效,药无功。"颦有为颦,笑有为笑。[1]"不颦不笑,哀哉年少。春香侍奉小姐,伤春病到深秋。今夕中秋佳节,风雨萧条。小姐病转沈吟[2],待我扶他消遣。正是:"从来雨打中秋月,更值风摇长命灯。"(下)

【鹊桥仙】(贴扶病旦上)拜月堂空,行云径拥。骨冷怕成秋梦。世间何物似情浓?整一片断魂心痛。(旦)"枕函[3]敲破漏声残,似醉如呆不难。一段暗香迷夜雨,十分清瘦怯秋寒。"春香,病境沈沈,不知今夕何夕?(贴)八月半了。(旦)哎也,是中秋佳节哩。老爷奶奶都为我愁烦,不曾玩赏了。(贴)这都不在话下了。(旦)听见陈师父替我推命,要过中秋。看看病势转沈,今宵欠好。你为我开轩一望月色如何?(贴开窗,旦望介)

【集贤宾】(旦)海天悠、问冰蟾[4]何处涌?玉杵秋空,凭谁窃药把嫦娥奉?甚西风吹梦无踪[5]!人去难逢,须不是神挑鬼弄。在眉峰,心坎里别是一般疼痛。(闷介)

【前腔】(贴)甚春归无端厮和哄[6],雾和烟两不玲珑[7]。算来人命关天重,会消详直恁匆匆[8]!为著谁侬[9],俏样子等闲抛送。待我谎他。姐姐,月上了。月轮空,敢蘸破[10]你一床幽梦。(旦望叹介)"轮时盼节想中秋,人到中秋不自由。奴命不中孤月照,残生今夜雨中休。"

【前腔】你便好中秋月儿谁受用?剪[11]西风泪雨梧桐。楞生瘦骨加沈重[12]。趱程期是那天外哀鸿[13]。草际寒蛩,撒剌剌纸条窗缝[14]。(旦惊作昏介)冷松松,软兀剌四梢难动[15]。(贴惊介)小姐冷厥了。夫人有请。(老旦上)"百岁少忧夫主贵,一生多病女儿娇。"我的儿,病体怎生了?(贴)奶奶,欠好,欠好。(老旦)可怎了!

【前腔】不提防你后花园闲梦铳[16],不分明再不惺忪[17],睡临侵[18]打不起头梢[19]重。(泣介)恨不呵早早乘龙[20]。夜夜孤鸿,活害杀俺翠娟娟雏凤。一场空,是这答里把娘儿命送。

【啭林莺】(旦醒介)甚飞丝缱的阳神动,弄悠扬风马[21]叮咚。(泣介)娘,儿拜谢你了。(拜跌介)从小来觑的千金重,不孝女孝顺无终。娘呵,此乃天之数也。当今生花开一红,愿来

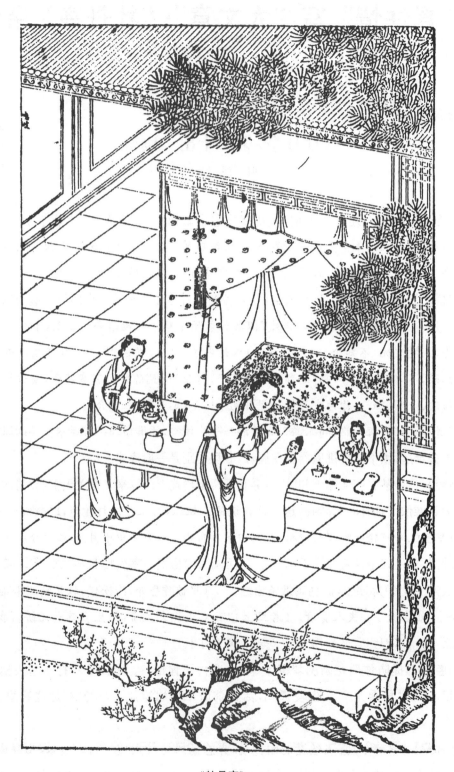

《牡丹亭》

第十讲
以"真性情"写"大文章":《牡丹亭》杂说

《牡丹亭》

生把萱椿[22]再奉。(众泣介,合)恨西风,一霎无端碎绿摧红。

【前腔】(老旦)并无儿荡得个娇香种[23],绕娘前笑眼欢容。但成人索把俺高堂送[24]。恨天涯老运孤穷。儿呵,暂时间月直年空[25],反将息你这心烦意冗。(合前,旦)娘,你女儿不幸,作何处置?(老旦)奔你回去也。儿!

【玉莺儿】(旦泣介)旅榇[26]梦魂中,盼家山千万重。(老旦)便远也去。(旦)是不是听女孩儿一言。这后园中一株梅树,儿心所爱。但葬我梅树之下可矣。(老旦)这是怎的来?(旦)做不的病婵娟桂窟里长生[27],则分[28]的粉骷髅向梅花古洞。(老泣介)看他强扶头泪朦,冷淋心汗倾,不如我先他一命无常用。(合)恨苍穹,妒花风雨,偏在月明中。(老)还去与爹讲,广做道场也。儿,"银蟾谩捣君臣药[29],纸马重烧子母钱[30]。"(下,旦)春香,咱可有回生之日否?

【前腔】(叹介)你生小事依从,我情中,你意中。春香,你小心奉事老爷奶奶。(贴)这是当的了。(旦)春香,我记起一事来。我那春容,题诗在上,外观不雅。葬我之后,盛着紫檀匣儿,藏在太湖石底。(贴)这是主何意儿?(旦)有心灵翰墨春容,倘直那人知重[31]。(贴)姐姐宽心。你如今不幸,坟孤独影。肯将息起来,禀过老爷,但是姓梅姓柳秀才,招选一个,同生同死,可不美哉!(旦)怕等不得了。哎哟,哎哟!(贴)这病根儿怎攻,心上医怎逢?(旦)春香,我亡后,你常向灵位前叫唤我一声儿。(贴)他一星星说向咱伤情重。(合前,旦昏介贴)不好了,不好了,老爷奶奶快来!

【忆莺儿】(外老旦上)鼓三咚,愁万重。冷雨幽窗灯不红。听侍儿传言女病凶。(贴泣介)我的小姐,小姐!(外老旦同泣介)我的儿呵,你舍的命终,抛的我途穷。当初只望把爹娘送。(合)恨匆匆,萍踪浪影,风剪了玉芙蓉。(旦作醒介,外)快苏醒!儿,爹在此。(旦作看外介)哎哟,爹爹,扶我中堂去罢。(外)扶你也,儿。(扶介)

【尾声】(旦)怕树头树尾不到的五更风[32],和俺小坟边立断肠碑一统。爹,今夜是中秋。(外)是中秋也,儿。(旦)禁了这一夜雨。(叹介)怎能够月落重生灯再红!(并下,贴哭上)我的小姐,我的小姐,"天有不测之风云,人有无常之祸福。"我小姐一病伤春死了。痛杀了我家爷、我家奶奶。列位看官们怎了也!待我哭他一会。

【红衲袄】小姐,再不叫咱把令头香心字[33]烧,再不叫咱把剔花灯红泪缴[34],再不叫咱拈花侧眼调歌鸟,再不叫咱转镜移肩和你点绛桃[35]。想著你夜深深放剪刀,晓清清临画稿。提起那春容,被老爷看见了,怕奶奶伤情,分付殉了葬罢。俺想小姐临终之言,依旧向湖山石儿靠也,怕等得个拾翠人来把画粉销[36]。老姑姑,你也来了。(净上)你哭得好,我来帮你。

【前腔】春香姐,再不教你暖朱唇学弄箫。(贴)为此。(净)再不和你荡湘裙闲斗草。

(贴)便是。(净)小姐不在,春香姐也松泛多少。(贴)怎见得?(净)再不要你冷温存热絮叨,再不要你夜眠迟、朝起的早。(贴)这也惯了。(净)还有省气的所在。鸡眼睛不用你做嘴儿挑[37],马子儿不用你随鼻儿倒。(贴啐介,净)还一件,小姐青春有了,没时间做出些儿也[38],那老夫人呵,少不的把你后花园打折腰。(贴)休胡说!老夫人来也。(老上哭介)我的亲儿。

【前腔】每日绕娘身有百十遭,并不见你向人前轻一笑。他背熟的班姬《四诫》从头学,不要得孟母三迁把气淘。也愁他软苗条忒恁娇,谁料他病淹煎真不好。(哭介)从今后谁把亲娘叫也,一寸肝肠做了百寸焦。(老闷倒,贴惊叫介)老爷,痛杀了奶奶也。快来,快来!(外哭上)我的儿也,呀,原来夫人闷倒在此。

【前腔】夫人,不是你坐孤辰把子宿蚤[39]。则是我坐公堂冤业报。较不似老仓公多女好[40]。撞不著赛卢医[41]他一病跷。天,天,似俺头白中年呵,便做了大家缘[42]何处消?见放著小门楣生[43]折倒!夫人,你且自保重。便做你寸肠千断了也,则怕女儿呵,他望帝[44]魂归不可招。(丑院公上)"人间旧恨惊鸦去,天上新恩喜鹊来。"禀老爷,朝报高陞。(外看报介)吏部一本,奉圣旨:"金寇南窥,南安知府杜宝,可陞安抚使[45],镇守淮扬。即日起程,不得违误。钦此。"(叹介)夫人,朝旨催人北往,女丧不便西归。院子,请陈斋长讲话。(丑)老相公有请。(末上)"彭殇真一壑[46],吊贺每同堂。"(见介,外)陈先生,小女长谢你了。(末哭介)正是。苦伤小姐仙逝,陈最良四顾无门。所喜老公相乔迁[47],陈最良一发失所。(众哭介,外)陈先生,有事商量。学生奉旨,不得久停。因小女遗言,就葬后园梅树之下,又恐不便后官居住,已分付割取后园,起座梅花庵观,安置小女神位。就著这石道姑焚修看守。那道姑可承应的来?(净跪介)老道婆添香换水。但往来看顾,还得一人。(老旦)就烦陈斋长为便。(末)老夫人有命,情愿效劳。(老)老爷,须置些祭田才好。(外)有漏泽院[48]二顷虚田,拨资香火。(末)这漏泽院田,就漏在生员身上。(净)咱号道姑,堪收稻谷,你是陈绝粮,漏不到你。(末)秀才口吃十一方[49],你是姑姑,我是孤老[50],偏不该我收粮?(外)不消争,陈先生收给。陈先生,我在此数年,优待学校。(末)都知道。便是老公相高升,旧规有诸生遗爱记、生祠碑文,到京伴礼,送人为妙[51]。(净)陈绝粮,遗爱记是老爷遗下令爱作表记么?(末)是老公相政迹歌谣。什么"令爱"!(净)怎么叫做生祠?(末)大祠宇塑老爷像供养,门上写著"杜公之祠"。(净)这等,不如就塑小姐在傍,我普同供养。(外恼介)胡说!但是旧规,我通不用了。

【意不尽】陈先生,老道姑,咱女坟儿三尺暮云高,老夫妻一言相靠。不敢望时时看守,则清明寒食一碗饭儿浇。

魂归冥漠魄归泉，使汝悠悠十八年。

一叫一回肠一断，如今重说恨绵绵。

【作品解题】

《牡丹亭》又名《还魂记》《牡丹亭还魂记》，是汤显祖"临川四梦"中成就最高的作品。汤显祖(1550—1616)，字义仍，号若士、海若，别署清远道人，晚年又号"茧翁"，江西抚州府临川人，曾在浙江遂昌等地为官，万历二十六年辞官乡居。汤显祖一生著述多种，其中传奇五种：《紫箫记》《紫钗记》《牡丹亭》《南柯记》《邯郸记》。《紫钗记》是《紫箫记》的改本，与后三种合称"临川四梦"或"玉茗堂四梦"。《牡丹亭》大致作于万历二十六年前后，全剧共五十五出，现存明万历金陵文林阁刻本、石林居刻本、《六十种曲》本等多种版本。

该剧杂取前代笔记，并参照明代话本《杜丽娘慕色还魂》等写成。剧本叙述宋代南安太守杜宝有女丽娘，适值妙龄待字未嫁。因闺范拘禁，丽娘终日深锁闺阁，心情郁闷。某日受丫环春香诱使，丽娘游览府中花园，春思为春色唤起，困倦之后昏昏沉入梦境。丽娘在梦中邂逅青年才俊柳梦梅，二人一见倾心，于园中畅谐云雨之欢。美梦惊破后，丽娘心怀不舍，思念梦中情人，于是再度赴花园寻梦。寻梦未果的丽娘竟相思成疾，一病而殁。适逢杜宝奉旨北上，仓促间将丽娘葬于花园梅树下，并更花园为梅花庵，着石道姑看守。三年后，柳梦梅进京赴试途经南安，因偶感风寒，暂寄梅花庵养疾。某日，他散步花园，在假山下拾得画轴一幅，展幅观看，原是丽娘生前自画之像，上题诗"他年得傍蟾宫客，不在梅边在柳边"云云。柳梦梅联想自己先前曾得一梦，一美女立于梅树之下，言二人当有婚姻之份，于是思念画中美人，日夜顶礼膜拜，亟盼相会。柳生真情感动丽娘游魂，于是夜间冒充邻家之女与之欢会。真相大白后，二人又盟誓相亲。丽娘告知柳生掘墓还魂之法，丽娘终得以起死回生。柳梦梅赴试后，未等发榜就去找杜宝认亲，不料被认作盗墓贼而受拷打，杜宝对还魂后的丽娘也不予相认。最后，柳生得中状元，皇帝出面调停，全剧以大团圆结束。

该剧一出就颇获盛誉，明代张琦《衡曲麈谈》曾激赏此剧云："上薄风骚，下夺屈宋，可与实甫《西厢记》交胜。"沈德符《野获编》也说："汤义仍《牡丹亭》一出，家传户晓，几令西厢减价。"

【注　释】

［1］颦有为颦，笑有为笑：语出《韩非子》卷九"内储说"，本意是指一颦一笑，都应该慎发慎出，不可轻易

妄为。原文用以说明在上的统治者当言行谨慎,不可轻加奖惩。这里转其意而用之,指少年应有颦有笑,率意悲欢。

[2] 沈吟:这里指病情加剧。

[3] 枕函:指枕头。

[4] 冰蟾:指月亮,传说月宫之中有蟾蜍,故称。下句中的"玉杵"与"嫦娥"也与传说中的玉兔捣药、嫦娥奔月有关。

[5] 甚西风吹梦无踪:系化用前人成句。李清照《浪淘沙》词:"帘外五更风,吹梦无踪。"汤显祖戏曲之中常常有化用的情形。

[6] 厮和哄:厮,相。和哄,欺骗。

[7] 玲珑:明澈的样子。刘逵注《文选·吴都赋》:"珊瑚幽茂而玲珑"句云:"玲珑,明貌。"这里指烟雾迷蒙,寓含无奈伤感之意。

[8] "会消详"句大意为:原以为会渐渐转好,未料很快病成如此。消详:少待、待一会儿的意思。

[9] 谁侬:谁人、谁。"侬"意为"人",为江浙一带方言。

[10] 蘸破:点破、照破。

[11] 剪:"剪剪"的省文,形容风轻微而带有寒意。韩偓《夜深》诗:"恻恻轻寒剪剪风。"

[12] 楞生瘦骨加沈重:指伴着病情加剧,身形日渐消瘦。"楞"通"棱","楞生"即"棱层",瘦削的样子。清珙《闲咏》诗:"满头白发瘦棱层,日用生涯事事能。"

[13] 趱程期是那天外哀鸿:字面含义为:天际鸿雁的叫声催逼游人归乡。趱:催逼的意思,"程期"指"归乡之期"。雁鸣在古代诗词之中常与"乡思"关联,故云。

[14] 草际寒蛩,撒剌剌纸条窗缝:这里和以上曲句描述的都是秋天种种悲凉的景象。寒蛩:即秋末的蟋蟀,这里指秋末蟋蟀在草间鸣叫。撒剌剌:形容风吹窗上纸条之声。

[15] 软兀剌四梢难动:软兀剌:软绵绵地。兀剌原为蒙古语,用作词尾,无实际含义。四梢:四肢。

[16] 梦铳:睡梦,这里指杜丽娘游园后的春梦。

[17] 不惺忪:神志不清。

[18] 睡临侵:睡昏昏地。临侵:也作"淋浸",常用在词尾,无实际含义。

[19] 头梢:原指头发,这里指头。

[20] 乘龙:嫁个好女婿。《艺文类聚》卷四十引《楚国先贤传》云:孙文英与李元礼俱娶太尉桓焉女,时人称桓氏二女俱乘龙,意思是嫁与好婿。

[21] 风马:也作"风铎"、"铁马",是挂在檐下的铁制铃铎一类物件,风吹而鸣,故称。

[22] 萱椿:指父母。《诗经·卫风·伯兮》:"焉得谖(萱)草,言树之背。"古俗北堂树萱,以萱草可使人忘忧,故以"萱堂"代称母亲。又《论语·季氏》记孔鲤曾趋椿庭受父训,后遂以"椿庭"称父亲。

[23] 荡得个娇香种:大意为:好容易养住个娇女儿。

[24] 高堂送:为父母送终。

[25] 月直年空：指某年某月注定的灾厄。明朱墨作有《年冲月空》，记载的都是相冲相克的迷信说法。

[26] 旅榇：指寄存在他乡的棺木。

[27] 做不得病婵娟桂窟里长生：做不成带病的嫦娥在月宫里长生不死。婵娟：指嫦娥。桂窟：月宫。

[28] 分：应该。

[29] 银蟾谩捣君臣药：谩，徒然。君臣药：指药。中医配药时要有主有次，如君臣配合，故称。

[30] 纸马重烧子母钱：纸马，也叫甲马，在纸上以彩色画神像，用以祭奠。子母钱：指纸钱。

[31] 倘直那人知重：倘：也许。直：同"值"，碰到。知重：相知相看重。

[32] 怕树头树尾不到的五更风：大意为：恐怕满树的花朵，不待五更风吹来，已然落尽了。本句乃化用唐代诗人王建《宫词》诗意，诗云："树头树底觅残红，一片西飞一片东。自是桃花贪结子，错教人恨五更风。"

[33] 心字：香名，香作成心字形，故称。

[34] 红泪缴：红泪：指红蜡烛点燃时流下来的蜡液。缴：揩。浙、赣一带方言音。

[35] 点绛桃：点染嘴唇。

[36] 怕等得个拾翠人来把画粉销：怕等着拾画的人来到，画上的彩色已经褪掉。

[37] 鸡眼睛不用你做嘴儿挑：鸡眼睛：即鸡眼，常生于足部。做嘴儿挑：因脚常有臭味，故挑鸡眼时会作出努嘴的样子。

[38] 没时间做出些儿也：不知甚么时候做出些偷情的事儿来。

[39] 坐孤辰把子宿器：命不好没有儿子。孤辰：根据迷信的说法在古代指不好的时辰。子宿：子星。器：无。

[40] 较不似老仓公多女好：较不似：比不上。老仓公：即名医淳于意，汉临淄人，无子，仅有五女，因故获罪，其女缇萦为之上书得免，事见《史记·仓公列传》。

[41] 赛卢医：指良医。卢医本指战国时良医扁鹊，古典戏曲中的医生常称赛卢医，以示医术高超。

[42] 家缘：家计。

[43] 生：硬生生。

[44] 望帝：指蜀王杜宇，传说中他自称望帝，死后化为杜鹃鸟。

[45] 安抚使：宋代官名，主管某地区军政大事，多以知州兼任。

[46] 彭殇真一壑：意思是人不管长寿和短命都难逃一死。彭：彭祖，传说中寿星，曾活到八百岁。殇：殇子，未成年即夭折者。壑：本指坑谷，这里指墓穴。

[47] 乔迁：这里指升官。出自《诗·小雅·伐木》："出自幽谷，迁于乔木。"

[48] 漏泽院：宋神宗时官设的丛葬地，与义冢同，一说起自东汉，参《日知录》卷一五。

[49] 口吃十一方：古代和尚靠别人施舍生活，所以有"和尚口吃十方"的说法。而住在庙里的秀才连和尚的也要吃，所以说他口吃十一方。

[50] 孤老：一指妓院嫖客，为妓院行话。一指年老孤独者，这里指后者。

[51] 到京伴礼，送人为妙：明代官场风气，地方官僚在给朝官送礼时，往往附以遗爱记、生祠碑文等吹嘘

自己政绩的文章,以谋求升迁。

(曲文据《六十种曲》迻录,注释:王宁)

【作品导读】

一部优秀的文学作品往往可以激发全社会范围的狂热追捧,《牡丹亭》正是如此:明末清初,在江南一带的闺阁女性之中,曾经掀起过一股阅读《牡丹亭》的狂热。有学者曾将这种现象概括为"盛开在闺阁中的'牡丹'"。

与其他作品的接受不同,在谈到明末清初的《牡丹亭》接受时,常常使人难以平抑起伏的心潮。因为在这个潮流一样的阅读行为中,往往伴随着闺阁女性巨大的感情投入和忘我的感染和沉浸。这种感情的沉浸往往耗费巨大的生命力,甚至可能是以青春和生命为代价的。焦循《剧说》载内江女子的故事具传奇色彩:此女对自己的美貌和才华颇为自负,所以迟迟不肯婚配。当她读到《牡丹亭》时,不禁为之沉迷,于是就前往拜访作者,情愿嫁之为妻。然而当见到作者时,这时的汤翁已经是一个白发皤然的老翁,此女于是长叹说道:"我平生艳羡才子,想托付终身,今天见到才子又老又丑,看来命该如此啊!"于是投水自尽(参见《中国古典戏曲论著集成》册八)。杭州的一位女演员商小玲,则在演出《牡丹亭》时,感慨身世,为情所动,竟然死在舞台之上。

如果从作品本身去挖掘,我们会发现,《牡丹亭》其实是一部典型的"性情者"的作品,作品独特的内涵首先表现在难以遏止的性情上。汤显祖是性情中人,《牡丹亭》则是性情之作,它包含了人类至真至美的真性情。正是在这样的意义上,《牡丹亭》较之那些被称为"经国之大事"的文章更具有了穿透人心的力量,堪称是文章中的经典和极品。

为了构造《牡丹亭》的情感世界,汤显祖从前人的笔记之中杂取了若干奇异的情节,以非常之事写非常之情。一是《太平广记》卷三一九引《法苑珠林》中李仲文女儿的故事:

> 晋时武都太守李仲文,在郡丧女,年十八,葬于郡城北。后张世之代为郡,世之儿年二十,梦一女自言乃前府君女,不幸而夭,今当更生,心相爱慕,故来相就。其魂忽然昼现,遂共枕席。后发棺视之,女尸已生肉,颜姿如故。梦女曰:"我将得生,今为君发,事遂不成。"垂泪而别。

与之类似的还有东晋太守冯孝将儿子的故事,可见《太平广记》卷二七六引《幽明录》:

> 东晋广州太守冯孝将,其子曰马子,年二十余,夜梦一女,年十八九,言己为北海太守徐元方女,不幸为鬼所杀。现许更生,应为马子之妻。马子至其坟发棺开

视,女尸仍完好如故。女子复活后与马子结为夫妇,生二男一女。

汉代谈生的故事情节也与之有关,见于《太平广记》卷三一六引《列异传》,略记:

> 汉代谈生四十无妇,夜半读书有女来就,谓:"我与人不同,勿以火照我,必三年方可。"两年后,谈生夜伺其寝以灯火照之,见其腰上有肉,腰下但有骨。女子云:"君负我,大义永离。"离别之际与谈生一珠袍并割生衣裾。后生持袍诣市,睢阳王家买之,以谈生为盗墓贼而收拷之。生以实相告,王视女冢完好无故,发视之,得衣裾,见其儿貌似王女,乃信生言,招生为婿并表其儿为侍中。

以上故事中的女子,都是死后主动追求男子并与之结合,结局虽异,但女子"起死回生"的故事原型确为汤氏所承袭。有趣的是,以上故事却都是非常和奇异之事,是我们在现实生活中不可能遭遇到的奇事和怪事。作者正是借助这些耸人听闻的故事的躯壳,注入了鲜活的人类性情,构造出了千古不朽的经典文章。

具体而言,《牡丹亭》的巨大魅力首先在于其与时代精神的贯通。剧作以青年男女的爱情为题材,却不同于元明风情戏、情爱剧的戏谑调侃。它通过杜丽娘和柳梦梅生死不渝的爱情,歌颂了男女青年追求自由幸福的爱情的不懈努力和不屈精神,表达了追求个性解放、向往理想生活的强烈愿望,同时也展现了"情"与"理"的剧烈冲突,与晚明的"尚情"思潮息息相通。该剧最大的魅力在于"情",这种"情"使"生者可以死,死可以生",是和作为道学的"理"相对立的,是一种凌驾三界、摆脱生死的超现实力量。它在更深的层次上表现为一种普遍的生命现象,是一种对生命、对自然、对异性的热烈追求,表现在剧本中则是杜丽娘、柳梦梅与各种拘禁之间的尖锐冲突,这种冲突与明中叶进步思想家反对程朱理学、摆脱礼教的束缚、争取个性解放的斗争是一脉相承、彼此呼应的。缘乎此,《牡丹亭》与其他爱情剧比较也就具有了更深刻、更广泛的社会意义。

在具体处理题材时,作者采用了以"幻"写"真"的笔法,巧借非常和离奇的幻境来抒写至真至切的性情,正如有的学者所评价的:

> 余观《牡丹》,有境幻、有情幻,有真中幻、有幻中真,有情幻境真,有情真境幻,有真中真,有幻中幻,然惟情为真,因梦成幻,整部《牡丹》,岂非一部《幻真记》者!
> (听雨斋主人《听雨斋牡丹亭评语》)

《牡丹亭》的真实,完全是由于其幻境的设置,是因幻而真的典范。剧中的许多情节,从世俗和日常的思维是根本无法理解和接受的。如奇异的柳、杜双梦,丽娘的因梦而病而亡,幽明相媾,丽娘还魂等情节均无异于梦游者的梦呓。但由于作品情感的真实使得以上诸多荒诞的情节反而成了作品最真实、最动人的精粹。"幽明岂可相媾乎？惟情真意切，故境虽幻而情愈真，故谓之'幻中之真'也。"（《听雨斋牡丹亭评语》）对于剧中的主要人物而言，现实生活已经形成了牢固的桎梏和格禁，所以要在真实的生活中完成反叛，是万万不可的。对此，有学者论曰：

> 丽娘之苦，乃在被拘束于闺阁，徒有惊世之美而不能为识者所赏，故而有游园时"都付与断井颓垣"之叹，然欲破此闺阁，于实情实境万无可能，故惟有借助梦幻，于幻境中破闺出阁尔。（《听雨斋牡丹亭评语》）

柳生和丽娘的双梦是"真中幻"，杜丽娘与柳梦梅相识相爱只能在"梦"中完成。严父、慈母、迂腐的塾师和寂寞的闺阁构成了丽娘生活的全部，在如此氛围中丽娘是不可能与陌生男子认识的，更不用说产生爱慕之情了。她的真实感情一直被压抑，没有丝毫抒发的机会。而只有在梦中丽娘青春的热情和人性的欲望才可以毫无遮拦地张扬和宣泄，她对生命和理想的执著追求才可能付诸实现。"游园一梦"、"幽明相媾"是"幻中真"，是"境幻情真"，在现实生活之中无法完满的情思借助梦幻得以实现。从情节的角度分析，"惊梦"是由真入幻，此后的丽娘又通过"寻梦"、"诊祟"、"写真"、"悼殇"完成了再度的由真入幻。"魂游"、"幽媾"、"欢挠"、"冥誓"、"回生"是由幻到真，丽娘通过幻境和真境的转移，完成了自己的爱情历程。但从情感的角度分析，真和幻似乎构成了一种对立。"惊梦"一折所反映的其实是丽娘最真实的情感世界。郁郁而终的丽娘也只是在魂游的境界里才可能感受到爱情的真实，完成与柳生的媾和。而在整个的幻界之中，丽娘的感情世界才变得真实和真切起来。所以，《牡丹亭》所展示的正是一个境真情幻、境幻情真、境真情真的演化过程。

梦境的运用是作者实现浪漫构思的重要手段，也是作品营造的最理想的幻境，作者曾把这种艺术构思概括为"因情成梦，因梦成戏"（《答孙俟居》）。在这里"梦"是"情"之衍化，是为了张扬"至情"，为了表现"情"与"理"的激烈冲突。因为这类"情"在当时是受到压抑且难以实现的，只有借助梦境才能摆脱世俗的束缚，"情"也才能最终实现。如"惊梦"一出就为我们展开了丽娘的梦境，在梦境中丽娘与柳生完成灵与肉的结合。这里的梦境实质上是丽娘主体意识的觉醒，是她潜意识中青春躁动的升华。正因为梦境所能达到的圆满，丽娘才于梦醒之后再次寻梦，并因梦而死，又为梦而生。"梦"作为全剧构思的中心枢纽，也为情节和人物性格的发展提供了契机，它不仅推动了故事情节的发展，也促进了人物性格的成长。除了运用梦境，还有其他幻境的运用，如地狱冥判、花神庇护和人鬼幽媾等，这些幻境与梦境紧密结合，共同推动故事情节的发展。

《牡丹亭》艺术魅力还表现在人物形象的塑造方面。杜丽娘是该剧的主角,是汤显祖塑造的最为奇丽的人物形象。她是一个热爱生活、追求自由、勇于反抗的女子形象,是汤氏"至情"理论的代言者。丽娘出身名门,自小就受到严格的闺范教育,其温顺、稳重、驯良、矜持的大家风范在"闺塾"一出表现得非常突出。在"肃苑"一出中,丽娘的贴身丫鬟春香就曾这样评论丽娘:"看她名为国色,实守家声……嫩脸娇羞,老成尊重。"丽娘的这种品格是由她所处的那个理学统治的时代所决定的。因此,她在奔向幸福爱情的途中就时时被沉重的礼教所羁绊,所以她身上所体现出来的反抗精神也就具有了一定的时代意义。

枯燥和单调的闺中生活使丽娘苦闷而抑郁,旨在言情的《关雎》很自然唤醒了她蛰伏的春心,触动了她情爱的心弦。于是,她不顾父母的训诫,和丫鬟春香私自游园,欣赏大好的三春美景。花园中迷人的春色、清新的空气,使这位久居深闺的少女不禁感叹春天的美丽:"不到园林,怎知春色如许!"同时,"姹紫嫣红"的满园春色唤醒了她幽幽的情思,成对的莺燕挑动了她的春情,园中的景物搅乱了她的心绪。惊喜之余,她不禁发出哀叹:

> 春呵,得和你两留连,春去如何遣?……吾生于宦族,长在名门。年已及笄,不得早成佳配,诚为虚度青春,光阴如过隙耳。可惜妾身颜色如花,岂料命如一叶乎。

对过去生活的苦闷、不满与厌恶,逐渐升华为一种对理想世界的朦胧期待、对爱情的憧憬与追求。但是,在理学盛行的时代,丽娘的爱情理想是无法实现的,所以作者赋予其一"梦",使其在梦境中完成与情人的欢会。梦醒时分,丽娘意识到在现实世界理想的爱情是不存在的。她企图"寻梦",不忍割断缕缕情丝。寻梦未果的她,于是怀抱着梦一样的爱情理想郁郁而终。与其说丽娘的死是因为爱情之梦的破灭,不如说是因为对理想爱情的无望。

就爱情的追求而言,丽娘的追求是并不具体的。因为她所萌生的"不知所起"的情,不是她与某个具体对象所发生的特定的情爱,而是她作为一个健全人所具有的生理和心理的特征,是出于人的自身天性的本能需求和渴望。在这个意义上,柳梦梅更像是一个影子和一个符号。所以,丽娘的爱情不同于《西厢记》中张生与崔莺莺那种一见钟情而终成眷属的爱情,她的爱情仅仅是一种感受,是一种渴求,是一种欲望,所以也只能在梦境中实现和完满(参廖奔、刘彦君《中国戏曲发展史》第三卷)。清人赵惠甫把这一点看得很清楚,其《能静居笔记》评曰:

> 双文(莺莺)之于张生,其始相爱悦而已,中则患难之交,终则有性命之感,然后逾礼越义,以有斯文……故夫双文之与张生,不得已也,发于情之至者也……若《牡丹亭》则何为哉?徒然一梦,而即情移意夺,随之以死,是则怀春荡妇之行检,安有

清净闺阁如是者!

赵氏虽然是站在封建卫道士的立场上而言的,但他很清楚地指出了二者情爱之不同。作者为了让丽娘实现自己的情爱之梦,设置了一系列超现实的情节,幻化出一个"理之所必无,而情之所必有"的理想世界。丽娘身死心却不死,化为游魂的丽娘正好彻底摆脱了闺范的羁绊,得以毫无拘束地追求自己的爱情和幸福。"冥判"中,她大胆地向阴间的判官询问自己的梦中情人姓柳还是姓梅,之后又于深夜敲开情人的房门与之幽明相媾,二人结下"生同室,死同穴,永做夫妻"的山盟海誓。已为鬼魂的丽娘并不满足于以自己这种特殊的身份与意中人欢会,她既因情而亡,仍可以因情而生。但囿于时代的局限,复生的丽娘也只能通过"父母之命,媒妁之言"的程序来获取父母对自己爱情的认可。值得称扬的是,复生的丽娘要比以前任何时候都要坚定和勇敢。剧末"圆驾"一出中,不论是父亲杜宝的严命,还是金銮宝殿的森严,都无法使她退缩。她对于爱情的追求以及由此产生的反抗精神,也达到了顶点和极致。正如明王思任《批点玉茗堂牡丹亭词叙》中所言:"杜丽娘隽过言鸟,触似羚羊,月可沉,天可瘦,泉台可瞑,獠牙判发可狎而处;而'梅''柳'二字,一灵咬住,必不肯使劫灰烧失。"丽娘这一形象在当时颇有典型意义,她的遭遇和情感也代表了当时闺阁中人的普遍情怀。也正缘乎此,她身上所体现出来的生生死死的至情也就更具有感人至深的艺术魅力。

"闹殇"是剧本的第二十出,它叙写的是杜丽娘在花园一梦后,寻梦不果,思慕梦中情人,因思成病。到中秋时,已经是病入膏肓,奄奄一息。本出所描写的正是丽娘临死前的诸般情景。与"游园"中丽娘的幽怨和哀愁不同,"闹殇"则更多显现出一种悲伤和凄切,是以哀伤动人的典型出目。后世昆曲舞台上,这一段演出也是以哀伤见长的著名折子。

这一段的感情可以分为两个层次,一是丽娘的相思。丽娘经花园一梦,幽思成病,时时思慕梦中情人。中秋佳节,月色迷人,但空阔的夜空带给丽娘的则是无尽的伤痛。圆圆的月亮在古典文学的场景之中常常代表着团圆和欢聚,同时也每每勾起人对分离和间隔的哀思。正是因为"人去难逢",所以,对丽娘而言,"心坎里别是一般疼痛"。为了衬托相思的气氛,作者还在迷离的月色之中间杂了"秋雨",使得场景之中更增添了一丝凄清。这样,以风雨萧条衬托丽娘的无限相思,情景交融,颇可令人感伤不已。与一般的情人相思不同的,丽娘在这里的相思其实是不具体的。柳梦梅这时对于她来说只不过是个幻影。但就情感的激烈和深沉程度而言,丽娘的这种相思却因为其不具体和不确定更显强烈和凄苦。此身为谁病?此容为谁憔悴?此心为谁感伤?在无法言说的伤痛后面掩藏着丽娘不尽的情思和深深的愁怨。

第二个层次的感情是丽娘母女的亲情,也因为丽娘处于弥留之际而备显凄恻动人。父母无子,幸得一女丽娘,爱之如掌上明珠,百般溺爱,谁料因情而伤,病体沉沉。戏曲一方面描写了丽娘对于未能报答父母抚育之恩情之遗憾,一方面表现了其母对丽娘的怜爱。两相映对,使观者备觉凄清和哀痛。

从语言风格的角度,这段曲文也显现出汤显祖独特的气派和特色。汤显祖的戏剧语言继承了元杂剧的优秀传统。姚士粦《见只篇》卷中云:"汤海若先生妙于音律,酷似元人院本。自言箧中收藏,多世不常有,已至千种,有《太和正音谱》所不载者。比问其个本佳处,一一能口诵之。"可见汤氏对元杂剧濡染极深。陈继儒《批点牡丹题词》中曾赞曰:"独汤临川最称当行本色。"王骥德在《曲律》卷四"杂论"下评说其戏曲语言"在浅深、浓淡、雅俗之间"。同时汤氏还融会了六朝辞赋、唐诗、宋词典雅绮丽、含蓄蕴藉的风格,其语言因此表现出清新奇丽、曲折生动、内涵丰富等特色。《牡丹亭》本身是一部重意境、重抒情的剧作,这就决定了其所运用的语言是典雅蕴藉的文学语言而非直白的口语。尤其是一些摹景写情的片断,往往诗情画意,美不胜收。以"闹殇"【集贤宾】曲为例:

(旦)海天悠、问冰蟾何处涌?玉杵秋空,凭谁窃药把嫦娥奉?甚西风吹梦无踪!人去难逢,须不是神挑鬼弄。在眉峰,心坎里别是一般疼痛。

寻梦未果的丽娘病体恹恹,时届中秋,梦中人杳,面对空阔的月景,丽娘禁不住悲从中来。此节情词双美,堪称汤翁佳构。接下来的几支曲子也情景兼致,历历如陈,一一境界,直堪入画耳。从文章的角度而言,这些优美的段落都无疑属精彩的文章,是古代曲文中的精品。

由于作品本身的巨大魅力,自《牡丹亭》问世,历代文人为了使其尽善尽美,从多方面予以修正和改编。所以,今天在舞台上流行的昆剧《牡丹亭》,其实已经包含了历代许多改编者的成果。这也从侧面显示了《牡丹亭》持续而广泛的影响。有学者评价说:"唯真性情可千年久,宜《牡丹亭》为大文章"(《听雨斋牡丹亭评语》),无疑是中肯和公允的。

【延伸欣赏】

推荐阅读:《小青传》,见冯梦龙《情史类略》卷十四

推荐观赏:昆剧《牡丹亭》

(王 宁)

第十一讲
"天堂"里的情爱旧事:《西楼记》杂谈

【剧本选读】

《西楼记》第二十出　错梦
明·袁于令

【二郎神慢】(生上)心惊颤,见冷浸碧湖一片,是泪影莹莹摇梦眼。披衣起,忙寻笔砚,只怕遗忘肠断句,辜负了满庭秋怨。精神倦,挥毫无力,素纸乍开还卷。

一帘花影半床书,抱膝呻吟赋索居[1]。今夜月明应有梦,愁多未审梦何如。于鹃为想素徽,只愿一病而亡,决绝了这段姻缘。谁想痴魂不断,三日后心口还热。被父亲救醒,依旧相思,如今半生不死,又悲伤起头,是孽债未完,魔君还不肯饶我。

【集贤宾】只道愁魔病鬼朝露捐[2],奈依旧缠绵。只剩吁吁一线喘,镇黄昏[3]、兀首[4]无言。呀,风儿吹灭灯了。风帘自卷,灯火暗,寂寥书院。月渐转,想照到绮窗人面。

文豹,点火来。(丑上)手铳放不完,朦胧忽睡去;梦进一小房,劈面见老姬。老姬抱了我,撮弄我肉具。掀裙刚凑着,精来掅不住。连忙叫哎哟,恨其太急遽;既是这般快,何如手铳趣。相公敢是要我耍子?(生)哦!火暗了,叫你点火。(丑)炉内有火,待我吹着。(做吹上灯介,生)咳,书又没心看,做什么好,前日袖他花笺上的亲笔,待我玩味一番。

【二郎神换头】(做开笺介)花笺钟王[5]妙楷,晶晶可羡。羡杀你素指轻盈能写怨。记西楼按板,至今馀韵潺湲[6]。怎奈关山忆梦远,想花容依稀对面。咳,那得他此时就立在面前也。漫俄延,但愿得扑琅生[7]立向灯前。

待我闭了眼模拟一番也好。(丑暗瞧生、做鬼脸介)

【琥珀猫儿坠】(生)虚空模拟,(闭眼介)闭眼见婵娟[8]。(虚空做搂抱介)假抱腰肢搂定肩,依稀香气鬓云边。(做低唱介)心肝!悄叫一声,似闻娇喘。(丑暗下)

(生)素徽,我与你纵是缘悭分浅,难道梦里的缘分也没有了。今夜天色如水,河影如练[9],想幽梦可通,芳魂不隔,多应趁此月明来也。只怕梦中去路茫茫,我梦来寻你,你梦又来寻我,又不能彀相值了。(做泣介)咳,想你愁多无寐,此时正未睡也。(沉思介)想你倦极无聊,此时多应睡了。且虚着半枕,待你梦来;万一俳徊片晌,也不负此良夜。

【尾声】梦中万一重相见,再向西楼续旧缘。(睡介、做醒介)呀,几度要朦胧睡去,又几度

《西楼记》

第十一讲
"天堂"里的情爱旧事:《西楼记》杂谈

《西楼记》

惊跳觉了。奈刚得朦胧还觉转。

（做睡介，小生扮生魂上）十里平康风露幽，美人家住大桥头；匆匆寻向桥东去，不见当初旧酒楼。于鹃乘此夜静，偷访素徽，不知何处是他家里。

【北新水令】秋高气爽雁行斜，暗风吹乱蛩悲咽。这般寂静，想必夜深了。平康人静悄。呀，路途直恁曲折，深巷路纡折。（内作群犬吠介）犬吠不迭、犬吠不迭。（做看介）呀，旧游地是这家也。（做叩门介）

【南步步娇】（丑扮老鸨上）看取谁行[10]敲门者，满地昏黄月。（小生）开门。（丑）来了。（做绊介）呀，阶前鼓架斜。却不道树暗朱扉，绊了人跌。（开门介）启户漫迎接。（小生揖介，丑）那书生向我深深喏[11]。

（小生）妈妈，夜静更深，又劳动你开门。（丑）有客在堂，不便告茶。（小生自语介）咦，怎么待得我这般冷落。

【北折桂令】怪相逢款待疏节，懒应迟言，没甚帮贴。（向丑介）一向素徽身子安否，（丑）也没有什么不好。（小生）倩伊行[12]问我佳人，向他殷勤寄语，快请相接。（丑）有客在里面，不得工夫迎接。（小生）素徽是极爱我的，曾把终身许我，怎么不出来一见。（丑）我家素徽从不曾认得你，那里说起。（笑介）想是醉话了。（小生）哎哟，那日扶病而出，你也在那里，怎么生巴巴[13]变卦了。咳，把婚姻霎时赖者，反道我夜深时醉语痴邪。（丑）夜深了，请回罢。正是：花源误入渔郎棹[14]，星渚何劳使客槎[15]。（闭门下。小生）呀，径自闭门进去了。看你径锁门撅[16]，将人不睬而别。待打断铜环，踹破双靴。

待我再叩门。（叩门、叫介）素徽，于叔夜在此，快开了门。（小旦扮丫环上、开门，小生）好了，好了。小姐姐，你家素徽姐姐可晓得我在这里，可有说话？

【南江儿水】（小旦）绣户传娇语，儿郎枉叹嗟。（小生）你姐姐敢可怜我于叔夜么？（小旦摇手介）俺姐姐说从来不认得于叔夜。（小生惊怒介）呀、呀！我我则道妈妈怠慢我，原来你姐姐也不认我了！我为他一病几亡，坚志不娶，他使反面无情，死生之约安在哉？青楼薄幸，一至于此。快请他出来当面回我，死也死在他身上。（小旦）那得工夫出来。（小生）在里面则甚？（小旦）在舞榭歌台薰兰麝。（小生）出来片刻也罢。（小旦）鸾笙象管[17]难抛舍。（小生）怎生发付我？（小旦）尊驾不如归也。（小生）倘等在此，几时出来？（小旦）除是酒散筵撤，或者醉游明月。

（内叫）丫环。（小旦急应、闭门下。小生）又闭门了，我待打门进去。倘素徽当了面，还有好意，反失雅道；不如再耐了等着。好生焦躁也呵。

【北雁儿落带德胜令·雁儿落】俺则受狠虔婆[18]面数说，又被那小妮子轻抛撇；莫不待分开咱连理枝,敢待要打散俺同心结。【德胜令】呀,好教人盼杀画楼遮。(内作乐介)听箫鼓政喧热,待得俺脚趔趄[19],心焦躁。看看待斗初横[20],月又斜。冤业[21],须待当面相决绝;痴呆,眼睁睁只索看定者。

呀的门响,想是出来步月也,待我立在树阴里觑着。(净扮梦中素徽、作醉态掩面,杂扮侍女扶上,小净扮嫖客、杂扮家僮随后同上)

【南饶饶令】银河清影泻,珠斗澹明[22]灭。夜漏沉沉天街静,醉拥着佳人闲步月。

【北收江南】(小生)呀,佩环行恰逐彩云斜,绮罗香好被晚风揭。(指净介)这个是素徽,我便撞死在他身上,也说不得了。(赶上扭住净)素徽,你为何负义忘恩。(净)咶、咶、咶!这是怎么说。(小净)呾、呾、呾!这是什么人?我那里认得你。(小生)呀,作怪,分明是他,如何近身来变了奇丑妇人,毫厘不像。与西楼相会那娇怯,全不似半些、全不似半些。(净)我便是穆素徽,还有什么素徽。人也不认得的。(众)这个人是盲鳅,只管乱撞。(小生)好教我浑身是口费分说。

(小净)小厮每,打那厮去!(众应介,侍女拥净、小净诨下。众家僮拉住小生指唱介)

【南园林好】这书生胡言乱说,蓦忽地狎人爱妾,敢把我拳头轻惹。(攒打小生介)请吃打、漫饶舌,请吃打、漫饶舌。

(众混下。小生怒介)呀,好生古怪!

【北沽美酒带太平令·沽美酒】待将咱死誓决,只道是素徽也。原来是估客村姬[23]。呸,错认了村姬遭嫚亵[24]。莫不是素徽形容已改,风流体态不可得了。咦,是分明看者,早知是变了枯瘿。若这就是他,我也还要问个明白,不道被狠奴打散了。呀,霎时人都不见,一派都是大水。怎么处?【太平令】才转眼云容山叠,见浩渺水光天接。旧西楼迢迢难越,还怕向怒涛沉灭。我呵,一霎的听些见些,是河翻海决。呀,吓得人魂飞魄绝。

(内鸣锣,小生急下。生做醒介、咽转大哭介)我那素徽呵!(丑文豹急上)相公靠卓而睡在此,为何梦中大哭?(拍生介,生看丑介)

【北清江引】猛抬头看来一会呆。这是那里了?(丑)是老爷的衙署,相公的书馆。(生)怎地刀枪密密?(丑)呀,这是笔架上的笔。(生)前面都是城池么?(丑笑介)在那里?这是庭下荒台榭。(生)火起了!(丑)这是炉烟袅幔风。(生)鬼来了!(丑)这是树影摇窗月。(生)咳,我的真素徽此时何处也?

(丑)觉来还是梦话,重重叠叠,却都是梦。且住,这里有风,待我扶在床上,替他解了衣服睡好了。相公,请在床上去睡。(生闭眼应、丑扶生醒介)呀,你是文豹。(丑)正是。相公才是梦醒。(生)我倦倒了,你扶我在床上去。(丑扶介)

梦断残宵泪黯然,续来犹恨隔江天,

痴魂欲渡江天去,却是迷离一片烟。

【作品解题】

　　《西楼记》是明末风情趣剧的开山之作。剧本描写苏州名妓穆素徽与御史之子于鹃的爱情婚姻故事,歌颂了青年男女争取自由婚姻的斗争精神。在艺术上,该剧较早尝试着将倡导主情的临川派与倡导合律的吴江派合流,对继之而起的阮大铖和吴炳以及清初的李玉都有较大影响。该剧较早的版本有毛晋汲古阁《绣刻演剧》及《六十种曲》本。

【注　释】

　　[1] 索居:离群独处。

　　[2] 朝露捐:像早晨的露水一样,见日即消。

　　[3] 镇黄昏:漫长的黄昏,整个黄昏。

　　[4] 兀首:静止、昏沉状。

　　[5] 钟王:三国魏钟繇和晋王羲之两位大书法家的合称。

　　[6] 潺湲:原意为水缓流貌,引申指情意绵长。

　　[7] 生:形容现象立刻发生的词。

　　[8] 婵娟:姿态美好的女子。

　　[9] 练:柔软洁白的绢。

　　[10] 谁行:谁个、哪个。

　　[11] 喏:向人作揖并扬声致敬叫"唱喏"或"喏"。

　　[12] 倩:请求。伊行:你。

　　[13] 生巴巴:非常生硬地。

　　[14] "花源误入渔郎棹"句:用陶渊明《桃花源记》的典故。

　　[15] 星渚何劳使客槎:星渚:天河水中的小块陆地。晋张华《博物志》云,旧说天河与海通,有人乘槎而去,十余月至一处,有牛郎饮牛于渚,乃牵牛宿也。槎:竹筏、木筏。

　　[16] 门撅:门户。

　　[17] 象管:笛的别名。

　　[18] 虔婆:宋元时习称妓院里的鸨母为虔婆。

　　[19] 趔趄:脚步不稳,左右晃动。

　　[20] "看看待斗初横"意为:北斗星开始转向,意谓天将晓。

[21] 冤业:这里指"冤家"。

[22] 珠斗:北斗星的别称。澹:同"淡"。

[23] 估客村姬:鄙俗的商人和粗俗的妓女。

[24] 嫚亵:轻侮、亵渎。

(据黄竹三等主编《六十种曲评注》迻录)

【作品导读】

《西楼记》描写的是发生在天堂苏州的爱情故事。作者袁于令(1592—1674)是典型的苏州才子,出生于江苏吴县一个官僚家庭,原名晋,字韫玉、令昭、白宾,号凫公,入清后别号箨庵,另署有幔亭歌者、吉衣道人等。他青年时期在家乡苏州过着一种"藉父、祖清华,恣游邀。其视大江以南山水皆吾园也;而名姝巧笑,倡优狎客之徒,悉家录"的放荡生活。二十岁之前曾经与一名叫周绮生(一名美白)的妓女相狎。左辅《念完斋诗集·题荆州小像》记载说:"袁名于令……尝狎妓白美,为势豪所夺,袁结侠士窜归,为《西楼》传奇以纪事。"毛先舒《赠袁箨庵七十序》也记载说:"名姬周绮生,才色两绝……乃《西楼记》成而于鹃身黜名辱。殊色诚可怜,美才亦可惜。"《曲海总目提要·西楼记》也指出:剧中主人公"其言'于鹃'者,'于鹃'为'袁',盖自谓也",而剧中女主人公"名为白一,故曰穆素徽"。其他如剧中的夺妓者池同、帮闲者赵伯将、拔刀相助者胥长公等,也都有生活中的原型。从总体上看,可以认定《西楼记》是一部有自传性质的传奇。

该剧敷演京畿道御史于鲁因受朝廷猜忌,托病告假回到故乡苏州。其子于鹃,曾中南京乡试解元,擅长诗文辞赋,年方二十,怀才不遇,要寻求一位情投意合的女子为妻。苏州西楼有一倡女名穆素徽,妙于歌舞,倾慕于鹃的才名,有心托身于他,于是手书【楚江情】一曲,拜托妓女刘楚楚予以沟通。于鹃在刘楚楚家观赏学习唱曲,刘楚楚请他校正社友赵伯将所度曲谱,并将穆素徽所书【楚江情】花笺转交给他。于鹃得知穆素徽对自己钟情已久,遂去西楼拜晤,二人私约百年偕好。于父检查功课,发现于鹃案头无圣贤之书,却有"淫词艳曲",心中恼火。赵伯将怀恨于鹃改己曲谱,趁机告发于鹃与穆素徽私通已久。于父大怒,在家中幽禁了于鹃,又派赵伯将带人大闹西楼,逼迫穆家迁往杭州。穆素徽写信约于鹃会面话别,情急之中误装了无字信笺。于鹃得信后正要拆看,严父归来,只得先以一块旧玉打发送信人回去。等到拆封后,只有乌丝素笺,不着一字,不知何意,二人从此失去联系。已故相国之子池同,与鸨母串通,在杭州置一豪宅,欲诱骗素徽与己成亲,遭到拒绝。于鹃思念素徽,相思成病。于鲁起任顺天府尹,携病子于鹃赴任,聘请医人包必济随行诊治。旅途中于鹃病情加重,包必济以为必死,趁机溜走,路遇去杭州看望素徽的刘楚楚,告于鹃已死。刘楚楚又转告穆素徽,穆闻讯当即自缢,刘恐卷入其中,趁乱脱身回到苏州,并径告于鹃的友人李贞侯,言说穆素徽已死。李贞侯赴京参加会试,途中遇到病愈后亦进京应试的于鹃,并告诉了穆素徽的死讯。于鹃痛心不已,考场上仍哭泣不止,匆匆交卷后即南下杭州,欲葬身穆素徽墓旁。穆素徽得救未死,假意要池同设水陆道场超度于鹃亡灵后与之成亲,实则要了却心愿后再殉情而死。侠客胥长公被于、穆之情所感动,欲将穆素徽从池同手中救出,遂使爱妾轻鸿扮素徽,请勇士袭击道场。池同误将轻鸿当作素徽追赶,轻鸿投水而死。胥长公救出素徽,说明原委,护送她上京寻找于鹃。于鹃回到杭州,得知素徽被人劫去,又接到中举的信息,只好匆匆北上,途中与胥长公相遇,得知素徽在京城等候。池同与赵伯将气急败坏,欲追杀于鹃,却被胥长公骗至郊外杀死。于鹃廷试高中状元,请李贞侯作媒,携素徽赴山东于父任所,父亲允婚,于鹃与穆素徽喜结连理。

《西楼记》描绘了一幅明末苏州地区的社会风俗画卷,反映了文人们征歌逐舞、诗酒文会、嫖娼狎妓以及与此相关的一些社会问题。"觅缘"写书生于鹃欲寻"姻盟",却不走"父母之命,媒妁之言"的正路,而是与李贞侯、赵伯将到歌院里去"眼嫖"。"检课""阁忤""颤逐"三出,写于父将于鹃拘留家中并派人将西楼妓院捣毁,反映了市民群体与妓院文化的强烈冲突。"倦游""计赚""凌窘""巫绐""假诺"五出,集中写池相国之子池同霸占穆素徽的故事,反映了当时权豪势要及其子弟蓄妓、养"二娘"的社会风尚。"私契""集艳"二出,描写群妓和"老帮闲"的打情骂俏,反映了明末"好色"的社会风气。"侠概"、"捐姬"、"卫行"等出,写侠客胥长公拯救穆素徽的侠义行为,实际上也曲折地反映了当时社会上因争妓买宠而争风吃醋、相互仇杀的社会现实。总之,《西楼记》展现在人们面前的确是一幅丰富多彩的明末社会生活画卷。

《西楼记》的社会意义,还突出地表现在反映了明末文人的"现代"婚恋观。《西楼记》之前的同类作品,多表现外在的一见钟情、门当户对、男才女貌、浪子回头的主旨,《西楼记》则重点描写男女主人公内在情感的蕴蓄和抒发。于、穆情缘的确立,经历了三个过程:第一步写他们青春的觉醒,于鹃一出场便倾诉苦衷:

  咳!只是一件,向为父任随行,母忧守制;虽成冠礼,未遂姻盟。我婚姻乃百年大事,若得倾国之姿,永惬宜家之愿;天哪,你便克减我功名寿算,也谢你不尽了。

穆素徽一出场也袒露心曲:

  咳!倘得援琴之挑,永随当垆之愿,吾事毕矣。看来再没有一个。只有做《锦帆乐府》的于叔夜,是天下奇才;我日夜习其歌曲,必欲归之。但不知邂逅何日,缘分有无?

第二步写于鹃的"觅缘",他先去歌院,但"灯影中遍选红妆,总无有解吾情者"。最后在刘楚楚处获悉素徽倾慕自己已久的信息。第三步写于鹃与穆素徽在西楼相会,订立"盟姻"。于、穆情缘的建立,没有传统的男才女貌的俗套,也没有一见钟情的神秘,更没有门当户对的势利。他们的情缘建立在自然真情萌发的基础上,蕴蓄在长期的倾慕和精心选择的沃土里,勃发于自由的情愫中。他们的婚恋过程,突出反映了明末文人崇尚个性解放、突破禁欲主义、追求长期相爱的"现代"婚恋观。

《西楼记》有较高的艺术成就。首先,塑造了于鹃和穆素徽两位鲜明的新的艺术形象。于鹃是一位勇敢反抗封建礼教、对爱情至死不渝的情种形象。他对爱情的执著和追求,与《西厢记》的张生相似,但他对封建礼教的蔑视和反抗,又超越了张生。张生只身在外,远离父母,没有封建家长的约束,而于鹃则时刻受到父亲的监管甚至拘禁;张生所追求的莺莺是大家闺秀,而于鹃追求的穆素徽则是西楼妓女;张生追求的莺莺始终是个大活人,而于鹃得到穆素徽的"死讯"后仍南下杭州,追求的是一个已死之人。这种生死不渝的执著精神,与《牡丹亭》里的柳梦梅倒有些相似,但大胆追求妓女,毫无一丝门第观念的行为,柳梦梅也是难望其项背的。同样的道理,穆素徽也是一位境界极高的女性形象。她虽身为妓女,但她并没有失去独立的人格,她自强、自尊、自爱,她倾慕于鹃的才情,就主动追求;与于鹃订盟后,就拒绝接待任何客人;听到于鹃的"死讯"后,她就决定以死殉情。这种对爱情孜孜追求的精神,表现了她的纯真和无私。正是在这种精神支撑下,面对官僚子弟池同的豪宅和优越的生活环境的诱惑,她始终无动于衷;面对鸨母与池同的威胁,她始终不屈不挠。在她的身上展现出富贵不能淫、威武不能屈的崇高精神品格。

其次,《西楼记》的艺术倾向具有复杂多元的倾向,既有对吴江派的归宗认同,也有对临川派的追慕模仿。袁于令本人在明末苏州戏曲圈里属于吴江派中人,他对吴江派领袖沈璟的"声律论"是心仪和奉行的。在《西楼记·私契》中,作者借剧中人物之口大谈声律主张:"歌之所重,大要在识谱,不识谱,不能明腔;不明腔,不能落板。往往以衬字混入正音,换头误为犯调,颠倒曲名,参差无定。其间阴阳平仄唤押转点之妙,又尽有未解者。"又说:"羽越清脆,黄钟最浊,正宫雄壮,商角冷落,这其间就里多微妙。"通观《西楼记》的用谱制曲和声律运用,大抵也是遵循曲律的。

袁于令认宗于吴江派,服膺于声律论,但这并不影响他对以汤显祖为宗主的临川派的倾慕与学习,这在《西楼记》里随处可见。如《西楼记》的艺术构思对《牡丹亭》的"至情"论是悉心模仿的。在《牡丹亭》里,杜丽娘因梦生情,因情而死,因情至死而复生;在《西楼记》里,于鹃因思念穆素徽而灵魂出窍,三日方醒;穆素徽因闻于鹃死讯而自缢身亡,经人抢救方又复活。再如《西楼记》的创作方法对《牡丹亭》的借鉴和模仿也是极为明显的。《牡丹亭》中的杜丽娘没有情人因梦生发出情人,一命归阴而又死而复生,最后与柳梦梅结为实实在在的夫妻;《西楼记》中的穆素徽身为妓女,却欲与御史之子于鹃成就婚姻,不啻登天之难,但最终还是乘鸾飞。这种浪漫主义与现实主义相结合的艺术精神,《西楼记》与《牡丹亭》是有异曲同工之妙。最能显示《西楼记》对《牡丹亭》效仿的当数《西楼记·错梦》一出,堪与《牡丹亭·惊梦》同为明传奇中写梦的双璧。《惊梦》通过写杜丽娘晨起梳妆、游园、惊梦等一系列行动,揭示她所代表的"一生儿爱好是天然"的人性,对梦境的表现不够丰满。《错梦》则重点写梦境,如初入梦时但见深巷路纡,犬吠不迭;被狠奴打散后突觉河翻海决,水光接天;将醒未醒之际,视炉烟为火起,以台榭为城池,最为精妙的是"俺姐姐说从来不认得于叔夜",以及穆素徽突变为奇丑妇人等,写得幻化离奇,迷离恍惚,匪夷所思。总之,《西楼记》对吴江派与临川派艺术倾向的融合,标志着明末清初的风情趣剧徐徐拉开了帷幕。

最后,《西楼记》的出现,还改变了明末风情剧的传统写法。明末的风情剧有两大类型,一是以《牡丹亭》为代表的高雅型,剧中主人公为情趣高雅的风流才子和大家闺秀,作品尽量表现他们的至爱深情;二是以《绣刻演剧》第四套所收《绣襦记》、《霞笺记》、《焚香记》等十种传奇为代表的通俗型,剧中主人公为风流文人和歌儿妓女。《西楼记》属于第二种类型,但在写法上却完全打破了男才女貌、一见钟情的传统写法,而是不遗余力地去写男女主人公青春的觉醒、真情的蕴蓄与奋不顾身去争取结合的行动,祁彪佳《远山堂曲品》说:"《西楼》一出,而《绣襦》、《霞笺》皆拜下风。"《西楼记》甚至还突破了《牡丹亭》的写法。《西楼记》在"发乎情"这点上与《牡丹亭》是相同的,而在"止乎礼义"方面则完全超越了《牡丹亭》。全剧自始至终,几乎没有设置什么礼义的束缚,在个性解放的思路方面,《西楼记》无疑实现了对《牡丹亭》的突破。

【延伸欣赏】

推荐阅读:郑若庸《玉玦记》(见《六十种曲》)

推荐观赏:昆剧《西楼记·玩笺》

(王安庭)

第十二讲
且将佛场做情场:《玉簪记》趣说

【剧本选读】

《玉簪记》第十六出　寄弄

明·高濂

示范音频

【懒画眉】(生上)月明云淡露华浓,欹枕愁听四壁蛩[1],伤秋宋玉[2]赋西风,落叶惊残梦,闲步芳尘数落红。

小生看此溶溶夜月,悄悄闲庭;背井离乡,孤衾独枕,好生烦闷! 只得在此闲玩片时。不免到白云楼下,散步一番,多少是好。(下)

【前腔】(旦上)粉墙花影自重重,帘卷残荷水殿风,抱琴弹向月明中。香袅金猊[3]动,人在蓬莱第几宫?

妙常连日冗冗俗事,未曾整此冰弦[4]。今夜月明风静,水殿生凉,不免弹《潇湘水云》[5]一曲,少寄幽情,有何不可。(作弹科。生上听琴科)

【前腔】步虚声度许飞琼[6],乍听还疑别院风,凄凄楚楚那声中。谁家夜月琴三弄[7]?细数离情曲未终。

此是陈姑弹琴,不免到他堂中,细听一番,多少是好。

【前腔】(旦)朱弦声杳恨溶溶,长叹空随几阵风。(生)仙姑弹得好琴。(旦惊科)仙郎何处入帘栊? 早是人惊恐。(生)小生得罪了。(旦)莫不是为听云水声寒一曲中?

(生)小生孤枕无眠,闲吟步月。忽听花下琴声嘹呐,清响绝伦,不觉步入到此。(旦)小道亦见月明如洗,夜色新凉,故尔操弄丝桐[8],少寄岑寂。欲乘此兴,请教一曲如何? (生)小生略记一二,弄斧班门,休笑休笑。(生作弹,吟曰)雉朝雊[9]兮清霜,惨孤飞兮无双。念寡阴兮少阳。怨鳏居兮彷徨。(旦)此曲乃《雉朝飞》[10]也。君方盛年,何故弹此无妻之曲? (生)小生实未曾有妻。(旦)也不干我事。(生)敢求仙姑,面教一曲如何? (旦)既听佳音,已清俗耳。何必初学,又乱芳声。(生)休得太谦。(旦)汙[11]耳汙耳。(作弹,吟曰)烟淡淡兮轻云。香霭霭兮桂阴。喜长宵兮孤冷。抱玉兔兮自温。(生)此《广寒游》[12]也。正是仙姑所弹。争奈终朝孤冷,难消遣些儿。(旦)相公,你听我道:

【朝元歌】长清短清[13],那管人离恨。云心水心,有甚闲愁闷。一度春来,一番花褪,怎生

《玉簪记》

第十二讲
且将佛场做情场:《玉簪记》趣说

《玉簪记》

上我眉痕。云掩柴门,钟儿磬儿枕上听;柏子[14]坐中焚,梅花帐绝尘。果然是冰清玉润。长长短短,有谁评论?怕谁评论!

【前腔】(生)更深漏深,独坐谁相问?琴声怨声,两下无凭准。翡翠衾闲,芙蓉月印[15],三星[16]照人如有心。露冷霜凝,衾儿枕儿谁共温?

(旦怒科)先生出言太狂,屡屡讥讪。莫非春心飘荡,尘念顿起?我就对你姑娘说来,看你如何分解!(作背立科。生)小生信口相嘲,言出颠倒,伏乞海涵。(作跪,旦扶起科。生)巫峡恨云深,桃原羞自寻[17]。你是慈悲方寸,望恕却少年心性,少年心性。

小生就此告辞。肯把心肠铁样坚,(旦作背语科)岂无春意恋尘凡?(生)今朝两下轻离别,一夜相思枕上看。(生作下科。旦)潘相公,花阴深处,仔细行走。(生回科)借一灯行如何?(旦急关门科。生)陈姑十分有情,不免躲在此间,听他里面说些什么,便知分晓。(旦)潘郎,潘郎!

【前腔】你是个天生后生,曾占风流性。无情有情,只看你笑脸儿来相问。我也心里聪明,脸儿假狠,口儿里装做硬。待要应承,这羞惭怎应他那一声。我见了他假惺惺,别了他常挂心。我看这些花阴月影,凄凄冷冷,照他孤另,照奴孤另。

夜深人静,不免抱琴进去安宿则个。此情空满怀,未许人知道。明月照孤帏,泪落知多少?(下。生)小生在此听了半晌,虽是不甚明白。

【前腔】我想他一声两声,句句含愁恨;我看他人情道情,多是尘凡性。妙常,你一曲琴声,凄清风韵,怎教你断送青春!那更玉软香温,情儿意儿,那些儿不动人。他独自理瑶琴,我独立得苍苔冷,分明是西厢行径[18]。老天,老天!(作揖科)早成就少年秦晋,少年秦晋!

闲庭看明月,有话和谁说?
榴花解相思,瓣瓣飞红血。

【作品解题】

高濂,生卒年不详,字深甫,号瑞南,别号湖上桃花渔,浙江钱塘(今杭州)人。主要活动于明代嘉靖至万历时期,曾任鸿胪寺官,吕天成《曲品》说他"才誉腾于仕籍"。著有传奇《玉簪记》、《节孝记》两种。

《玉簪记》的故事最早见于《古今女史》,明代有无名氏所作杂剧《张于湖误宿女贞观》,《玉簪记》就是在此基础上创作而成的。故事发生在宋代,写少女陈妙常在靖康之难中与家人失散,投到金陵女贞观做道士。在此期间,府尹张于湖到观中避暑,爱慕妙常的才貌,屡次挑逗,被妙常婉拒。花花公子王仁也垂涎妙常之美,求人说媒也被妙常斥退。而书生潘必正因病落第,无颜回乡,于是前往女贞观探望其身为观主的姑母,并住在观中温习诗书,以待下科进京赴试。潘必正在观中遇到貌美如花的陈妙常后也不由产生了爱慕之情,而陈妙常在与潘必正的接触中随着了解的加深,也日渐生情,在几次试探与反试探后,妙常终于冲破寺院的清规戒律,与潘必正私自结合。二人的爱情被观主发现后,潘必正被姑母逼迫赴试。妙常得知消息后私雇小舟追赶,与必正相会于江上,痛诉衷肠,并以头上玉簪作为信物赠与潘必正,潘必正也将随身的鸳鸯扇坠送与妙常。最后,潘必正高中,到观中迎娶了妙常,有情人终成眷属。

作为明代爱情戏的佳作,从诞生之日起,《玉簪记》在戏曲舞台上就长演不衰,其魅力即在于它对青年男女追求爱情婚姻自由的赞美、对封建礼教和禁欲主义的批判,以及剧中浓郁的喜剧色彩。而这些均在出色的人物塑造,特别是人物细腻的心理刻画以及风趣优美的曲词中得以具体体现。剧中"寄弄"、"追别"等出至今仍是昆剧舞台常演的折子戏。

【注　释】

[1] 蛩(qióng):蟋蟀。

[2] 宋玉:战国时期楚国人,著名辞赋作家。其《九辩》有云:"悲哉!秋之为气也。"后世多以之为文人悲秋之祖。

[3] 金猊:狮形的香炉。

[4] 冰弦:琴弦,用冰蚕丝做的琴弦或者是白色的琴弦,这里代指琴。

[5] 《潇湘水云》:琴曲名。

[6] 许飞琼:传说中的仙女,善音乐。

[7] 三弄:琴曲《梅花三弄》。

[8] 丝桐:指琴。古时削桐为琴,练丝成弦,故称琴为丝桐。

[9] 雊(gòu):雄鸡鸣叫。

[10] 《雉朝飞》:琴曲名,据说是战国时期齐处士牧犊子年五十未娶,见雉鸟雌雄双飞而作。

[11] 汙(yū):污耳之意,表示自谦。

[12] 《广寒游》:琴曲名。

[13] 长清短清:琴曲名。此处也有清冷孤寂之意。

[14] 柏子:香名。

[15] 翡翠衾闲,芙蓉月印:前句指绣有翡翠鸟的被子被闲置,后句指月光照在用芙蓉花染制成的帐子

上。这里借以形容一个人的孤单凄清。

［16］三星：《诗经》有"绸缪束薪，三星在天"之语，状男女婚庆之景。

［17］巫峡、桃源二句：前句典出宋玉《高唐赋》，指男女欢会之所；后句出自刘义庆《幽明录》，系东汉刘晨、阮肇在天台山与仙女成婚之地。

［18］西厢行径：元代王实甫《西厢记》第二本第四折中有张生弹琴向隔墙的崔莺莺倾诉爱情，与该出戏的情境相似。

(曲文据《六十种曲》迻录，注释：杨再红)

【作品导读】

　　作为一部脍炙人口的爱情喜剧，《玉簪记》的艺术构思可谓匠心独具，那就是作者有意将佛场作了情场，从而生发出动人的喜剧效果和丰富的思想意义。佛场本是禁欲的清修之地，故而往往成为避世之所和避难之地，而女主人公陈妙常投身女贞观的初衷也恰在于避难。然而，就在这禁欲的佛门净地，她与书生潘必正相遇相知后却产生了爱恋之情，并在一段犹豫之后，终于抛开禁欲的戒律，勇敢地幽会、定情，并终私成夫妻。这样的安排不仅有力地批判了宗教的禁欲主义，更与当时张扬个性、肯定人的自然情感欲求的社会思潮相呼应，从而赋予了该剧深刻的思想内涵与时代意义。

　　当然，这种构思并不是高濂的首创。元杂剧中的《西厢记》等作品也采用了这一构思，只是《玉簪记》在继承前人的基础上又融入了时代的因素，对宗教的禁欲作了更为彻底的嘲笑与批判。中国自程朱理学强调"存天理，灭人欲"开始，人的自然本性、个性要求就受到了日益残酷的压制与禁锢。到了明代，随着程朱理学在文化思想与社会生活中绝对统治地位的确立，这种禁锢使得社会思想日益僵化，人的一切自然合理的情感欲望，特别是青年男女正常的爱情要求都受到了无情的扼杀。终于从明代中期开始，阳明心学的兴起，尤其是泰州学派的倡扬，一股肯定人的自然本性，张扬人的个性，肯定人的现实欲望的思潮蓬勃发展，成为不可遏制的潮流，冲击着社会生活的方方面面，也给文学艺术领域带来了新的生机。《玉簪记》就是在这样的大背景下，高举起了时代文化的大旗，描写了佛场中的爱情与世俗欲望。如果说《西厢记》借用佛场为崔张爱情的萌生提供了一个良机是对禁欲主义的一种嘲弄，那么《玉簪记》则不仅借佛门净地作了男女爱情生发之地，更是将爱情的主角置换为佛门中人，通过陈妙常离经叛道，坠入爱河欲海过程的细腻描写，高度肯定了世俗生活的合理性，形象地揭示出佛性在人性面前的虚弱无力，从而对宗教禁欲主义来了一场彻底的反叛与颠覆。

　　陈妙常的形象无疑是全剧最亮丽的风景。由于幼年遭遇离乱之苦，使她投奔在女贞观不得已做了"小师父"。对于一个才貌双全、情感细腻又恰值青春妙龄的女孩子来说，其境遇是非常令人同情的。从此，她必须用宗教的清规来约束自己，收却凡心，抛掉尘念，在孤寂清冷的清修生活中消耗自己的青春和生命。至于向被宗教视为大忌的男女情爱，更是陈妙常所不应妄想的。所以，当"谭经"一出中道姑们抱怨道观日子难过时，她劝她们要"苦守清规，谨遵教旨，终成正果"。但是，宗教的力量终究敌不过人的自然本性，青灯黄卷，远离尘俗，"一炉烟。闲来窗下理琴弦"的"神仙"生活是排解不了韶华易逝、春情寂寞的痛苦的，因此，陈妙常虽人前表白着要苦守清规，背过身却又是另一番思春伤春之念："暗想分中恩爱，月下姻缘，不知曾了相思簿。身如黄叶舞，逐流波。老去流年竟若何。"守律与思凡、渴望与掩饰，水火不相容的二者被捏合在了一起，于是在强烈的喜剧效果中生动地证明了青春的萌动、爱的欲求是任何冷冰冰的戒律都无法禁锢的。正是这种生命本能的驱使，对人间情爱的渴望，加之没有如崔莺莺、杜丽娘那样出身于诗礼之家的束缚，使陈妙常能够比较主动地追求自己的爱情。所以，当一个陌生男子张于湖出现在道观时，她不请自来，"秋波偷转"，先施礼于张，再问礼于师父，言行之间将其凡心难捺，并主动寻求爱情的春心暴露无遗。作者对人物的这种处理也为日后她与潘必正的私订终身、江边追别等情节做了合情合理的铺垫。

陈妙常虽然渴望爱情，但并非随便使情之人。因此，面对张于湖的屡次挑逗，她婉言相拒；对于花花公子王仁的强逼做媒，她更是严词斥退。直到遇见潘必正后，她的青春才真正觉醒了。在一连串试探与反试探的过程中，她的感情步步发展，心中的防线渐渐崩溃，几经挣扎，终于从心如止水的绝尘仙姑转变为追求爱而见寒作热的凡俗女子。最后，她毅然抛开了种种禁律同潘必正私下结合。而当观主的阻谈和促试，迫使这对有情人面临别愁离恨时，为了捍卫幸福的爱情，陈妙常更是进行了大胆的斗争。她私雇小舟，追赶恋人，在江边痛诉衷肠，并互赠玉簪与扇坠作为信物，再次订下了海誓山盟，将全剧的情感推向了高潮。从"词媾"到"追别"，人物的形象有了一个很大的变化，她不再徘徊矛盾，面对实实在在的爱情时，封建礼教、宗教的束缚以及世俗的指责统统被她抛在了脑后。她大胆地追求捍卫着自己的爱情，热烈地表达着自己的爱情，不再遮遮掩掩，而是充分享受着爱情的美好。可以说，女主人公追求爱情的历程，正是由禁欲向人性回归的过程，体现了人性对佛性的胜利。

《红楼梦》中曾有贾母批评才子佳人小说戏曲一段，认为其中的男女双方一见面就全然不顾诗书礼义廉耻的描写失真。事实上，贾母是从伦理道德规范的要求来看待人物行动的，作家们却恰是从人的自然本性出发来体贴人情的，而高濂的高明之处不仅在于他看到了人的自然本性的可贵，更在于他将关注的目光转向了人物挣扎于规范与人性间复杂的内心世界。因此，在表现陈妙常徘徊于教规与爱情间的矛盾痛苦时，细腻入微的心理刻画就显得尤为重要,这不仅成就了人物形象的丰满动人,更以敏锐之笔直接探究了人性的真实与丰富,揭示出在传统道德规范拘束下生命的真实律动,从而使该剧在思想内涵上超越了《西厢记》,也使其在艺术舞台上长演不衰,打动了历代观众之心。"寄弄"一出集中体现了这一特点。

《寄弄》又作《弦里传情》,昆剧舞台上演作《琴挑》,描写二人借琴曲互试心意,传达情愫。经过初会、再会,二人各怀心事,故而,戏一开场,陈妙常便在花阴月影中将一番心事付与瑶琴,"朱弦声杳恨溶溶,长叹空随几阵风"。一个清修的道姑不在云堂松舍念经礼佛,却在月夜之下抚琴寄怀,她恨什么?又叹什么呢?一个"恨"字、一个"叹"字恰如其分地揭示出人物内心情不自禁却又想爱不敢爱的矛盾苦楚。不自禁是生命本能的召唤,而不敢爱却又反映出她对清规戒律压抑人性、剥夺人的正常生活权利的不满。不料,隐情被同是操琴高手的潘必正窥破了。作为知书达理的书生,本当在清修之所认真温习圣贤之书,为将来的前途作好准备。但陈妙常的美丽多才,相处过程中的相互了解,使潘必正不能不抛开一切礼义大防,完全陷入了情爱的追求之中。因此,他非常细心地观察并借机随时来拨动妙常的心弦。在这种试探反试探中,妙常在表面上装得非常淡定从容,因此,当潘必正以"争奈终朝孤冷,难消遣些儿"之句道破妙常真实的内心感受后,她马上以"长清短清,那管人离恨。云心水心,有甚闲愁闷"机智应对,摆出一副冰清玉洁、不染尘俗的姿态。故而,当潘必正再次以言语挑逗时,她即刻嗔怒并扬言要去观主处告发,以此坚决表明自己的清白。然而,在潘必正告辞之时,戒规还是挡不住春情萌动的心,一句"潘相公,花阴深处,仔细行走"的真情关切再一次出卖了她。故而在潘必正走后,她的真实情感再也抑制不住,一发不可收拾地倾泻而出:"你是个天生后生,曾占风流性。无情有情,只看你笑脸儿来相问。我也心里聪明,脸儿假狠,口儿里装做硬。待要应承,这羞惭怎应他那一声。我见了他假惺惺,别了他常挂心。我看这些花阴月影,凄凄冷冷,照他孤另,照奴孤另。"一冷一热,两相对照,将陈妙常在情爱与教规间挣扎的微妙心理细致入微地传递而出,真可谓丝丝入扣,形象生动,也进一步表现出人性不可遏制的勃勃生机。

准确到位的舞台提示同样是《玉簪记》人物心理刻画的一个重要手段,这在"寄弄"中也有着非常完美的体现。陈妙常借琴音流露心声,不想被潘必正听到,舞台提示用"旦惊科"揭示出妙常此时的心怀鬼胎、惴惴不安。其后,潘必正琴挑妙常,舞台提示又用"旦怒科""作背立科",令妙常的怒似真非真,颇有深意。而当潘必正要走却听到妙常叮嘱,回身预借灯时,妙常的"急关门科"则生动表现出佛场仙姑被窥破心事后的羞涩难当。一系列的舞台提示准确生动地刻画出人物"心里聪明,脸儿假狠,口儿里装做硬"的隐微心理,使整出戏显得妙趣横生,表演起来非常好看。

既然是琴挑,"寄弄"中琴曲的作用也就不可忽视,它的选择不仅体现了人物的智慧,成为人物流露心声的弦外之音,同时也增强了全戏的喜剧色彩。潘必正借《雉朝飞》表明自己的单身身份以及求偶之愿,意图明显却又非常文雅含蓄,表现出文人的雅致。陈妙常一曲《广寒游》不仅符合人物的身份处境,且在貌似绝尘中更突出了其春情的寂寞,因而在潘必正听出弦外之音时,她的表白就更给人一种"此地无银三百两"之感,由此增添了人物身上的喜剧性,使这出戏显得颇为雅致而又风趣动人。

高濂将佛场作为情场,描写了才貌双全的道姑的爱情,可以说不仅脱离了通常才子佳人一见倾心的俗套,更拓宽了爱情戏的故事题材,同时通过陈妙常面对爱情时的自主选择更赋予该剧以新的内涵,提升了全剧的思想境界。作为佛场中人,陈妙常多了一分与青年男子接触的机会,毕竟佛场是男女可自由出入的场所,然而,在其择爱的过程中正如前文所述,她不是一个随便使情之人,即使对潘必正的选择也是再三的试探与了解之后的结果。作者将这一过程细腻地写出无疑有了两层意义:一方面,展示了人的个性意识的觉醒,特别是传统中一向处于被动地位的女性个性意识的觉醒,让人们看到女性同样强烈地要求着自主地选择爱情,自由地支配自己的生活。另一方面使传统的才子佳人的爱情内涵得到了升华。陈、潘间的爱情固然有貌的吸引、才的欣赏,更多则是青春年少的意气相投以及相互的同情与理解。因此在不断的试探与反试探中,在二人的感情基础一步步深入中陈妙常才真正情有所属,大胆选择了潘必正。这种自主选择正体现出主人公的爱情理想已突破了以往重视才貌的一见钟情式爱情观,而开始向要求相互理解,有深厚的感情基础的"知己式"爱情发展。可以说,稍晚的传奇戏《娇红记》所提出的"但结个同心子"的爱情观,以及《红楼梦》中追求知己之爱的爱情理想其实在《玉簪记》中就已露端倪。这不仅是对压制人性、束缚个性的禁欲主义和封建礼教的大胆挑战,也同样是我们今天理解《玉簪记》值得注意的方面。

《玉簪记》是明代中后期个性解放思潮的产物,有着鲜明的时代烙印。个性解放不仅仅体现在追求爱情的自由方面,还在于它肯定了人的自然欲求。人的自然欲求,既包括男女之间的爱慕之情,也包括其他合理的要求欲望,这里自然离不开生命本能的冲动,因此,性爱的要求也就成为爱情不可分割的一部分。将情建立在欲的基础之上,体现出近代人性论的思想特征。《牡丹亭》中杜丽娘生生死死的爱情之所以石破天惊,很大程度正在于它第一次正面肯定了人的这种正常合理的情欲要求,尤其是女性的情感要求。这一点上,《玉簪记》与《牡丹亭》并无大异,陈妙常的表现甚至比杜丽娘更为强烈。"词媾"一出中就直接描写了这种"难禁的欲火":"松舍清灯闪闪,云堂钟鼓沉沉。黄昏独自展孤衾,欲睡先愁不稳。一念静中思动,遍身欲火难禁。强将津唾咽凡心,争奈凡心转盛。"陈妙常的这首诗正是处于爱情中的人所产生的自然合理的生命冲动,是其凡心终于战胜道心,勇敢与心爱之人结合的动力源泉,并且它大胆地宣告了性爱的要求是一切人,包括僧俗、男女都有的欲望。尤为可贵的是,它告诉了人们,佛场中人和女性的这种要求同样是强烈的,不可抑止的。这样的描写就使全剧对"存天理,灭人欲"的封建礼教及宗教禁欲主义的反抗与嘲笑显得更加彻底和激烈,因为女性与僧尼正是被礼教与清规禁锢最深的一群。同时,通过对陈妙常的这种描写,一定程度上也打破了传统中男女爱情包括性爱关系中的不平等,表现出了对女性人格与情感的尊重。这既反映出时代的特点,也是《玉簪记》在思想艺术方面突破前人的地方。

当然,对自然欲求的描写并没有破坏全剧的诗意美感,剧中男女的结合始终是建立在深厚的情感基础上的,同时,区别于《金瓶梅》的色情描写与当下影视作品对赤裸裸感官刺激的追捧,《玉簪记》以其诗化的语言,优美的意境,含蓄婉约地展示了人的自然欲求,表现出生命本身的美好,给人以美的享受。

作为一部喜剧,《玉簪记》的喜剧性主要是在对宗教禁欲的嘲弄与反讽中生发而出的,这种喜剧效果不仅是在陈妙常离经叛道的过程中获得的,还通过整个佛门环境的塑造来完成。佛场道院本应是摒绝尘心凡念的净地,但除了陈妙常,院中其他道姑同样思恋着世俗的生活,厌倦着道场的孤寂。因此,我们看到本应苦守清规的道姑们,毫不掩饰对情欲、物欲的追求,在夜深人静之时,她们伤叹的是"燕子双飞来复去,难禁,满腔心事对谁云",担忧的是"昼长人静,重门难守,钱财竟没来方,酒食何曾入",甚至在听经的神圣时刻,仍在"叹浮生尽看尘疴,逐飞丸朝朝暮暮""我把芳年虚度,老大蹉跎,衣食浑无措",而"谭经"一出众道姑赏月时的对话更生动地揭示出了这一点。明月皎洁,本可一扫凡尘俗虑,然而,一众道姑对着这纤尘不染之月却发出了如此感叹:"真个可爱可爱。只少了四个丈夫,同赏新篁池阁。""尼姑尼姑,原有丈夫;只要趁些钱财,来带这顶毗庐。"这一段话活脱脱就是几个世俗妇女在市井中的闲扯胡侃,充满着浓情烈欲,哪里有半点清修之意,出家更非本意,只不过为了钱财生计! 由此,佛门的庄严与圣洁在令人绝倒的对话中丧失殆尽,禁欲之所时时传出对世俗生活的渴盼,这浓郁的喜剧氛围不正从反面揭示出禁欲主义的不合情理甚至虚伪可笑,也不更有力地嘲笑了禁欲主义在人的自然本性面前的苍白虚弱!我们常说环境造就人,那么在这样的大环境中,陈妙常种种出格的行为就不足为奇了。如果说,《西厢记》通过描写普救寺的和尚们见到莺莺后心猿意马的丑态,揭示了宗教禁欲的虚伪,那么,《玉簪记》则在陈妙常与众道姑充满世俗欲求的描写中呼唤着青春的觉醒,歌颂着人性的解放。

其实,综观整部戏剧不难发现,高濂笔下的佛场早已不是什么世外净地,而是充满着世俗生活的气息,堂堂女贞观经常上演着市井的生活画面;作为府尹的张于湖本应恪守礼义清规,做出遵理维礼的典范姿态。然而他到观中避暑时的种种行径却完全像个风流浪子、市井好色之徒。见到观主,立即想到"这观主半老佳人,琼姿玉立,好一似雨过樱桃,隔年老酒,意味自佳",而在与陈妙常的交往中,更是屡次挑逗,不仅有失一个朝廷官员的风范,更是带头在破坏社会规范。如果说花花公子王仁谋娶一个道姑的做法已是对佛场清规的公然挑衅,那么凝春庵王师姑的所作所为则代表了佛性的堕落。在王公子让她去妙常面前说亲,并许诺"若成得此事,白银五十两,拿在此间谢你"时,她便一把扯住王仁,"有何吩咐?我明日就去说",并讨价还价,"下聘礼只要五百,谢媒钱倒要一千",一副贪财的嘴脸。为达目的,甚至不惜与王公子设计赚娶陈妙常,堂堂一位师姑却奔走于空门与豪门,干起了拉皮条的生意,佛门净地与市井凡尘的本质差别开始模糊了。宗教的神圣就在这样一幕幕世俗生活画面中轰然坍塌了,清规戒律已挡不住人的正常的情感需求,冷冰冰的说教也代替不了活生生的世俗欲望,人的自然本性的实现,人的正常合理的情感欲望的满足成为人们包括僧俗关心的对象,也成为人们追求的目标。这是时代进步的要求,而《玉簪记》也正是通过对佛场众生相的描写宣扬了这一要求。

如果回到《玉簪记》诞生的时代,就会发现,将佛场作为情场并不单纯是剧作家为反对禁欲主义所作的一种纯然虚构的艺术设想,而是在个性解放思潮冲击下佛门真实图景的再现。明代中后期,个性解放思潮同样在宗教界掀起了一股肯定人性、以人欲来反对天理之风。与《玉簪记》同时期的许多戏曲均涉及到了佛门情爱欲望的描写,如徐渭的杂剧《玉禅师》、冯惟敏的杂剧《僧尼共犯》等,前者写修行多年,"欲河堤不通一线"的高僧玉通终禁不住一个妓女的诱惑而犯了色戒的故事,后者则述年轻的僧人明进与尼姑惠朗耐不得佛门孤寂,私自幽会遂将佛席权当了象牙床的故事。这些现象均很好地说明,当时的佛门确在个性解放思潮冲击下开始呈现出一种世俗化倾向,只是高濂等人敏锐地捕捉到了这一特点,将笔下的爱情故事也搬到了佛门道院。然而,优秀的艺术总是来源于生活又高于生活的,《玉簪记》以细腻的笔触揭示了世俗对佛门的侵染,塑造了一个身在佛门却青春觉醒的典型人物——陈妙常,由此使全剧具有浓郁的现实生活气息,这恐怕也是该剧久胜歌场的一个重要原因。同时,女贞观与陈妙常其实也被赋予了一种象征意义,那就是在人性面前,佛性不仅是苍白无力的,出于生命本能的情感欲求,即使佛仙本身也是无法彻底根除的,陈妙常在"寄弄"中以一曲《广寒游》自比绝尘仙子不正暗示了,即使是仙子仍有着凡人难耐的寂寞吗?这样的暗示就使批判的锋芒没有单纯停留在一般的清规戒律上,而是直指制定这律令的佛仙本身了,不管作家有意还是无意,这样的处理可以说已呈现出一种反宗教的倾向了。因此,我们说,《玉簪记》对宗教禁欲的批判是彻底的,甚至是颠覆性的。这是时代使然,也是该剧数百年来在异彩纷呈的剧坛始终能够独占一席的重要原因。

《玉簪记》的曲词富于文采而意境优美,用唾玉生香来形容毫不为过。如"寄弄"中的【朝元歌】情景交融,语带机趣,节奏鲜明,音律和谐,文采斐然又清丽绝俗。而"追别"一出更用诗情画意之笔创造了一幅秋江别离图,人物的离恨哀怨与晚秋江上的凄瑟之景融为一体,营造出离人泣血的悲凉意境,如【小桃红】、【下山虎】、【哭相思】等曲子:

> 秋江一望泪潸潸,怕向那孤蓬看也。这别离中生出一种苦言。自拆散在霎时间。心儿上,眼儿边,血儿流,把我的香肌减也。恨杀那野水平川,生隔断银河水,断送我春老啼鹃。

在悲凉的况味中给人以无限的美感与享受,人物的情感也达到了高潮。这一出又作《秋江哭别》,是戏曲舞台上常演不衰的折子戏。

【延伸欣赏】

推荐阅读:冯惟敏《僧尼共犯》

推荐观赏:昆剧《玉簪记》之"琴挑"

(杨再红)

第十三讲
岂独伤心是小青:《疗妒羹》赏析

【剧本选读】

《疗妒羹》第九出　题曲

明·吴炳[1]

示范音频

（小旦手持《牡丹亭》上）雨深花事想应捐[2]，小阁孤灯人未眠。不怕读书书易尽，可知度夜夜如年。我乔小青空负俊才，竟遭奇妒。自分[3]桐灰瓮下，骥死枥中[4]，何期杨夫人一见如故，慰安怜惜，绰有深情，敢谓惟贤知贤，还是不幸之幸。借得许多书籍，五车夸富，二酉争奇[5]，诵读之余，愁苦若失，内有《牡丹亭》剧本，是汤若士[6]手笔，柳梦梅画边遇鬼，杜丽娘梦里逢夫。有境有情，转幻转艳，草草急读一过，止悉大凡。（内打一鼓介）今夜，雨滴空阶，愁心欲碎；便勉就枕函[7]，终难合眼。不免把他再三咏玩。（一面看一面唱介）

【仙吕过曲·桂枝香】杜公名守，请这陈生宿秀[8]。俏书生，小姐聪明；顽伴读，梅香即溜[9]。刚念得毛诗一首，咏关雎好逑，关雎好逑。（笑介）好笑杜丽娘，悄然废书[10]而叹，道圣人之情，见乎词矣。春心拖逗[11]，向花园行走，感得那梦绸缪。你看柳梦梅，悄地把他抱去，软欸真难得，绵缠不自由。

【前腔】虽则想边虚搆，也是缘中原有，梦得正好，那不凑趣的花片，偏要闪觉[12]他来，似这小花神妒色惊回，到不如后面的老冥判，原情[13]宽宥，最妙是《寻梦》一出，恨风光不留，风光不留。把死生参透。只要与梦魂厮守。（又看笑介）痴丫头，做了个梦，就害起病来，甚来由假际犹担害[14]，真时怎着愁？

（内打二更介）

【前腔】这是相思症候，谁识得个中机縠[15]，石姑姑禁术[16]无灵，陈教授医功莫奏。他说若不描画真容，流传于世，岂知西蜀杜丽娘有如此之美貌乎？把丹青自勾，丹青自勾。又题诗画上道：不在梅边相就便在柳边重遘[17]。（泪介）我那丽娘姐姐，你真个死了。下场头：院草成坟树，衙斋改寺楼。

你听，窗外风雨一发大了。

【前腔】风声冬吼，雨情秋雷[18]，似同咱泪点飘零，敢也为娇娥偎僽[19]。（又看介）后来柳生养病红梅观，恰好拾得此画，想情缘未酬，情缘未酬。湖山钻透，觅得个风魔消受。那柳生

《疗妒羹》

又是一个痴汉,只管美人小姐的叫无休,直叫得冷骨心还热,僵魂意转柔。

(内打三更介)

【前腔】半年幽媾,少不得一言明剖,那时柳生听了鬼话,挖开坟冢,果然一个活的,那里是注重生阳寿还该？方信历万劫情肠不朽[20],妙在不通知陈最良,若一通知,便道世间没有此事。坟再开不成了。那杜平章也是一般见识,笑拘儒等侪[21],拘儒等侪,把生人活口,只认作子虚乌有。漫推求,相府开甥馆,还亏这,天街报状头。

(作看完介)"第云理之所必无,安知情之所必有",临川序语,大是解醒。

【前腔】魂还非谬,词传可久,若不信拔地能生,可听说和天都瘦？似俺小青今日怕不待临川泪流,临川泪流。可好趁你残香余酒,略写我慵妆疏绣[22]。(内打四更介)数更筹[23]。(遮灯介)烛闪褰[24]衣护,窗开剪纸修。

《牡丹亭》翻阅已完,再看别种,原来只这几本旧曲。

【长拍】一任你拍断红牙,拍断红牙,吹酸碧管,可赚得泪丝沾袖[25],总不如那《牡丹亭》一声《河满》便潸然,四壁如秋。(又看介)待我当做杜丽娘摹想一回。这是芍药栏,这是太湖石;呀！梦中的人来了也。半晌好迷留,是那般憨爱,那般瘠瘦。只见几阵阴风凉到骨,想又是梅月下俏魂游。天那,若都许死后自寻佳偶,岂惜留薄命,活作羁囚？

只是他这样梦,我小青怎再不做一个儿？

【短拍】便道今世缘悭[26],今世缘悭,难道来生信断,假华胥[27]也不许轻游？只怕世上没有柳梦梅,谁似他纳采挂坟头,把画卷当彩毯抛授。若未必痴情绝种,可容我偷识梦中愁。

偶有花笺,不免题诗一首,(题介)冷雨幽窗不可听,挑灯闲看《牡丹亭》。人间亦有痴于我,岂独伤心是小青？(自吟数遍,掩卷泪介)

【尾声】从今谱梦传奇后,添附新诗一首,杜丽娘你可听语伤心,也向梦里酬。

(内打五更介)

读罢新词漫自评,飘摇风雨杂鸡鸣。

已知到枕终无寐,且剩残灯尽短檠[28]。

【作品解题】

所谓"疗妒羹",顾名思义,指的是治疗女人嫉妒之症的汤药。在男权社会,女人拈酸吃醋历来被视为一种恶德,或是一种疾病。大约于战国和秦汉之际成书的《山海经·北山经》就记载了治疗嫉妒之症的食物:"又东北三百里曰轩辕之山,……有鸟焉,其状如枭而白首,其名曰黄鸟,其鸣自诐,食之不妒。"唐代杨夔《止妒论》云:"梁武帝郗后性妒,或言仓庚为膳疗忌,遂令茹之,妒果减半。""仓庚",即黄鸟,梁武帝萧衍的皇后好妒,萧衍命人用黄鸟做成羹汤,让她喝下,据说颇有效果。此说是否可信,已无法考证。该作以"疗妒羹"为名,目的很明确,就是希望作品能够发挥教育作用,从而使天下为妻为妾的女子都各尽本分,和睦共处,更好地为男性服务。全剧共三十二出,写扬州才女乔小青遭大妇苗氏所妒,处境艰难,几至香消玉殒。才子杨不器倾慕小青,杨夫人贤明大度,在丈夫好友韩向宸的帮助之下,设计救出小青并让小青和丈夫共结连理,苗氏也受到了惩罚。该作虽有浓厚的男权思想,但小青的形象却鲜明、独特,颇有悲剧意义和审美价值,值得我们关注。该作今存版本有《奢摩他室曲丛》商务印书馆排印本、明崇祯两衡堂刊本(见《古本戏曲丛刊》三集)等。故事来源于戈戈居士《小青传》(见冯梦龙《情史类略》卷十四和张潮《虞初新志》卷一)、支如增《小青传》(见郑元勋《幽媚阁文娱》),还参考了冯小青的《焚余词》以及张岱、李雯、施润章、陆丽京、徐翙等人以小青的故事为题材创作的诗歌和戏曲作品中的相关材料。

【注　释】

[1] 吴炳(1595—1648):字可先,号石渠,又号粲花主人,江苏宜兴人,出生于世家望族,万历四十七年(1619)中进士,官至礼部尚书兼东阁大学士。南明永历二年(1648,顺治五年)初,护送永明王太子到湖南城步,被清兵所俘,关押于衡阳湘山寺,绝食殉国。吴炳通晓音律,曾创作《绿牡丹》、《画中人》、《西园记》、《情邮记》、《疗妒羹》等五种传奇,合称"粲花五种曲"。

[2] 雨深花事想应捐:这句话意为夜雨潇潇,花朵被打落枝头。捐:弃。

[3] 自分(fèn):料想。

[4] 桐灰爨下,骥死枥中:爨(cuàn)下:灶下,梧桐在古代诗文中往往象征高洁美好的品格;骥(jì):好马,喻指贤能的人;枥:马槽。梧桐在灶下被烧成了灰,骏马困死在槽中,喻指小青志趣高洁、才貌绝伦却所遇非人,处境困厄。

[5] 五车夸富,二酉争奇:五车:《庄子·天下》篇云:"惠施有方,其书五车,其道舛驳,其言也不中。"后来人们便以"五车""五车书""书五车"等来称赞饱学之士。二酉山,是大酉山与小酉山之合称。小酉山半腰有一山洞,这便是"二酉洞"了。据南朝宋时盛弘之的《荆州记》,二酉洞中有书千卷,相传秦人于此而学,因留之(见《太平御览》卷四九引)。这两句意为小青自夸读的书很多,知识丰富。

[6] 汤若士:汤显祖(1550—1616),字义仍,号若士,晚明著名文学家,《牡丹亭》的作者。

[7] 枕函:古代可以装东西的枕头。

[8] 宿秀:老秀才。

[9] 即溜:原指身段灵活,此处形容伴读丫头春香调皮、灵活,动作麻利。

[10] 废书：放下书本。

[11] 拖逗：撩拨，勾引。

[12] 闪觉：惊醒。

[13] 原情：推究本情。

[14] 担害：此处指担忧、发愁，孟称舜《死里逃生》第二出："向神前设下千千拜，愿化行云出楚台。担愁担害！则这番泪落，血印苍台！"这句话感叹杜丽娘为了一个虚幻的梦而忧伤痛苦。

[15] 机彀(gòu)：奥妙，道理。

[16] 禁术：又称"禁法"，道教用以消解疾病、驱除邪祟的法术。这句意为石道姑为杜丽娘禳解，但不起作用。

[17] 重遘(gòu)：重逢。

[18] 霤(liù)：通"溜"，屋檐水，此处指秋雨缠绵，雨水从屋檐滴落下来。

[19] 儳(chán)僽(zhòu)：愁苦，烦恼。

[20] "那里是……肠不朽"句：劫：佛教称世界从生成到毁灭的一个过程为一劫，万劫就是万世的意思。这两句意为杜丽娘复活不是因为她在人世间的寿命还没有完结，而是爱情的伟大力量使然。

[21] 笑拘儒等俦：俦(chóu)：意为同类，这句话指杜宝与陈最良这样迂阔的儒生是同类，不相信世上居然有能够冲破生死界限的伟大爱情。

[22] 慵妆疏绣：慵：懒。疏：疏忽。此句意为懒于梳妆，也不想做女红，形容女子百无聊赖、意兴阑珊的情态。

[23] 筹：古时夜间报更用以记时的竹签。

[24] 搴(qiān)：揭，提起。

[25] "拍断红牙"句：红牙：拍板，古代演奏音乐时用于打节拍的一种乐器；碧管：笛子。上下句连起来意为你吹奏一些哀伤的曲子，纵然把笛管吹软了，红牙板也拍断了，使人流下了眼泪，但还是不如《牡丹亭》中的那支《河满》感人肺腑。《河满》又名《河满子》，是古代著名的感伤曲子。

[26] 缘悭(qiān)：缘分浅，没有机会见上一面。

[27] 假华胥：《列子·黄帝》载，黄帝即位十五年，"昼寝而梦，游于华胥之国"。华胥意指梦境、仙境。

[28] 短檠(qíng)：灯架，烛台。

(曲文据《古本戏曲丛刊》迻录，注释：杨惠玲)

【作品导读】

明清之际，一个早慧福薄、韶龄夭逝、生命如流星般短暂而美丽的女子引起了众多文士的关注，她就是扬州才女冯小青。据冯梦龙《情史类略》卷十四所载"小青传"，冯小青出身低微，其母为女塾师，幼时跟随母亲博览群书，工诗词，通音律，且容颜妙丽，别有风韵。十六岁远嫁杭州冯生为妾,冯妻奇妒,令小青独居于孤山别居,不使她与丈夫相聚。冯妻亲戚杨夫人曾劝小青另嫁才郎,小青婉拒。不久,小青抑郁成疾,临死前请画师画下真容,自奠而卒,年仅十八岁,留有《焚余词》。小青风姿绰约而多才多艺,怀瑾握瑜且志趣高洁,只因父母早亡而失去依靠,被迫卖身为妾,命运悲惨。这种红颜薄命的遭遇与封建社会里许多出身寒门而怀才不遇、潦倒落魄的文士命运极为相似,容易引起人们的共鸣。同时,小青独特的悲剧性格与浓郁的诗人气质更为这个悲剧增添了感人肺腑的力量。所以,小青的故事引起了众多文人的创作热情,文坛上掀起了一阵"冯小青热",以冯小青故事为题材的作品层出不穷,仅仅是笔者已经知道的就有《春波影》、《风流院》和《疗妒羹》等戏曲(包括杂剧和传奇)八种,《情史类略》《女才子书》《虞初新志》和《西湖佳话》等十多种典籍中都收有以小青故事为题材的作品,作者分别是戈戈居士、徐襄和支如增等人,张岱、李雯、施润章和陆丽京等文人也纷纷以小青故事为题材吟诗作文。这些作品中,吴炳《疗妒羹》的成就和影响最大。

与其他作品相比,《疗妒羹》最大的不同在于小青的形象更加鲜明、独特,动人心弦。作者将冯小青改名为乔玄玄,字小青,非常具体地描写她经受的各种凌辱和迫害,突出了她遭遇的不幸,同时又着力表现她性格中孤高、自恋的特征及其对爱情的热烈向往。

首先,作者将乔小青置于尖锐的矛盾冲突中来突出人物的不幸命运。褚大郎夫妇俩五十上下年纪尚无儿女,为传宗接代,褚大郎一直想娶妾,但其妻苗氏好妒,且凶悍无比,惧内的褚大郎未能如愿。经母舅颜仲通苦劝,苗氏终于答应。扬州才女乔小青"秀艳有文士韵",姿容绝世,不幸父母早亡,沦落风尘,被褚大郎买作小妾,于是辗转飘泊,来到杭州。小青一到褚家,苗氏妒火中烧,破口大骂,卸了她的衣饰,烧了她的笔砚和书籍,并下令将她幽禁在后面空园内,命陈妪看管,严禁与褚大郎接触。褚大郎贪恋小青的美貌,偷偷潜入后园私会小青,却被严密监视的苗氏发现,苗氏大骂小青,手持风流棒痛打丈夫,幸得颜仲通说情,小青才免于责罚。后来,苗氏将小青赶到孤山独居,小青抑郁成疾。苗氏借送药为名,暗地下毒,幸陈妪早有防备,计未得逞。一日,小青昏死,苗氏攫取小青的衣饰,不顾而去。幸韩向宸赶到,救活小青,领回家中暂住。中国封建社会的婚姻制度是媵妾型一夫一妻制,正妻之外,一个男子尚可娶多个小妾。小妾不是妻,只是丈夫生育和泄欲的工具,其地位与权利都远在正妻之下并受正妻控制,再加上褚妻性格的凶暴和小青的文弱,在褚妻与小青的地位和利益之争中,双方的力量非常悬殊,除了退让、忍受,小青别无选择。她不堪折磨,了无生趣,试图以死来抗争,并获得解脱。小青堪称人间极品女子,却不能主宰自己的命运,先是堕入风尘,后又所配非人,心灵饱受折磨,简直生不如死。通过展现苗氏和小青之间激烈的冲突,作品将小青命运的不幸刻画得触目惊心,令人掬一把同情之泪。小青的悲剧命运表面上是苗氏直接造成的,但根源却是封建婚姻制度。尽管作品大力肯定、宣扬封建妻妾制度,但却在客观上暴露了它的罪恶,起到了批判、鞭挞的作用。

其次,作者细致描画小青的心理活动,充分展示了她的内心世界,主要表现她极度的自恋和对自由爱情的向往。谈到自恋,自然要提起纳西色斯(Narcissus),纳西色斯是古希腊神话中的人物,极其英俊,无数女神追求他,其中,埃科(Echo)女神最为痴情。但是,纳西色斯不为所动,埃科女神渐渐憔悴而死。为了惩罚纳西色斯,复仇女神令他爱上自己的倒影。于是,他终日坐在池塘边,深情凝视自己的影子。终有一天,他情不自禁,投向自己的影子,被水淹死,化做了亭亭玉立的水仙花。由于这个故事,人们习惯将自恋者叫纳西色斯。其实,自恋是人类与生俱来的一种生命情结,无论是谁,都或多或少地有着自恋意识,但小青的自恋却超乎寻常,颇有些病态,其具体体现主要是极度的自怜、自伤、自赏和对美的强烈追求。

"梨梦"出中,小青独处空房,不胜哀怨,昏睡中梦见自己手中的梨花被狂风吹落。因为"梨""离"谐音,梦醒后,小青颇觉不祥,感到自己的生命就像风中飘零无依的梨花,即将辗落成泥,魂归大地。于是,她黯然销魂,以泪洗面。

"题曲"一出是该作的精华所在,一开头,作者就描写了一幅凄风苦雨的景象,夜雨滴空阶,秋风敲竹韵,原本姹紫嫣红的花朵纷纷坠落,在风雨中翻飞。通过景物描写,作者渲染了一种清冷、幽寂、凄伤的氛围,传递了人物内心的阴郁、凄凉,奠定了这出戏愁苦、哀伤的情感基调。在这样的夜里,被拘禁在空园的小青孤灯枯坐,愁心欲碎,只得拿出杨夫人借给她的《牡丹亭》,聊以自遣。很快地,她就被作品吸引了,时喜时嗔,或啼或笑,全身心沉醉其中。或许,在别人看来,丽娘因情入梦,一往而深,为情而亡,又为情重生的旷世奇恋实在是荒诞无稽,而她却深信不疑:"魂还非谬,词传可久,若不信拔地能生,可听说和天都瘦?"不仅如此,她还被深深打动,赞叹不已,悠然神往,内心被压抑的情感在瞬间被激活,对自由爱情的向往在她心中迅速滋长:"天哪,若都许死后自寻佳偶,岂惜留薄命,活作羁因?"如果死后能重获自由,自寻佳偶,她岂肯留恋人世,像现在这样过着囚徒一般的日子呢? 爱情的力量使柔弱的她迸发出叛逆的勇气,为了情,她宁愿以自己的生命为武器来与现实和命运抗争,由此,她成长为一个叛逆者,是命运和礼教的叛逆者! 不知不觉中,杜丽娘成为了她的领路人和知己。她亲切地唤丽娘为姐姐,还把自己当作杜丽娘,痴痴地想象自己正置身后花园中,在芍药栏边,太湖石旁,一个风神俊逸,懂得怜惜、欣赏她的书生正朝她走来,不由得心醉神迷。然而,想象中的激动、兴奋和欣喜是那样的短暂,她很快被拉回到现实中来。除了窗外的阴风冷雨,除了冰冷的四壁和一灯如豆,陪伴她的就只有手中的这几卷书了! 顿时,巨大的悲凉和痛苦铺天盖地而来,将她重重包裹。她开始自怨自艾,自怜自叹。她想,杜丽娘尚能在梦中遇到一个热烈而珍爱她的情人,可她自己呢?连这样虚幻的梦都没有,情何以堪!她不由得怨恨无情而冷酷的现实:"便道今世缘悭,今世缘悭,难道来生信断,假华胥也不许轻游?"接着,她转念一想,即使也有这样的梦,又有何用?现实中能有柳梦梅这样重情重义、值得她用整个生命去爱的男人吗?杜丽娘死而复生,但如果世间没有柳梦梅,她的复生又有什么意义呢?万千愁绪纠结心间,化做了四句断肠诗:"冷雨幽窗不可听,挑灯闲看《牡丹亭》。人间亦有痴于我,岂独伤心是小青?"她写下这四句诗,将诗笺夹在书中,哀情婉转,难以成眠。

可见,"题曲"是小青性格发展的重要环节,在《牡丹亭》和剧中人物杜丽娘的指引下,深受损害、从未得到爱情滋润的小青第一次感受到爱情的神奇和美好,萌生了对爱情的向往和追求。正因为她的青春和爱情意识苏醒了,在接下来的"游湖"出,她才会对风流倜傥的杨不器一见钟情,芳心暗许。一向低眉顺眼、逆来顺受的小青终于走上了对封建道德的反叛之路。

"絮影"一出,小青怀想着杨不器的风流俊逸,为和意中人心灵相通而暗自欣喜。这时,她又走到了池边,临水自照。和纳西色斯一样,小青喜欢顾影自怜。水中的影子娇弱纤细、清瘦轻盈,楚楚动人,她油然而生怜爱之情,"小青娘子,小青娘子",她一声声呼唤着自己的影子,还和影子说起话来,一会赞美自己"新妆竟与画图争""丰姿占断人间美",一边又哀叹"塞厄惟供老妒欺"的不幸命运。极度忧伤之余,她合掌向上,叩问苍天:"问天,天可肯改便从宜,除艳冶偿佳配。"她是多么迫切地企盼天遂人愿,让她和杨不器佳偶早成呀!可是,此时此刻,没有人走进她的生命,欣赏她的美丽和才情,用真诚的情爱温暖她冰冷、忧戚的心。只有她的影子在水中,默默地陪伴着她。看着自己的影子,小青仿佛感受到一丝慰藉,喃喃自语道:"瘦影自临春水照,卿须怜我我怜卿。"一个妙龄少女本应过着阳光、健康、快乐的生活,而小青却只能形影相吊,郁郁寡欢。社会对人的压迫,对人性的扼杀由此暴露无遗,触目惊心。从"梨梦",到"题曲",再到"絮影",小青形象的悲剧意味越来越强烈。

"吊苏"出中,小青对自我身世的伤感发展为满腔的怨恨。被驱赶到孤山的途中,她经过南齐时钱塘名妓苏小小墓,执意要下轿凭吊。她以酒浇墓,悲叹道:"哭我小青绝世才姿,竟尔沦没""到如今月明空有归来珮,枉斯文在兹""风雅坐陵夷,惟将博憔悴""甚班姬谢姬,甚班姬谢姬,倒不如桃叶低微,还赚得姓名留世"。班姬和谢姬,分别指班昭和谢道韫,是古代两位出身名门的才女。而桃叶则是东晋时南京一个寻常百姓家的女子,据说王献之曾和她邂逅相遇,并热烈地爱上了她,还为她写了三首情诗《桃叶歌》。在小青心中,她像班姬、谢姬一样风华绝代,但却沦落到无处容身的田地!真是空有出尘的容貌,空有满腹的才学,空有高雅的志趣,还不如做一个像桃叶这样的寻常女子,尚能获得热烈的爱情。这几段唱词,

第十三讲
岂独伤心是小青:《疗妒羹》赏析

小青抚今思昔,尽情宣泄了自己空负俊才、竟遭奇妒的满腔悲愤。这一出戏名为"吊苏",实际上是小青"唤彼芳魂,诉我之怨",正所谓"借他人之酒杯,浇自己之块垒"。

上文提到小青深受杜丽娘的影响,希望能以躯体的死亡换取精神的解放和追求爱情的自由。但令人失望的是,她的生命里并没有值得她拼死去爱的男人,因此,她极度苦闷、忧伤。不久,这个男人出现了,他就是玉树临风、才情不凡的杨不器。两人四目相对,秋波频传。杨不器还吟诵了她的诗句,传递倾慕之意。小青仿佛在黑暗之中看到了一线光明,芳心暗动。从此小青和丽娘一样,有了为爱赴死的理由,于是,"病雪"出中,独居孤山的小青生病了。虽然病情越来越严重,但她并不惊慌、害怕,相反,她非常从容、坦然,这是因为她已经做好了赴死的准备。所以,她拒绝治疗,每日茶饭不思,唯以梨汁一杯勉强维持生命。因为自感来日无多,她恳请擅长丹青的韩向宸为自己画像。"画真"出中,韩向宸为小青一连画了三幅画像,前两幅小青都不满意,认为第一幅画得不像,没有画出自己的神采,第二幅"已得其致,未尽其神",只有第三幅才是形神兼备。她为第三幅画像题词,并装裱成轴,挂在中堂。"诀语"出,小青扶病玩赏自己的画像:"你看他脂角微馨,波光欲转,妆以淡艳,人带憨态,不烦鸾镜窥来,恍若蝶魂飞去。小青,何幸辱此化工之笔乎?"看着画上自己卓异的风姿,她不禁悲从中来,对着画痛哭起来,甚至哭倒在地。她知道死期将近,便对镜梳洗,盛妆待死。平日里,尽管是离群索居,而且是病体怏怏,她总要非常精心地把自己打扮得明艳动人,从不懈怠、马虎。现在,她又准备以自己最美的容貌去迎接死亡,她对美的热爱真是达到了极致。她让陈妪取一杯梨汁供在案前,祭奠自己:"你枉自斗文人翰墨场,怎不变男儿推词赋长。一般的才高也惹苏公谤,命短还同颜子殇。小青、小青,你如今倒得清脱了,可好配湘妃江水香,还要笑明妃胡地葬。"她对自己的才学和美丽非常自信,所以把诗稿托付陈妪收藏,希望日后有赏识她才华的热心人为之梓行,又叮嘱陈妪将第二幅画像陪葬,将第三幅画像转交杨夫人,好留传世上。她虽为女儿身,但却有着垂文自现、青史留名的思想,这将她自怜自爱、孤芳自赏的心态表现得淋漓尽致,令人叹为观止。

自奠之后,病体不支的小青昏死过去。苗氏以为她死了,匆匆忙忙赶过来,把她的随身物品掠夺一空,扬长而去。为什么作者要写小青的"死",还要把她的假死当作真死来写呢?答案很简单,如果小青要获得拯救,必须具备两个条件:一是杨不器的爱,一是身份的改换。对小青来说,死亡是一种仪式,表示身份的突变。如果她死了,就不再是褚大郎的小妾,和苗氏的矛盾得到了解决,不再受褚家的约束。而且,以往的日子都已成前世,小青可以开始新的生活。当然,改变身份的方式有多种,死亡这一方式太过极端。但也正是因为极端,才能表现出矛盾的激烈和小青命运的不幸,作品才更具戏剧性和悲剧性。作者深知小青之死非常重要,所以颇为用力。

接下来,在众人的帮助下,小青嫁给了情趣相投的杨不器,还产下一子,得到了世间女子应有的幸福。尽管小青的生活境遇有了很大的改善,但她的形象却没有新的发展。

由上可知,小青始而侘傺不偶、遭遇不幸,终于否极泰来,如愿以偿,形象新鲜而独特,其特异之处主要表现为两点:其一是外柔内刚,有为追求爱情而反叛封建道德的胆识和勇气;其二是极度的自恋、孤高。自恋、孤高本是一种悲剧性的人格,而小青命运的不幸更强化了这种悲剧意味,所以说,小青的形象呈现出一种非常强烈的悲剧美,很有审美价值。

小青过度自恋是有原因的。首先,她多才多艺,容貌出众,又天性爱美,志趣高洁,世上难有其匹,因此曲高和寡,知音难遇;其次,她身世不幸,命运多舛,正值青春妙龄却被苗氏幽禁,唯有一老妪相伴,对爱情的渴望得不到满足。由于这两方面的原因,她极其孤独、压抑。为了转移、排遣内心的压力,她只能怜惜、珍爱自己,只能临水自照,喜与影语,对画自赏。总之,她病态的自恋情结主要是由不幸的命运造成的。

除了小青,作品还刻画了颜氏、褚氏、韩向宸和颜仲通等人物形象。颜氏是吏部员外郎杨不器的夫人,知书达理,夫妻俩感情欢洽,只是年近四十,尚膝下无子,杨夫人力劝丈夫纳妾,杨不器却说非才貌两全的佳丽不娶。于是,杨夫人不辞辛苦,四处奔波,亲自遴选,却没有中意的,又委托不器的好友韩向宸代为物色。杨夫人不仅大度,而且聪慧,有计谋,听说才色双绝的小青不为大妇所容,她特去褚家拜访,见到小青,顿生怜爱之意,确定她是最佳人选。于是,她想尽办法,先是安排丈夫与小青相见,然后又设计让褚妻将小青驱逐到孤山别居,帮助她摆脱褚妻的严密控制,最后又作主让小青与丈夫结合。更难得的是,她还风趣、调皮,非常可爱。杨不器返乡后,陈妪将小青送至杨夫人处,杨夫人秘而不宣,立意作弄丈夫。她让韩向宸把小青的画像送给丈夫,在丈夫睹画思人,哭吊小青时闯进书房,故意指责丈夫失态;接着又安排小青假扮鬼魂与杨不器幽会,却假装吃醋,弄得丈夫狼狈不堪。还设计让杨不器带人去孤山掘小青墓,当然是失望而归。这时,杨夫人才告知小青未死,并将小青领出与其成婚。杨不器在经历了小小的波折之后收获了惊喜,达到了幸福的颠峰。因为杨夫人小小的作弄,生活变得多姿多彩,饶有趣味。作品的后半部分也因此波澜起伏,跌宕有致。她贤明、大度、能干、聪明,不死板,有情调,几乎集中了女性所有的美德和优长,是作者根据自己的理想创造出的一个人物。与杨夫人相比,褚妻形成了鲜明的对照,她好妒、凶悍、暴虐,直接造成了小青的不幸和痛苦,无疑是作者批判的反面典型。最后,杨夫人几乎和小青同时产子,得到了褒奖,而褚妻差点被韩向宸杀死,受到了惩罚。韩向宸是杨不器的好友,不仅亲到扬州为好友选妾,还一直悉心照顾、保护小青。颜仲通是杨夫人的叔叔,褚妻的母舅,他竭力劝说苗氏允许丈夫娶妾,对贤明的杨夫人赞不绝口。他们积极鼓吹男人纳妾,不仅竭力肯定男人纳妾的合理性,还努力使男人娶妾的愿望成为现实。这些人物存在的意义主要在于宣扬妻妾之道,强化了作品的教育意义。作者试图以小青的命运遭遇打动天下妒妇,使她们都以杨夫人为榜样,消除痴妒之心,和妾齐心协力,共同侍奉丈夫,生儿育女,使男人尽可能获取更多的利益。

尽管这部作品宣扬封建妻妾制度,有着浓厚的男权思想,但还是取得了较高的成就,它的成就主要体现为两点:一,成功刻画了乔小青这位幽怨、自恋,颇具美学品位的才女形象。二,为了突出人物的性格,作者在"梨梦"、"题曲"、"絮影"和"诀语"等出中着力抒写小青自伤、自怜之情,运用优美、典雅的词语营造出浓郁的抒情意味,文学性较强。

应该指出的是,《疗妒羹》深受汤显祖《牡丹亭》的影响,其具体体现主要有三点:其一,该作借鉴了汤显祖的构思,乔小青抑郁成病,不治假死和杨不器叫画、哭画、掘坟等情节都来源于《牡丹亭》;其二,"题曲"一出,乔小青夜读《牡丹亭》,将剧情梳理了一遍,由此,《牡丹亭》的情节直接成为该出很重要的一部分;其三,乔小青自恋、叛逆等性格特点深受杜丽娘的影响,而杨不器的情痴、情真、情深等特点则和柳梦梅非常接近。

受到了前代文学作品滋养的《疗妒羹》也反过来对后世的文学产生了比较显著的影响,例如,部分红学家曾经指出,《红楼梦》的作者曹雪芹刻画林黛玉时,就吸收了小青的许多特点,因此,林黛玉和乔小青有许多共同点,甚至有人认为林黛玉的形象脱胎于乔小青。另外,贾宝玉所要的方子"疗妒汤",也可能是受到《疗妒羹》的启发。

《疗妒羹》在我国明清戏曲舞台上也颇有影响,陈世祥《北山游后记》(见徐缙、杨廷撰辑《崇川咫闻录》卷三)记载了南通知府毕载积的家伶擅演该剧,祁彪佳所著《祁忠敏公日记》中也有他观看该剧演出的记录。万树在观看了该剧的演出后还特意填了一首【宝鼎现】词以记其盛况。可见,该作曾是昆剧舞台上常演的剧目。据《增辑六也曲谱》和《集成曲谱》,该剧常演的折子是《梨梦》、《题曲》和《浇墓》。流传到清末,该剧只剩下了一折《题曲》还能演出。《题曲》一折身段不多,主要通过旋律优美的歌唱和细腻的表情展示人物丰富、复杂的情感世界,酝酿出浓郁的抒情意味。由于对演员要求极高,擅演者寥寥无几。民国时,苏州原全福班的名旦钱宝卿以一百大洋为价教给了昆剧传字辈艺人姚传芗,经姚传芗的不断丰富、完善,《题曲》成为一出唱做并重、颇具欣赏价值的好戏。1982年初,姚传芗将这出戏又传给了他的学生王奉梅(现浙江昆剧团的演员)。因此,这出好戏得以保留至今。现在,已经有更多的演员擅演这出戏,如上海昆剧团的梁谷音和江苏省昆剧院的胡锦芳等。我们期待这出戏能够代代相传,为昆剧舞台添光加彩。

【延伸欣赏】

推荐阅读:汤显祖《牡丹亭》(浙江古籍出版社,1998年);徐翙《春波影》杂剧,见《盛明杂剧》;朱京藩《风流院》传奇,见《古本戏曲丛刊》二集

推荐观赏:昆剧《疗妒羹》之"题曲"

(杨惠玲)

第十四讲
事俱按实　言亦雅驯：时事剧《清忠谱》

【剧本选读】

第二十二出　毁祠[1]

明末清初·李玉[2]

净、外、旦扮各色人，奔上（白）列位阿，走阿，走阿！（唱）

【香柳娘】[3]向山塘[4]急奔，向山塘急奔。冲天公愤，今朝始泄心头闷。

（白）：我们苏州百姓，只因魏太监[5]这千刀万剐的，要谋王夺位，害了许多忠臣，拽死了周吏部[6]，又屈杀了颜佩韦、杨念如等五人。人人切齿，个个咬牙。如今新皇帝[7]登基，杀了魏贼，籍没了家私，杀尽了干儿干孙[8]；那毛一鹭、李实[9]都要拿去砍了。我们急急到半塘[10]去，拆毁那逆贼的祠堂，大家出一口气。

净（白）：出了阊门，已是钓桥了。我们再喊些人同去。（二杂同喊介）上塘、下塘、南濠、北濠[11]众朋友，都到半塘拆祠堂去！（内应介）来了，来了！（净众作一路奔喊介）（丑、生、贴扮各色人，又作一路奔唱上）（合）

急传呼万民，急传呼万民。千万共成群，拆毁如齑粉。

（净、丑作奔急撞跌介）（扭住相打相骂介）（外、旦劝介）我们西头一路奔来，要去拆祠堂要紧，何苦斗这样闲气。（生、贴劝介）我们也为拆祠堂而来，既是自家人，放手放手，大家去干正经。（净、丑放手笑介）啐！说个明白，大家不打了。（净）众兄弟，我们如今有六七百人在这里了，快些上了渡生桥[12]，一头奔，一头喊去便了。（丑）我们许多人在这里，就是杀阵也去得的了。（共奔介）（合）

似行兵摆阵，似行兵摆阵，好似天将天神，下临苏郡。

（作到介）（净）一奔奔到了，牢门关紧在这里，大家打进去。（众）打，打，打！（内喊介）来了，来了！（付、小生、老旦扮农夫，捐锄头、家伙上）我们虎丘山后、席场上、三佛桥长泾庙、长荡头砖场上、庄基上、关上、阳山头许多百姓，人千人万，都赶来拆祠堂了。（净、丑）有兴，有兴！打进去！见一个人，打杀一个人！（付）第一要打杀陆堂长要紧。（净、丑）不要放走了他。（众呐喊作打入介）（下）（内乱喊乱打介）

（末胡髯[13]、罗帽[14]、大褶[15]，急奔上）（唱）

【前腔】忽惊闻丧魂,忽惊闻丧魂。后门逃遁,奔驰急出尿和粪。

(白):区区堂长陆万龄。外边风声不好,躲在祠中,不想众人赶进,几乎捉着,只得从后门逃出。身上这样打扮,可不被人看破了,不免脱下衣帽,扯下胡须,面上涂些泥污,逃到他州外府,讨饭过日罢。(脱衣、帽,扯须,将泥涂面介)

把泥涂遍身,把泥涂遍身。乞丐讨分文,他乡远投奔。

(末奔下)(内喊介)不好了,不好了!走了人了!(净、丑、七杂急奔上,满场奔介)

捉逃人要紧,捉逃人要紧,打杀囚根[16],方才消恨。

净(白)一个陆堂长被他逃走了!走了猢狲,没什么弄,怎么处?(众)我们再赶进去打!(内乱打乱喊介)(净)里边人多得紧,挤不下,不要进去了。(丑)待我到里边抬条大索,扯倒这石牌坊罢。(众)有理,有理!(丑作虚下拿绳上)索在这里了。待我络上牌坊缚定,大家用力拽倒便了。(众)快缚,快缚!(丑作向内高缚介)(净)众兄弟都来搜索!(众)都在这里。(共拿索介)(净)列位朋友,我们做一只骂魏贼的曲子,唱一句,打一声号子,才有气力。(众)有理,有理。大哥起调,我等接应便了。(共扯索,唱一句打一号子介)(合)

【前腔】恨忠贤贼臣,(打号介)牙牙许牙[17],恨忠贤贼臣,(打号介)逆谋弑狠,(打号介)把忠良假旨都杀尽。(打号介)遣凶徒捉人,遣凶徒捉人,(打号介)打断脊梁筋,五人大名震。(打号介)笑今朝命殒,笑今朝命殒,(打号介)杀尽儿孙,祠堂毁尽。

(作拽倒,内大声震响介)(众跌倒在地,各作叫痛扒起诨介)(净、丑)我们都进去,拿魏贼浑身打个稀烂!(众)有理,有理!(共奔介)(合)

【前腔】打身躯粉碎,打身躯粉碎,赛过千刀万刃,鱼鳞寸剐刑非峻。

(作奔下扛一无头浑身上)(众)打,打,打!(共打介)打得粉碎了,我们拿来抛在河里,教他日夜淌水面。(作抛河介)(二杂拿火把上)(喊介)大家进去放火烧祠堂!(拿火奔下)(众)还有魏贼的头儿不曾拿得,如今放火了,怎么处?(内丢火介)(众)火大得紧了,拿不得阿!(净)不妨,不妨,待我冒火进去抢出来。(唱)

看炎炎火焚,看炎炎火焚,拼命抢头奔,烟火喉间喷。

(作奔下抢头出介)头在这里了。(众)我们大家打个粉碎!(净摇手介)不要打,不要打。(付)头是魏贼的亲儿子舍的,是沉香的,劈碎了,大家分了罢!(净喊介)放屁!那个说分,众人打杀他!(众)若不分,把这头何用?(净)我们拿去祭了周老爷,再祭了颜佩韦等五人,然后拿到城隍庙里,焚化便了。(众)有理,有理!如今先到上塘桐泾桥林家巷内,请了周公子[18],同到周老爷坟上祭献便了。(共奔介)

向灵前陈进,向灵前陈进,怨气才申,九泉笑哂。

(共奔下)

【作品解题】

《清忠谱》叙写明代天启年间,东林党人周顺昌横遭魏忠贤阉党的迫害下狱,以颜佩韦、沈扬、马杰、周文元、杨念如等五人为代表的苏州市民奋起声援,剧本在刻划周顺昌视死如归,不屈不挠与权奸斗争的孤忠形象的同时,也正面描写了五义士率领民众冲击官衙、格杀旗尉的气势磅礴的宏大场面,最后五义士壮烈就义,阉党也得到了应有下场。本事见《明史·周顺昌传》、张溥《五人墓碑记》、吴录公《五人传》以及《五人取义记略》、《颂天胪笔》所载。今存清顺治年间苏州树滋堂刻本,《古本戏曲丛刊》三集据以影印。此外尚有中国戏曲学院藏本、南京图书馆藏本和周贻白藏本、吴梅抄本等传世。1982年王季思主编《中国十大古典悲剧集》时被收入,由上海文艺出版社出版。

【注　释】

[1]《毁祠》:选自王季思主编《中国十大古典悲剧集》上集,上海文艺出版社1982年版。

[2] 李玉:明末清初传奇作家,昆剧"苏州派"领袖,生平见"作品导读"。

[3]【香柳娘】:南曲曲牌,系南吕宫过曲。曲牌当被重复使用时,后一支称"前腔",格律有时会有变化。

[4] 山塘:苏州山塘街,是明清时期苏州繁华的商业街。

[5] 魏太监:指魏忠贤。

[6] 周吏部:指周顺昌,明末东林党骨干,因在吏部任文选司员外郎,故名。

[7] 新皇帝:指崇祯皇帝。

[8] 干儿干孙:魏忠贤通过收认"干儿子"、"干孙子"广罗党羽,遍置鹰犬,以实现专权用事。

[9] 毛一鹭、李实:毛一鹭是明天启时的苏州巡抚,李实是苏州织造,都是魏忠贤的死党。

[10] 半塘:地处苏州山塘街中段,由此得名,"五人墓"即在此。

[11] 上塘、下塘、南濠、北濠:苏州街名。

[12] 渡生桥:一作"渡僧桥",由阊门进入山塘街的必经地。

[13] 胡髯:即髯口,俗称胡须。

[14] 罗帽:剧中英雄豪杰一类人物戴的帽子。

[15] 大褶:即褶子,斜领长衫,剧中普通人的便服。

[16] 囚根:吴语中的骂人话,意谓罪恶的根子。

[17] 牙牙许牙:象声词,相当于"哟嗬、哟嗬"。

[18] 周公子,指周顺昌之子周茂兰。

(据王季思《中国十大古典悲剧集》迻录,注释:顾聆森)

【作品导读】

　　《清忠谱》发扬了早期昆剧"时政传奇"的传统,直接以社会现实斗争为题材。时政传奇的创作在明代已很普遍,祁彪佳《曲品》中就载有四十余种,而以东林党人周顺昌与魏忠贤阉党不屈斗争为题材的传奇作品也为数不少,除《清忠谱》以外,又如《磨忠记》、《喜逢春》、《瑞玉记》(佚)、《冰山记》(佚)等。但没有一种传奇取得了像《清忠谱》这样的艺术成就和思想高度。《清忠谱》至清中叶尚有演出,《缀白裘》收辑了"书闹""拉众""鞭差""打尉"等折,《纳书楹曲谱》收订有《骂祠》(即《骂像》)。近世则有京剧改编本《五人义》等流传舞台。20世纪80年代,辑入了由王季思主编的《中国十大古典悲剧集》,由上海文艺出版社出版发行。

　　《清忠谱》作者李玉(1591?—1677?),明末清初昆曲"苏州派"传奇家群落领袖。据焦循《剧说》记载,李玉"系申相国(按:申时行)家人",吴伟业称:"其才足以上下千载,其学足以囊括艺林。"(《北词广正谱·序》)李玉生平著传奇四十二种,传世剧作有十八种。李玉在明末已享盛名,他的传奇《一捧雪》《人兽关》《永团圆》《占花魁》,号称"一人永占",几乎家喻户晓。

　　昆剧到明末已经一统吴中剧坛。早在明代中叶,苏州靠着丝织业的崛起,形成了城市经济的空前繁荣,苏州丝织业所带来的庞大的新兴市民阶层,有效地催化了昆剧观众结构的演变。以沈璟为首的昆曲"吴江派"为敦促昆剧走向市民而发起的"本色"运动,已促使昆剧走出了贵族厅堂,而进入了市井草台。与士大夫、贵族"家班"不同的、完全以赢利为目的的民间职业戏班风起云涌,并向大江南北扩散,昆剧从案头、场上到受众都发生了深刻的变化,正在迎来一个"家歌户唱"的新时代。以李玉为首的"苏州派"是一个市民剧作家群落,作为"苏州派"领袖的李玉,本人出身低微,他的传奇家的笔触于是能够常常自觉地直接伸向市民社会,在他的作品里,市民形象正在悄悄地走向舞台中心而取代才子佳人。尽管李玉他们的作品的思想内容均无法超越封建传统道德的局限,但他们总是在作品中有意无意地推崇和张扬一种积极的市民精神。

　　《清忠谱》既是李玉的代表作,也是传奇莅临新时代的代表作。《清忠谱》所表现的周顺昌的冤案在明崇祯六年(1628)昭雪,李玉创作《清忠谱》仅仅在后约二十年,其间又因经历了改朝换代的社会大动荡,从而更加深了李玉对自己耳闻目睹的社会现实的认识与理解。吴伟业为《清忠谱》作序时说:

第十四讲
事俱按实　言亦雅驯：时事剧《清忠谱》

> 以公（按：指周顺昌）事填词传奇者凡数家，李玄玉所作《清忠谱》最晚出，独以文肃公相映发，而事俱按实，其言亦雅驯，虽云填词，目之信史可也。

"事俱按实"，甚至可以"目之信史"，《清忠谱》因此也被认为是我国古代传奇中成功"写实"的"现代戏"的典型。

原著题有"吴门啸侣李元玉甫著，同里叶时章雉斐、毕魏万后、朱素臣同编"。叶时章、毕魏、朱素臣都是"苏州派"群落作家，他们"皆为吴人，故独以吴事为题材"（郑振铎《古本戏曲丛刊·清忠谱·跋》），《清忠谱》当是他们的精心合作的作品。通过剧作，他们无情地揭露和鞭挞了魏氏阉党集团的凶残狠毒，对不屈不挠地与阉党作殊死斗争的东林党人周顺昌以及苏州普通市民，剧作寄予了无限同情并予以竭力歌颂。《清忠谱》开卷即以【满江红】一曲向读者传递了剧作者强烈的爱憎和剧作的创作宗旨：

【满江红】珰焰烧天，正亘古忠良灰劫，看几许骄骢嘶断，杜鹃啼血。一点忠魂天日惨，五人义气风雷掣。溯从前词曲少全篇，歌声咽。思往事，心欲裂，挑残史，神为越。写孤忠纸上，唾壶敲缺。一传词坛标赤帜，千秋大节歌白雪，更锄奸律吕作阳秋，锋如铁。

在《清忠谱》中，李玉赋予了周顺昌知识精英的高风亮节。全剧二十五折，其中重点刻画周顺昌的有"傲雪""述珰""缔姻""骂像""忠梦""就逮""哭追""叱勘""囊首"诸折。他为官不仅清正廉洁，两袖清风，且为人嫉恶如仇，英雄不屈。"缔姻"一折，叙浙江魏大中被捕，船过苏州时，别人唯恐避之不远，周顺昌却一身正气，拦住解船，要求登舟，当遭拒绝时，他便冲上船去，并要他们回去告知"阉狗"知道："我周顺昌不是怕死的人。"不仅如此，还当面许婚，与魏大中联姻。魏忠贤在山塘街建造生祠，落成之日，他大义凛然，进祠大骂权奸："枉费了万民脂、千官钞"，"少不得倒冰山、阳光照"，最终将"逆像烟销"而"只贻着臭名儿千秋笑"（《清忠谱》第六折【朝天子】）。在"叱勘"中，周顺昌面对阉奸，还"踢翻两桌"，扭打奸党倪文焕、许显纯，并含血喷之。临刑之际则高呼："死作厉鬼，击杀奸贼！"（《清忠谱》第十七折）剧作者以可歌可泣的感人细节塑造了这一位刚直不阿、大义凛然的悲剧英雄形象。

入清之后，李玉从现实生活中直接选择了重大题材，有意通过舞台形象对明亡的历史进行反思，如前所述，由于"苏州派"的精神世界从本质上没有能够跳出儒家的道德范畴，因此，他们的许多历史题材作品常常把社会动乱乃至亡国之咎归之于贵族精神的颓废与丧失，在李玉他们看来，明末国政日非，就是因为传统的贵族精神业已堕落缺失，像周顺昌这样的国家栋梁太少，无法左右国家命运，故明末才会造成奸臣辈出，魏党肆虐。"苏州派"剧作家在他们创造的"现代戏"和历史剧中塑造了周顺昌、况钟、程济、方孝孺等一大批士大夫正面群像,全面、彻底地外化了贵族精神的内涵和外延。而李玉笔下的周顺昌就成为了"苏州派"群落作家心目中最典型,也是最为理想主义的贵族英雄形象。

与周顺昌的高风亮节相对照的是《清忠谱》着重渲染了颜佩韦、沈扬、马杰、周文元、杨念如五位义士为代表的苏州市民精神。在《清忠谱》中描写五义士的戏共有五折,即"书闹"、"义愤""闹诏""捕义""戮义",几乎每一折李玉都从正面写人物,如"义愤"中,作者让颜佩韦自我描述性格:"不读诗书,自守着孩提真性;略知礼义,偏厌那学究斯文;路见不平,即便拔刀相助;片言不合,那肯佛眼相看。"又说:"怪的是不忠不孝,不义之财毫不取;敬的是有仁有义,有些肝胆便投机。"根据他的这种性格,"书闹"中安排他在玄妙观听说书《岳传》,当他听到韩世忠被害时,忍不住拍案而起,大骂:"可恼可恼!童贯这敦狗,作恶异常,教我那里按捺得定!"还"一脚踢翻书桌介",他那种嫉恶如仇的性格,昭然若揭。"捕义"中,颜佩韦听说马杰等已经被捕,他即对公差说:"这桩事,是我做的,何消拿得别人!""戮义"写五人临刑,李玉让他们高歌【泣颜回·前腔】,响遏行云:

【泣颜回·前腔】刚强,仗义久名扬,说甚身遭无妄,权珰肆虐,堪嗟毒流天壤,锄奸击贼,五人儿也不愧东林党。痛孤忠万里俘囚,枉吾侪一朝倾丧。

五义士就义后,李玉又故意让刽子手"提五人头绕场",再让"老、生哭起后倒地介",通过这种刺激性的场面,把悲剧推向高潮。

张扬市民精神同样是《清忠谱》的重要题旨,李玉心目中的市民精神和贵族精神并不对立矛盾,而是相辅相成,他让五位市民唱出了"五人儿也不愧东林党",正是剧作者一种富有时代特色的社会理念的体现与表达。

《清忠谱》一方面通过"义愤""闹诏"等折从正面描述了气势磅礴的群众斗争,同时又在"书闹""捕义""戮义"中通过典型细节细腻地刻画了颜佩韦他们的个性。尤其"戮义"中,五义士在刑场诀别时的慷慨激昂,和颜佩韦"打死校尉,万民称快,死也瞑目了"的心声,充分表现了义士视死如归的精神。苏州市民为国家、为百姓勇于献身的壮举和士大夫周顺昌那种不惜为国捐躯已经没有任何实质性的区分。在这里剧作者塑造了市民与贵族的两种社会精神,并夸张放大了它们的契合点和交叉点,成为了剧作艺术结构的一种整体观照,正因为如此,颜佩韦他们的市民行为在剧中虽然属于副线,但它却能紧紧裹挟着主线,成为不可分离的有机部分。昆剧传奇虽然大多铺设主、副两线,但能够像《清忠谱》那样使主线和副线相辅相成、相得益彰,紧密胶合在一起的传奇并不多见,诚如《牡丹亭》《长生殿》这样的古典名著,其副线铺设也并不尽如人意。像《清忠谱》这样以反映复杂的社会事件为题材的传奇所以能具有这样强烈的剧场感染效应,很大程度上取决于它成熟的艺术结构和由此而生发的结构艺术魅力。

《清忠谱》的传奇结构艺术的另一个特色是,它的戏剧悬念设置不只依靠情节,还仗着人物性格逻辑的吸引。剧作一方面尽力渲染了魏忠贤专权的凶残狠毒,而同时又通过主人公周顺昌与魏大中联姻、骂像、直呼魏忠贤"阉狗"等,让周顺昌按着他本人嫉恶如仇的性格逻辑行事,从而与阉党的"凶残狠毒"形成越来越强烈的对照。尽管李玉著《清忠谱》"事俱按实",人物命运的结局早已家喻户晓,但观众依旧能够时时为周顺昌的性格悬念所慑服,时时担心着他的命运。

剧情进行到"毁祠"一折,整个戏剧情节已经经历了"囊首"和"戮义",随着主人公周顺昌和五义士的就义问斩,高潮已经过去,然而"戮义"以下,尚又有"泣遣""魂遇""报败""毁祠""吊墓""锄奸""表忠"诸折,读者或观众并不因为高潮已过而观赏稍有懈怠,这是因为周顺昌和五义士虽然已经就义殉命,情节悬念虽然已经结束,而人物的性格悬念却依旧强烈,这就是说,"戮义"以下,情节高潮虽过,情感之流依旧在继续推进。

"毁祠"是全剧情感高潮总的爆发点。设立情感高潮是我国古代戏曲的一种常见的创作模式,如杂剧《汉宫秋》,故事情节至前三折业已结束,作者在第四折,用了全剧四分之一的篇幅进行推波助澜,把主人公的情感抒发催向了剧作的第二个高潮——情感高潮。又如传奇《长生殿》,剧情进行到第二十七出(全剧五十出)"埋玉"时,女主人公杨玉环被迫自缢身亡,其主线——唐玄宗和杨玉环的相爱情节戛然而止,但剧作者依旧在"埋玉"以后安排了"迎像"、"哭像"、"闻铃"等诸多抒情场次,抒发了唐玄宗对杨玉环的思念的铭心情怀。这与其说是一味地为了满足男主人公的情志,不如说更是为了观众抒情吐气的需要。《清忠谱》在"戮义"以后形势急转直下,阉党接连"报败",崇祯皇帝逼令魏忠贤自缢。《清忠谱》故事始于"创祠",周顺昌之"骂祠"("骂像")等壮怀激烈、淋漓痛快,已为读者和观众一吐胸中块垒,大大出了一口气。但周顺昌因此身陷囹圄,酷刑囊首,而颜佩韦等五义士也喋血刑场。山塘街上魏忠贤的祠堂成了奸佞的精神象征。如果"戮义"之后,只有"报败"而无"毁祠",其作为收场之"表忠",则诚如貂续狗尾,将只是一个疲软的结尾,奄奄无力。

因而,就"毁祠"单折而言,它虽然没有冲突,甚至没有矛盾,充其量是一出"群场戏",但却是全场人物(包括观众)情感的一个喷口。故"毁祠"一开场,人流如潮,各色人等都是急步奔上。净扮、副扮、丑扮等代表的是驳杂的市民阶层,不仅如此,郊外农民,远至长荡头、长泾庙、庄基上、关上、阳山,他们"扮农夫,捎锄头、家伙上",不约而同,"人千人万,都赶来拆祠堂了"。在这个人流中,诚然教养有高低,素质尽不同,作者甚至没有忘记抽出笔来写他们为一点鸡毛蒜皮的小事"相骂""相打",然而,尽管他们可以无原则地"相骂""相打",甚至近乎滑稽,但一有人提起"拆祠堂"的"正经事",他们立即能够摒弃前嫌,随着人流前行,使人真实地感到磅礴的场面恰如暴风骤雨、排山倒海,而又层次分明、脉络清晰。"毁祠"和《清忠谱》另一场"闹诏"把自发的群众斗争场面搬上表演舞台,是昆剧传奇的一大创举,非李玉他们不能成功。唯李玉出身卑微,对现实的感触极为深刻,才能激发出这样的大手笔。剧作者在汹涌的群众怒潮中,通过选择某种"斤斤计较"的市民性格,突出了"怒潮"的自发性,反而强化了万民的一致性,剧作者的这种星星点墨绝非闲笔,归根到底是为了表现一种真实的情感,完成一种真实的抒发,铺设一种坚实而真实的情感的"喷口"。

在群众的怒潮面前,魏忠贤的信徒陆长堂吓得屁滚尿流,匆匆忙忙"脱衣、帽,扯须,将泥涂面介"逃命而去。刹那间,魏忠贤的祠堂"拆毁如齑粉"!在这里,剧作者又别出心裁,曲牌中加进了劳动号子,诚如打夯般,唱一句,骂一声,打一声号子,把万众一心、千夫所指的威力渲染得无以复加,百姓的激愤之情跃然笔下,从而将万众的如喷情感推向高潮:

【香柳娘·前腔】恨忠贤贼臣,(打号介)牙牙许牙,恨忠贤贼臣,(打号介)逆谋忒狠,(打号介)把忠良假旨都杀尽。(打号介)遣凶徒捉人,遣凶徒捉人,(打号介)打断脊梁筋,五人大名震。(打号介)笑今朝命殒,笑今朝命殒,(打号介)杀尽儿孙,祠堂毁尽。

在群众"杀人放火"的气势中,用沉香雕制的魏忠贤的人像不仅身首异处,全身又被打得粉碎,而且"拿来抛在河里,教他日夜淌水面",其头则用来祭奠周顺昌和五位义士。然而群众对于不能手刃魏奸仍留有余恨,作为补恨,剧作者又在紧接着的"吊墓"中安排了两位无名市民,一付(副)一净,作如下对话:

(付扯住净介)拿这头来。(净)拿他何干?(付)我极恨这魏贼,要劈他一块,出一出气。(净)劈不得的,我们要把他在城隍庙里去焚化。(付)闻得这头是沉香的,我有心头痛的病,待我咬他一块,拿回家去磨酒吃!

由"毁祠"组织和推动的情感高潮终于得到了彻底的迸发,也标志了剧情进入尾声的开始,情感高潮过后,最后的"表忠"水到渠成,无非是为一篇文章画上一个最后的句号。

与结构悬念相适应,在音乐上《清忠谱》突破了传统的曲牌联套体例,如"毁祠"中用一支南曲【香柳娘】反复四次;"叱勘"选取【梁州新郎】也以同牌作三次反复;"吊墓"南北合套,但打破了一北一南间隔使用的联套惯例。《清忠谱》最长的折子也不过用十一支曲牌,最短的仅用四支。李玉精于音律，曾编著了《北词广正谱》，作为音律家，他绝不拘泥于音律，而使音律服从于戏剧悬念推进过程中必要的节奏和速度。新的用牌机制，避免了过于冗长的套数程式对悬念的干扰和稀释。《清忠谱》的许多重要场次，念白对话占了主要篇幅，这就意味着传统的"曲"为主的昆曲体例开始向"剧"位移。这正是《清忠谱》通过结构悬念化推行传奇结构改革的一个成功范例。

与曲牌程式的趋于简约相适应，《清忠谱》的文风朴实而本色，摒弃了堆砌典故的陋习，偶尔还用上了苏州方言，如"相打"、"络上"、"缚定"、"囚根"、"牙牙许牙"，不但词意流畅，文字浅显、精炼，而常常赋予了性格个性，且富有动作性，从而可读可演。

《清忠谱》着力刻画的五位苏州市民，合葬在山塘街半塘（魏忠贤祠堂原址），山塘街是唐代大诗人苏州刺史白居易的政绩工程，也是明清苏州最繁华的商业街，清代名画《姑苏繁华图》中的精萃。李玉的传奇代表作《清忠谱》，无疑进一步升华了这条历史古街的文化内涵。

【延伸欣赏】

推荐阅读：张溥《五人墓碑记》

推荐观赏：京剧《五人义》

（顾聆森）

第十五讲
因巧成文　以俗见趣：草根戏剧《十五贯》

【剧本选读】

《十五贯》第十八出　廉访[1]
清·朱素臣[2]

【步步入园林】（末上）浪逐蝇头江湖上[3]，挣不破英雄网[4]。老夫陶复朱，自从在枫江买货下船，指望到河南脱卸，不想遇着熊友兰之事，老夫怜恤[5]奇冤，助钱十五贯，教他回家。谁想同舟客伴，尽道出门吉日，遇此蹭蹬[6]之事，改舟南往，老夫只得随众到了闽南。一路且喜货物俱有利息，又买了些南货，依旧到苏发卖。讨完账目，赶回家中，不觉又是仲冬了。叹劳生空自忙，喜得故国云山，归来无恙。今日乃是望日，特来城隍庙去进香。办炷心香瞻仰[7]，愿客况履嘉祥[8]，祈晚景获安康。（下）

（外扮术士、臂悬招牌上写："天目山人观枚拆字[9]神数泄天机"，小旦门子扮道童[10]、背包裹随上）

【园林过江儿】海中针寻来渺茫，糊突事没些主张。下官淮安事竣，返棹[11]南回。打发各役先回浒墅关伺候；自己换过微服，假扮一个拆字先生，换个小船，到这里无锡地方，停泊上崖，探访游二致死根由。一路行走，只听得那些人纷纷传说，本府即日按临[12]本地，搜缉凶身。只是我想这宗公案，不比前边的事体，有些墙壁可据踏勘得；如今无影无踪，怎生是了？前面是城隍庙，不免到彼闲坐片时，再作道理。（向小旦）过来！我在庙中闲坐，你可远远伺候，不必前来。（小旦应下）（外）岂大案终无影响[13]，那镜影犀光，照不出山魈伎俩[14]。（下）

（丑上）日间不作亏心事，半夜敲门不吃惊。我娄阿鼠，一生好赌，半世贪财。只因一时动了贪心，杀了游葫芦，把他十五贯铜钱偷回。凑巧得极，正撞着倒运的强遭瘟[15]，恰好也背了十五贯铜钱，同了丫头走路，竟被地方[16]追着，捉到当官，替我打，替我夹，替我坐监铺，替我问斩罪，真正是十足替死鬼！这一掷到盆[17]，十分得意。咳，只道打发过了铁[18]，再无人来发觉了。不道前日监斩官，竟委着了苏州府太爷况青天，竟要正一掷[19]起来，你道可是顽得的？万一献了底[20]，怎么处？因此这两日心惶胆碎，肉跳心惊。躲在家里，坐不安，睡不稳，竟像掉了魂的一般，心上狐疑不定。今日是月半，到城隍庙里求一条签，看吉凶如何？莫若远去高飞，免得啕气[21]。一路行来，呀，来的是陶大公！（末上）慈悲胜念千声佛，造恶徒烧万

第十五讲

因巧成文　以俗见趣：草根戏剧《十五贯》

《十五贯》

《十五贯》

炷香。原来娄鼠哥!(丑)陶大公,久违,久违!几时归来的?(末)昨日打从姑苏回来。鼠哥,近日赌钱得采么?(丑)不要说起,竟到了六部衙门——尚书[22]。(末)你每赌场上朋友输赢常事,为何慌慌张张?(丑)你不晓得,我那敝邻,有这场官司:(低声)恐防带累乡邻,所以有点着急;特来求一条签,看看吉凶如何。(末)你地方上有何事体?老夫一些也不晓得,就请你讲讲。(丑)说起话长,就是我隔壁游二家的事。

【江儿犯】奸杀奇闻事,乡间[23]到处扬,(末)甚么奸杀事?(丑)就是那游葫芦死人糊涂帐。(末)那游二被人杀死了?(丑)是。(末)为甚事?(丑)游二有个拖油瓶女儿。那日游二替他姐姐借了些钱回来做生意,为了这两个牢钱,倒送了性命。(末)多少钱钞就送了性命?(丑)十五贯青蚨[24]将身丧,(末)是那个杀的?(丑)女孩儿认罪谁称枉。(末)不信是他的女儿杀死的!(丑)当夜杀了人,明朝地方上晓得,追上去,正在高桥地方,只见女儿呵,和着孤男相傍,俨做出私情勾当。(末)私约汉子同走,有何证见?(丑)囊中十五贯是真赃,招成奸杀罪双双。(外一面暗上)欲求明鸟语,不惮听狐冰[25]。看门首有人讲话,隐隐听得"十五贯"三字,且走去听他。(上前拱手介)二位要起数[26]?作成作成[27]。(末)用不着。(丑)起数?住了,替我起一数。(末)既如此,你且站一站,我每讲完了话,就总成你。(外)当得奉候。(末)你且说那汉子甚么样人?是何名姓?(丑)那人不是本地方人,叫甚么熊友兰。(末)熊友兰?(背介)呀!前日那船上当梢那人,叫做熊友兰。(外暗听介)(末)他是那里人氏?(丑)听得说是淮安人。(末)淮安人?这是几时的事体?(丑)个是旧年秋里个事体。(末)呀呸,这是那里说起!(丑)奇奇,为甚么跳将起来?(末)这熊友兰,乃是淮安胯下桥人。这十五贯钱,是老夫助他回去救兄弟熊友蕙的,怎么是游二家的起来?(顿足)哎,世上有这等屈事!(丑惊背介)不信有这样!(转介)你且将助钱一事,说与我知道。(末)我旧年在苏州呵!

【五供养交枝】片帆北上,客伴闲谈,话出端详[28]。(丑)也就说这件事了。(末)我每同舟朋友,偶然晓得淮安熊友蕙被屈遭刑,不想舟尾有个当梢之人,就是这个熊友兰了,他偶倾窗外耳[29],此际好惊惶。(丑)听得兄弟有事,着急了?(末)便是。听兄弟问成大辟[30],在狱追比[31]十五贯宝钞,痛哭几亡。彼时老夫心怀恻隐,一力赠钱十五贯,教他回去代纳宝钞,以免追比。临岐遣归慰雁行,早难道救冤反把奇冤酿!(外暗点头介)(丑)就是你的钱,也无证据。(末)怎么没有证据?现有客伴船家看见的。也罢,老夫竟到苏州府况太爷处,与他辩明这宗冤狱去。(拜介)神明在上:弟子今日进香,为因急往苏州辩人冤枉,不能从容瞻礼,改日再来了愿罢。为辩人冤,不辞路忙。(丑)你要到那里去?(末)向黄堂[32]申冤理枉。

(丑作急状,拦末介)呀呸!

【玉交海棠】伊休莽撞,怎出头撩锋拨铓[33]?(末)我为人曝白明冤,也不算什么撩拨。(丑)你还不晓得,我每地方上为出这件事来,见上司,解六院,拖上拖下,不知吃了多少辛苦;况且,况太爷有些兜搭,笑你负薪救火[34]招无妄[35],岂不虑林木贻殃[36]?(末怒)咳,此言差矣!当日指望救他的兄弟,不想反害了哥哥,我陶复朱的罪过也不小。若将他穷骨冤埋,枉却我侠肠雄壮!(欲下)(丑扯住介)住了住了,熊友兰又不是你的亲故,甚么要紧,无事讨事做。常言道:"是非只为多开口,烦恼皆因强出头。"倘然况太爷倒来你个身上要起凶身,怎么处?依我说,不要去!(末)咳,我怎肯良心丧?拼做救人从井,同溺何妨[37]!(下)

(丑)不好了,不好了!这件事竟要做出来了。(急乱走介)(外)有这等事?

【海棠姐姐】我自忖量,(看丑介)看他情词窘迫难堪状。为何那人欲去出首,他却如此着忙?其中情弊,却有蹊跷。看他心虚胆怯,露出乖张。(向丑介)老兄!你方才说要起数,就请说来。(丑)我是来求签的。也罢,就起数罢。怎么样起法?(外指招牌介)请看:观枚拆字,声名播四方。(丑)怎么叫观枚拆字?(外)要问甚么心事,随手写一字来,就可判吉凶了。(丑)区区不识字的,写不出来。(外)随口说一个也罢。(丑)就是学生贱名罢,老鼠的"鼠"字。(外)尊名叫"鼠"字么?(丑)不敢,贱名叫娄阿鼠,赌钱场上有名的。(外背介)呀,且住。"野人衔鼠",已应其一;他名唤阿鼠,莫非正是此人么?我私追想,葫芦已有前番样,哑谜须教此际详。

(丑背介)他自言自语,想是拆不来。(外)你这个"鼠"字,是那里用的么?(丑)官司。(外作手写介)一十四画,数遇成双,乃属阴爻[38]。况鼠又属阴,阴中之阴,乃幽晦之象,若占官司,急切不能明白哩!(丑)明白是不曾明白,看可有缠扰累及?(外)自己用,还是代占?(丑支吾介)代占。(外)依数看起来,只怕不是代占。这桩事体,是为祸之首。(丑)何以见得?(外)"鼠"为十二生肖之首,岂非你是造祸之端!(丑惊呆介)(外)况且竟像在里头窃取了东西,构起这桩事的。(丑)有些古怪。偷东西你那里看得出来?(外)鼠性善于偷窃,所以如此断。(丑呆介)(外)还有一说:这个人家可是姓"游"么?(丑)你是哪里晓得的?(外)老鼠最喜偷油,故尔晓得。(丑背介)这不是拆字的先生,竟是仙人了!(外点头介)(丑向外介)已先不要管他,只看目下,可有是非口舌连累得着?(外)怎么连累不着?如今正是败露之时了。(丑)怎见得?(外)你是"鼠"字,目下正交子月,当令之时,自然要明白了。(丑)先生,意欲躲避,外面度度,可避得过?(外)你只要实对我说,果然是代占,还是自家占?说得明白,我好指引你。(丑)实不相瞒,其实是自家用的。(外)这个好,避得脱的。(丑)避得脱!何以见得?(外)你若自占,本身不落空了。"空"字头,着一个"鼠"字,岂不是个"窜"字?就是"逃窜"之"窜"。(又思介)咦,逃窜是逃窜得的,只是那老鼠多畏多疑,怕做了"首鼠两端[39]",不能出去。(丑)先生妙数,效验非常。其实我疑惑不定,所以起数。今承指点,竟依了先生,外面躲躲避避何如?(外)若能走避,万无一失的。只是今日就走好,若到明日,就走不脱了。(丑)今日天色渐晚,有些不便。(外)又来了。鼠乃昼伏夜动之物,连夜逃最妙的。(丑)有理。还要请教:走到那一方去便好?(外)鼠属巽[40],巽属东,东南方去最好!(丑)还是水路走,旱路走?(外)鼠属子,子属水[41],是水路去好。(丑)水路东南方去,只是一时那有便船?(外)你若要去,老夫倒有便船在此,正要今晚下船,到苏杭一路去赶趁新年。若不嫌弃,同舟如何?(丑)如此极妙。若能逃脱,先生是小子大恩人了。请上,容小子一拜!

【姐姐拨棹】仗伊姑容漏网,那怕他泼天风浪。(外)管前途稳步康庄,管前途稳步康庄,向天涯高飞远翔。(丑)你的船在那里?(外)

(外)就在河下。(丑)如此说,待我去拿了行李来。些些薄意相送。(外)这也罢了。快去快来。(丑)我欲归家,胆又慌;待离家,意转忙。(急下)

(外)门子快来!(小旦上)老爷怎么说?(外)少停那人下船,只可称我师父,不可泄露风声。

【尾】逃灾陌路权依傍。(外)来了么?(丑)这是甚么人?(外)是小徒。(丑)好个标致小官,江湖上人,专会受用此道。(外)就此下船去罢。匆匆行色送斜阳,(合)远望吴山路正长。(下)

【作品解题】

《十五贯》又名《双熊梦》,是一部公案戏,今存旧钞本,馆藏于中国戏曲研究所,已收入《古本戏曲丛刊》第三集。该作的故事情节主要来源于宋代话本小说《错斩崔宁》(《醒世恒言》作《十五贯戏言成巧祸》)和谢承《后汉书·李敬传》(已佚,今据《艺文类聚》卷八十四辑录,记李敬于鼠穴中得系珠、珰珥事),全剧共二十六出,主要敷演熊友蕙和侯三姑、熊友兰和苏戌娟两对年轻人先后因鼠致祸,苏州知府况钟为他们平反昭雪的传奇故事。该作问世后搬上了舞台,颇受欢迎,成为昆剧的保留剧目。据乾隆年间叶堂的《纳书楹曲谱》和玩花主人钱德苍的《缀白裘》,常演的折子主要有《判斩》《见都》《踏勘》《测字》(《访鼠测字》)和《拜香》等。建国之初,昆剧历经劫难,几成绝唱,全国没有专业剧团,民办剧团也是举步维艰。1955年,国风苏昆剧团(浙江昆剧团的前身)为振兴昆剧改编、排演了《十五贯》。1956年春节先在上海唱响,随后进京演出,引起轰动,出现了"满城争说十五贯"的盛况。毛泽东主席和周恩来总理观看演出后,给予了很高的评价。《人民日报》发表了社论,誉之为"一出戏救活了一个剧种"。从1956年至1964年,《十五贯》在国内演出一千多场,观众一百多万人次。梅兰芳、欧阳予倩等艺术大师先后撰文称赞。由于《十五贯》的巨大成功,昆剧院团在全国各地纷纷成立,培养了一大批技艺精湛的演员,古老的昆剧又焕发了青春,京剧、秦腔、潮剧、晋剧、粤剧、川剧、豫剧、蒲剧等剧种也纷纷移植该剧,可以毫不夸张地说,《十五贯》曾在我国戏曲史上产生过重大影响。

【注　释】

[1] 廉访:查访。

[2] 朱素臣:名㿟(hé),号笙庵,江苏吴县人,明末清初著名剧作家,苏州剧派的重要成员,与李玉、李渔交好,与朱佐朝合称"二朱",著有传奇二十一种(一说二十种),杂剧三种,今存传奇《十五贯》《未央天》《秦楼月》等十二种,清人高奕《新传奇品》形容其曲"如少女簪花,修容自爱",评价是比较高的。

[3] 浪逐蝇头江湖上:意指为追求蝇头微利,四处奔波。

[4] 英雄网:罩住英雄的罗网,喻指名和利。

[5] 怜恤:怜悯并给予资助。

[6] 蹭(cèng)蹬(dēng):原指人的困顿失意,此处指熊友兰听说弟弟的噩耗,着急大哭,几乎昏死过去,客商们认为遭遇此事很不吉利。

[7] 办炷心香瞻仰:意指怀着极诚敬的心来拜佛进香。

[8] 愿客况履嘉祥:意指在外经商走好运。

[9] 观枚拆字:旧时占卜之法,求问者任举一字,算命先生主要通过加减该字的笔画,拆开偏旁,或打乱字体结构来加以发挥,解释吉凶。

[10] 小旦门子扮道童:意指由小旦扮演的门子此时又假扮为道童。

[11] 返棹:回船。

[12] 按临:上司到地方巡视。

[13] 影响:指凶手作案后留下的蛛丝马迹。

[14] 那镜影犀光,照不出山魈伎俩:镜影:《西京杂记》载:秦始皇有面镜子,能照见人的五脏六腑,知道人心的善恶;犀光,燃烧犀角,能照明幽暗不清的事物;山魈(xiāo),借指凶手。这两句指凶手没有留下线索,即使有特异的能力,也难以查明案情。

[15] 强遭瘟:倒霉的人。

[16] 地方:地方上负责治安的差役。

[17] 一掷到盆:赌博术语,原指掷毕骰子,此处借指案子完结。

[18] 打发过了铁:指案件已经铁定,不会再生变故。

[19] 正一掷:意为认真查案。

[20] 献了底：案情水落石出。

[21] 嗨气：呕气。

[22] 竟到了六部衙门——尚书：歇后语，以"书"与"输"谐音，意指自己赌博总是输。

[23] 乡间：乡里。

[24] 青蚨：钱。

[25] 欲求明鸟语，不惮听狐冰：意指为了查明案情，不怕像狐狸走冰时一样，细心探查。

[26] 起数：算卦，测字。

[27] 作成：成全、照顾。下文"总成"意同。

[28] 话出端详：此处指详细说出熊友蕙一案的情况。

[29] 偶倾窗外耳：偶然在窗外听到。

[30] 大辟：死刑。

[31] 追比：催逼交纳。

[32] 黄堂：本指太守的厅堂，此处指太守，即况钟。

[33] 撩锋拨铓（máng）：自惹灾祸。

[34] 负薪救火：喻指引火烧身，自惹灾祸。

[35] 招无妄：招致意外的灾祸。

[36] 林木贻殃：喻指无故受到连累。

[37] 拚做救人从井，同溺何妨：意指为营救落下井中之人，不惜跳下井去，即便受淹又有什么关系呢？

[38] 阴爻（yáo）：八卦中的一种符号。

[39] 首鼠两端：形容瞻前顾后，犹豫不决的样子。

[40] 巽（xùn）：本为卦名，与八方相对应，指东南方向。

[41] 子属水：古代五行学说以木、火、金、水分别与春、夏、秋、冬四季相配，子为冬季十一月，所以，况钟有"子属水"之说。

（据张燕瑾、弥松颐校注《十五贯》迻录，注释：杨惠玲）

【作品导读】

读过《西厢记》、《牡丹亭》、《疗妒羹》等一系列优美的作品之后，再来翻开朱素臣的《十五贯》，我们不难发现，这部作品具有浓郁的草根色彩，适合百姓的审美趣味和欣赏心理。

该作采用传统的双线结构，以巧合、误会之法结撰情节，故事奇巧曲折、新鲜有趣，能充分满足大众尚奇好异的欣赏心理和审美趣味，引人入胜。熊友兰和侯三姑的冤案是第一条线索：明朝，淮安山阳县有兄弟二人，因生计窘迫，哥哥熊友兰外出帮工，弟弟熊友蕙在家读书。贴邻冯玉吾是商人，家道小康，其子锦郎面目丑陋，举止粗俗，而童养媳侯三姑却"容颜娉婷""资性伶俐",玉吾便认为三姑怀有二心。此时传来了友蕙的读书声,三姑连声夸赞,玉吾疑心顿起,为防备三姑红杏出墙,令她连夜迁入内室。恰好此时,友蕙为避嫌也不约而同迁进内室,与三姑依然只有一墙之隔,冯家父子愈加疑心。玉吾将一副金环和十五贯钱交给三姑保管,夜里环和钱都被老鼠叼到熊家。因不堪鼠声搅扰,友蕙只得大早起床读书,却突然发现了老鼠叼来的金环。友蕙家资匮乏,囊中羞涩,正愁无米下锅,以为是上天所赐。门外有人叫卖老鼠药,友蕙买来掺入炊饼,并把毒饼放入鼠穴。友蕙持环到冯家店铺换取钱米,玉吾见到金环,认定是三姑私下所赠。锦郎欲兴师问罪,却不巧在房门口发现了老鼠衔来的毒饼,误食中毒身亡。冯家将友蕙和三姑告到县衙,说他们因奸杀人。县令过于执听信冯玉吾的一面之词,又见三姑生得如花似玉,便认为她必定不安于室,与友蕙有奸情,不由分说将二人屈打成招,定为死罪,还逼迫友蕙交出冯家的十五贯钱。

  第二条线索是熊友兰和苏戌娟的冤案。听说兄弟被捕入狱,友兰心急如焚,带着客商陶复朱慷慨相赠的十五贯钱,赶回家去。无锡屠户游葫芦生意亏本,幸得姐姐资助十五贯钱,回家后骗继女戌娟说是卖她所得,戌娟不愿为婢,惊惧之余连夜出走。在路上,戌娟和友兰相遇,结伴同行。就在当夜,赌棍娄阿鼠潜入游家,见财起意,杀死游葫芦,偷走了十五贯。邻居发现游葫芦被害,连忙报官,公差带众邻追赶,见戌娟和友兰同行,心生疑窦。苏戌娟说明自己是去高桥投奔姑母,熊友兰也说自己是过路人。众人半信半疑,杂在人群中的娄阿鼠却一口咬定"人在赃在",游葫芦为友兰和戌娟杀害。于是,友兰和戌娟被扭送官府。正好,过于执升任常州府理刑,审理戌娟和友兰一案,又将二人屈打成招,判为死罪。

  这两桩冤案具有三大共同点:其一,都起于鼠祸,一是自然界的老鼠,另一是人间专事偷盗的鼠辈娄阿鼠。其二,一系列巧合导致了人们的误会,把两对无辜的年轻人逼到绝境。其三,造成冤案的关键原因在于人们犯了主观主义和经验主义的错误。过于执、冯玉吾和戌娟的邻居都被表面的现象所迷惑,仅仅从主观和经验出发,因而做出了错误的判断,导致了冤案的发生。

  更巧的是,两桩冤案的平反也都与鼠有关,苏州太守况钟受命监斩两对年轻人,在城隍庙做了一个奇怪的梦,梦中,两野人各衔一鼠,案前长跪,作哀泣状,况钟受到警示。行刑前,两对年轻人鸣冤,况钟发现两桩案子疑点重重,决定暂缓行刑,连夜求见都察院御史周忱,为四人请命,要求复审。周忱感其恳切,以半月为限,令其查明案情。况钟星夜赶往淮安,到冯、熊两家仔细勘察。在熊家,他发现了一个老鼠洞,掘开一看,竟然找出一只掺有鼠药的炊饼和冯家丢失的十五贯钱。于是,锦郎遇害一案真相大白,"凶手"原来是老鼠。

  初战告捷的他又马不停蹄地赶赴无锡,假扮算命先生微服私访。在城隍庙里,他采用心理战术,和游葫芦被害一案的真凶娄阿鼠周旋,终于套出口供,成功破案。第十八出"廉访"生动详尽地敷演了这场没有刀光剑影的战斗,是全剧最精彩的部分之一。

陶朱公贩货回乡,到城隍庙进香。娄阿鼠听说况钟要亲自重审游葫芦被害一案,心惊肉跳,坐立不安,也来城隍庙求签,与陶朱公相遇,讲起了游葫芦一案。正好,况钟也私访至此。陶朱公得知自己当初资助熊友兰的十五贯钱居然成了杀人的证据,决意去官府为友兰作证辩冤。娄阿鼠惊慌失措,急忙阻止。在一旁察言观色的况钟发现娄阿鼠形迹可疑,决定出招。此时,战斗虽未正式打响,但娄阿鼠已方寸大乱,六神无主,而况钟却从容镇定,占了先机。

他亮出招牌,叫娄阿鼠测字。此时,娄阿鼠的心理是非常矛盾而复杂的,一方面,他做贼心虚,唯恐测字灵验,罪行暴露,因而小心谨慎,支支吾吾;另一方面,他又希望况钟神机妙算,指点他逃脱惩罚,因此,他又不得不在遮掩中透露一点真实的情况。对此,况钟洞若观火,了如指掌。他以老鼠的种种特点比附娄阿鼠,随机应变,步步紧逼,语语击中娄阿鼠的心病,又合乎测字的规律,俨然一个经验老到的江湖术士。首先,他让娄阿鼠说出用"鼠"字占卜的是官司,接着又在"鼠"字上大作文章,说该字笔划是双数,属阴爻,而鼠又属阴,因此是阴中之阴,卦象隐晦,一时间看不清楚,很难判断。他设了一个套,目的是诱使对方透露更多的信息。果真,急于测知吉凶的娄阿鼠晕晕乎乎地往套子里钻,说出是害怕官司缠身。况钟进一步问他是代占还是为自占,但他不敢明说。况钟不给他喘息的机会,立即指出他是自占,并利用老鼠为十二生肖之首和善窃的特点,指出他为"造祸之端",官司源于偷窃。娄阿鼠被突然说中心事,一下子就呆了。不等他反应过来,况钟又逼进一步,借"游"与"油"的谐音,指出他偷窃的人家姓游。这真如晴天霹雳,原本已成惊弓之鸟的娄阿鼠震惊不已、恐慌万状,心理防线彻底崩溃,只好如实坦白。此时,他不仅对况钟佩服得五体投地,深信不疑,还将逃生的希望都寄托在况钟身上。于是,况钟顺水推舟,用引君入瓮之法,让他上了自己的船。事先,况钟已经调兵遣将,在浒墅关埋下了伏兵,于是,生性多疑的娄阿鼠糊里糊涂地自投罗网。

况钟与娄阿鼠,一个是重任在肩,意在捕"鼠"的断案官员;一个是贪婪、残忍、慌不择路的"鼠"辈,两人的对立是不可调和的。但因为况钟是微服私访,运用的又是凝聚着民间智慧的测字奇招,因此,双方的冲突既隐于无形之中,又时时显现于两人的对话,扣人心弦,引人入胜。冲突的双方,况钟机智、沉着,不动声色地将对手玩弄于股掌之间;娄阿鼠被牵着鼻子走却不自知,还对况钟敬佩有加,感激涕零,一会说他是神仙,一会儿又视他为救命恩人,直到公堂上才如梦初醒,恍然大悟。娄阿鼠的慌张和迷糊令人忍俊不禁,产生了强烈的喜剧效应。

由上可知，这部作品的情节主要由一系列巧合纠结而成，奇之又奇。同时，这些巧合都是百姓的日常生活琐事，散发着浓厚的生活气息。而且，平反冤案的过程既彰显了民间智慧强大的力量，又极富喜剧色彩。因此，这部作品能够酿造出浓浓的民间趣味，赢得百姓的喜爱。

《十五贯》不仅颇富民间趣味，还站在民间立场充分表达了百姓情怀，剧中最能寄寓百姓情怀的是况钟这一人物形象。况钟（1383—1442），字伯律，号龙冈，又号如愚，明初江西靖安人。曾三任苏州府知府，历时长达十多年，《明实录》和《明史》中都有他的传记。知苏期间，他大力整顿吏治，惩处贪官污吏；核减税粮，废止多项苛捐杂税；执法如山，断狱严明；还建义仓，办教育，兴修水利，是位聪敏能干、勤政爱民、廉洁奉公的好官。离任时，他曾赋诗明志："清风两袖去朝天，不带江南一寸绵；惭愧士民相饯送，马前酾（shī）酒密如泉。"苏州百姓都很爱戴他，称他为"况青天"。在他走后，百姓怀念他，曾作歌谣唱道："况太守，民父母。愿复来，养童叟。"一些州县的百姓还特为况钟建造了生祠，以表达他们对况钟的敬仰之情。朱素臣把这样一位历史人物写进他的传奇，原因主要有两点：其一，况钟多年为官苏州，曾多次为百姓平反冤狱，留下了不少传说，作者非常熟悉；其二，能够唤起人们对况钟的怀念之情，增强作品的影响力和号召力，最大限度地争取观众。

朱素臣以简约平淡的史料为基础演绎成了一个非常鲜明的艺术形象，况钟最大的特点在于他的平民化。首先，尊重生命，爱护百姓，"以民为本"是他思想的基石，是支配他行动的首要原则，因此，行刑前四人鸣冤时，他犹豫再三："俺这里一笔千钧紧把高价抬，那许你莽无常片刻捱。""顿心窝猛着惊，蹙眉头暗自揣：遮莫是刑书铸就冤情大，因此上感动鬼神来。"听完四人的辩解，他敏感地意识到冤情的存在，对原判提出了疑问，担心原问官是"捕形捉风少主裁"，下令暂缓判斩。刽子手提醒他"奉旨决囚，这是停不得的。倘耽误时刻，老爷罚俸降级，小的多有未便"。他深知此中的利害关系，但是"人命关天重，忍使无辜剁碎？"他毫不迟疑地亥夜求见巡抚周忱，要求重审此案。在周忱拒见，巡抚衙门门官拒绝再予通报的情况下，他心急如焚，自行击鼓，不怕惊动、冲撞上司。周忱不敢承担责任，百般阻拦，他据理力争："不可直恁的轻戕人命，直恁的重干天怒"，"孟夫子有云：'民为贵，社稷次之，君为轻。'民间苟有冤抑，便当力为昭雪。难道事出朝廷，便坐视不救么？"最后，他不惜当面顶撞上司："不要说老大人，就是卑职，蒙圣上亲赐玺书，得假便宜行事，僚属不法，竟行拿问。难道这四个小民，就不能保全了？"甚至，他担着丢官的风险，主动以自己的官印为质，甘愿承担所有的风险。周忱被迫让步，同意他重审案件。其次，他没有官僚的作风和架子，不仅仅只坐在公堂审案,也不轻信口供,而是注重真凭实据,因此,他能够深入民间,通过勘查现场发现蛛丝马迹。而且,他还善于研究罪犯的心理,并根据实际情况灵活运用策略和方法。再次,他虽多年为官,却熟悉百姓的生活状况和思想感情,精通阴阳、八卦、五行之说和算卦、拆字等方术,富有民间智慧。总之,况钟迥异于其他官僚,既有为民作主的责任感、不计个人得失的自我牺牲精神、为民请命的胆量与气魄,又有调查研究、实事求是的实干作风,还有明察秋毫的智慧和能力。毫无疑问,况钟是作者根据百姓的愿望刻画出来的一个艺术形象,符合百姓对好官的所有理想。

由上可知,况钟是作者站在民间立场表达民间话语的产物。不仅如此,作品的结尾部分也传递了百姓的愿望。熊友兰两兄弟立身正派,仁义友悌,又好学上进,苦读诗书;侯三姑和苏戌娟两位女子则正值青春妙龄,美丽、纯善,持身端正,且心气甚高。然而,这四位标准的好青年却命运多舛,令人同情:熊家兄弟家境清寒,饱尝生活的艰辛;侯三姑遇人不淑;苏戌娟父母早亡,无依无靠。再加上祸从天降,他们蒙冤入狱,更是饱尝了身体和心灵的双重摧残。百姓同情他们的遭遇,希望他们能够获取补偿;另一方面,况钟冒着丢官的风险,不辞辛苦,四处奔波,对友兰等四人有救命大恩。知恩图报是我国的传统美德,在百姓看来,熊家兄弟应该报答况钟的大恩大德。因此,作者在冤案平反之后,意犹未尽,还写了熊家兄弟双双上京赶考,同登金榜,拜谢恩人,况钟夫妇认三姑、戌娟为义女,并作媒让两对年轻人结成美满姻缘。有人评价说《十五贯》的结尾与主线关系不大,致使情节拖沓,是画蛇添足,其实,它寄托着百姓的良好愿望,是作品有机的组成部分,并非蛇足。

浓郁的民间趣味和鲜明的民间立场使《十五贯》呈现出强烈的草根色彩,可以说,这是下层文人为普通百姓创作的一部好戏,自然和《牡丹亭》、《长生殿》等高雅、精致,符合文人士大夫情感和思想的作品大异其趣。也正因为如此,20世纪50年代,《十五贯》才能够承担起改变昆剧命运的历史重任。

1955年,国风苏昆剧团为了生存,改编了《十五贯》。改编小组以"去芜存菁、推陈出新"为原则,保留了原作中"夜讯""乞命""廉访""擒奸"和"恩判"等出中最能体现人物思想、性格和表达主题与寄托百姓愿望的情节。这些改动主要有以下三个方面:

思想意蕴方面,原作精华与糟粕并存,有着浓厚的神秘色彩,人物常常流露出因果报应的思想。况钟在破案过程中老是念叨双熊入梦,又将熊氏兄弟遭遇横祸归结为"凤孽所招"、"因果报应",过于执也颇有"天命"思想。这一些,改编本都删掉了。

情节结构方面,原作的熊友蕙和侯三姑这条线索巧合过多,比较牵强,改编本删除了这条线索,把主线集中到熊友兰、苏戌娟一宗冤案上。另外,况钟宿庙、神明托梦等颇有神秘色彩的情节和兄弟二人金榜题名并与二女成亲的结局也去掉了。这样一来，原作的二十六回被精简为八场，它们分别是"鼠祸"、"受嫌"、"被冤"、"判斩"、"见都"、"疑鼠"、"访鼠"和"审鼠"，其中，"访鼠"就是原作的"廉访"，改动不大，仍是剧作最精彩的部分。改编后的基本情节如下：无锡屠户游葫芦借得十五贯，回家后和继女苏戌娟戏称是卖她所得，戌娟当夜出走投亲。无赖娄阿鼠潜入游家，杀死游葫芦并盗走了十五贯钱。戌娟路遇客商陶复朱的伙计熊友兰，两人同行，友兰身上正好带着十五贯钱。众街坊发现游葫芦遇害，连忙追赶，将两人扭送县衙。知县过于执以友兰携带的十五贯钱为据，判定两人盗钱、杀父、淫奔，定为死罪。况钟监斩时疑为冤案，仔细查勘现场，又假扮江湖术士以拆字奇招诱使娄阿鼠坦白，熊、苏二人冤情得雪。

人物形象方面，原本中的况钟已经是包公再世、百里挑一的清官，但由于没有充分展示其内心活动，巧合过多，又被神化，不够真实、自然。过于执和周忱的形象则比较模糊，不够鲜明。周忱虽怕承担责任，草菅人命，但还是被况钟打动，赞叹他是个难得的官，心悦诚服地同意他的请求。过于执主观武断，却知错能改，不仅提携熊家兄弟为孝廉，还和况钟夫妇不约而同地积极撮合两对年轻人，再加上原作渲染了过于执的"天命"思想，又把熊氏兄弟遭受冤屈归因为"夙孽所招"，实际上是替过于执开脱了责任。这样一来，过于执又成了一个大好人，显得很不自然。改编本弥补了这些缺陷，通过对待熊友兰、苏戌娟一案的不同态度强化三人之间的矛盾冲突，在对比中刻画他们的思想和性格，因此，况钟、周忱和过于执的性格特点更鲜明、突出，更具典型性。

这三个古代官员的形象主要是通过"被冤"、"判斩"、"见都"、"疑鼠"、"访鼠"和"审鼠"等场戏刻画出来的。"被冤"一场戏，过于执一上场就自鸣得意："想我过于执自从到任以来，屡逢疑难案件，幸亏我善于察言观色，揣摩推测。虽然民性狡猾，一经审问，十有八九不出我之所断。上自巡抚，下至黎民。哪个不知我过某人英明果断！"明明主观臆测，却自以为高明，可见他是个十足的官僚。从这一性格特点出发来表现他对待案件的态度和方式，非常合乎逻辑，令人信服。因此，审案时，他只凭钱数相同、两人同行的巧合和戌娟容貌美丽就定了两人的罪："看她艳如桃李，岂能无人勾引？年正青春，怎会冷若冰霜？她与奸夫情投意合，自然要生比翼双飞之意。父亲阻拦，因之杀其父而盗其财，此乃人之常情。这案情就是不问，也已明白十之八九的了。"苏、熊两人不服，他不由分说，严刑逼供，以至屈打成招。他的武断真是到了登峰造极的地步。

"判斩"一场戏细致地表现了况钟态度的变化和内心的挣扎。开始，熊、苏两次喊冤，况钟不以为然："若冤枉，何来条条罪情；若冤枉，怎有人证物证？"直到熊、苏第三次喊冤并指责他"不分清白""屈斩良民",算不得清官,称不上爱民时,况钟才有所警觉,查问后派门子去悦来客栈找陶复朱。陶复朱证实是他付予熊友兰十五贯钱并叫他前往常州办货(这一细节是改编本新增的),这时,他意识到确有冤情,不能轻率判斩,人命关天呀。然而,他又非常清楚,作为苏州知府,他无权过问此案。而且,这时"部文已下",他"奉命监斩",不能自作主张。面对两个年轻、无辜的生命和上级的命令以及官场的规矩,他思虑重重。如果要挽救他们的生命,那就是越权、犯上;但如果执行命令,按时行刑,又要错杀无辜。在违令犯上和错杀二命之间他左右为难,难以决断。最后,以民为本的思想在他内心的冲突中占据了上风,他下令暂缓行刑,决意为民请命。通过展示况钟从不以为然到难以抉择再到坚定不移的心路历程,这出戏既突出了人物为挽救生命、伸张正义而不惜犯上、勇于承担风险的可贵品格,又细致地表现了人物性格发展、变化的过程,使人物形象显得真实自然,有层次感。

"见都"一场中,改编本删去原本中巡抚周忱通情达理,为况钟所感动的情节,处处表现周忱的昏庸、轻率和不负责任。一方面,他对案件漠然置之,听完况钟分析案件的冤情,还是无动于衷;另一方面,他先是拒见况钟,当况钟经历了夜巡官的怠慢和中军的白眼,击鼓求见时,他迟迟不肯露面,让况钟在焦虑中等待。见面后又面露不悦,怒气冲冲,一再指责他擅离职守,越权胡为,催促他按时行刑。最后,他虽然同意况钟重审案件,却又威胁他倘若不能查得水落石出,就向朝廷参他一本。面对周忱的轻率和刁难,况钟针锋相对,据理力争,又从容镇定,有理有节。很明显,由于对待案件的态度大相径庭,况钟和周忱之间的矛盾是比较尖锐的。正是通过这些矛盾冲突,况钟的爱民如子,认真负责,不怕承担责任和周忱的明哲保身,喜欢摆架子,只想应付差事,对百姓生命漠不关心就非常清楚地表现出来了。

"疑鼠"一场改动较大,原本是况钟一人去冯、熊两家踏勘,改编本改成况钟与过于执一同前往游家现场,着意表现况钟和过于执的矛盾对立。过于执自信胸有宏才,办案有方,但办案从不核实案情,只凭"察言观色""揣摩推测",就草率定罪。而况钟恰恰相反,他不轻信口供,看重实证。勘察现场时,况钟事无巨细,都不轻易放过,不断向众邻居询问情况。而刚愎自用的过于执在一旁冷嘲热讽,笑况钟"迂阔""空费心肠""多此一举""无知、荒唐"。明明是查出了有力的物证,他却不肯面对事实,一味固执。通过人物之间的矛盾冲突,况钟注重调查研究的思想作风和过于执自以为是、主观武断的性格特点形成强烈对比,非常鲜明突出。

由上可知,与原作相比,改编本主要有三大变化:其一,主题更突出,歌颂况钟立身刚正、为民请命的精神,揭露与批判官僚主义和主观主义,提倡了实事求是的工作作风。其二,由于结构更为紧凑、清晰,情节奇巧曲折,又真实自然,戏剧冲突更加激烈,改编本叙事性加强,成为典型的公案戏。其三,清官况钟、昏官过于执和庸官周忱的形象特征非常突出、鲜明。

由于这三大变化,改编后的《十五贯》适应了不同阶层的人们的需求。建国之初,为了巩固新生的政权,政府大力提倡实事求是、调查研究之风,反对主观主义和官僚主义。很显然,《十五贯》恰好顺应了这一要求,满足了政治的需要。况钟以民为本,尊重生命,体现出深沉的人文关怀,符合知识分子的理念。而情节、人物和主题的草根色彩更是能够满足百姓的理想和愿望。此外,精湛而富有特色的表演也为作品赢得了大批的观众。《十五贯》剧组集中了一批才华横溢的艺术家,导演是陈静,舞台美术设计是裘元飞,登台演出的则多是传字辈老艺人和他们的传人,周传瑛演况钟,王传淞演娄阿鼠,周传铮演游葫芦,包传铎演周忱,张世萼演苏戌娟,另外,扮演过于执、熊友兰的朱国梁、徐冠春也是经验丰富、演技上乘的演员。这些演员中,最吸引观众的是丑角王传淞的表演。第一场"鼠祸",他一上场就通过伸懒腰、打呵欠、老鼠抓痒等动作,再配以生动细腻的表情和眼神,将娄阿鼠的贼态和痞态勾画得惟妙惟肖,且富于喜剧性,令人捧腹。他的绝活更是让人惊叹,第一场中,游葫芦被他惊醒,两人争抢十五贯钱。他在椅子上做撑虎跳,把两人打斗的激烈场景表现得非常引人注目。第七场"访鼠测字"中,当况钟一针见血地指出娄阿鼠偷窃的那户人家姓游时,为了表现人物内心的震惊和慌张,他做了一个倒毛的动作,随即非常敏捷地穿凳而出,动作干净利落,非常漂亮。这个动作名叫倒毛穿凳子,很见功力,给人留下了十分深刻的印象。

【延伸欣赏】

　　推荐阅读:由《十五贯》改编小组集体创作,陈静执笔的昆剧《十五贯》剧本,群众出版社1980年版

　　推荐观赏:昆剧《十五贯》

(杨惠玲)

第十六讲
借零香断粉　悲华屋山丘：
《桃花扇》与《却奁》

【剧本选读】

《桃花扇》第七出　却奁
清·孔尚任[1]

（杂扮保儿[2]掇马桶上）龟尿龟尿，撒出小龟；鳖血鳖血，变成小鳖。龟尿鳖血[3]，看不分别；鳖血龟尿，说不清白。看不分别，混了亲爹；说不清白，混了亲伯。（笑介[4]）胡闹，胡闹！昨日香姐[5]上头[6]，乱了半夜；今日早起，又要刷马桶，倒溺壶，忙个不了。那些孤老、表子[7]，还不知搂到几时哩。（刷马桶介）

【夜行船】（末[8]）人宿平康深柳巷[9]，惊好梦门外花郎[10]。绣户未开，帘钩才响，春阻十层纱帐。

下官杨文骢，早来与侯兄[11]道喜。你看院门深闭，侍婢无声，想是高眠未起。（唤介）保儿，你到新人窗外，说我早来道喜。（杂）昨夜睡迟了，今日未必起来哩。老爷请回，明日再来罢。（末笑介）胡说！快快去问。（小旦[12]问内介）保儿！来的是那一个？（杂）是杨老爷道喜来了。（小旦忙上）倚枕春宵短，敲门好事多。（见介）多谢老爷，成了孩儿一世姻缘。（末）好说。（问介）新人起来不曾？（小旦）昨晚睡迟，都还未起哩。（让座介）老爷请坐，待我去催他。（末）不必，不必。（小旦下）

【步步娇】（末）儿女浓情如花酿，美满无他想，黑甜[13]共一乡。可也亏了俺帮衬，珠翠辉煌，罗绮飘荡，件件助新妆，悬出风流榜。

（小旦上）好笑，好笑！两个在那里交扣丁香[14]，并照菱花[15]，梳洗才完，穿戴未毕。请老爷同到洞房，唤他出来，好饮扶头卯酒[16]。（末）惊却好梦，得罪不浅。（同下）（生、旦艳妆上）

【沈醉东风】（生、旦[17]）这云情接着雨况，刚搔了心窝奇痒，谁搅起睡鸳鸯。被翻红浪，喜匆匆满怀欢畅。枕上余香，帕上余香，消魂滋味，才从梦里尝。

（末、小旦上）（末）果然起来了，恭喜，恭喜！（一揖，坐介）（末）昨晚催妆拙句[18]，可还说的入情么。（生揖介）多谢！（笑介）妙是妙极了，只有一件。（末）那一件？（生）香君虽小，还该藏之金屋[19]。(看袖介)小生衫袖,如何着得下?(俱笑介)(末)夜来定情,必有佳作。(生)草草塞责,不敢请教。(末)诗在那里?(旦)诗在扇头。(旦向袖中取出扇介)(末接看介)是一柄白纱宫扇。(嗅介)香的有趣。(吟诗介)妙,妙!只有香君不愧此诗。(付旦介)还收好了。(旦收扇介)

【园林好】(末)正芬芳桃香李香,都题在宫纱扇上;怕遇着狂风吹荡,须紧紧袖中藏,须紧紧袖中藏。

(末看旦介)你看香君上头之后,更觉艳丽了。(向生介)世兄有福,消此尤物[20]。(生)香君天姿国色,今日插了几朵珠翠,穿了一套绮罗,十分花貌,又添二分,果然可爱。(小旦)这都亏了杨老爷帮衬[21]哩。

【江儿水】送到缠头锦[22],百宝箱,珠围翠绕流苏帐[23],银烛笼纱通宵亮,金杯劝酒合席唱。今日又早早来看,恰似亲生自养,陪了妆奁[24],又早敲门来望。

(旦)俺看杨老爷,虽是马督抚至亲[25],却也拮据作客,为何轻掷金钱,来填烟花之窟[26]?在奴家受之有愧,在老爷施之无名;今日问个明白,以便图报。(生)香君问得有理,小弟与杨兄萍水相交,昨日承情太厚,也觉不安。(末)既蒙问及,小弟只得实告了。这些妆奁酒席,约费二百余金,皆出怀宁[27]之手。(生)那个怀宁?(末)曾做过光禄的阮圆海。(生)是那皖人阮大铖么?(末)正是。(生)他为何这样周旋?(末)不过欲纳交足下之意。

【五供养】(末)羡你风流雅望,东洛才名,西汉文章[28]。逢迎随处有,争看坐车郎[29]。秦淮妙处,暂寻个佳人相傍,也要些鸳鸯被、芙蓉妆;你道是谁的,是那南邻大阮,嫁衣全忙。

(生)阮圆老原是敝年伯,小弟鄙其为人,绝之已久。他今日无故用情,令人不解。(末)圆老有一段苦衷,欲见白于足下。(生)请教。(末)圆老当日曾游赵梦白[30]之门,原是吾辈。后来结交魏党[31],只为救护东林[32],不料魏党一败,东林反与之水火。近日复社[33]诸生,倡论攻击,大肆殴辱,岂非操同室之戈乎?圆老故交虽多,因其形迹可疑,亦无人代为分辩。每日向天大哭,说道:"同类相残,伤心惨目,非河南侯君,不能救我。"所以今日谆谆纳交。(生)原来如此,俺看圆海情辞迫切,亦觉可怜。就便真是魏党,悔过来归,亦不可绝之太甚,况罪有可原乎。定生、次尾[34],皆我至交,明日相见,即为分解。(末)果然如此,吾党之幸也。(旦怒介)官人是何说话,阮大铖趋附权奸,廉耻丧尽;妇人女子,无不唾骂。他人攻之,官人救之,官人自处于何等也?

【川拨棹】不思想[35],把话儿轻易讲。要与他消释灾殃,要与他消释灾殃,也提防旁人短长[36]。官人之意,不过因他助俺妆奁,便要徇私废公;那知道这几件钗钏衣裙,原放不到我香君眼里。(拔簪脱衣介)脱裙衫,穷不妨;布荆[37]人,名自香。

第十六讲

借零香断粉　悲华屋山丘：《桃花扇》与《却奁》

《桃花扇》

《桃花扇》

（末）阿呀！香君气性，忒也刚烈。（小旦）把好好东西，都丢一地，可惜，可惜！（拾介）（生）好，好，好！这等见识，我倒不如，真乃侯生畏友[38]也。（向末介）老兄休怪，弟非不领教，但恐为女子所笑耳。

【前腔】（生）平康巷，他能将名节讲；偏是咱学校朝堂，偏是咱学校朝堂，混贤奸不问青黄。那些社友平日重俺侯生者，也只为这点义气；我若依附奸邪，那时群起来攻，自求不暇，焉能救人乎。节和名，非泛常；重和轻，须审详。

（末）圆老一段好意，也还不可激烈。（生）我虽至愚，亦不肯从井救人[39]。（末）既然如此，小弟告辞了。（生）这些箱笼，原是阮家之物，香君不用，留之无益，还求取去罢。（末）正是"多情反被无情恼，乘兴而来兴尽还[40]"。（下）（旦恼介）（生看旦介）俺看香君天姿国色，摘了几朵珠翠，脱去一套绮罗，十分容貌，又添十分，更觉可爱。（小旦）虽如此说，舍了许多东西，到底可惜。

【尾声】金珠到手轻轻放，惯成了娇痴模样，辜负俺辛勤做老娘。

（生）些须东西，何足挂念，小生照样赔来。（小旦）这等才好。

（小旦）花钱粉钞[41]费商量，（旦）裙布钗荆也不妨，

（生）只有湘君能解佩[42]，（旦）风标[43]不学世时妆。

【作品解题】

清初孔尚任的《桃花扇》历时十载，三易其稿，于康熙三十八年（1699）六月始成。稿成之后，"王公荐绅，莫不借钞"，歌台演出，"岁无虚日"，时人将孔尚任与另一位著名戏曲家洪昇（《长生殿》作者）并举，誉为"南洪北孔"。《桃花扇》今存兰雪堂本、西园本、暖红室本、梁启超本等各种版本。该剧取材于史实，"借离合之情，写兴亡之感"，通过明末复社文人侯方域与秦淮名妓李香君爱情的悲欢离合的故事，揭示南明王朝灭亡的必然性。剧中男主人公侯方域避乱南京，结识李香君，两人一见钟情，并结连理。宦官魏忠贤余党阮大铖主动赠送妆奁财礼贺婚，目的为结纳侯方域，以求开脱恶名。李香君识破奸计，卸妆却奁以还。阮大铖衔恨，谗言加害侯方域，侯方域不得已离开香君，投奔史可法，为之参赞军务。南明弘光朝廷立，马士英、阮大铖又屡屡加害香君。香君不屈，守楼明志；因反抗逼嫁田仰，以头撞地，血染侯、李定情之物桃花扇；又在廷筵上骂座，被软禁于宫中。其时，守边四镇将领不和，各争自己利益，督师史可法在扬州兵败自尽。侯方域只好回到南京，终被阮大铖捕获，锒铛入狱。不久清兵南下，弘光帝、马士英、阮大铖等出逃。侯方域和李香君皆趁乱逃脱，在栖霞山祭坛

相遇,道士张瑶星以国恨、家恨之言点醒他们,结果二人双双入道。全剧在一派悲歌声中结束。

【注　释】

［1］孔尚任(1648—1718):山东曲阜人,孔子六十四代孙。字聘之,又字季重,号东塘,别号岸堂,自称云亭山人。早年考取秀才,因避乱随父孔贞璠在曲阜县北石门山中读书,后纳捐为国子监生。康熙二十三年(1684),康熙南巡后返程路经曲阜,孔尚任被荐为御前讲经,甚得赏识,破格录用。二十四年入京为国子监博士,二十五年,随工部官员往扬州治水,三年后回京,累迁户部主事、户部广东司员外郎等职,历官十余年后被罢归。孔尚任乃清初著名戏曲家,费时十余年,于康熙三十八年六月创作成功《桃花扇》传奇,一时声名大振,与同时代的作有《长生殿》传奇的洪昇齐名,有"南洪北孔"之誉。除《桃花扇》外,孔尚任还与顾采合著《小忽雷》传奇,诗文集有《湖海集》《岸堂文集》《长留集》等,均传世。

［2］保儿:旧时为妓院帮佣的男童工。如《新刻绣像批评金瓶梅》(崇祯本)第四十五回"李桂姐家保儿,吴银儿家丫头蜡梅,都叫了轿子来接"。

［3］龟尿鳖血:龟与鳖旧时有低级下流、邪恶污秽的坏名声。李时珍在《本草纲目》中提到龟"淫发失尿"。保儿上场时所说的这段话语涉旧时妓院之事,内容低级庸俗。

［4］介:是戏曲中角色的动作、表情以及舞台效果等说明。如:唤介、见介、笑介、哭介、鸡鸣介、犬吠介等。

［5］香姐:指李香君。

［6］上头:女子婚后发饰须作成人装束,故曰上头。妓女第一次接客也称上头。这里指结婚。

［7］孤老、表子:这里指嫖客与妓女。

［8］末:此出指杨文骢。杨文骢(1597—1646),字龙友,明末复社成员,贵州贵阳人,画家。万历四十五年(1617)中试举人,弘光朝官兵备副使。后任兵部右侍郎,随唐王抗清,在浙江衢州兵败被杀。

［9］平康深柳巷:唐代长安有平康里,也称北里、平康坊,是妓女聚住之地,平康后泛指妓院。柳巷:亦指妓院。

［10］花郎:指卖花人。

［11］侯兄:即侯方域(1618—1655),河南商丘人,明末复社文人,以文名著称当世,与冒辟疆、陈贞慧、方以智合称"四公子",顺治八年(1651)时,应河南乡试为副贡生,撰有《壮悔堂文集》《四忆堂诗集》。

［12］小旦:此处指李香君的假母李贞丽,李贞丽是明末南京名妓,字淡如。

［13］黑甜:指酣睡,在睡梦中。

［14］交扣丁香:即相互给对方扣纽扣。旧时纽扣打结呈丁香状。

［15］菱花:即镜子。古时以铜为镜,映日则发光影如菱花,故曰菱花镜。

［16］扶头卯酒:即早晨喝的酒,过去人认为喝之有清醒大脑的作用。

[17] 生、旦：此处生是侯方域，旦是李香君。

[18] 催妆拙句：指催妆诗。古时新人出嫁，宾客有赋诗催促新娘梳妆者。杨龙友于侯、李新婚之夜送的催妆贺诗为"生小倾城是李香，怀中婀娜袖中藏。缘何十二巫峰女，梦里偏来见楚王"。"拙句"乃其自谦之辞。

[19] 藏之金屋：用汉武帝"金屋藏娇"故事，指华丽精美的住处，有珍视之意。

[20] 尤物：即特出的人物，多指美貌的女子，这里指李香君。

[21] 帮衬：帮助、帮忙。

[22] 缠头锦：旧时以锦帛或财物赠歌舞之人，谓之"缠头"，后亦指对妓女的馈赠。这里指杨文骢给李香君送来的妆奁。

[23] 流苏帐：以流苏为垂饰的帐子。流苏，彩色丝线或羽毛所作的垂饰。

[24] 妆奁：本指梳妆用的镜盒，后泛指嫁妆。

[25] 马督抚至亲：马督抚即马士英，杨龙友是其妹夫，故称"至亲"。马士英（约1591—1646），贵州贵阳人，字瑶草。万历时进士。崇祯五年（1632）任宣府巡抚，因擅取公帑行贿，坐遣戍，流寓南京。崇祯末起为兵部右侍郎，总督庐州、凤阳等处军务。明亡后，联江北四镇，拥立福王监国，进东阁大学士兼兵部尚书，排斥史可法，援引阮大铖，独断专权，大敌当前，仍忙于内部斗争，致使扬州失陷。清军逼近南京，遂逃至浙江，往投鲁王、唐王均被拒，乃逃至方国安军中。后一说入太湖吴易军中，为清军俘杀；一说入天台山寺为僧，为清军俘斩；一说与阮大铖降清后，因暗通隆武朝，事泄，在福建延平（今南平）被杀。

[26] 烟花之窟：是娼妓所聚之地。

[27] 怀宁：即阮大铖（约1587—约1646），字集之，号圆海、石巢、百子山樵，安徽怀宁人。他是明末戏曲家，但人品极低劣。万历四十四年（1616）进士，天启间官给事中，依附阉官魏忠贤，造《百官图》攻击东林党人，不久升太常寺少卿、光禄卿。崇祯二年（1629），因魏党事败被罢官，避居南京。南明弘光朝经马士英推荐官至兵部尚书。清兵攻陷南京，出奔浙江，后降清。所作传奇戏曲有《春灯谜》《燕子笺》《双金榜》《牟尼合》《忠孝环》《桃花笑》《井中盟》《狮子赚》《赐恩环》《老门生》等十种。诗文有《咏怀堂全集》。

[28] 东洛才名，西汉文章：东洛、西汉分别指左思和司马相如。晋代文学家左思因创作《三都赋》而使东都洛阳纸贵，西汉司马相如是辞赋大家。这里借以夸赞侯方域的文章才华。

[29] 坐车郎：即潘岳，西晋文学家，貌美。乘车出游，妇女争相观看，并掷果于车。此处借指侯方域。

[30] 赵梦白：即赵南星，明末高邑（今河北）人，字梦白，号侪鹤，别号清都散客。万历进士，历任汝宁通判官、户部主事、吏部考功、文选员外郎。他是东林党的领袖人物之一，与邹元标、顾宪成，同被称为"三君"。光宗立，复任吏部尚书，后又因反对宦官魏忠贤，谪戍代州，病死。他是明末文学家，编撰笑话集《笑赞》，散曲集《芳茹园乐府》。

[31] 魏党：魏忠贤及其党羽。魏忠贤（1568—1627），明代宦官，万历时入宫，泰昌元年司礼秉笔太监，后兼掌东厂。他勾结熹宗乳母客氏，结党营私，手下有五虎、五彪、十狗之类，自称九千岁，还专权独断，屠戮东林党人，崇祯朝被罢职，畏罪自缢。

[32] 东林：东林书院在江苏无锡，明末顾宪成于万历二十一年被革职还乡，与高攀龙、钱一本等于此讲学，议论朝政，得到许多士大夫的拥护，被称为"东林党"，后因反对矿监、税监，宣传改良，反对宦官魏忠贤等，为魏党所嫉恨，并遭到严酷镇压。

[33] 复社：是明末江南士大夫政治、文化集团。以太仓张溥、张采为代表，继东林党之后，抨击魏党宦官余孽，主张政治改良，以挽救颓败的局势，后遭马士英、阮大铖等权奸的镇压。

[34] 定生、次尾：定生即陈贞慧，次尾即吴应箕。陈贞慧、吴应箕及侯方域都是复社的重要成员。

[35] 思想：思考。

[36] 旁人短长：让人说长道短，被人议论。

[37] 布荆：穿布衣，戴荆钗。穷苦人打扮。

[38] 畏友：道义相砥，过失相规的朋友，称为畏友。

[39] 从井救人：跳下深井去救人，不能救起别人，自己也会同归于尽。比喻帮不了别人又害了自己。侯方域在这里指不顾自己的名节去救助别人。

[40] 多情反被无情恼，乘兴而来兴尽还：前句为苏轼《蝶恋花》中词句。此处借指阮大铖送妆奁结交侯方域，为香君所拒绝之事；后句用《世说新语》中"雪夜访戴"典故。杨龙友借以喻指晨访侯、李二人的经历。

[41] 花钱粉钞：用于买花、粉和饰物的钱，此指置办女子妆奁之资。

[42] 湘君能解佩：湘君，古代有人认为是舜之妻。这里借音同而指称李香君；佩，衣带上的佩饰。屈原《楚辞·九歌·湘君》中有"遗余佩兮澧浦"，此处借指李香君却奁之事。

[43] 风标：指风度，品格。

（据刘世珩《暖红室刊汇刻传奇》迻录，注释：王平）

【作品导读】

清初康熙年间，《长生殿》和《桃花扇》相继问世，它们以其丰富的内容、深刻的思想和精湛的艺术令世人倾倒，一时间，"勾栏争唱孔洪词"，两大传奇也被誉为清代戏曲的"双璧"。

《桃花扇》的作者孔尚任，清顺治、康熙时人，乃孔子后裔。他早岁隐居，因精通儒学经典，被荐为康熙御前讲经，并得以擢升，曾在国子监、户部等机构任过职，也参与过淮扬治水等地方实际工作，对新旧朝代更替时期的社会现实和民生疾苦有所了解。孔尚任是一个具有历史责任感和敏锐思想的士人，因某种机缘，他了解到李香君和侯方域的爱情故事，有感于"香姬面血溅扇，杨龙友以画笔点之"（《桃花扇本末》）的壮举，便将这个个人的爱情悲剧与离他所生活时代不远的明朝覆亡联系起来，进而产生了将之作为素材创作一部传奇的意愿。他要在这部传奇中，将"南朝兴亡遂系之桃花扇底"，以警醒后人，但"恐闻见未广，有乖信史"（《桃花扇本末》），所以他为此花费十年时间作创作积累：他留意前朝历史，每到一地则踏访古迹,治水之余,他徘徊于黄河故道,缅怀与奔流同逝的英灵。在扬州,他登梅花岭,拜祭抗清名将史可法衣冠冢;在南京,他登临燕子矶,游弋秦淮河,祭扫明孝陵,探寻明故宫。他吊故明"残山夕照",悲"金粉南朝"之"野草闲花"(朱永龄《桃花扇》题辞)。在念天地悠悠之际,发古人之慨叹。不惟如此,孔尚任还结交明代遗民,当时如冒辟疆、石涛、黄云、邓汉仪、许承钦、龚贤等前代诸贤皆与之交往,孔尚任在《又至海陵,寓许濑雪农部间壁,见招小饮,同邓孝威、黄仙裳、戴景韩话旧分韵》诗中记载道:这些年长之人"所话朝皆换,其时我未生"。康熙二十八年(1689)秋天,孔尚任还特地到栖霞山白云庵,访问了道士张瑶星,张瑶星是明崇祯时锦衣卫千户,弘光朝指挥使,南明灭亡后进山修道……凡此种种,都为孔尚任后来创作传奇《桃花扇》做了充足的准备。终于,《桃花扇》在康熙三十八年(1699)六月脱稿,一时"王公荐绅,莫不借钞,时有纸贵之誉",连皇宫内府也索之"甚急",至于京城的演出,"岁无虚日""骚人骈集者,座不容膝"(《桃花扇本末》)。

《桃花扇》全本有四十四出,"卷上"之"第一出 听稗"前增"试一出 先声","第二十出 移防"后增"闰二十出 闲话";"卷下"之"第二十一出 媚座"前增"加二十一出 孤吟","第四十出 入道"后增"续四十出 余韵"。"却奁"是本剧的第七出。该出长期以来为后世文人所激赏,也常常被搬上舞台,加以演出,在整本戏中占有较为突出的地位。究其原因应主要在于:一是它加工改造了与之相关、为人津津乐道的历史传奇故事;其次是《桃花扇》中最具有艺术魅力的男女主人公形象性格在本出中得到了最完全的展示;其三是它自身独立成篇,构成全剧冲突的一个高潮,又在全剧整个结构中发挥关键的转折作用。

《桃花扇》是一部最接近历史真实的传奇剧,"却奁"是在以往史实的基础上加工、改造、创新的产物。正如作者自己在《桃花扇·凡例》中所说,此传奇涉及"朝政得失,文人聚散,皆确考时地,全无假借。至于儿女钟情,宾客解嘲,虽稍有点染,亦非乌有子虚之比"。全剧借一把素扇,如何由"荡子"题上定情之诗,如何被染上"美人之血痕",又如何为"游客"点缀成桃花图案并寄于羁旅之人,牵出复社名流侯方域与秦淮名姬李香君的悲欢离合故事的主线。由这条贯穿全剧的主线,串接明末朝廷上下在外寇压境的背景下,不思抵抗,反而热衷于腐朽生活、争权夺利、党派倾轧、军事割据、拥兵自重,以致造成社会动荡、国破家亡的悲剧结果,从而揭示出前朝之所以灭亡的真正原因。

"却奁"之事历史上是有其踪迹可寻的,它与明末名姬李香君帮当时名士侯朝宗识破阮大铖金钱拉拢之计,保住名节有关。明清以来此事一直在士林中广为流传,堪称佳话,也成为了后来的诸多文学作品所借以表现的题材。清初张潮在其所编著的《虞初新志》中收录了侯朝宗(方域)自己写的《李姬传》,对此事记载甚详:

初，皖人阮大铖者，以阿附魏忠贤论城旦，屏居金陵，为清议所斥。阳羡陈贞慧、贵池吴应箕实首其事，持之力。大铖不得已，欲侯生为解之。乃假所善王将军，日载酒食与侯生游。姬曰："王将军贫，非结客者，公子盍叩之？"侯生三问，将军乃屏人述大铖意。姬私语侯生曰："妾少从假母识阳羡君，其人有高义，闻吴君尤铮铮。今皆与公子善，奈何以阮公负至交乎？且以公子之世望，安事阮公？公子读万卷书，所见岂后于贱妾耶！"侯生大呼称善，醉而卧。王将军者殊怏怏，因辞去，不复通。

这个实录与孔尚任的《桃花扇》有诸多相似之处，如主要人物为李姬和侯生，涉及之事亦为阮大铖欲借侯生"为解""清议所斥"，其结果也是因李姬的劝谏，侯生未让阮大铖图谋得逞，等等。但是，侯方域的笔记与孔尚任的戏曲更存在许多不同，如：笔记中为阮大铖做说客的是"王将军"，而剧本中为杨龙友；笔记中阮结交侯生的方式是"日载酒食与侯生游"，剧本中是"赠奁"；笔记中李姬劝谏前者用温和的"私语"，剧本中则外化为性情刚烈的"怒介""拔簪脱衣介"；笔记中侯生对李姬的反应仅仅"大呼称善"，而剧本中从此将她当作了自己的"畏友"；笔记中对此事的态度表现为王将军"怏怏，因辞去，不复通"，而剧本中的杨龙友竟也被香君的大义所感动，以致自告奋勇地要去帮助男女主人公……

可以说，孔尚任的《桃花扇》与侯朝宗的《李姬传》对相关史实的不同表现，标示着作者不同的创作立场和作品所产生的不同的艺术效果。侯作对历史上这段佳话记载简短，以传记的形式实录李姬与文人雅士侯生的交往，并择其交往中的逸事作为主要内容，语言显得客观平直，写作方式重在叙述。而孔作则以整整一出来表现具体情节，通过剧情的发展逐步展开激烈的矛盾冲突，具有强烈的戏剧性。在情节发展中，孔作始终伴随着浓烈的感情色彩，通过极富表现力的舞台动作、人物道白、优美唱词等，强化了男女主人公的对比度，其着眼点更多的在于歌颂香君，艺术感染力自然显得极强，艺术成就远远超过了侯朝宗的《李姬传》。

戏曲离不开叙事，其主要任务之一是塑造感人至深的人物形象。侯方域和李香君是《桃花扇》中贯穿始终的主要人物形象，是作品"借离合之情，写兴亡之感"主题的有力体现者，当然也是作者所要着力刻画的形象，两个形象在"却奁"一出中皆得以全面的展现。本出的最大特色在于：在剧情的发展中，通过对侯、李两个主人公的活动及表现，逐渐展开了他们各自不同的性格；在富于对比性的舞台表演中，显露出两个人物形象的本质特征，让人们从对两个人物的比较中，判断其审美价值。除此之外，本出还合理地演绎出男主人公性格发生变化的轨迹，为其以后投身史阁部军中，浴血救国的义勇行为进行了铺垫。可以说，如果没有这一出,或这一出人物形象塑造得不到位,整个作品的思想和艺术性将会大打折扣。

侯方域是剧中男主人公,他是复社成员。明末的复社是继顾宪成东林党之后的又一具有进步性、活动于南方的清流社团,侯方域、陈定生、吴应箕等豪杰皆投身其中。他们在南京城贴出《留都防乱揭帖》,掀起的驱除魏忠贤余党阮(大铖)的斗争,得到了包括艺人柳敬亭、苏昆生在内的许多具有正义感的人们的支持。剧中的侯方域与各界正义之士往来密切,也能明辨是非,在关键时刻能甘于冒生命危险为国事奔波。从这一点看,侯方域是当时具有进步思想的士大夫文人的代表。所以他为士庶所尊重,连身为青楼女子的李香君都对之仰慕不已。但是侯方域毕竟是"明末四公子"之一,他也染上文人风流不羁的毛病,流连青楼狎妓,游戏人生。他的骨子里还存留着明末清流文人所共有的诸多缺点,如:浪漫热情而缺乏务实精神,冲动而不计后果,感情用事而有时丧失立场,面对突然变故而往往不知所措,理想破灭则消极颓废等。

李香君是"烟花妙部"媚香楼中的名姬。同是妓女,李香君不同于假母李贞丽、媛翠楼中的卞玉京等。她虽身处下贱之地,"妙龄绝色,平康第一",然冰清玉洁,有高尚情操,且识见过人。她之所以甘愿被侯方域"梳栊",并不是看中他是一个"客囊颇富"的"才子",而在于侯生为复社名流。她识大体,志气坚,耐得住寂寞,守得住贞节,抗得住淫威,可谓女子中的"伟丈夫",其光艳照人,直令须眉汗颜。

"却奁"一开场,保儿的一番插科打诨渲染了青楼妓院肉欲横流景象,在这个"孤老、表子"杂处的场所,有像李香君那样出污泥而不染的风尘女子不得不栖身于此,也有与侯方域、杨龙友同类,有着高名清誉的人物混迹其间。这纯粹在向人们展示一幅多么真实而又富于对比的社会风情图!接着杨龙友登场,一支【步步娇】描写新婚燕尔男女主人公:"儿女浓情如花酿,美满无他想,黑甜共一乡。"假母李贞丽(小旦)笑谈"两个在那里交扣丁香,并照菱花"的情景,更逼真地描摹出侯、李二人如胶似漆、沉溺于欢爱的忘情之态。但是当这一对风流娇客走出闺房,与等在外面的人会面后,他们的行为举止却表现出相当不同的相关特征,其品级高下让人一目了然。

首先,我们看侯方域。他谈吐文雅,自视甚高,自如地应对着杨龙友的调侃,甚至当着外人,拿自己心爱的女人香君来作为笑资:

(生揖介)多谢!(笑介)妙是妙极了,只有一件。(末)那一件?(生)香君虽小,还该藏之金屋。(看袖介)小生衫袖,如何着得下?(俱笑介)

这完全是一个惯经情场、老练而放浪的狎客形象。

我们再看香君，她温顺地侍奉在春风得意的侯生身边，配合着两个男人的谈论诗扇的话题，一会儿"向袖中取出扇"，一会儿"收扇"。她默认了"尤物"的身份，任由侯、杨二人对自己品头论足。但是，就是这么一位身份低贱的女子，却是心细之极，聪明之至，极明白事理。她从李贞丽的"这都亏了杨老爷帮衬"的话中，听出了不妥之处："俺看杨老爷，虽是马督抚至亲，却也拮据作客，为何轻掷金钱，来填烟花之窟？"所以她要"问个明白，以便图报"。

不轻易受人好处，饮水思源，知恩图报是中华民族传统中的美好品质，也是儒家"仁、义、理、智、信"思想中的重要一条。每日里读圣贤之书，讲究文章道德的儒士侯方域，应该将之纳入到日常生活的行为准则中，但是他更多地注重坐而论道，往往不作调查研究，忽略细枝末节，对实际生活中所常常出现的现实问题也自然提不出切实可行的解决办法。这也反映了与侯方域同类的其他复社文人的通病。基于这一点，我们就会容易去理解日后侯方域的类似行止了：当阮大铖重登政坛要报受辱之仇时，侯方域还蒙在鼓里不解地问："我与阮圆海素无深仇，为何下这毒手？"面对这突然变故，这位潇洒公子竟急得不知所措，"不知哪里去好"，连连向别人"请教"逃生之策，在得到杨龙友的"指引"后，侯生匆匆"避祸"而去，抛下了多情的香君（第十二出 辞院）。

然而香君，这位在一般人看来最有可能不讲信义的风尘女子，却深深牢记"人无信不立"这一条，并将之融入生活的细微环节中。"问个明白，以便图报"，只此一句，人物形象即有了明显的对比，在读者心目中的位置，高下之分初现。对声名显赫、自视甚高的侯生来说，此句也给他以提醒，所以他马上附和"香君问得有理"，并向杨龙友详细追问"妆奁"之资的来历。终于从杨龙友的口里，得知赠金之人乃为阮大铖，以及他的真实意图。

随着剧情的发展，男女主人公的性格特点逐渐得到展现，戏剧的内在矛盾冲突逐渐升级，最后终于达到了一个高潮。对于阮大铖的赠奁，侯、李二人采取的立场观点是不一样的，所表现的性格也不一样。就侯方域来说，当他了解到阮大铖委托杨龙友在他婚筵之时赠奁之目的，是借重他来调停复社人物对他的攻击时，先是"鄙其为人"，不解其意；继而矛盾踌躇，心感其"情辞迫切，亦觉可怜"；最后竟答应愿为陈情："定生、次尾，皆我至交，明日相见，即为分解。"这样的变化过程是很符合侯方域这个人物性格的，通过对前六出中侯方域种种行为的剖析，我们是可以找出他之所以这样行事的内在原因的。

《桃花扇》前六出，作者并没有直接用大量的笔墨描写侯方域，而是将重点落在表现其他复社人物与魏忠贤余孽阮大铖的激烈斗争上。读者从前六出了解到的有关侯方域的信息还处在一个较为表面化、浅层次的范围，但这个人物的基调已定型：他出自名门，英俊潇洒，从河南来参加"南试"，下第后客居南京。照理说，作为"新登复社之坛"者，是时代"弄潮儿"群

第十六讲
借零香断粉　悲华屋山丘：《桃花扇》与《却奁》

体中的一员，侯生应该像其他代表了当时具有进步意义的士人一样，积极参加"反阮"的政治斗争，但是他的表现令人遗憾：他既未参加孔庙丁祭时驱除魏阉余党阮大铖的斗争（第三出 哄丁），也未与会鸡鸣埭上观阮大铖新作《燕子笺》又痛骂作者为人的聚会（第四出 侦戏），日常重要活动之一就是到烟花旧院处留心"访翠"。可以说，前六出中侯生的政治形象远远逊色于与他同为复社成员的吴应箕、陈定生、方以智、冒辟疆辈，倒是他风流放浪的行为给我们留下了深刻印象——作者的意图是要在前六出中强化侯方域的浪子形象，弱化了其作为政坛人物的形象。这种构思，是有意识的将侯生置于其他复社精英相比较的境地，以突出其人格缺陷，为第七出"却奁"中集中笔墨全面表现他的缺乏政治立场，性格软弱，遇事则摇摆不定，并进而揭示其发生转变的内在动因。所以，"却奁"一出中，当侯方域不顾自己复社成员的身份，在听了杨龙友为阮大铖开脱罪名，指责吴应箕、陈定生等人的行为是"操同室之戈"，哀叹"同类相残，伤心惨目"时，竟不作驳斥，反而说出"就便真是魏党，悔过来归，亦不可绝之太甚，况罪有可原乎"那样丧失应有的立场的话来。

然而李香君——一个学识修养、身份地位都远逊于侯方域的青楼女子，在亲耳听见自己所敬重、钟情的郎君竟说出这样出乎她意料的话后，犹如被晴天霹雳震惊了一般，她勃然大怒，一扫刚才那种娇羞温情姿态，说出一番令侯方域为之汗颜又入情合理的激愤之语：

> 官人是何说话，阮大铖趋附权奸，廉耻丧尽；妇人女子，无不唾骂。他人攻之，官人救之，官人自处于何等也？
>
> 官人之意，不过因他助俺妆奁，便要徇私废公；那知道这几件钗钏衣裙，原放不到我香君眼里。

两段话一将阮大铖的丑恶嘴脸揭露给侯生看；二将侯生阴暗心理暴露出来；三将侯生错误的严重性指出来；四要让侯生真正了解自己的为人。真是字字见血，直刺侯生软肋！一个身处下贱但具有正义感，有着卓然独立品格、爱憎分明的奇女子形象兀然而立！

之后，香君唱了一曲【川拨棹】，既有怒侯生不争之愤慨，又有谆谆诱导之殷切："不思想，把话儿轻易讲。要与他消释灾殃，要与他消释灾殃，也提防旁人短长。"唱词软中带硬，刚柔相济。犹如向汗流浃背的侯生身上轻拂着丝丝和风。

朝代更替关头，浪荡子所特有的冰冷、玩世之心苏醒了，儒士骨子里兼济天下的情怀被唤起，侯生在一刹那觉悟起来。紧接着，剧作家通过极富表现力的戏剧舞台动作和简洁明了的唱词，将女主人公的高洁形象完全展示出来："（拔簪脱衣介）脱裙衫，穷不妨；布荆人，名自香。"一"拔"一"脱"，李香君高大贞烈的形象活脱脱地跃出，牢牢地刻上了读者的心头；而十二个唱词字字千钧,振聋发聩,令人不禁对香君油然生出敬畏之情。

面对这样一位气性刚烈,充满凛然正气的巾帼英豪,侯生这位在内心深处还保有那份良知、激荡着人生理想的年轻儒生,真正觉醒了。他再也不敢轻觑香君了,他明白眼前的这位香君情为之所系,愿意以身相许的思想基础在于她认同自己所从事的崇高事业,绝非图其钱财。他发自内心的赞叹:"好,好,好!这等见识,我倒不如,真乃侯生畏友也。"同时也为自己的卑下而自责:"【前腔】(生)平康巷,他能将名节讲;偏是咱学校朝堂,偏是咱学校朝堂,混贤奸不问青黄。"至此,侯生终于完成了人生的一次蜕变,他明白了"节和名,非泛常;重和轻,须审详"的人生道理,当他再回过头来看早已卸去妆奁的香君,更觉得她"十分容貌,又添十分,更觉可爱"。

正如诗有"诗眼"一样,"却奁"这场戏可以被看做是整个《桃花扇》的"戏眼"。从本出戏的结构看,它是自足的:有其开端、发展、高潮和尾声。杨龙友送奁妆为两位新人贺婚即为其始;杨替阮大铖传达疏通关节请求,侯生内心矛盾重重但终于应允是其发展;香君怒斥侯生,退还妆奁将本出戏推向高潮;剧情结尾,龙友调和,侯生悔错并夸赞香君为"畏友",更觉香君"可爱",整个矛盾冲突得以圆满解决。在这个独立完整的戏剧单元中,情节逐渐展开,活动于其间的人物个性得到逐步展示,构成了整个《桃花扇》剧情中的重要一环。本剧的主题是"借离合之情,写兴亡之感"。"离"与"合"的转捩点在何处?就在第七出。

就内容而言:第七出之前,一派歌舞升平气象,清流聚集,名士风流。正面人物个个志得意满,连体羸的老赞礼都敢出手痛打魏阉余孽。侯、李爱情也在不断增温,进而开花结果——个人爱情与国家政治局面皆呈现蒸蒸日上之势;第七出之后,形式急转直下,外寇压境,边将纷争,朝廷奸党马士英、阮大铖之流得势。恶势力展开反扑,一时黑云压城而来。正面人物不得不避匿他乡,男女主人公不得不割舍情缘,含泪离别——国家和主人公皆悬于危急之间,最终国破家亡。

就戏剧效果而言:第七出之前表现的是"合",是热闹场景,舞台气氛充满喜剧色彩;第七出之后表现的是"离",是苦境悲情,悲剧气氛越来越浓,在结尾终于达到了悲剧的高潮。

将整部作品综合起来看,"却奁"一出是整部戏的有机构成中的重要一环,为后来主人公的命运和情节的发展埋下了伏笔。正由于侯、李却奁之举"太激烈",所以才引出阮大铖要加害他们,引出侯生远遁、香君守楼、血溅桃花扇、侯生被执入狱等悲剧。从这个角度说此出是全剧的"戏眼",当不为过分。由于男女主人公在"却奁"中集中地呈现了自己的个性特点,人物形象基本定型,所以他们后来所做的一切都顺理成章,使人毫无突兀之感了。

我们已经看见侯生在第七出结束时性格已发生重大转变,因此对他在第十出中代父"修札"给左良玉,劝阻其北上的义举自然不会觉得奇怪;自然也会理解他跟随在史可法左右不辞劳苦,不怕牺牲,前往"要抢苏、杭"的高杰营中抚军的勇敢举措(第二十出 移防)。

而李香君,在"却奁"中出身低贱但品格高尚、大义凛然、性格刚烈、光彩照人的女豪杰形象,已给人们留下了深刻印象。此后在她身上所发生的一系列故事,如香君"拒媒"、"守楼",宁死不嫁权臣田仰,血溅桃花扇,痛快淋漓的"骂筵"等,皆可看作是第七出的延伸和扩展。

总而言之,《桃花扇》是清代传奇的杰作,而"却奁"一出在本剧中占有重要地位。作者根据史实进行加工改造,塑造了侯方域和李香君两位男女主人公形象,并于情节展开中鲜明地表达了自己的价值判断,那就是:英豪不论贵贱,巾帼不让须眉。本出也因其既自成体系,又能发挥转折纽带作用,而成为了舞台上不断被搬演的一出经典传奇。

【延伸欣赏】

推荐阅读:侯方域《李姬传》(见清张潮辑《虞初新志》卷十三)、洪昇《长生殿》(见《中国十大古典悲剧集》下)

推荐观赏:昆剧《桃花扇》

(王 平)

第十七讲
另类"黍离" 别样"长恨"：
《长生殿》浅说

【剧本选读】

《长生殿》第二十九出 闻铃
清·洪昇[1]

示范音频

（丑内叫介[2]）军士每[3]趱[4]行，前面伺候。（内鸣锣，应介）

（丑）万岁爷，请上马。（生骑马，丑随行上）

【双调近词·武陵花】万里巡行，多少悲凉途路情。看云山重叠处，似我乱愁交并。无边落木响秋声，长空孤雁添悲哽。

寡人自离马嵬，饱尝辛苦。前日遣使臣赍奉[5]玺册，传位太子去了[6]。行了一月，将近蜀中。且喜贼兵渐远，可以缓程而进。只是对此鸟啼花落，水绿山青，无非助朕悲怀。如何是好！（丑）万岁爷，途路风霜，十分劳顿。请自排遣，勿致过伤。（生）唉，高力士，朕与妃子，坐则并几，行则随肩。今日仓卒西巡，断送他这般结果，教寡人如何撇得下也！

（泪介）提起伤心事，泪如倾。回望马嵬坡下，不觉恨填膺。（丑）前面就是栈道[7]了，请万岁爷挽定丝缰，缓缓前进。（生）袅袅旗旌，背残日，风摇影。匹马崎岖怎暂停，怎暂停！只见阴云黯淡天昏暝，哀猿断肠，子规叫血，好教人怕听。兀的不惨杀人也么哥[8]，兀的不苦杀人也么哥！萧条恁[9]生，峨眉山下少人经，冷雨斜风扑面迎。

（丑）雨来了，请万岁爷暂登剑阁[10]避雨。（生作下马、登阁坐介）（丑作向内介）军士每，且暂驻扎，雨住再行。（内应介）

（生）独自登临意转伤，蜀山蜀水恨茫茫。不知何处风吹雨，点点声声迸断肠。（内作铃响介）（生）你听那壁厢，不住的声响，聒[11]的人好不耐烦。高力士，看是什么东西。（丑）是树林中雨声，和着檐前铃铎，随风而响。（生）呀，这铃声好不做美也！

【前腔】淅淅零零，一片凄然心暗惊。遥听隔山隔树，战合风雨高响低鸣。一点一滴又一声，一点一滴又一声，和愁人血泪交相迸。对这伤情处，转自忆荒茔。白杨萧瑟雨纵横，此际孤魂凄冷。鬼火光寒草间湿乱萤。只悔仓皇负了卿，负了卿！我独在人间委实的[12]不愿生。

第十七讲
另类"黍离" 别样"长恨":《长生殿》浅说

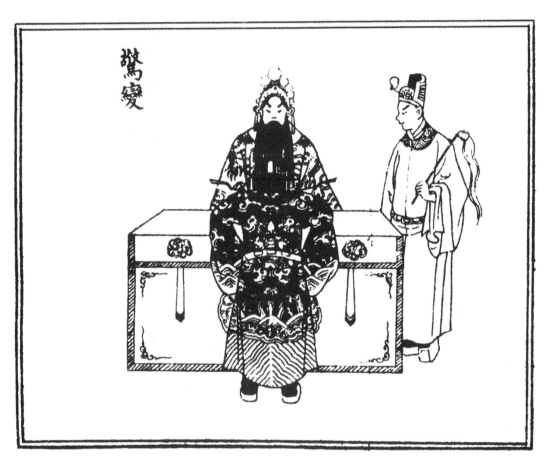

《长生殿》

《长生殿》

语娉婷,相将早晚伴幽冥。一恸空山寂,铃声相应,阁道崚嶒[13],似我回肠恨怎平!

(丑)万岁爷且免愁烦。雨止了,请下阁去罢。(生作下阁、上马介,丑向内介)军士每,前面起驾。(众内应介)(丑随生行介)(生)

【尾声】迢迢前路愁难罄[14],招魂去国两关情。(合)望不尽雨后尖山万点青。

(生)剑阁连山千里色(骆宾王),离人到此倍堪伤(罗邺)。

空劳翠辇冲泥雨(秦韬玉),一曲淋铃泪数行(杜牧)。

【作品解题】

《长生殿》今存稗畦草堂原刻本、文瑞楼刊本、《暖红室汇刻传奇》等版本,共二卷五十出。剧本描写唐明皇继位以来,励精图治,国势日隆,于是寄情声色。因发现宫女杨玉环才貌出众,于是册封其为贵妃,两人以金钗钿盒为定情之物对天盟誓。杨玉环自册封为贵妃,三千宠爱,集于一身,且荣耀及于一门。随着交往日久,李杨的感情超越了帝妃之间的声色之好,升华为夫妇间的情深意长。安史之乱中唐皇携杨妃仓促出逃至蜀中避难,在马嵬坡,军士哗变,陈元礼纵兵逼宫,无奈之下,杨玉环主动请死,唐明皇被迫赐杨妃自尽。杨妃死后,明皇哀伤不已,日夜思念。进入蜀中斜谷之时,恰值霖雨连绵,一行零乱的护卫队,踯躅于栈道之上。剑阁之上,凄风苦雨敲打檐铃,明皇耳闻车马铎铃叮当,和着夜雨潇潇之声,更添寥落与凄清。安史之乱后,唐明皇以太上皇身份自蜀中归来,看到宫阙内物是人非,备感哀伤,终日里被思念所缠绕。后来,临邛道士杨通作法,幽引太上皇魂魄来到月宫与杨玉环相会。感于李杨至死不渝的真情,玉帝传旨让二人居忉利天宫,永为夫妇。帝妃之间的爱情因政治而成为千古悲情,神仙眷侣因摆脱了世俗的身份而成为永恒的经典。

【注 释】

[1] 洪昇(1645—1704):清代传奇作家,浙江钱塘(今杭州)人,字昉思,号稗畦,又号稗村、南屏樵者。他出生于"累叶清华"的仕宦之家,"少负英绝之才",早擅文名,但终生是一个布衣才子。洪昇青年时曾长期行役四方,落拓国子监达二十年之久,其太学生身份后亦因《长生殿》案"被革。晚年归隐家乡,在西湖之畔建稗畦草堂以怡情志。洪昇才华横溢,博涉多能,一生的主要成就在于戏曲创作,创作了多部戏曲作品,现仅存《长生殿》传奇和《四婵娟》杂剧两部,《长生殿》是其代表作。

[2] 介:传奇术语,表示动作,相当于"样子"。

[3] 每:相当于"们"。

[4] 趱:读作 zǎn,催促赶路,多见于早期白话。

［5］赍奉：赍，读作 jī，把东西送给人。

［6］传位太子去了：天宝十五载七月，李亨在灵武即皇帝位。八月，李隆基派韦见素和房管等送传国宝和玉册到灵武，传位给李亨。那时李隆基已经到达成都，与本出所写略有出入。

［7］栈道：在险绝之地依山架木而成的路。

［8］兀的……也么哥：怎么，表感叹。惨杀：愁惨。也么哥：戏曲中的衬词，无意义。这句话相当于说"这怎么不把人愁死呢"。

［9］恁：那么，那样。

［10］剑阁：四川剑阁东北的栈道名称。

［11］聒：声音嘈杂，使人厌烦。

［12］委实的：的确，确实。

［13］崚嶒：形容山高。

［14］罄：尽；空。

（据徐朔方人民文学出版社 1958 年校注本迻录，注释：王丽梅）

【作品导读】

《长生殿》的创作"经十余年，三易稿而始成"（《长生殿》例言），作品之美概而论之有五：寄托遥深，布局谨严，排场妥帖，文词美妙，音律精审，凭借这些杰出的成就，《长生殿》"为千百年来曲中巨擘"，使得"学士才人，一齐俯首。自有此曲，毋论《惊鸿》《彩毫》空惭形秽。即白仁甫《秋夜梧桐雨》亦不能稳占元人词坛一席矣"（梁廷楠《藤花亭曲话》卷二）。

《长生殿》完成于康熙二十七年，即公元 1688 年。此时全国各地的抗清斗争相继失败，反清大势已去，清廷的统治地位已经稳定。对旧朝割舍不断的情怀，对新朝既畏惧又痛恨的心态，这种无法明言的家国之思，使得文人们只能在心灵中反复咀嚼国破家亡的苦涩。清初剧坛上历史剧的创作亦因而非常繁盛，出现了一批"兴亡悲剧"，如吴伟业的《秣陵春》、李玉的《千忠禄》、邱园的《党人碑》、朱九经的《崖山烈》、孔尚任的《桃花扇》都是感于明亡而作。《长生殿》正出现在这样的社会氛围中。

基于社会整体性的黍离之悲和兴亡慨叹，洪昇在进行创作的时候对历史题材进行了精心选择。从大唐之梦被安史之乱打破，"渔阳鼙鼓动地来，惊破霓裳羽衣曲"就成为抒发亡国之音的一种政治背景，安史之乱成为汉民族被外族入侵的表征。南宋末期的遗民词中多有此意味，如"忽一声、鼙鼓揭天来，繁华歇"（王清惠《满江红》），"鼓惊破霓裳，海棠亭北多风雨"（汪元量《水龙吟》）。洪昇以遗民的心态审视满汉的对峙，亲历着汉族士人的痛苦，因此《长生殿》"借天宝遗事，缀成此剧"，其中蕴含诸多"旁出侧见之意"，实"非臆为之也"（吴舒凫

《长生殿》批注)。

李杨故事本事见新旧《唐书》及民间传说和文人笔记。《旧唐书·列传第一·后妃上》载:

> 太真姿质丰艳,善歌舞,通音律,智算过人。每倩盼承迎,动移上意。宫中呼为"娘子",礼数实同皇后。有姊三人,皆有才貌,玄宗并封国夫人之号:长曰大姨,封韩国;三姨,封虢国;八姨,封秦国。并承恩泽,出入宫掖,势倾天下……开元已来,豪贵雄盛,无如杨氏之比也……及潼关失守,从幸至马嵬,禁军大将陈玄礼密启太子,诛国忠父子。既而四军不散,玄宗遣力士宣问,对曰"贼本尚在",盖指贵妃也。力士复奏,帝不获已,与妃诏,遂缢死于佛室。时年三十八,瘗于驿西道侧。皇自蜀还,令中使祭奠,诏令改葬。礼部侍郎李揆曰:"龙武将士诛国忠,以其负国兆乱。今改葬故妃,恐将士疑惧,葬礼未可行。"乃止。上皇密令中使改葬于他所。初瘗时以紫褥裹之,肌肤已坏,而香囊仍在。内官以献,上皇视之凄惋,乃令图其形于别殿,朝夕视之。

史书所载,杨妃姿色冠代,备受唐皇恩宠,生活奢华无度,杨氏一门势倾天下,唐皇重色轻国终致安史之乱。为平息众怒,唐皇赐死杨妃于马嵬坡。安史之乱平定后,唐皇以太上皇的身份还朝,对杨妃思念不已。《新唐书》对杨玉环的记载略同,多"始为寿王妃"的记载。《新唐书》载:"开元二十四年,武惠妃薨,后廷无当帝意者。或言妃姿质挺,宜充掖廷,遂召内禁中,异之,即为自出妃意者,丐籍女官号'太真',更为寿王聘韦昭训女,而太真得幸。"从新旧《唐书》的记载,我们大体可以推知"红颜祸国"的论点。在随后的几百年文人的创作中,李杨故事的情节变化不大,多以史书为本加以渲染,但人物形象却发生了很大变化。

关于李杨故事,安史之乱以后便开始在民间流传,并为文人的创作所采用,唐人笔记《明皇杂录》《开元天宝遗事》《酉阳杂俎》,宋人的《杨太真外传》等都对这一故事不断地予以渲染,并产生了诸如《长恨歌》《长恨歌传》等具有高度艺术成就的作品。元明以来,李杨的爱情故事成为戏曲和说唱文学的重要题材,无论诸宫调、院本、杂剧、南戏、传奇、弹词、鼓词中,都有这个故事的创作。至迟在宋、金时代,这一事故开始搬上了舞台。元杂剧的名家都写过明皇太真故事,比较著名的有关汉卿《唐明皇哭香囊》、白朴《唐明皇秋夜梧桐雨》。

早期李杨的故事主要以宫闱秽事及女色祸国为主,如杜甫《丽人行》极力渲染了杨氏"炙手可热势绝伦"的骄横,杜牧《过华清宫》则讽刺了杨妃"一骑红尘妃子笑"的奢华。李杨故事的爱情意味到白居易写作《长恨歌》时才得以展现。《长恨歌》对李杨的关注点转化为对其爱情悲剧的同情,渲染了"圣主朝朝暮暮情",赞美了"在天愿作比翼鸟,在地愿为连理枝"的李杨爱情。《长恨歌》是李杨故事的一个转折，实现了李杨二人由历史人物向传说人物的转化。从此以后，在民间故事和文人的笔下，李杨二人成了悲剧人物。《长恨歌》虽美化了唐皇与杨妃的爱情故事，其中对唐皇重色轻国还是有所批评的，有"惩尤物，窒乱阶，垂于将来者"（陈鸿《长恨歌传》）的主观意图。元代白朴据此写成四折的《唐明皇秋夜梧桐雨》杂剧，基调基本承袭《长恨歌》，但增加了唐皇对杨妃思念不已的情节，不惜用四分之一的篇幅来写相思之情。剧写唐玄宗天宝年间，玄宗宠爱杨贵妃，整日歌舞宴乐，不理朝政，杨玉环之兄杨国忠窃居相位，专权误国。安禄山起兵造反，兵破潼关，直逼长安，玄宗携众仓皇出逃。行至马嵬坡，军士哗变，要求玄宗诛杀杨贵妃兄妹以谢天下。平乱后，玄宗回到长安，思念杨妃，夜不能寐，但听窗外雨打梧桐，备添愁苦。剧本中对李杨二人的批判少了，对他们深情的描写多了，明显地表现出作者的倾向。

　　总之，在民间故事和文人的创作中，李杨故事越来越丰满，杨玉环的形象越来越鲜明，李杨之间爱情的意味也越来越浓厚。随着对人物形象的不同处理，李杨最终完成了他们的角色转换。李杨成为爱情悲剧的主角，这主要是在洪昇《长生殿》中完成的，剧本以李杨在月宫的结合完成对"情根历劫无生死，看到底终相共"这一人生真情的颂扬。《长生殿》是唐明皇与杨贵妃爱情故事美化后的最完美呈现。

　　当洪昇创作《长生殿》时，李杨故事在民间故事和文人笔下流传了几百年，作品多得数不清，但"史载杨妃多污乱事"（《长生殿例言》），洪昇"览白乐天《长恨歌》及元人《秋雨梧桐》剧，辄作数日恶"（《长生殿自序》）。在他创作《长生殿》时"念情之所钟，在帝王家罕有"（《长生殿例言》），因而"凡史家秽语，概削不书"（《长生殿自序》），"专写钗盒情缘"（《长生殿例言》）。洪昇以《梧桐雨》杂剧中的"密誓""惊变""埋玉""雨梦"四折为主，配合《长恨歌》，并针对当时弥漫在全民族心中的家国之思，在作品中灌注了浓重的兴亡之感，演绎成意蕴丰富的《长生殿》传奇。作品既突出了李杨之间生死不渝的爱情，又将李杨故事从个人悲剧升华到家国悲剧的高度。为了凸显作品的兴亡意识和对李杨爱情的赞美，洪昇对李杨故事做了三个大的更改。

　　一是对杨妃的形象进行了较大改动。首先，作品对杨贵妃的人格形象加以净化和美化。《长生殿》忽略了她原为寿王妃的事实，对杨玉环与安禄山私通的事实也只字未提，但突出展示了她的才情和千回百转的情怀，侧重描写了杨妃为爱情牺牲性命的悲壮和凄美。在《长生殿》中，杨妃形象不再是一个祸国殃民的罪魁，而是一个被情所困、为爱所伤同时又色艺双绝的性情女子。其次，加大了杨妃的戏份。《长生殿》之前的作品中，杨玉环只是一个符号，并未有对主体的活动。在《长生殿》中增加对杨玉环才情的渲染，能够表现杨玉环才艺的制谱和舞盘均用一出的篇幅来描写。《长生殿》还增加了对李杨从声色之欢到夫妻情深过程的描写,赋予杨玉环与李隆基平等的身份。再次,从"人"的角度对杨玉环的感情世界给予了诠释,使其超越了历代女子低眉顺眼、柔弱卑微的怨妇形象,成为一个主动掌握自己命运的女性形象。这些变化改变了杨妃在历代李杨故事中的从属地位,使其成为与唐皇平等的角色。

二是淡化李杨之间的帝妃关系。作品淡化了李隆基的帝王身份,为李隆基的帝王形象灌注了人性人情的内涵,使他从高高的帝王宝座上走下来,还原为一个有血有肉的"人",把帝妃关系转换为夫妇关系。"定情"中,"惟愿取,恩情美满,地久天长"的唱词四次反复吟唱,这不是普通宫妃的固位争宠,而是一个女人对爱情天长地久的梦想。在杨玉环心目中,高高在上的君王是自己的丈夫,杨玉环一出场就把自己与李隆基的关系定位为"与子偕老"的夫妻情感。洪昇极力渲染李杨之间的美满情缘,这就与安史之乱后的李杨悲剧形成了巨大反差,不仅增加了李杨故事的悲剧色彩,而且由于家国同构的社会模式,使得李杨的爱情悲剧具有了国破家亡的双重意味,把李杨的不幸上升为家国的不幸。洪昇《长生殿》中蕴含着的家仇国恨和黍离之悲引发了时人的共鸣,形成了"家家'收拾起',户户'不提妨'"的局面。

三是淡化了红颜误国、重色轻国的批判色彩,着力突出了李杨之间的美好情缘。在《长生殿》中,杨玉环是一个"情"的化身,她追求永恒的爱情,愿"生生世世共为夫妻,永不相离",愿"君心可托,百岁为欢"。杨玉环像普通堕入情网的女人一样因情人的二三其德而怨叹、而撒娇使性,为争宠不择手段。但洪昇淡化了杨玉环的争宠行为,对其妒嫉有了"情深妒亦真"的全新解释,李杨二人的爱情经过了忤旨和絮阁两次波折终至达到夫妻情深。

马嵬坡之变是李杨幸福生活的转折,为了凸显李杨爱情的真挚,作者一改白朴在《唐明皇秋夜梧桐雨》中马嵬坡之变杨玉环和李隆基的态度。在白朴《梧桐雨》中,杨玉环面对生死,虽知不济事仍是说出"陛下,怎生救妾一身",展示的是杨玉环可怜无辜的形象,而李隆基面对佳人之难,只连连说"六军心变,寡人不能自保",虽事出无奈但也显薄情。在《长生殿》中,杨玉环则表现出聪慧而识大体并且肯为"情"做出牺牲的崇高和悲壮,"望赐自尽,以定军心,陛下得安稳至蜀,妾虽死犹生也","望陛下舍妾只身,以保宗社"。在形势危急的情况下,杨玉环丝毫没有顾及自己的生死,甘愿以自己之死保全自己的家国和爱人;李隆基在军心大变生死关头也还是一往情深,宁要美人不要江山。面对心上人的请死之情,他表白自己的心迹,"你若捐生,朕虽有九重之尊,四海之富,要他则甚。宁可国破家亡,决不肯抛舍你也",甚至表示军队"若是再禁加,拼代你陨黄沙"。生死的考验把李杨二人的真挚爱情推到了最高潮。马嵬驿缢死后杨玉环还念念不忘与李隆基曾经拥有的欢情,"位纵神仙列,梦不离唐宫阙,千回万转情难灭",一缕香魂终不忘至死不渝的情爱。杨玉环死后,李隆基像一个普通男人沉浸在失偶的痛苦和无尽相思中，《长生殿》强化描写了李隆基心灵中性情的一面。

在中国戏曲史和中国文学史上，和洪昇的《长生殿》并称的是孔尚任的《桃花扇》，一般称之为"南洪北孔"。提起中国戏曲，无不推崇"南洪北孔"，他们似诗之李杜、文之韩柳、词之苏辛。虽然曲界人人尊"南洪北孔"，但对于"南洪北孔"之间的评价还是略有高下，一般说来，论文者崇孔，言律者尊洪。对于音律的精审，洪昇自言："余自谓文采不逮于临川，而恪守韵调，罔敢稍有逾越。盖姑苏徐灵昭氏为今之周郎，尝论撰九宫新谱，余与之审音协律，无一字不慎也。"洪昇"无一字不慎"的努力使得《长生殿》的音律"精严变化，有未易窥测者"。《长生殿》精于声律的艺术价值一直为人所称道，被曲家奉为曲律楷模。王季烈提出"读曲应先读《长生殿》，再读元人百种与《玉茗堂四梦》"、"学作曲者，宜先读《长生殿》"（王季烈《螾庐曲谈》卷二），近代曲学大师吴梅先生亦云"南洪北孔，名震一时，而律以词范，则稗畦能集大成，非东塘所及也"（吴梅《中国戏曲概论》卷下《清总论》），这种观点代表了学者和艺人的普遍观点。《长生殿》以其精深的曲学成就成为明清传奇的压卷之作，被戏曲界奉为巅峰之作，享誉三百年。事实上，《长生殿》不只讲究声律，它的成就是全面的，"古今传奇，词采、结构、排场并胜，而又宫调合律、宾白工整，众美悉具，一无可议者，莫过于《长生殿》"（王季烈《螾庐曲谈》卷二），洪昇"荟萃唐人之说部中事，及李、杜、元、白、温、李数家词句，又取古今剧部中繁丽色段以润色之，遂为近代曲家第一"（焦循《剧说》卷四）。

《长生殿》一问世曾经引起了举国上下的吟唱叹赏，"一时朱门绮席，酒社歌楼，非此曲不奏，缠头为之增价"。"爱文者喜其词，知音者赏其律，以是传闻益远。蓄家乐者攒笔竞写，转相教习。优伶能是，升价什佰。他友游西川，数见此演，北边、南越可知已。"洪昇的《长生殿》名声远扬，以至于皇宫内院也慕名特意诏请戏班入宫演出：

> 康熙丁卯、戊辰间，京师梨园子弟以内聚班为第一。时钱塘洪太学昉思升著《长生殿》传奇初成，授内聚班演之。圣祖览之称善，赐优人白金二十两，且向诸王称之。于是诸亲王及内阁大臣，凡有宴会，必演此剧。而缠头之赏，其数悉如御赐。先后所获殆不赀。

《长生殿》以白居易的《长恨歌》为底本，承续其对李杨爱情的赞美基调，但《长生殿》和《长恨歌》的主题则恰恰相反，白居易以李杨一生一死来传达遗恨终生的主题，而洪昇变"长恨"为"长生"，对李杨的爱情给予了热烈的肯定和赞美，以李杨在月宫的结合完成对"情根历劫无生死，看到底终相共"这一人生真情的颂扬。《长生殿》中最感人的不是李杨沉醉情场的柔情蜜意，而是生离死别之后的无尽思念，"闻铃"和"哭像"两场，是洪昇竭力渲染的两折。

"闻铃"是《长生殿》的第二十九出,杨妃在马嵬坡被众军逼迫自缢后,唐皇行至剑阁道上,一行零乱的护卫队,踯躅于栈道之上,恰值霖雨连绵,乃进入剑阁避雨。唐皇闻檐前铃声和着夜雨潇潇之声,淅淅泠泠随风而响,想自己身为一国之君,连心爱的妃子都保护不了,不觉悲从中来,口出"雨淋铃"三字。为悼念杨贵妃,后来命教坊"采其声为《雨霖铃》曲,以记恨焉"(《明皇杂录》)。这是一出纯粹抒情的唱工戏,由白居易《长恨歌》中"云栈萦纡登剑阁""夜雨闻铃肠断声"等句演化出来的,情节单纯,词曲凄怆,具有强烈的抒情色彩。

为了营造惨淡凄清的气氛,作品选取了阴云暗淡、残日摇影的场景:风雨飘摇的秋日黄昏,失去了杨玉环的唐明皇一行人踯躅于崎岖的蜀道之上。云山重叠,落木萧萧,冷雨斜风,孤雁悲哽,哀猿断肠,子规啼血,唐皇触景伤情,沉浸在对杨妃的思念和愧疚之中。作品中选择了诸多表现哀怨伤感的意象,落叶、孤雁、哀猿、子规,但一切都笼罩在风雨凄迷之中,雨是作品中的主体意象。所谓"闻铃",就是"树林中雨声,和着檐前铃铎,随风而响",其实,与其说是"闻铃"不如说"闻雨","雨"是这支曲的一个重要因子。铃声由雨而起,雨滴打在铃铎上,"点点声声迸断肠"。

"雨"是中国古代文学中的一个重要意象,常象征哀愁与忧伤。雨滴淅沥仿佛人在流泪,雨冷入骨似乎痛彻心扉。历时弥久的凄风苦雨一旦和人们感伤愁怨的心境相契,往往就成为哀愁的强化剂,离愁别绪、理想破灭、生存艰难、仕途坎坷都在雨的映照下越发得难堪。当诗人遭遇仕途坎坷、理想幻灭,经历悲欢离合、思念愁苦,慨叹韶华易逝、世事苍茫时,雨飘然而下,成为最契合诗人失意与愁苦的自然现象,"雨"就成为中国文人用来表达离愁别绪的程式化意象。纵观中国古代诗歌,喜雨少而愁雨多,常常与黄昏、落红、梧桐等景物叠加在一起,形成风雨助凄凉的模式。诗人们借雨或倾诉相思、或叙写离愁、或喻政治环境的险恶、或指生活环境之艰难。当春去匆匆、秋风怒号、黄叶飘落、日暮途穷、夜深人静之际,雨点点滴滴地洒落,撞击着人的心扉,令人断肠。

"雨"的凄伤意味在文学史进程中不断地积累,从《诗经》到唐宋诗词,雨意越发凄凉。"雨中黄叶树,灯下白头人"(司空曙《喜外弟卢纶见宿》);"梧桐树,三更雨,不道离情正苦。一叶叶,一声声,空阶滴到明"(温庭筠《更漏子》);"青鸟不传云外信,丁香空结雨中愁"(李璟《浣溪沙》);"帘外雨潺潺,春意阑珊"(李煜《浪淘沙》);"萧萧暮雨子规啼"(苏轼《浣溪沙》);"半夜灯前十年事,一时和雨到心头"(杜荀鹤《旅舍遇雨》)。雨作为愁绪的载体,雨意愈是凄凉,愈能反映出诗人内心的愁苦。秋雨因其凄冷更与愁绪相连,"秋风秋雨愁煞人"成为文人墨客们借景生情,怀念往事的着笔之调。洪昇继承唐宋诗词中雨意象的丰富意蕴,辅以风声和铃声。风声雨声铃声,淅淅泠泠,高响低鸣,衬托着李隆基心中的缠绵悱恻。一切的景物都只能带给他对杨妃的追忆,悔恨、羞愧、痛苦、孤独、无奈等复杂心理纠结缠绕,"恨怎平"?

作品具有强烈的感情色彩,入阁前的唐明皇已然"乱愁交并",无论是鸟啼花落还是水绿山青都是"助朕悲怀",雨淋铃响点点滴滴愈发使人伤情。唐明皇听淋铃,伤怀抱,采其声做《雨霖铃》,"万山蜀道,古栈岩峣。急雨催林杪,铎铃乱敲。似怨如愁,碎聒不了,响应空山魂暗消。一声儿忽慢裊,一声儿忽紧摇。无限伤心事,被他逗挑,写入清商传恨遥"。剑阁之外,风雨飘摇,剑阁之内,唐皇行只影单,无限悲伤,呈现出一幅情伤如雨的悲凉画面。一支【武陵花】,诉尽无数愁苦,道尽无数哀伤,言语直白,直抒心绪,淋漓尽致地痛诉伤情。

值得一提的是,传说杨玉环当年并没有死,她被偷天换日地保护了下来,后来东渡到了日本,得以终其天年。在日本,有杨妃像、杨妃墓、杨妃庙塔多处。在受盛唐文化哺育过的日本国民的心目中,杨妃身上散射着东方文化的神圣光环。

【延伸欣赏】

  推荐阅读:白朴《唐明皇秋夜梧桐雨》(见《元曲选》)

  推荐观赏:昆剧《长生殿》

(王丽梅)

第十八讲
一个成长在民间的神话:《雷峰塔》简说

【剧本选读】

《雷峰塔》第二十六出 断桥[1]

清·方成培[2]

示范音频

【商调·山坡羊】(旦、贴[3]上)(旦)顿然间鸳鸯折颈,奴薄命孤鸾照命[4]。好教我心头暗哽,怎知他一旦多薄幸[5]。

(贴)娘娘,吃了苦了。(旦)青儿,不想许郎,听信法海[6]言语,竟不下山。我和他争斗,奈他法力高强,险被擒拿。幸借水遁,来到临安[7]。哎呀,不然险遭一命。(贴)娘娘,仔细想将起来,都是许宣[8]那厮薄幸。若此番见面,断断不可轻恕!(旦)便是。(贴)如今我每往那里去藏身才好?(旦)我向闻许郎有一姐姐,嫁与李仁,在此居住。我和你且投奔到彼。(贴)只是从未识面,倘不相留,如何是好?(旦)我每到彼,再作区处。(贴)如此,娘娘请。(旦行作腹痛介)哎哟!(贴)娘娘为甚么呵?(旦)青儿,我腹中疼痛,寸步难行,怎生捱得到彼。(贴)只怕要分娩了。前面已是断桥亭,待我且扶到亭内,少坐片时,再行便了(旦)咳,许郎呵,我为你恩情非小,不想你这般薄幸,阿呀,好不凄惨人也!(贴)可怜。

(旦)歹心肠铁做成,怎不教人泪雨零。奔投无处形怜影,细想前情气怎平?(合)凄清,竟不念山海盟;伤情,更说甚共和鸣。(同下)

(生随外上)(外)许宣,你且闭着眼。

【前腔】一程程钱塘将近,蓦过了千山万岭。锦重重遥望层城,虚飘飘到来俄顷。

许宣,来此已是临安了。(生惊介)果然是临安了。奇啊!(外)你此去若见此妖,不必害怕。待他分娩之后,你可到净慈寺[9]来,付汝法宝收取便了。(生)是。待弟子相送到彼。(外)不消。你可作速归家,方才之言不可忘了!

记此行漏言祸匪轻。(下)(生)前情往事重追省,只怕他怨雨愁云恨未平。萍梗[10],叹陉危[11]命欲顷;伤情,痛遭魔心暗惊。

(旦、贴内)许宣,你好狠心也!(生跌介)阿呀,吓吓死我也。你看那边,明明是白氏青儿,哎哟,我今番性命休矣!

【仙吕宫引·五供养】今朝蹭蹬[12]。(旦、贴内)许宣,你好薄情也!(生)忽听他怒喊连

声,遥看妖孽到,势难撄[13],空叫苍天,更没处将身遮隐。怎支撑? 不知拼命向前行。(奔下)

【仙吕过曲·玉交枝】(贴扶旦上)(旦)轻分鸾镜[14],那知他似狼心性,思量到此真堪恨,全不念伉俪[15]深情。

(贴)娘娘,你看许宣见了我每,略不回头,潜身逃避,咦,好不可恨!(旦)不必多言,我和你急急赶上前去!

恶狠狠裴航翻欲绝云英[16],喘吁吁叹苏卿倒赶不上双渐的影[17]。(闪介)(贴)娘娘看仔细。(旦)哎哟,望长堤疾急前征,顾不得绣鞋帮褪。(同下)(生上)阿呀! 阿呀!

【川拨棹】真不幸,共冤家狭路行。吓得我气绝魂惊,吓得我气绝魂惊。

且住,方才禅师说:此去若遇妖邪,不必害怕。那、那、那、看他紧紧追来,如何是好? 也罢,我且上前相见,生死付之天命便了!

我向前时,又不觉心中战兢。(旦、贴上)(旦)谢伊家曩日[18]多情,恨奴家平日无情。

(见生扯住介)许宣,你还要往那里去? 你好薄幸也!(哭介)(生)阿呀娘子,为何这般狼狈?(旦、贴)你听信谗言,把夫妇恩情,一旦相抛,累我每受此苦楚,还来问甚么?(生)娘子,请息怒。你且坐了,听卑人一言相告。(贴)那,那,他又来了。(生)那日上山之时,本欲就回,不想被法海那厮,将言煽惑,一时误信他言,致累娘子受此苦楚,实非卑人之故嚯[19]!(哭介)(贴)咹,你且收了这家慈悲。走来,听我一言。(生)青姐,有何说话?(贴)我娘娘何等待你?(生)娘子是好的呵。(贴)可又来,也该念夫妻之情,亏你下得这般狠心!(生)阿呀冤哉!(贴)于心何忍呢?(生)青姐,这都是那妖僧不肯放我下山。(贴回头不理介)(生)娘子,望恕卑人之罪!(旦)咳,许郎呵!(贴代旦挽发介)

【商调集曲·金落索】【金梧桐】(旦)我与你喔喔[20]弋雁鸣,永望鸳交颈。不记当时,曾结三生[21]证,如今负此情,【东瓯令】背前盟。(生)卑人怎敢?(旦)贝锦[22]如簧说向卿,因何耳软轻相信?(拭泪起唱介)【针线箱】摧挫娇花任雨零,【解三酲】真薄幸。【懒画眉】你清夜扪心也自惊。(生)是卑人不是了。【寄生子】(旦)害得我飘泊零丁,几丧残生,怎不教人恨、恨!

(转坐哭介)(贴揉旦背介)娘娘,不要气坏了身子。

【前腔】(生)愁烦且暂停,念我诚堪悯。连理交枝,实只愿偕欢庆。风波意外生,望委曲垂情[23]。(旦)你既知夫妇之情,怎么听信秃驴言语?(生)叵耐妖僧忒煞狠[24],教人怎不心儿惊。听他一划胡言,我合受惩。(旦)阿哟,气死我也。(生)

只看平日恩情呵。求容忍。(旦)咩!(贴)这时候赔罪,可不迟了?(生)善言劝解全赖你娉婷,蹙眉山泪雨休零,且暂消停。

第十八讲
一个成长在民间的神话:《雷峰塔》简说

《雷峰塔》

《雷峰塔》

（跪介）（旦）下次可再敢如此？（生）再不敢了。（旦）起来，起来，起来耶。（生）多谢娘子。（贴气介）咳！（旦）只是如今我每向何处安身便好？（生）不妨，请娘子权且到我姐丈家中住下，再作区处。（旦）此去切不可说起金山之事，倘若泄漏，我与你决不干休！（贴）与你定不干休！（生）谨依尊命。青姐，我和你扶娘娘到前面去。（贴不应介）（生）娘子，你看青姐，总是怨着卑人，怎么处？（旦）青儿，青儿！（贴）娘娘。（旦）我想此事，非关许郎之过，都是法海那厮不好，你也不要太执性了。（贴）娘娘，你看官人，总是假慈悲，假小心，可惜辜负娘娘一点真心。（旦）咳。（生）娘子请。（旦）哎哟，只是我腹中十分疼痛，寸步难行。（生）不妨，我和青姐且扶到前面，唤乘小轿而行便了。

【尾声】（旦）此行休似东君[25]泄漏柳条青，（生）还学并蒂芙蓉交映，（合）再话前欢续旧盟。

（旦）还恐添成异日愁（温庭筠），（贴）朝成恩爱暮仇雠（翁绶）。

（生）当年顾我长青眼[26]（许浑），纵杀微躯未足酬（方干）。

【作品解题】

《雷峰塔》乃传奇剧本名，演白娘子与许仙故事。明代陈六龙有《雷峰记》，已佚。清代黄图珌、陈嘉言父女和方成培皆有《雷峰塔》传奇改编之作。黄图珌看山阁本刻成于乾隆三年（1738），方成培水竹居本刻成于乾隆三十六年（1771）。本剧剧情较为复杂：白云仙姑在峨嵋山修炼千年，思凡下界，收服青蛇，让其化作侍女小青。清明节仙姑主仆游西湖时，舟遇药店伙计许宣，两人一见钟情，结为夫妇，仙姑遂为白娘子。纯阳祖师诞辰之日，道士魏飞霞看出许宣被蛇妖缠身，设计欲除之，但法力不及白娘子，反被戏弄一番。端阳节时白娘子不慎饮下雄黄酒，露出白蛇原形，吓死许宣。为救丈夫，白娘子不顾身怀有孕，历险从南极仙翁处得来还魂仙草，救活许宣。禅师法海奉佛旨前来收降白娘子，白娘子与之大战，水漫金山寺，终因不敌，败走临安，并产下一子许士麟。法海用钵盂收伏了白娘子，镇压在雷峰塔底。十余年后，白氏子得中状元，祭塔见母。又过若干年，白娘子受难期限已满，与小青一起成仙升天。

【注　释】

［1］断桥：西湖著名风景之一，唐时即有此桥名，宋代称"保佑桥"，元代易名"段家桥"。位于白堤东北端。

［2］方成培：字仰松，号岫云，清代乾隆年间歙县横山人。生于1713年，卒年不详。幼年多病，未能应

科举,布衣终生。方成培善词曲,论词律音吕尤精,著有《听奕轩小稿》、《香研居词麈》、《香研居谈咫》、《方仰松词榘存》等。戏曲作品有传奇《双泉记》和《雷峰塔》两种。

[3] 旦、贴:本剧中"旦"即白娘子,乃震旦峨眉山一白蛇,曾偷食王母蟠桃园中仙桃,已修炼千年,也称白云仙姑。"贴"即为贴旦,本剧中即小青,本为一修行千年的青蛇,栖身杭州双茶坊巷已废弃的裘王府宅院中,后被白娘子收伏为侍女。

[4] 孤鸾照命:孤鸾即孤独无偶的雄鸾,"孤鸾照命"即命当孤单。此处白娘子用来自喻。

[5] 薄幸:薄情,负心。

[6] 法海:释迦牟尼弟子,被派下凡到镇江金山寺,要收伏白蛇精,接引许仙。以"外"角扮之。

[7] 临安:即杭州。

[8] 许宣:原为释迦牟尼座前一捧钵使者,因与白蛇精有宿缘,来到凡间与白娘子结为夫妻。本剧中以"生"角扮之。

[9] 净慈寺:位于杭州西子湖畔,在南屏山慧日峰下,乃公元954年为高僧永明禅师而建,原名永明禅院,南宋时改称净慈寺。

[10] 萍梗:即萍漂梗泛,行踪漂浮不定。

[11] 贴危:危险。

[12] 蹭蹬:比喻失意潦倒。

[13] 撄:触犯的意思。

[14] 鸾镜:梳妆用的镜子。

[15] 伉俪:夫妻。

[16] 裴航翻欲绝云英:本句用裴航遇云英典故。裴航乃唐代长庆间一秀才,在篮桥驿遇见美女云英,后结为夫妻,并同入玉峰,成仙而去。本故事在唐传奇、宋元话本、元杂剧、明清传奇中皆有流传。

[17] 苏卿倒赶不上双渐的影:该句用苏卿与双渐爱情故事。书生双渐与庐州娼妓苏卿相好,然贫不能娶,苏卿被鸨母设计卖与茶商冯魁,双渐后得官,终得娶苏卿。此事明人梅鼎祚《青泥莲花记》卷七有载。

[18] 曩日:过去的日子,以往。

[19] 嗱:读"niā"。吴方言,祈使语气词。如"来嗱"。

[20] 雝雝:同"雍雍",鸟的和鸣声。

[21] 三生:佛教用语。指前生、今生和来生。也作"三世",即过去世、现在世和未来世。

[22] 贝锦:贝壳上有锦绣文饰,比喻为诬蔑之辞。

[23] 委曲垂情:委屈、体谅之意。

[24] 叵耐妖僧忒煞狠:"叵耐"即可恨;"忒煞狠"即太狠毒,此句骂法海太狠毒,太可恨。

[25] 东君:即太阳神。

[26] 长青眼:即黑眼。晋代阮籍对所厌恶之人用白眼,对所喜欢之人用青眼。此处有喜爱之意。

(据王季思《中国十大古典悲剧集》逐录,注释:王平)

【作品导读】

人神或人妖(怪)相恋的故事古往今来一直为人们所喜爱,历史上曾流传着大量类似题材的口传或文字作品,如董永遇仙,刘晨、阮肇天台山遇仙,曹植逢洛水之神,柳毅洞庭湖为龙女传书等。这些故事或化入诗词歌赋,或撰为小说、戏曲,其内容或喜或悲,但富于想象,神奇有趣,往往具有足以动人之文学美感,非常符合社会各阶层人士欣赏口味。白娘子与许宣(也有称"许仙"者)爱情故事即是这众多人妖相恋故事中最为流行的故事之一,清代方成培的《雷峰塔》传奇正是据以加工、改造而成的优秀作品。

方成培的《雷峰塔》传奇是有其来源和成书过程的,其最初的故事原型与中国古代白蛇精传说密不可分。关于白蛇,中国古代典籍中早有记载,但其中大多是作为害人的或令人恐惧的形象出现的。宋代李昉《太平广记》卷第四百五十八中引唐人小说《博异志》,其中载有两个白蛇害人的故事。其一为陇西李黄在长安东市窥见车中有一"白衣之姝,绰约有绝代之色"。该女子即是一"巨白蛇"所变,自称姓袁,丧夫寡居。李黄为之所惑,随该女子回家,留居三日,"饮乐无所不至"。待第四日回家后,卧病在床且身带一股蛇腥味,不久身化脓水而死。其二记富贵子弟李琯在安化门外,路遇一"素衣"美女,"姿艳若神仙",遂驱车追求之,只闻了她身上的异香,回家便头疼直至"脑裂而卒"。南宋人洪迈所著的《夷坚志》中也出现了多处民间流传的白蛇故事,其中最典型的莫过于《孙知县妻》了,该故事述丹阳城外孙知县,娶同邑某氏为妻,该女子容貌美丽,喜穿白衣,但每次洗澡时却不让他人观看,包括其丈夫。直至十年后某一天,孙乘酒醉偷看其妻洗澡,发现她乃是一大白蛇,尽管其妻巧言辩解,孙知县还是疑窦丛生,后抑郁成疾,不治而亡。学界一般认为,与《雷峰塔》传奇有密切联系的文学作品,当推《西湖三塔记》和《白娘子永镇雷峰塔》,前者为南宋时无名氏的话本,后者为明末冯梦龙拟话本小说中的一篇,著名民间文学研究家罗永麟先生即将这两篇作品看作白蛇传故事成型三阶段中的前两个阶段(后一阶段即为方成培的《雷峰塔》传奇的成形)。

《西湖三塔记》见《清平山堂话本》,叙宋孝宗淳熙年间,临安府(今杭州)奚统制之子奚宣赞年方二十,于清明节游览西湖,遇见"迷踪失路"女孩白卯奴,遂将她带回家,后女孩祖母寻至奚家,奚宣赞又送她们回家。女孩之母白衣娘子乃白蛇精,虽生得如花似玉,但杀人取心肝而食,奚惊得魂不附体。白衣娘子未杀奚,却要与宣赞作夫妻。奚居半月,得白卯奴所救逃脱,但不久又被捉回,白卯奴再次救助,奚再次逃跑,后得奚的叔父奚真人相救。奚真人用道法捉住此三妖(白蛇、乌鸡、獭),并造三石塔将三妖镇压于西湖之中。应该说,《西湖三塔记》所记的故事与西湖十景中的"三潭印月"有关,与"雷峰塔"并无瓜葛,这个故事直到明代还在传播,田汝成在《西湖游览志》卷二中记载其传说是:"相传湖中有潭,深不可测,所谓三潭印月者也。六十家小说载有西湖三怪,时出迷惑游人,故魇师作三塔以镇之。"

《白娘子永镇雷峰塔》是冯梦龙所编拟话本《警世通言》中的一篇,它将白蛇故事与杭州西湖边的雷峰塔联系在一起了。雷峰塔原建在雷峰山上,相传为五代时吴越王钱俶为其妃黄氏礼佛所建,位于西湖南岸南屏山日慧峰下净慈寺前,明清以来,在杭州的民间就流传着此塔镇压了白蛇和青鱼的说法,田汝成的《西湖游览志》、陆次云的《湖圩杂记》、徐逢吉的《清波小志》等文人笔记皆有记载。1924 年,雷峰塔倒塌,鲁迅闻讯写了《论雷峰塔的倒掉》以示庆贺,2002 年,杭州市重建雷峰塔。

冯梦龙改编的拟话本,较以往野史笔记和话本《西湖三塔记》有较大变动,至少有如下几方面值得我们注意:其一,它将过去往往只有只言片语的传说,加工改编成有头有尾的、篇幅较长的神奇故事。从许宣雨天偶遇白娘子一见钟情,到白娘子和青青被法海所捉,镇压于雷峰塔下,构成一个完整的大故事。大故事中又涉及白娘子盗取官府和富户财物,许宣因此被牵连,送往苏州、镇江服役的经历,还穿插了白娘子惩治狂妄的道士、戏弄好色的李员外、整治好说大话但本领低下的捉蛇人等许多小故事,情节曲折离奇,引人入胜。其二,小说改变了白蛇为害作恶、令人恐惧的妖怪形象,赋予她以可亲近的介于人、妖之间的品格。尽管她行事神出鬼没,非常人所能,但举止稳重,颇类良家妇女。她也具有人的七情六欲,"春心荡漾,按捺不住",才去追求许宣。其三,小说塑造了一个敢作敢为,具有自由意识,不受三教管辖,勇于追求爱情的"情妖"形象。与戏曲作品比较,我们可以看出其情节内容和人物已相当接近后来的《雷峰塔》传奇,但又有所不同。两者相似处:小说和戏曲中皆出现了许宣(仙)、白娘子、青青、法海等主要人物;小说中的"舟遇""借伞""赠符""逐道"等情节,亦与戏曲中差别不大……

然而,小说与戏曲亦存在很大差别:就情节来说,小说中没有端阳节白娘子饮雄黄酒现形吓死许仙、赴南极仙山盗仙草救夫;无白娘子与法海"水斗"、与许仙"断桥"相遇;无白娘子儿子许士麟出世、取得功名、"祭塔"救母等情节。就人物塑造来说,小说中的人物形象远未及戏曲中人物形象丰满、生动,尤其是男女主人公许宣和白娘子形象。

借传奇这种戏曲样式来表现白娘子与许宣故事,在方成培《雷峰塔》之前早已有之。据现有的资料看,最初将白蛇故事搬上舞台的是明代万历年间的陈六龙,剧名《雷峰记》,可惜剧本未能存留。不过,据祁彪佳《远山堂曲品·具品·雷峰》中的评论我们知道,这并不算一个创作得很成功的本子。祁氏是这样说的:"相传雷峰塔之建,镇白娘子妖也。以为小剧,则可;若全本,则呼应全无,何以使观者着意?且其词亦欲效颦华瞻,而疏处尚多。"二十多年以后著名伶人陈嘉言父女二人合编梨园旧本,在舞台演出,今存梨园抄本,据说现在演出的昆曲"水斗""断桥"两出,一仍陈氏父女所编旧本原貌。其后,清乾隆三年(1738)出现了看山阁刻本,即黄图珌本,乃"峰泖蕉窗居士填词",剧名为《看山图乐府雷峰塔传奇》。全剧共三十二折,具体情节类似于冯梦龙的拟话本小说,基本延续了冯本中的主要情节,如白蛇、青鱼作祟偷盗财物,法海捉妖,许宣感谢法师锄妖,并看破红尘出了家等,可以将之看作现存的《雷峰塔》传奇的祖本。据说这出戏上演后,在当时社会上引起轰动,以致"盛行吴越,直达燕赵"。

方成培,字仰松,号岫云,清代乾隆时期歙县人。幼读诗书兼习医道,通音律,一生著述颇丰,除医书、音律著作外,还有大量文学作品,有传奇《雷峰塔》《双泉记》等,诗评笔记《诵诗记疑》《镜古续录》《记后岩学诗》《听奕轩》《词尘》等。其中,《雷峰塔》传奇"以其悲剧冲突的深刻性和独特性"(见张庚、郭汉成编《中国戏曲通史》),收入20世纪王季思主编的《中国古典十大悲剧集》。

方成培改编《雷峰塔》传奇是因一个偶然的机遇。据《雷峰塔》刻本《自叙》记载:乾隆三十六年(1771),崇庆皇太后八十寿辰,两淮盐商纷纷解囊,"得以共襄盛典","大学士大中丞高公语银台李公,令商人于祝嘏新剧外,开演斯剧(《雷峰塔》传奇),祗候承应"。于是,编演剧本的任务就落到了久负文名、年近六旬的方成培身上。方成培搜罗梨园旧本,"因重为更定,谴词命意,颇极经营,务使有裨世道,以归于雅正。较原本曲改其十之九,宾白改十之七。《求草》、《炼塔》、《祭塔》等折,皆点窜终篇,仅存其目。中间芟去八出,《夜话》及首尾两折,与集唐下场诗,悉余所增者"。终于不负众望,将那些结构不完整、曲词不固定、宾白不完善的剧本改编成一本戏曲珍品,不仅轰动当时曲坛,而且流传至今。自方成培改编本出,后世传奇(主要为昆曲)演出多据以搬演,近现代以来与之有关的众多戏曲、影视作品(如京剧《白蛇传》、台湾电视连续剧《新白娘子传奇》等),亦基本依据方本加以改编。

《雷峰塔》传奇凡四卷三十四出,其最大贡献就在于塑造了白娘子形象,她美丽善良、勇于追求幸福爱情、对爱情忠贞不渝、为爱情勇于牺牲,她还知书达理、神通广大,直面强权不屈反抗。第三出白娘子一上场的曲词言及她的修炼生活:"岚影湿云扉,卧雪餐芝。"全无一丝妖精气息,而给人以"仙姑"的印象。她不顾师兄劝阻,执意要去红尘中了却"宿缘",这与长期以来流行于民间的仙女思凡的故事并无二致。白娘子的这种角色定位完全颠覆了以往白蛇为"妖"的观念,也为后来人们对被压在雷峰塔下的白娘子抱以同情奠定了基调——尽管她曾兴风作浪,水漫金山寺,造成生灵涂炭。白娘子敢爱敢恨,敢于追求美好爱情,这是赢得后来男女老幼所喜爱的又一重要因素。爱情是美好的,愿得一心上人长相厮守,是人类共同的期盼。白娘子是白蛇修炼而成的"仙姑",她接近普通平凡的店员许宣,用法术营造了雨中舟遇的浪漫氛围,又通过借伞、还伞这种老套但却十分奏效的计谋,俘虏了许宣那颗懵懂而孤寂的心。为了长久保有"和乐处两融融","丝萝永附乔松"(第七出"定盟"),白娘子和收来的侍女小青(青蛇所变)千方百计地经营爱巢,维系这人妖之恋:她盗官银接济许宣,偷太师府中八宝明珠巾给许宣穿戴,给夫君创造优厚的生活条件;她奋力反抗恶意拆散他们夫妻的道士魏飞霞、和尚法海等,维护她所追求的爱情;她毫不留情地惩处贪恋自己美貌的员外,自尊自爱纯洁如玉;她处处小心,生怕露出自己蛇类的本相惊吓到所爱之人,多次都巧妙地化解了许宣的怀疑;她身怀六甲,有了她与许宣的爱情结晶。这些,都让我们明显看出,白娘子对许宣一往情深,她一心只在许宣身上。这样心灵美好的女性形象,在人间可谓难能可贵,理想之至,观众和读者当然是不愿意将之当作异类看待的。不仅如此,白娘子忠贞不渝,为爱情能隐忍、能牺牲,为捍卫爱情毫无畏惧地反抗外来恶势力,更增加了人们对她的敬佩和同情。当端阳节误饮雄黄酒、现形吓死许宣后,白娘子不顾安危赶往嵩山南极仙翁处盗取还魂仙草。当法海诱骗许宣上金山寺时,白娘子带着小青勇闯金山寺。白娘子先是委曲求全,"礼拜焚香折柳腰",求法海"放儿夫相会早","送出共衾同枕人来",但铁石心肠的法海坚决不从,最后白蛇不得不动用水族与法海水斗,水漫金山寺。

　　本文截取的"断桥"一出,正是大闹金山寺后的延续,很多研究者认为"断桥""标志着全剧的最高成就"(见《中国十大古典悲剧集》之《雷峰塔》"后记")。本出写白娘子不敌法海,与小青一起败下阵来,逃命途中,又逢白娘子临产腹痛。历经艰险的主仆二人一方面痛恨法海拆散姻缘,一方面对许宣的薄幸同声责骂。此时的白娘子已经意识到她所衷情的那位郎君现在已是"歹心肠铁做成",甚至认为"他似狼心性,思量到此真堪恨,全不念伉俪深情"。但是,她们一旦在去临安的路上迎面遇见许宣,白娘子又是柔肠百结,爱意顿生,满腔的恨意也消减了一大半,她没有挥剑杀向无情郎,反而上前"谢伊家曩日多情,恨奴家平日无情"。那样一位曾叱咤风云、翻江倒海勇斗法海的白蛇精,此时所表现出的竟是一个弱女子所具有的性格特征:她是那样的痴情,明知丈夫薄情,还对他存有幻想,甚至在他面前失声痛哭——这完全是一个心灵脆弱却又痴心一片的女子形象。当许宣用花言巧语进行狡辩"那日上山之时,本欲就回,不想被法海那厮,将言煽惑,一时误信他言,致累娘子受此苦楚,实非卑人之故也"时,她仁慈地原谅了他;当头脑清醒、疾恶如仇的小青揭穿许宣的"假慈悲,假小心",并毫不留情地对许宣怨言相向时,白娘子从中调停,回护许宣:"非关许郎之过,都是法海那厮不好,你也不要太执性了。"白娘子对许宣真是"又恨又爱又怜"!其感情缠绵悱恻,一往情深。清代石坪居士看了"断桥"演出,题绝句云:"恩爱夫妻见面时,似嗔似怨各攸宜。相逢毕竟情难割,恨杀旁观一侍儿。"

"断桥"这一出,还成功地刻画了许宣这样一位虚伪、胆怯、想做帮凶但又不敢的薄情郎形象。许宣在白娘子与法海"水斗"后,皈依佛门,他已经知道白娘子和小青的身份,为自己竟然与蛇精生活在一起而又怕又恨:"前情往事重追省,只怕他怨雨愁云恨未平。萍梗,叹咫危命欲倾;伤情,痛遭魔心暗惊。"此番回临安他是受了法海的指令,要相机加害白娘子,但路上一遇见白娘子、小青一行,还是吓得跌倒在地,连话都说不清楚,口称"性命休矣",急急逃命而去。当眼看二位女子赶上,逃脱不了的时候,他只好强打精神来应付。面对白娘子和小青的斥责,许宣装出一副受冤枉的样子,说"这都是那妖僧不肯放我下山",以此来推脱自己的责任。他求白娘子"只看平日恩情",还死皮赖脸的"善言劝解全赖你娉婷",甚至不顾尊严下跪求饶。如此一个负心小人形象,被刻画得栩栩如生,以致后世人们一提起他无不以唾骂加之。在男女主人公的两相对比中,难怪人们的感情天平更倾向于虽为妖怪但显得品格高尚的白娘子了。

此出另一角色小青以刚介正直面目出现,而且一以贯之,这主要是由她的身份和观察问题的角度所决定的。就身份来说,小青是白蛇所降服的婢女,她对主子有服侍、服从的义务,她的身上打上了封建社会下层奴婢的烙印;她与白蛇同属异类,惺惺相惜更促使她对白娘子忠心耿耿,无论在什么情况下都站在白娘子一边,即使是付出生命也在所不辞——这完全是一个"义妖"形象。她对白娘子的内心苦楚最为了解,对白娘子的命运最为关心,对负心的许宣痛恨程度决不亚于白娘子。在这出戏中,小青一边照顾刚经历一场恶战又即将临产的白娘子,替之揉背;一边痛责许宣,为主子的不幸命运而担忧。由于不是当事者,小青是能够站在旁观者的角度,客观地认清许宣的"假慈悲"面目。她不时地提醒白娘子不要上当,并谴责许宣的"辜负娘娘一点真心",但白娘子已为爱情蒙住双眼,原谅了许宣,作为侍女,小青只能隐忍。应该说,小青形象颇类以往爱情戏中其他丫鬟侍女形象,如《西厢记》中的红娘、《牡丹亭》中的春香等,她们都有一颗善良美好的心,对主人忠诚不二,还能帮主人穿针引线,在危难时刻可以挺身而出为主人排忧解难。只不过红娘、春香辈是人类,而小青乃蛇耳!

"断桥"一出将《雷峰塔》推向了一个高潮。在此后的篇幅中作者又加工改编了诸多故事情节:白娘子产下宁馨儿许士麟,法海持钵将她收伏并压于雷峰塔下,并誓之曰:"雷峰塔倒,西湖水干,江潮不起,许汝再世。"许宣被韦驮接引升天。十六年后白娘子之子许士麟中状元,奉旨返乡祭母,佛怜其一片孝心,特赐他母子见面。又过若干年,白娘子灾限已满,被放出塔,天女接引她和青蛇一并升天,全剧在大团圆气氛中结束。对于这个大团圆的结局,后人认为有不成功之处,因为"雷峰塔未倒,西湖水未干,江潮照样起,为何让白蛇'再世'?岂不是自打耳光?"(见《中国古典十大悲剧集·雷峰塔》之评语)但是,当人们念及美丽善良的白蛇已遭受太多太多的苦难;念及其子许士麟怜母被拘于塔底而不见天日的哀哀之情;念及人世间凡夫俗子们常怀的怜悯之心;念及白娘子为爱付出的感天动地的牺牲精神;念及……自然就会原谅编剧者的前后矛盾抵牾。二百多年以来方成培的《雷峰塔》一直盛演不衰的事实,不正说明了其中的道理吗?

【延伸欣赏】

推荐阅读:《西湖三塔记》(见明洪楩编辑《清平山堂话本》)、《白娘子永镇雷峰塔》(见明冯梦龙编辑《警世通言》第二十八卷)

推荐观赏:昆剧《雷峰塔》

(王 平)

明清杂剧篇

自明代嘉靖以后，昆曲勃兴，成为占据主导地位的戏曲样式，故明清两代，杂剧整体处在相对次要的地位。但这里所谓的次要，主要是针对演出和创作的主体而言，从一些数据可以看出，明清两代的杂剧创作还有着相当的规模，其演出也在某一时期和局部呈现出短暂繁荣。以明代为例，据傅惜华《明代杂剧全目》统计，明代杂剧剧目约有五百二十三种（含无名氏一百七十四种），尚存剧本约一百八十种左右。

　　明代杂剧创作可分为前后两个阶段：前期自明代初年到正德年间为止（1368—1521），约一百五十年。这一时期的主要作家是"二藩王"和"明初十六子"。"二藩王"是指朱权和朱有燉两位藩王，"十六子"即《太和正音谱》之"国初十六人"，包括罗本、刘兑、谷子敬、杨讷、贾仲明等。这期间的重要作品有《娇红记》《西游记》等。后期自正德到明末，这一时期的主要作家有康海、王九思、徐渭、王衡、徐复祚、孟称舜、卓人月等。重要作品有《中山狼》《四声猿》《郁轮袍》《一文钱》《桃花人面》等，尤以徐渭的《四声猿》声名最著。

　　清代杂剧的创作也仍有相当数量，据傅惜华统计，清代杂剧尚有一千三百多种，现在能看到的剧本超过了四百种。清代前期是杂剧创作较为兴盛的时期。重要作家有杨潮观、尤侗、来集之、嵇永仁、桂馥、吴伟业等人。主要作品除了《读离骚》《吊琵琶》《挑灯剧》《扯淡歌》《通天台》等外，尤以杨潮观《吟风阁杂剧》最为突出，作品"取材历史、神话故事，通过想象，远譬近指，褒贬美刺，点染演唱，借以抒发自己的情怀"（上海古籍出版社1983年《吟风阁杂剧》"出版说明"）。

　　与元杂剧比较，明清杂剧在形式上已经有很大不同。首先表现在对"四折一楔子"的体制的突破。作家根据创作的需要，随意确定作品的篇幅，少则一折、二折，多则七、八折乃至九折、十一折。如徐渭的《四声猿》就是一折短剧，杨潮观的《吟风阁杂剧》则由三十二种一折短剧构成，孟称舜的《桃花人面》为五折，徐复祚的《一文钱》为六折，吴中情奴的《相思谱》为九折，无名氏的《竹林小记》为十一折等。其次，楔子在杂剧中的地位也相对弱化，变成了可有可无的东西。第三是在套曲的运用方面，也发生较大变化。出现了纯用南曲的"南杂剧"，如汪道昆的《高唐梦》等。第四是在演唱方面也突破了"一人主唱"的限定，可以由多个角色演唱。整体上看,明清两代的杂剧作者仍多为文人,这时的杂剧已经变成了文人抒发情感的工具,与舞台演出也越来越远,整体上呈现出较为显著的"案头化"倾向。艺术上多追求典雅和华美,注重音律等形式要素。所有这些,都显示出明清杂剧文人化和案头化的一面,与"场上"、"案头"交相辉映的元代杂剧,实不可同日而语了。

(王　宁)

第十九讲
使气为戏　聚骂成篇：《渔阳三弄》赏析

【剧本选读】

渔阳三弄

明·徐渭

示范音频

　　(外扮判官引鬼上)咱这里算子[1]忒明白,善恶到头来撒不得赖。就如那少债的会躲也躲不得几多时,却从来没有不还的债。咱家姓察名幽,字能平,别号火珠道人。平生以善断持公,在第五殿阎罗天子殿下,做一个明白洒落的好判官。当日祢正平[2]先生与曹操老瞒对讦[3]那一宗案卷,是咱家所掌。俺殿主向来以祢先生气概超群,才华出众,凡一应文字,皆属他起草,待以上宾。昨日晚衙[4],殿主对咱家说,上帝旧用一伙修文郎[5],并皆迁次别用,今拟召劫满应补之人,祢生亦在数中。汝可预备装送之资,万一来召,不得有误时刻。我想起来,当时曹瞒召客,令祢生奏鼓为欢,却被他横睛裸体,捭扳掀捶,翻古调作《渔阳三弄》,借狂发愤,推哑妆聋,数落得他一个有地皮没躲闪,此乃岂不是踢弄乾坤、提大傀儡[6]的一场奇观?他如今不久要上天去了,俺待要请将他来,一并放出曹瞒,把旧日骂座的情状,两下里演述一番,留在阴司中,做个千古的话靶。又见得善恶到头,就是少债还债一般,有何不可?手下,与我请过祢先生,就一面放出曹操,并他旧使唤的一两个人,在左壁厢伺候指挥。(鬼)领台旨。(下)(引生扮祢,净扮曹从二人上)(曹从留左边)(鬼)禀上爷,祢先生请到了。(相见介)(祢上座,判下陪云)先生当日借打鼓骂曹操,此乃天下大奇。下官虽从鞫问[7]时左证得闻一二,终以未曾亲睹为歉。(判立云)又一件,而今恭喜先生为上帝所知,有请召修文的消息,不久当行。而此事缺然,终为一生耿耿。这一件尚是小事,阴司僚属并那些诸鬼众传流激劝,更是少此一桩不可。下官斗胆,敢请先生权做旧日行径,把曹操也扮做旧日规模,演述那旧日骂座的光景,了此夙愿。先生意下如何?(祢)这个有何不可!只是一件:小生骂座之时,那曹瞒罪恶,尚未如此之多,骂将来冷淡寂寥,不甚好听。今日要骂呵,须直搞到铜雀台,分香卖履,方痛快人心。(判)更妙,更妙!手下,带曹操与他的从人过来!曹操,今日要你仍旧扮做丞相,与祢先生演述旧日打鼓骂座那一桩事。你若是乔做那等小心畏惧,藏过了那狠恶的模样,手下就与他一百铁鞭,再从头做起。(曹众扮介)(祢)判翁大人,你一向谦厚,必不肯坐观,就不成一场戏耍。当日骂座,原有宾客在座,今日就权屈大人,为曹瞒之宾,坐以观之,方成一个体面。(判)这也见教得是。(揖云)先生告罪,却斗胆了也。(判左曹右举酒坐,祢以常衣进前将鼓)(曹喝云)野生!你为鼓史,自有本等服色,怎么不穿?快换!(校喝云)还不快换!(祢脱旧衣,裸体向曹立)(校喝云)禽兽!丞相跟前,可是你裸体赤身的所在?却不道:驴膫子朝东,马膫子朝西[8]。(祢)你那颗丞相膫子朝南,我的膫子朝北。(校喝云)还不换上衣服,买甚么嘴!(祢换锦巾绣服扁绦介)

【点绛唇】俺本是避乱辞家,遨游许下登楼[9]罢,回首天涯。不想道屈身躯,爬出他们胯[10]。

【混江龙】他那里开筵下榻,教俺操槌按板,把鼓来挝。正好俺借槌来打落,又合着鸣鼓攻他。俺这骂,一句句锋铓飞剑戟,俺这鼓,一声声霹雳卷风沙。曹操,这皮是你身儿上躯壳,这槌是你肘儿下肋巴,这钉孔儿是你心窝里毛窍,这板仗儿是你嘴儿上獠牙!两头蒙总打得你泼皮穿,一时间也酹不尽你亏心大。且从头数起,洗耳听咱。

(鼓一通)(曹)狂生!我教你打鼓,你怎么指东话西,将人比畜?我这里铜槌铁刃,好不利害,你仔细你那舌头和那牙齿!(判)这生果是无礼!(祢)

【油葫芦】第一来逼献帝迁都,又将伏后来杀[11],使郗虑去拿。唉!可怜那九重天子救不得一浑家。帝道后少不得你先行,咱也只在目下。更有那两个儿,又不是别树上花,都总是姓刘的亲骨血在宫中长大却怎生把龙雏凤种,做一瓮鲊[12]鱼虾?

(鼓一通)(曹)说着我那一桩事了。(祢)

【天下乐】有一个董贵人[13],是汉天子第二位美娇娃。他该甚么刑罚,你差也不差?他肚子里又怀着两三月小娃娃,既杀了他的娘,又连着胞一搭,把娘儿们两口砍做血虾蟆!

(鼓一通)(曹)狂生,自古道风来树动,人害虎,虎也要害人。伏后与董承等阴谋害俺,我故有此举。终不然是俺先怀歹意害他!(判)丞相说得是。(祢)你也想着他们要害你,为着甚么来?你把汉天子逼迁来许昌,禁得就是这里的鬼一般。要穿没有,要吃没有,要使用的没有,要传三指大一块纸条儿,鬼也没得理他。你又先杀了董贵人,他们急了,不谋你待几时!你且说:就是天子无故要杀一个臣下,那臣下可好就去?当面一把手采将他妈妈过来,一刀就砍做两段,世上可有这等事么?(判)这又是狂生说得有理,且请一杯解嘲。(祢)

【那吒令】他若讨吃么,你与他几块歪刺。他若讨穿么,你与他一匹茼麻[14]。他有时传旨么,教鬼来与拿。是石人也动心,总痴人也害怕,羊也咬人家。

(鼓一通)(判)丞相,这却说他不过。(曹)说得他过,我倒不到这田地了。(祢)

【鹊踏枝】袁公那两家,不留他片甲。刘琮那一答,又逼他来献纳。那孙权呵,几遍几乎。玄德呵,两遍价抢他妈妈。是处儿城空战马,递年来尸满啼鸦![15]

《渔阳三弄》

第十九讲
使气为戏 聚骂成篇：《渔阳三弄》赏析

《渔阳三弄》

(鼓一通)(曹)大人,那时节乱纷纷,非只我曹操一人如此。(判)这个,俺阴司各衙门,也都有案卷。(祢)

【寄生草】仗威风只自假,进官爵不由他。一个女孩儿竟坐中宫驾,骑中郎直做了侯王霸[16],铜雀台直把那云烟架,僭车旗直按倒朝廷胯。在当时险夺了玉皇尊,到如今还使得阎罗怕!

(鼓一通)(判低声分付小鬼,令扮女乐鼓吹介)(判)丞相,女儿嫁做皇后,造房子大了些,这还较不妨。打鼓的且停了鼓,俺闻得丞相有好女乐,请出来劳一劳。(曹)这是往事,如今那里讨?(判)你莫管,叫就有。只要你好生纵放着使用他。(曹)领台命,分付手下,叫我那女乐出来。(二女持乌悲词[17]乐器上)(曹)你两人今日却要自造一个小令,好生弹唱着,劝俺们三杯酒。(祢对曹蹋地坐介)(女唱)

那里一个大鹈鹕呀,一个低都呀,一个低都。变一个花猪低打都,打低都。唱鹧鸪呀,一个低都呀,一个低都。唱得好时犹自可呀,一个低都呀,一个低都。不好之时低打都,打低都,唤王屠呀,一个低都呀,一个低都。

(曹)怎说唤王屠?(女)王屠杀猪。(进判酒)(又一女唱)

丞相做事太心欺呀,一个跷蹊呀,一个跷蹊。引惹得旁人跷打蹊,打跷蹊。说是非呀,一个跷蹊呀,一个跷蹊。雪隐鹭鸶飞始见呀,一个跷蹊呀,一个跷蹊。柳藏鹦鹉跷打蹊,打跷蹊。语方知呀,一个跷蹊呀,一个跷蹊。

(曹)这两句是旧话。(女)虽是旧话,却贴题。(曹)这妮子朝外叫。(女)也是道其实,我先首免罪。(进曹酒)(一女又唱)

抹粉搽脂只一会而红呀,一个冬烘呀,一个冬烘。(又一女唱)报恩结怨烘打冬,打冬烘。落花的风呀,一个冬烘呀,一个冬烘。(二女合唱)万事不由人计较呀,一个冬烘呀,一个冬烘。算来都是烘打冬,打冬烘。一场空呀,一个冬烘呀,一个冬烘。

(二女各进酒)(判)这一曲才妙,合着咱们天机。(曹)女乐且退,我倦了。(判笑介)(祢起立云)你倦了,我的鼓儿、骂儿可还不了。

【六幺序】哄他人口似蜜,害贤良只当耍,把一个杨德祖立断在辕门下。碜可可血唬零喇,孔先生是丹鼎灵砂,月邸金蟆,仙观琼花《易》奇而法,《诗》正而葩。他两人嫌隙,于你只有针尖大,不过是口唠噪有甚争差。一个为忒聪明参透了鸡肋话,一个则是一言不洽,都双双命掩黄沙。

(鼓一通)(判)丞相,这一桩却去不得。(曹)俺醉了,要睡了。(打顿介)(判)手下,采将下去,与他一百铁鞭,再从头做起。(曹慌介云)我醒,我醒。(判)你才省得哩。(祢)

第十九讲
使气为戏　聚骂成篇:《渔阳三弄》赏析

【幺】哎,我的根芽也没大兜搭。都则为文字儿奇拔,气概儿豪达,拜帖儿长拿,没处儿投纳。绣斧金挝,东阁西华[18],世不曾挂齿沾牙。唉,那孔北海没来由也! 说有些缘法,送在他家。井底虾蟆也! 一言不洽,怒气相加。早难道投机少话,因此上暗藏刀,把我送与黄江夏。又逢着鹦鹉撩咱,彩毫端满纸高声价。竟躬身持觞劝酒,俺掷笔还未了杯茶。

(鼓一通)(判)这祸从这上头起。咳,仔细《鹦鹉赋》害事!(祢)

【青哥儿】日影移窗棂,窗棂一罅。赋草掷金声,金声一下。黄祖的心肠忒狠辣,陡起鳞甲,放出槎枒。香怕风刮,粉怪娟搽。士忌才华,女妒娇娃。昨日菩萨,顷刻罗刹。(哎! 可怜俺祢衡的头呵!)似秋尽壶瓜[19],断藤无计再生发,霜檐挂。

(鼓一通)(判)这贼元来这每巧弄了这生!(曹)大人,这也听他不得。俺前日也是屈招的。(判)这般说,这生的头,也是自家掉下来的。(曹)祢的爷,饶了罢么!(判)还要这等虚小心,手下,铁鞭在那里? (曹慌作怒介)狂生,俺也有好处来。俺下令求贤,让还三州县,也埋没了俺。(祢)

【寄生草】你狠求贤为自家,让三州直甚么!大缸中去几粒芝麻罢,馋猫哭一会慈悲诈,饥鹰饶半截肝肠挂,凶屠放片刻猪羊假。你如今还要哄谁人,就还魂改不过精油滑。

(鼓一通)(判)痛快! 痛快! 大杯来一杯,先生尽着说。(祢)

【葫芦草混】(你害生灵呵!)有百万来的还添上七八。(杀公卿呵!)那里查? 借廒仓的大斗来斛芝麻。恶心肝生就在刀枪上挂,狠规模描不出丹青的画,狡机关我也拈不尽仓猝里骂。曹操,你怎生不再来牵犬上东门、闲听唳鹤华亭坝?[20]却出乖弄丑带锁披枷!

(鼓一通)(判)老瞒,就教你自家处此,也饶自家不过了。先生尽着说。(祢)

【赚煞】你造铜雀要锁二乔,谁想道梦巫峡羞杀,靠赤壁那火烧一把。你临死时和些歪剌们活离别,又卖履分香待怎么? 亏你不害羞,(初一十五)教望着西陵月月的哭他。(不想这些歪剌们呵!)带衣麻,就搂别家[21]。(曹操你自说么,)且休提你一世的贤达,(只临了这一桩呵,)也该几管笔题跋。(咳,俺且饶你罢,)争奈我《渔阳三弄》的鼓槌儿乏。

(末扮阎罗鬼使上)(判)手下,快把曹操等收监!(鬼)禀上老爷,玉帝差人召祢先生。殿主爷说刻限甚急,教老爷这里径自厚赀远饯,记在殿主爷的支应簿上。爷呵会勘事忙,不得亲送,教老爷多上覆先生,他日朝天,自当谢过。(判)知道了,你自去回话。(鬼应下)(判)叫掌簿的,快备第一号的金帛,与饯送果酒伺候!(内应介)(小生扮童,旦扮女,捧书节上云)汉阳江草摇春日,天帝亲闻鹦鹉笔。可知昨夜玉楼成,不用陇西李长吉[22]。咱两人奉玉帝符命,到此召请祢衡,不免径入宣旨。那一个是第五殿判官?(判跪介)玉帝有旨:召祢衡先生。你请他过来,待俺好宣旨。(祢同判跪,二使付书介)祢先生,上帝有旨召你,你可受了这符册

自看,临到却要拜还。就此起行,不得有违时刻。(童唱)

【耍孩儿】文章自古真无价,动天廷玉皇亲迓。飞凫降鹤踏红霞,请先生即便登遐[23]。修葺了旧衔螭首黄金阁,准办着新鲊麟羔白玉叉。倒琼浆三奏钧天罢。校书郎,侍玉京香案,支机女,倚银汉仙槎。

(内作细乐)(女唱)

【三煞】祢先生,你挟鸿名懒去投,赋鹦哥点不加,文光直透俺三台下。奇禽瑞兽虽嘉兆,倚马雕龙却祸芽!(祢先生,谁似你这般前凶后吉,)这好花样谁能拓[24]?待枣儿甜口,已橄榄酸牙。(祢)

【二煞】向天门渐不遥,辞地主痛愈加,几时再得陪清话。叹风波满狱君为主,以后呵,倘裘马朝天我即家。小生有一句说话。(判)愿闻。(祢)大包容饶了曹瞒罢。(判)这个可凭下官不得。(祢)我想眼前业景,尽雨后春花。(判)

【一煞】谅先生本太山,如电目一似瞎。俺此后呵,扫清斋图一幅尊容挂。你那里飞仙作队游春圃,俺这里押鬼成群闹晚衙,怎再得邀文驾?又一件,倘三彭[25]诬枉,望一笔涂抹。

这里已到阴阳交界之处,下官不敢越境再送。(祢)就请回。(判)俺殿主有薄照[26],令下官奉上,伏望俯纳。下官自有一个小果酒,也要仰屈三杯,表一向侍教的薄意。(祢)小生叨向天廷,要照物何用?仰烦带回。多多拜上殿主,携该领,却不敢稽留天使。(判)这等,就此拜别了。(各磕头共唱)

【尾】自古道胜读十年书,与君一夕话。提醒人多因指驴说马,方信道曼倩[27]诙谐不是耍。(祢下)

看了这祢正平渔阳三弄,笑得我察判官眼睛一缝。若没有狠阎罗刑法千条,都只道曹丞相神仙八洞[28]。(下)

【作品解题】

徐渭(1521—1593),字文长,号天池,又号青藤,浙江山阴(绍兴)人。明代著名的诗人、书画家、戏曲作家和戏曲理论家。才华奇绝,人生坎坷。屡次参加乡试未中,曾入闽浙总督胡宗宪幕府。胡宗宪倒台后,曾得狂疾。又因杀其继室而入狱。后经人解救出狱,最终抱愤而卒。作有《徐文长文集》《南词叙录》和杂剧《四声猿》。《狂鼓史渔阳三弄》为《四声猿》之首篇。该剧用《后汉书·祢衡传》"祢衡击鼓骂曹"故事,宣泄了对丑恶世态人情的愤怨之气。构思奇特,语言奇特,被称为明代最奇绝的文字,在戏曲史上有较大影响,亦是久演不衰的传统剧目。

【注 释】

［1］算子:计算,盘算。

［2］祢正平:祢衡字正平,山东德平人。有才智而性刚傲,曹操召为鼓史欲羞辱之,祢借机骂曹。曹怒,送与刘表,又轻慢刘表,表转送与江夏太守黄祖,祢又辱黄,黄杀之。作品有《鹦鹉赋》。

［3］对讦(jié):互相攻击揭发。

［4］晚衙:古代官府早晚两次坐衙理事,傍晚的一次称为晚衙。

［5］修文郎:天宫掌管文章典籍的官员。

［6］提大傀儡:提,操纵傀儡的方式;大傀儡,指人。

［7］鞫(jū)问:审问犯人。

［8］驴膫(liáo)子朝东两句:浙江民间谚语,是说各人要守本分。

［9］登楼:建安七子中的王粲曾作《登楼赋》,文中借以表怀才不遇之意。

［10］爬出他们胯:韩信年少时曾受淮阴少年胯下之辱,文中借以表暂受羞辱之意。

［11］伏后来杀:伏后,汉献帝之后,曾写信给其父伏完,言曹相逼之状,令密图之。事泄,曹命郗虑捉拿伏后,幽闭而死。

［12］鲊(zhǎ):以酱腌的鱼。

［13］董贵人:大将军董承之女,汉献帝之妃。董受献帝密诏杀曹操,事泄,父女皆被杀。

［14］歪剌苘麻两句:歪剌,腐臭的食物,也用来骂不正经的女人。苘(qǐng)麻,粗麻布。

［15］袁公那两家几句:袁公那两家指袁绍之子袁谭袁尚,绍死后皆被曹操所杀。几遍几乎:指孙权几次险些被曹操所灭。两遍价抢他妈妈:指刘备两次被曹操所追、弃妻子逃走之事。

［16］"一个女孩儿"两句:上句指曹操之女成为汉献帝皇后;下句指曹操之子曹丕以五官中郎将袭封魏王。

［17］乌悲词:又叫火不思、浑不似,一种类似于琵琶的乐器。

［18］"没大兜搭"几句:兜搭,固执。拜贴儿:拜谒人时投递的名帖。绣斧金挝、东阁西华,指朝廷高官。

［19］壶瓜:葫芦。

［20］"牵犬上东门"两句:上句借李斯事,李被杀之际对其子感叹道:"吾欲与若复牵黄犬俱出上蔡东门逐狡兔,岂可得乎?"下句借陆机事,陆机临刑前叹道:"华亭鹤唳,岂可复闻乎?"华亭是陆机的故乡,今上海松江。

［21］带衣麻,就搂别家:指曹操死后,其姬妻重孝未除就被曹丕占用。见《世说新语·贤媛》。

［22］不用陇西李长吉:李长吉,唐代诗人李贺,终生不得志而早亡。传说李临死时见玉帝绯衣使者云:"帝成白玉楼,立召君为记。"此处不用李长吉之句是说上帝召用祢衡。

[23] 登遐：登天，升仙。

[24] 拓(tà)：拓印，模仿。

[25] 三彭：传说中的三尸，居于人头、腹、足部的三种虫，能记人生前过失向天帝报告。

[26] 赆(jìn)：临别赠送之礼。

[27] 曼倩：东方朔字曼倩，汉武帝时人，以诙谐滑稽著称。

[28] 都只道曹丞相神仙八洞：神仙八洞即神仙所居洞府。此句意即人们都认为曹操死后成仙了。

(曲文据中华书局1983年《徐渭集》迻录)

【作品导读】

徐渭杂剧《四声猿》中的《狂鼓史渔阳三弄》，被明代戏曲理论家王骥德称为"天地间一种奇绝文字"，而西陵澄道人在《四声猿引》中也说："（《四声猿》）宁特与实甫、汉卿辈争雄长，为明曲之第一，即以为有明绝奇文字之第一，亦无不可。"后人为何对以《渔阳三弄》为代表的《四声猿》有如此高的评价，最主要的原因是由于它不是一般的循规蹈矩的剧本创作，而是一种少有的英雄失路之气的尽情抒泄和艺术表达。

徐渭人生最大的特点，是才华奇绝，意气豪放，而命运坎坷。他二十岁为诸生，之后屡应乡试不中。曾为浙闽总督胡宗宪幕客，虽得胡宗宪信任，终不能实现自己的人生理想。后来，胡宗宪倒台下狱，他被牵连，以致精神失常，最终抱愤而卒。袁宏道所撰的《徐文长传》中有如下几段描述：

> 文长为山阴秀才，大试辄不利，豪荡不羁。总督胡梅林（即胡宗宪）公知之，聘为幕客。文长与胡公约，若欲客某者，当具宾礼，非时辄得出入，胡公皆许之。文长乃葛衣乌巾，长揖就座，纵谈天下事，旁若无人，胡公大喜。是时公督数边兵，威振东南，介胄之士膝语蛇行，不敢举头，而文长以部下一诸生傲之，信心而行，恣意谈谑，了无忌惮。

> 文长既已不得志于有司，遂乃放浪曲糵，恣情山水。

> 一日饮其乡大夫家，乡大夫指筵上一小物求赋，阴令童仆续纸丈余进，欲以苦之。文长援笔立成，竟满其纸，气韵遒逸，物无遁情，一座大惊。

> 晚年愤益深，佯狂益甚，显者至门，皆拒不纳，当道官至，求一字不可得。时携

钱至酒肆,呼下隶与饮。或自持斧击破其头,血流被面,头骨皆折,揉之有声,或槌其囊,或以利锥锥其两耳,深入寸余,竟不得死。(引自《徐渭集》,中华书局1983年4月版,第4册,第1342、1343页)

这确实是一种奇特的人生经历。在这种经历中,徐渭率性成文,使气为戏,在题材的选择上,首先有着不期而然的考虑,他选择了祢衡击鼓骂曹的著名故事。

祢衡(173—198),字正平,山东德平人,生活于东汉末年。《后汉书》中有《祢衡传》,详细记载了他短暂的一生。祢衡"少有才辩,而气尚刚傲,好矫时慢物",但孔融"深爱其才",上疏将其荐于朝廷,并多次"称述于曹操"。祢衡对曹操并不心仪,称病不肯前往,而且放肆谈论,曹操怀恨在心。《祢衡传》云:

(曹操)闻衡善击鼓,乃召为鼓史。因大会宾客,阅试音节。诸史过者皆令脱故衣,更着岑牟、单绞之服。次至衡,方为《渔阳三挝》。蹀躞而前,容态有异,声节悲壮,听者莫不慷慨。衡进至操前,而止史诃之曰:"鼓史何不改装,而轻敢进乎。"衡曰:"喏。"于是先解衣,次释余服,裸身而立,徐立岑牟、单绞而着之,毕,复三挝而去,颜色不怍。操笑曰:"本欲辱衡,衡反辱孤。"……

后来,祢衡再次坐于营门大骂曹操,曹操强行将其遣送刘表,想借刘表之手杀之。刘表知道曹操的本意,又将其送于江夏太守黄祖。最初得到黄祖的信任,最终却因为对黄祖"言不逊顺",被黄祖所杀,时年仅二十六岁。

祢衡又无疑是中国古代一位才华杰出而又过分狂傲的人物,其传奇般短暂的一生,引起许多后人的感慨同情;其击鼓骂曹的行为,成为后来许多小说、戏曲描写的故事。如《三国演义》第二十三回即是"祢正平裸衣骂贼 吉太医下毒遭刑"。而他的遭遇与明代狂人徐渭有许多相通之处。为了一吐心中块垒之气,一泄胸间郁积之愤,徐渭在《四声猿》首篇即选了祢衡击鼓骂曹作题材。

《四声猿》确有许多奇绝之处。它的题目取自郦道元《水经注》所引古代民歌:"巴东三峡巫峡长,猿啼三声泪断肠。"有人认为:猿声凄恻,三声已属不堪,何况四声。意思是说《四声猿》四个短剧,犹如四声猿鸣,宣泄着作者内心巨大深沉的悲痛。

《四声猿》包括的四个短剧中,《渔阳三弄》仅有一折,《雌木兰》、《翠乡梦》各为两折,《女状元》却是五折,在结构上即是随心所欲,由性而成,全然不同于元杂剧的基本体式,更是徐渭狂傲性情与卓越不羁之才的表现。

四个短剧都是要抒愤怨,写牢骚,但内容写法也多有不同。西陵澄道人在《四声猿引》中说:"至于《四声猿》之作,俄而鬼判,俄而僧妓,俄而雌丈夫,俄而女文士,借彼异迹,吐我奇气,豪俊处、沈雄处、幽丽处、险奥处、激宕处,青莲、杜陵之古体耶?长吉、庭筠之新声耶?腐迁之史耶?三闾大夫之骚耶?"这是很精到的评论。

《四声猿》的首篇《狂鼓史渔阳三弄》将祢衡裸衣击鼓骂曹的故事再创作为一个单折的杂剧,充满了奇思异想和艺术光彩。

首先,该剧写的不是阳世间的击鼓骂曹,而是俱为阴间之鬼魂后的击鼓骂曹。这个发生在阳世的故事本已有了非常精彩的戏剧性,将其置于阴间,或者说把想象中的阴间情形拿到舞台上加以表现,不仅使舞台表现笼罩上一种"地狱"般的神秘与恐怖色彩,而且强化了作者主观意愿的表达。也就是说,在这个构思里,在阳间因为击鼓骂曹而死的祢衡,到了阴间,仍然要一泄自己的心头冤愤,仍然放不过对曹操的讨伐,于是作者也借此宣泄了心中的不平之气。

为了使这种构思达到最佳的艺术效果,同时舞台表演又能自然流畅,作者在第一个段落里设置了判官与祢、曹二人的长篇对白。判官自称,曾掌管"当日祢正平先生与曹操老瞒对评那一宗案卷",要把祢衡骂曹当作"踢弄乾坤、提大傀儡的一场奇观",要"放出曹瞒,把旧日骂座的情状,两下里演述一番,留在阴司中,做个千古的话靶"。这是剧情大意的介绍,更是奇特艺术构思的阐述,其间再加上祢衡的说明:"小生骂座之时,那曹瞒罪恶,尚未如此之多,骂将来冷淡寂寞,不甚好听。今日要骂呵,须直捣到铜雀台,分香卖履,方痛快人心。"这以史为戏,以戏骂世的用心便生动地传达了出来。

其次,在祢衡击鼓骂曹开始之后,剧本中又设计了十一个"鼓一通",也就是由祢衡十一次击鼓,十一次痛骂,中间还出现了"女乐唱"、"童唱"的表现方式,使舞台表演有可能呈现出既苍凉悲壮、痛快淋漓而又变化生动、场景多彩的情形,亦是一奇。

再次,戏曲史研究中,人们都非常欣赏下边这段【混江龙】唱词:

【混江龙】他那里开筵下榻,教俺操槌按板,把鼓来挝。正好俺借槌来打落,又合着鸣鼓攻他。俺这骂,一句句锋铓飞剑戟,俺这鼓,一声声霹雳卷风沙。曹操,这皮是你身儿上躯壳,这槌是你肘儿下肋巴,这钉孔儿是你心窝里毛窍,这板仗儿是你嘴儿上獠牙!两头蒙总打得你波皮穿,一时间也酹不尽你亏心大。且从头数起,洗耳听咱。

这唱词将骂声比作锋芒剑戟,将鼓声比作霹雳风沙,将鼓皮比作曹操的躯壳,将鼓槌比作曹操的肋巴,将鼓上钉孔比作曹操的獠牙,不只是用语奇特,更重要的是文字声音之中,激荡着一种恶狠狠的气,传达出一种痛痛快快的怨愤,不论是作为案头文学阅读,还是在舞台上再现,都会产生极大的审美冲击力和情感冲击力。

除此之外,这剧本还有一个非常奇特的地方,即女乐上台后的几段唱词。将女乐的唱词穿插于祢衡的唱骂之间,可以变换表演场景,调节舞台节奏。而女乐的三段唱词,一段是:

> 那里一个大鹁鸪呀,一个低都呀,一个低都。变一个花猪低打都,打低都。……

一段是:

> 丞相做事太心欺呀,一个跮蹊呀,一个跮蹊。引惹得旁人跮打蹊,打跮蹊。……

一段是:

> 抹粉搽脂只一会而红呀,一个冬烘呀,一个冬烘。……

将庄语、谐语、哼唱词、语气词交融在一起,连贯而来,使该剧在痛骂狠詈的过程中又变换出另一种气氛,其目的则是要让观众在一片谑笑声中增加对曹操的怨恨之意,为祢衡洒一掬同情之泪。钟人杰在《四声猿引》中说:

> 徐文长牢骚肮脏士,当其喜怒窘穷,怨恨思慕,酣醉无聊,有动于中,一一于诗文发之。第文规诗律,终不可逸辔旁出,于是调谑亵慢之词,入乐府而始尽。(引自《徐渭集》,中华书局1983年4月版,第4册,第1356页)

这里所说正是这一特点。今天,虽然离开作者的年代已数百年,但我们依然能从剧中读出明代文人的牢骚和才气。

【延伸欣赏】

推荐阅读:徐渭《玉禅师翠乡一梦》,又名《玉通和尚骂红莲》《玉禅师》

推荐观赏:昆剧折子戏《骂操》

(杨再红 苏 涵)

后 记

《大学戏曲鉴赏》是配合教育部关于"全国高等学校公共艺术课程指导方案"而编写的。戏曲是我国具有民族特色的艺术形式,也是我国艺术宝库中的瑰宝之一。作为当代的大学生,应该对这一艺术形式有所了解,以培养高雅情趣,提升艺术素养。

本教材的编写,考虑到多数学校的选修课程为一周2学时,故我们按40个学时(一个学期可上完)的教学时数来设计教材的内容。为了配合教学,我们还配备了相关戏曲的影像资料,总时间在30—40分钟,以便任课老师将讲解和观赏结合起来。

本教材的作者大多是各高校承担古典文学和戏剧课程的教授、博士,也有文化部门的研究专家。具体分工为:王宁撰写第1—5讲、第10讲、各部分说明文字和前面概述部分;任孝温撰写第6讲;王安庭撰写第7、11讲;顾聆森撰写第8、14讲;杨再红撰写第9、12、19讲;苏涵撰写第19讲;杨惠玲撰写第13、15讲;王平撰写第16、18讲;王丽梅撰写第17讲。最后,由王宁完成统稿工作。

诸位撰稿人在很短时间内较好完成了撰写任务,我作为主编十分感动。华东师范大学的朱志荣先生和曹利群老师为了本书的出版也贡献良多,中国文联的廖奔先生和恩师俞为民先生热心戏曲普及,欣然出任顾问,在此一并表示衷心的感谢。尽管我们作出了许多努力,但由于水平和时间所限,故本教材难免存在不足和错误,希望同仁和专家不吝赐教。

王 宁
丁亥梅时记于苏州听雨斋